神探弗洛伊德

时雪唯 著

大结局

四川文艺出版社

目

Contents

录

━━━━ **梦中情人** ━━━━

醉生梦死

梦幻地狱

梦 中 情 人

由感觉知道，梦中所经验到的感情和清醒时刻具有相同强度的经验相比，是毫不逊色的。

——弗洛伊德《梦的解析》

第一章
前 世 今 生

/1/

机场的停车场，冉斯年坐在饶佩儿的车子里，一边透过车窗看着天空中飞机留下的白色直线，一边打开收音机，调到了当地的音乐电台。

他不打算马上驾车离开，而是想要在这里先整理一下复杂的思绪。在心里再次跟苗玫道别一次，再次告诉自己，生活又回到了正常的轨迹，告诉自己，他跟苗玫之间是该彻底画上句号了。

没错，苗玫走了，就在第三次检测结果出来后的第二天，她飞去了遥远的大洋彼岸，去找她的父母。苗玫已经跟家人商议好，一家人旅行过年，短时间内她都不想再回到这个伤心地，也有可能会在大洋彼岸开始崭新的生活，忘记令她伤心欲绝的贺启睿，忘记曾经给她带来快乐也带来无尽痛苦的冉斯年。

冉斯年万分庆幸，也是他早就预料到的是，苗玫是健康的，她并没有感染HIV。

悠扬的情歌十分契合冉斯年此时的心情，然而一曲结束后，主持人却说要转换风格，给大家奉上一曲新人转型的主打歌，号称绝对会令大家耳目一新。

冉斯年觉得这个电台主持人可以下岗了，既然是新人，又何谈转型？既然是在电台听歌，只能听不能看，又何谈耳目一新？

然而歌声响起之后，冉斯年才恍然大悟，为什么主持人会这样说。

"男神不要怕，男神等等我……我没有恶意，只想么么哒……"

熟悉的女声正在嗲声嗲气地捏着嗓子半说半唱着这种让冉斯年鸡皮疙瘩掉了一地的烂俗歌词。而这个熟悉的女声正是来自冉斯年熟悉的一个女人——饶佩儿！

饶佩儿这个三线的小演员居然转战歌坛！怪不得主持人说她是新人，她的确是歌坛的新人，又说是转型，没错，她的确是转型了，以往她在影视剧里扮演的都是一些腹黑貌美女，或者是打酱油的胸大无脑女，都是有点儿傲娇气质的御姐风格，这次居然转型唱起来什么"男神等等我"之类的无脑歌词。

而主持人之所以说会耳目一新，那是因为听歌的人绝对可以脑补画面，一个屌丝女追在帅哥后面，一面追一面流口水地唱着让男神等等她，要么么哒的"猥琐"画面。如果听众知道唱这歌的女屌丝是昔日电视剧里那个傲娇打酱油御姐的话，那还的确是耳目一新。

冉斯年几乎是硬着头皮把这首神曲听完的。歌曲结束后，冉斯年也做了一个决定，他要去找饶佩儿，把车子还给她，顺便问问她这首神曲是怎么回事，再顺便，见见这个三个月未见、有些想念的女人。

到达饶佩儿家所在的小区已经是傍晚时分。冉斯年没有事先通知饶佩儿自己要来找她，他害怕饶佩儿拒绝，或者谎称不在家。不过事实上，饶佩儿也很有可能不在家，毕竟人家现在出了唱片，也算是大忙人了。冉斯年心想，如果饶佩儿不在家，自己就先把车钥匙交给饶佩儿的母亲陶翠芬，毕竟用了人家的车子三个月之久，很过意不去。

电梯门刚一打开，冉斯年便毫无预兆地看见了一张熟悉的脸，更加令他惊讶的是，他竟然是在看见这张脸的同一时间就认出了这个人，他的脸盲症真的有了突破性的好转。

在冉斯年和对方都愣神的工夫，电梯门缓缓关上，还是对方先反应过来，伸手一把挡住了电梯门。

"冉斯年？"那人高声叫着，脸色突然由吃惊转为欣喜，"你来得正好！"

冉斯年下意识地往后缩了缩，他想起了饶佩儿三个月前跟自己说的，她的母亲陶翠芬很可能会找他这个负心汉、甩了她宝贝女儿的臭男人算账。没错，眼前的女人，正是陶翠芬——这个冉斯年见她第一面的时候就头疼不已，以后次次见面次次头疼不已的女人。

不容分说，陶翠芬一把把冉斯年从电梯里给拽了出来，拉着往家走，一边走还一边嘀咕着："你来得正好，你来得正好，我正琢磨着这两天去找你呢！"

　　冉斯年苦着一张脸，低头去看陶翠芬手里提着的菜篮子，说："阿姨，你应该是要出去买菜吧？我来得不是时候……"

　　"不不不，你来得正是时候。"陶翠芬头也不回地解释，"其实，其实不是我要找你，是佩儿要找你，但这孩子磨不开面子。"

　　饶佩儿要找他？还磨不开面子？难道是饶佩儿想要搬回去，或者是想要跟自己发展进一步的关系？这样猜测着，冉斯年的脸上露出了笑意。

　　陶翠芬用钥匙打开房门，推门而入。冉斯年跟在身后，一眼就看到了穿着家居服窝在沙发里摆弄手机的饶佩儿。

　　饶佩儿抬头一看，陶翠芬的身后还有一个冉斯年，像是被弹簧弹起来似的，一声没吭就迅速跑回了房间。

　　等到冉斯年在沙发上落座，陶翠芬竟然给他端上了一杯水之后，饶佩儿才穿戴整齐地从房间里走出来。

　　已知：饶佩儿这么在乎在他面前的形象；陶翠芬说他来得正好；陶翠芬说要找他的其实是饶佩儿，但饶佩儿磨不开面子；陶翠芬不但没有生气，反而客气地给他端水。

　　冉斯年简单地推理，结果为：饶佩儿想要跟自己重归于好，说白了，饶佩儿想要跟他——好。

　　"斯年，你怎么来了？"饶佩儿端端正正地坐到了侧面的单人沙发上，客客气气地问。

　　冉斯年看得出饶佩儿比较拘谨，便笑嘻嘻地回答："好久不见，佩儿，我是来还车子的。"说着，冉斯年掏出了车钥匙，摆在茶几上。

　　饶佩儿点点头，一副欲言又止的样子。

　　陶翠芬看不下去了，站在饶佩儿身后捅了她的肩膀一下："你这孩子，不是有话要问人家吗？人家都来了，你倒不好意思问了啊。难道真的要让我这个当妈的替你问？"

　　饶佩儿急忙回头摆手："别，妈，这事儿还是我自己问吧。你先去忙吧，你在这里，我有点儿不好意思啦。"

陶翠芬咋舌："哎呀，这都什么年代了，行，你们单独聊，我回避。但是有一点，斯年啊，阿姨得让你明白，之前你跟佩儿分手的事，阿姨不怪你，分手也不代表就是敌人，大家还是应该和和气气的，彼此照应帮忙，是不是？"

冉斯年恭恭敬敬地点头称是，目送陶翠芬进了卧室。

"斯年……"饶佩儿艰难地开口，却没了下文。

冉斯年抬手，神色肃穆地说："佩儿，不用说了，有些话，不应该女孩子先开口的，还是让我来说。佩儿，我正式邀请你搬回我那里去住，当然，不是以客人的身份，更不是租客，你也无须再夹在我和瞿子冲之间当什么双面间谍，你在我的家里身份非常简单，只是——女主……"

冉斯年那个"女主人"的"人"字还没出口，却被饶佩儿给打断了。

"斯年，我想问你一个问题，有关梦的问题，你是这方面的专家，我想听听你的意见。"饶佩儿当然听出了冉斯年话中的含意，所以才及时出言打断，以免冉斯年继续误会下去。

冉斯年似乎一时间没听懂饶佩儿的意思，懵懂地问："问我有关梦的问题？"

"是啊，"饶佩儿解释，"这个问题关系到我的终身大事，我妈让我一定要问问你。我一直跟我妈说就算问了也白问，你才不会赞同我的说法呢。可我妈说，还是问问吧，她是很相信前世今生理论的。"

"什么什么？前世今生？"冉斯年终于清醒，万分尴尬，原来是自己闹了一出笑话，就因为他彻底误会了，自作多情了！

饶佩儿顿了一下，羞赧地低下头，一只手抓起沙发上的手机，来回摆弄着，娇滴滴地说："我交了一个男友，他叫雷钧霆，我们俩第一次见面，就有一种一见如故的感觉，就好像我们前世就认识，而且还是十分亲密的人。第一次见面之后，我就开始每晚都梦见他，梦的内容，好像就是我们俩的前世……"

冉斯年僵住不动，大脑迅速运转，还有点儿天翻地覆的感觉。原来一切不是他想象的那么美好，也不是他来之前预估的那样冷漠，而是更加糟糕的热情和求助。最重要的是，饶佩儿没有怨恨自己避而不见，也不是冷淡相对，以普通朋友相待，而是要问他她跟现任男友是不是有什么前世因缘。

饶佩儿看冉斯年不说话，只好继续解释："雷钧霆是仙娱唱片公司的老板之一，正是他这位伯乐发现了我，主动找到我要给我发片。结果我们俩第一次见面……”

“这段听过了，”冉斯年也及时打断了饶佩儿，他本来想控制一下语气，让自己看起来和听起来也是无关痛痒的模样，结果说出来的话还是泛着酸意和冷意，“你那首《男神等等我》，我已经听过了。说实话，实在是不敢恭维，我不得不怀疑，你跟这位雷钧霆老板前世的确有些因缘，但是恐怕是有——仇。”

饶佩儿愣了两秒，这才反应过来冉斯年话中的嘲讽之意。她本来还想着，三个月不见，怎么也得保持面子上的友好和气，可是冉斯年说话却如此不中听。

“喂，冉斯年，你这是什么话？你别忘了，这是在我家，我是这里的主人，而且还是你主动找上门的，我又没有请你来！你说话注意点儿！”

冉斯年一时间不知道该说些什么缓解气氛，一低头，却看见了饶佩儿的手机，手机的壁纸是饶佩儿跟一个男人的亲密合照自拍。想必这个男人就是雷钧霆吧。一股醋意直涌而上，让冉斯年浑身不舒服。直到这个时候，冉斯年才发觉，原来自己对饶佩儿的感情，远比自己认为的深厚，这深厚跟心底的酸意是成正比的，他有多吃醋就有多喜欢饶佩儿。

“好啦，我大人大量，原谅你啦，作为你表示歉意的方式，你就态度友好谦虚地回答我的问题就好啦。”饶佩儿看不得冉斯年一副委屈相，给他找了个台阶，“我问你，有没有可能，我的梦就是我前世的记忆？你之前不是说过吗，梦境有可能是幼年甚至是婴儿时期的记忆，那么有没有可能，梦境是前生的记忆呢？”

冉斯年苦着一张脸，不可置信地问：“不会吧？你要问我的就是这个问题？”

“对呀，这对我来说真的很重要。现在，我跟钧霆都认定了，我们俩前世就是一对恋人！说真的，真的很奇妙，就连我们俩的梦都是一样的！我们俩做了极为相似的梦！如果这极为相似的梦不是我们前世的经历，这怎么解？”饶佩儿说得手舞足蹈，提及雷钧霆，她神采奕奕，很是自豪。

“巧合，”冉斯年淡淡地说，“这世界上有很多巧合，没什么好大惊小怪的。你没听说过无巧不成书吗？”

饶佩儿噘着嘴，不满地反驳：“一次是巧合，两次是巧合，三次也是巧合吗？你没听说过事不过三吗？”

冉斯年没心情去深究饶佩儿跟那个屌丝品位的雷钧霆到底做了怎样雷同的三个梦，只是草草打发地说：“佩儿，你不要异想天开啦。我的确说过，梦有可能是梦者婴儿时期的记忆，这说法就算在一些墨守成规的人眼里是离经叛道，但好歹也算是属于科学的理论。你所说的，梦见前世的经历，梦是前世的记忆，不论怎么说都是迷信。你要是真的对这方面有兴趣，想要深究，想要跟你的那位什么天打雷劈的男友彼此欺骗找乐子，那么你们该去找个真正的神棍，最好是有执照有资格证的正宗神棍，我这个伪神棍，给不了你们喜欢听的答案，我只能泼冷水。"

饶佩儿脸色青红不定，气得半晌说不出话来。倒是陶翠芬从卧室里气势汹汹地冲了出来，一阵风似的狂卷而来，冲到冉斯年面前，一把揪住冉斯年的脖领，叫嚣着："你才是天打雷劈的臭小子！你给我出去，我们家不欢迎你这种没风度没气度没礼貌的前任！出去！"

冉斯年还没反应过来，已经被身材臃肿的陶翠芬一路扯到了门口，被陶翠芬粗壮有力的手臂一推，整个人跟跄地连连后退。

"砰"的一声，陶翠芬关上了房门。

冉斯年原地愣了几秒钟，这才落魄地拍拍身上蹭到的墙壁上的灰尘，走到电梯前，按下了按键。他来之前曾经想象过很多种可能，却始终不愿意去猜测饶佩儿已经有了男友，现在看来，一切就是最糟糕的情形。他错过了饶佩儿，饶佩儿找到了她认定的真命天子，而且是前世今生的恋人，听起来就比他这个不知好歹的神棍、妄想一个女人等他的无业游民要高大上得多。

冉斯年知道自己是活该，但是他也有预感，饶佩儿跟这个天打雷劈的娱乐公司老板，长不了。

打车回家，冉斯年浑身无力地上楼休息，连晚饭都懒得吃。

/2/

人来人往的闹市，冉斯年破衣烂衫地蜷缩在墙角，面前是一只破碗，手里握着一根破树枝，身上的衣服不但千疮百孔，竟然还挂着很多小袋子。

冉斯年自嘲地笑，原来自己的梦又穿越到了古代，而且由于自己是饿着肚子入睡的原因，梦里自己竟成了同样饿肚子乞讨的丐帮成员。

冉斯年才不愿意尽力去扮演一个称职的乞丐，他索性坐在地上，一边敲碗一边哼哼着"有一种爱叫作放手"和"你到底爱谁"。

正在这时，闹市变得更加热闹，人群开始向路两旁散去，留出中央的大道，并且大家都在翘首以盼地往路的尽头望去。

冉斯年也站起身跟着看。很快，远方传来了敲锣打鼓的声响，一顶红色的花轿愈加清晰。原来是赶上有人结婚娶媳妇了。冉斯年这样想着，然后马上意识到，莫非这花轿里的新娘就是饶佩儿？而花轿前面骑着高头大马的新郎就是那个天打雷劈的雷钧霆？

冉斯年低头看了看自己的行头，泛起一股酸意，这个梦果然就是现实的写照。难道就这样认命，把饶佩儿拱手让人吗？先不提现实中怎么做，至少梦里，冉斯年得疯狂一回。

等到花轿行至冉斯年所在的十字路口时，冉斯年突然冲出来，撞向新郎骑着的白色骏马。

"哎呀！"冉斯年惊叫着躺在地上打滚，心里自嘲，没想到在梦里，他竟成了自己最憎恶的那种人，做了最可恶的那种事——碰瓷儿。

"哎呀，要命啦，马蹄子踩死人啦！"冉斯年索性大叫道。

新郎忙下马，没想到竟然蹲下身，关切地询问："这位兄弟，你不要紧吧？我马上差人送你去就医！"

冉斯年暗暗冷笑，梦里的情敌居然还是个君子。

"怎么了？出了什么事？"花轿里传出熟悉的女声，正是饶佩儿。

"娘子，我的马撞到了一个乞丐，我正打算找人送他去看大夫。"新郎温柔地回头解释。

冉斯年趁新郎不备，突然起身，冲到花轿前，一把掀开盖帘，扯掉了饶佩儿头上的红盖头，大叫："佩儿，不要嫁给他！"

饶佩儿被掀开盖头，本来还一副娇滴滴的模样，以为掀开盖头的是新郎，一看是个乞丐，吓得尖叫。

"佩儿，是我啊，冉斯年！"冉斯年运用自己在梦中的"导演"地位，主导着梦境的发展，他要求饶佩儿认得自己，并且意识到自己就是她昔日的恋人。

"斯年？是你？"饶佩儿心痛地说，"斯年，没用的，我已经要嫁给雷郎了，你还是忘了我吧。"

"为什么？就因为他是你前世的恋人？"冉斯年回头瞪了一眼身后冲出来要

拖走自己的家丁，那几个人就真的如同雕塑一般定在那里，冉斯年继续说，"佩儿，就算他是你的前世，我是你的今生啊！"

新郎在后方大叫着冲过来："佩儿，我不但是你的前世，也是你的今生！我才是命中注定的你的爱人！这一次，我绝对不会再错过你！"

饶佩儿越过面前的冉斯年，眺望远处正向她走来的新郎，感动得泪水涟涟。她一把推开乞丐冉斯年，奔跑着冲向她的雷郎。

冉斯年回头望着慢动作、配乐的美好场景，电视剧里的狗血桥段，不禁醋意大发。他再次运用了他丐帮高手的盖世神功，用内力使得不远处的马儿腾空而起，一脚踢在了奔跑中雷钧霆的头上。

雷钧霆顿时躺倒在地，血流不止，已经毙命。

这个无厘头的梦至此落幕，冉斯年实在是懒得再做下去，不如醒来。

清晨七点，冉斯年给自己做了简单的早餐，草草打扫之后，他又去了书房，打算上网看看饶佩儿那首歌的MV，到底能毁三观到什么程度，同时，也想领教下那个雷钧霆的品位到底差到什么地步，分析一下，他这样对饶佩儿毁人不倦，到底是何居心。

冉斯年硬着头皮，面容扭曲地看完了饶佩儿的MV，再次刷新了神曲的下限。同时，对于饶佩儿和这个雷钧霆的未来也有了自己的预测，他们俩，真的长不了，因为这个雷钧霆比起自己，至少审美方面，差得远了。

门铃响起，冉斯年惊讶会有谁在大清早登门。打开位于书房的可视对讲，他惊讶地发现，门外站着的竟然是饶佩儿。

"佩儿？"冉斯年赶忙按下了开门的按键，"欢迎，快请进。"

开了门，冉斯年快步下楼，路过楼梯口的镜子的时候，还不忘驻足对着镜子整理一下发型。

很快，饶佩儿和冉斯年面对面坐在了客厅的沙发上，饶佩儿的面前还有冉斯年冲的咖啡。

"佩儿，我为昨天的言行道歉，如果你今天是来找我算账的话，还请手下留情。"冉斯年跷着二郎腿，虽然是道歉的话，却让他说得风度翩翩。

饶佩儿白了冉斯年一眼："算啦，我大人不记小人过，懒得跟你计较。今天来也不是找你算账的，我还是想跟你仔细探讨一下，到底有没有那个可能性，哪怕是一点点。"

"什么可能？"冉斯年明知故问。

"就是梦见前世的可能性啊。"饶佩儿理所应当地说。

冉斯年毫不迟疑地说："没有，我认为一点儿可能性都没有，我甚至都不相信前世今生、投胎转世的说法。"

饶佩儿一听冉斯年这样说，丝毫没有跟她细致探讨的意向，直接就阻断了下文，气得起身准备离去。

冉斯年也忙起身挡在饶佩儿身前："且慢，虽然我不相信前世今生说，但是对于你跟那位天打，哦，不，是雷钧霆先生梦境雷同的原因，我已经有了肯定的答案。你不想留下来听听吗？是基于科学的角度，给出的答案。"

一听说冉斯年愿意解释两个人会做雷同的梦的原因，还是从科学的角度去解释，饶佩儿来了兴致。坐回原来的位置，也不出声，静静地等待着。

"我昨晚做了一个梦，"冉斯年徐徐开口，"正是这个梦给了我提示。"

"什么梦？快说说。"饶佩儿已经三个月没听冉斯年讲梦释梦了，难免有些好奇激动。

冉斯年尽量客观地把昨晚那个无厘头的梦讲了一遍，当然，他隐去了最后雷钧霆被自己虐死在梦中的桥段。

"这又能说明什么？"饶佩儿躲闪冉斯年的目光，其实她心里清楚，这个梦说明了冉斯年在吃醋，这个笨蛋到现在才后知后觉，打翻醋坛子。只可惜，为时已晚，她已经有了冥冥中注定的前世今生的恋人雷钧霆，心里面再也没有位置留给冉斯年，他原来占有的领地正在迅速后退，到如今，只剩下了一隅之地。

"关键在于梦里雷钧霆的那句话，他说：'我不但是你的前世，也是你的今生！我才是命中注定的你的爱人！这一次，我绝对不会再错过你！'"冉斯年饶有深意地重复梦里雷钧霆的话。

饶佩儿翻了个白眼儿："这话有什么问题？我和钧霆前世是恋人，今生也找到了彼此，也是恋人啊。所以说是命中注定的爱人，有什么不对吗？说这一次不再错过我，很可能是因为前世，我们因为什么，有缘无分错过啦。"

冉斯年摇头："佩儿，你不要忘了，你被你的父亲催眠过，你的记忆中，有至少一个片段是空白的。说白了，很有可能你早就见过这个雷钧霆，只不过恰好雷钧霆是属于你失去的那段记忆的。你们之间根本没有前世，只有今生。而且很可能，你丧失的记忆里，你跟雷钧霆的过往中，他错过了你，所以他才会说这一次绝对不会再错过。"

饶佩儿恍然大悟，但也马上本能地抵触这个说法："钧霆可没说过这个话，那只是你的梦。换句话说，你根本没有证据证明我跟钧霆这一生早就认识，你只是怀疑而已。"

冉斯年耸肩："没错，我没法证明你们今生早就认识，并且有过一段缘分，但是你也没法证明你们前世有什么关系吧，你甚至无法证明人可以投胎转世。所以，你们俩会做雷同的梦，从科学的角度解释原因，就是因为你们这一世有过接触和某种关系，你们的梦不过是在重复和加工你们共同的过往罢了。"

饶佩儿别过头，小声嘀咕："你这个人真没劲，非要打破我美好浪漫的想象。就撒个谎善意地欺骗我一下不行吗？"

冉斯年当然听到了饶佩儿的嘟囔，他解释："不好意思啦，我可以说一些别的讨你欢心的话，但是我不想违背自己的原则撒谎去讨任何人欢心。"

"好吧好吧，你有原则，"饶佩儿转了话锋，"那么释梦大师，就请你帮我分析一下我和钧霆的梦，帮我找回失落的记忆吧。"

冉斯年不解地问："为什么要这么费劲？你不记得了，雷钧霆总不会也这么凑巧不记得吧？他肯定记得的，只不过看你不记得了，就索性不说，再把你们的过去通过梦的方式讲出来，制造跟你不谋而合的假象，骗取你的好感，还有什么前世今生的所谓浪漫想象。我是不知道他这样做到底是何居心，但是我劝你，还是尽早跟他摊牌，问问他你们过去到底有什么交集。"

饶佩儿无奈地摇摇头："问不了，钧霆出差去了欧洲，最早也要月底回来，也就是最少我还要等21天。这种事我也不想在电话里谈，还是面对面仔细问清楚的好。"

冉斯年叹了口气："好吧，那你就先给我讲讲你们俩雷同的梦吧，看看我能不能从这梦里推敲出你们曾经的过往。"

饶佩儿喝了口咖啡，陷入回忆，刚刚组织好了语言想要开口，却被突如其来的门铃声给打断。

第二章
葛凡梦蝶

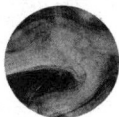

/ 1 /

冉斯年有点儿不耐烦地走到门口，透过可视对讲看外面的来客。

来人是个中年男人，四十岁左右的年纪，相貌平平，没什么特征。冉斯年觉得这张脸，他再看见，也不一定认得出来。

"你是？"冉斯年透过对讲问对方。

男人礼貌地回答："你好，我叫葛凡，请问这里是冉斯年冉大师的家吗？"

冉斯年一听对方叫自己冉大师，就明白了个大概，这一定是他的顾客介绍来找他释梦的。虽然顾客来得不是时候，但是也不能把财神爷拒之门外啊。而且看起来，这个葛凡的穿着打扮，也像是个不差钱的主儿。

冉斯年回头看了一眼饶佩儿，饶佩儿冲他点点头，说："我这几天都闲得很，观摩一下你的工作就当作打发时间啦，请进来吧。"

冉斯年说了声请进，然后便打开了房门。

葛凡见到了冉斯年，只看了一眼就认定这就是他要找的冉大师。

"你好，冉大师，我早就听说冉大师是个青年才俊，仪表不凡，今日一见，果然名不虚传。你年纪轻轻就能有如此造诣，又是在如此冷门的领域，真是稀有人才啊。"葛凡像是张口就来，说这番话的时候如行云流水，丝毫没有卡壳，难得的是还十分真诚。

"客气了，"冉斯年有些尴尬，把葛凡迎进客厅，"请坐。哦，对了，介绍一下，这位是饶小姐，是我的朋友。"

饶佩儿也与葛凡握手打了招呼，待冉斯年又端来一杯水后，三个人端坐在客厅里。

葛凡又寒暄了几句，在冉斯年的催促下，这才话入正题，他颇有些尴尬地说："冉大师，是这样的，我这次来，是有个疑问想要请教你。"

"请讲。"冉斯年是个急性子，听不得葛凡如此迂回。

葛凡搓着双手，似乎很难开口，好不容易才下定决心问出口："冉大师，你是梦学大师，我想知道，有没有可能，梦里的场景、人和事，就是这个人前世的记忆呢？"

饶佩儿正端着咖啡杯喝咖啡，冷不防听葛凡问出这个问题，差点儿呛到："什么什么？你说什么前世的记忆？"

葛凡不好意思地笑道："我知道，我的这种想法很多人听来都觉得不可思议，但是我本人，真的是为此困惑不已，所以才想要来听听专业人士的解答。"

冉斯年一直紧皱眉头，严肃地问："说说你的情况吧，你为什么会产生这样的想法？"

葛凡一副兴冲冲的样子，似乎早就迫不及待地要讲述他的故事，他喝了一大口水润喉咙，然后神秘兮兮地说："自从三个月以前，我突然开始频繁做相同的三个梦。这三个梦的背景都是民国时期，我是民国时期的富家少爷，有一个叫小蝶的女孩，是我们家女佣和管家的孩子，与我年龄相当，我们俩相互喜欢，却遭到了所有人的反对……"

冉斯年抬手打断葛凡："你最近是不是民国狗血剧看多了？"

葛凡愣了一下，仍旧摆出一副好脾气的模样耐心解释："当然不是，冉大师，请你听我讲完好吗？这三个梦都非常真实，分别是我和小蝶的幼年时期、少年时期和青年时期，它们是一系列的，是有承接的、有逻辑的完整故事。我在梦里十分深刻地体会到了我对她的感情，那种刻骨铭心的感情，还有我们俩在一起时的欢欣愉悦，小蝶对我也是一样用情至深。在现实中，我从未感受到如此炽烈深刻的情感。就好像梦里的世界是彩色的、跳跃的、真实的，而现实世界是灰白的、呆板的、麻木的。我想，我已经爱上小蝶了，这种爱超越了现实中的一切，几乎成了生命的全部。要不是我和小蝶前世就爱得痴狂，今生我又怎么可能仅凭梦境，就迷恋上了一个梦里的女人？"

"这也不能成为你认为你梦到了前世的理由吧？"冉斯年觉得这个葛凡比饶佩儿还要异想天开，人家饶佩儿好歹也是因为跟雷钧霆做了雷同的梦，有一见如故的感觉才萌生出了前世今生说，可这个葛凡，完全是沉浸在了想象中，就因为现实生活的无趣，自欺欺人地编造出个民国前世狗血故事聊以自慰。

葛凡看得出冉斯年不屑于他的说法，板着一张脸，并不感兴趣，也有些没面子，小声说："冉大师，我本来以为你会理解我的状况。"

"理解，弗洛伊德在他的著作《梦的解析》里提出过这样的观点，他认为人在梦中体验到的情感不比现实中的逊色。我完全可以理解你在梦中强烈的感觉。但是梦只是梦，它顶多能够反映一个人的心理状态、欲望和过往经历，怎么也不可能去反映所谓的前世经历。我本人对于前世今生、投胎转世的说法是绝对不认同的。葛先生，我想你找错了地方。"冉斯年冷冰冰地说。

葛凡的脸色一沉，语气也不再那么客气："我听说咱们松江市有这么一个梦学大师，还以为自己终于找到了知音，我怎么也没想到，所谓的梦学大师，也跟其他大师一样，思想陈腐、固执己见、眼界局限，对于未知领域一点儿探索和怀疑精神都没有。"

冉斯年听葛凡对自己不再客气，反而放松一笑："葛先生，你想要沉迷在自己美好的幻想中，这是你的个人生活方式，我无权干涉。我只是想要提醒你，不要自欺欺人，让梦影响到你的正常生活。看你的年纪，也是有家室的人了吧？与其把所有精力都放在梦里一个虚幻的女人身上，不如多多关注你的妻子孩子，不要让梦境成为破坏你家庭的第三者才好。"

葛凡冷笑着摇头："我原以为梦学大师会跟那些凡夫俗子不同，现在看来，你也不过是俗人一个。"

饶佩儿看不得葛凡如此出言不逊，冷冷地说："我们的确没有葛先生超凡脱俗、想象丰富，道不同不相为谋，葛先生真的是走错了地方，找错了人。如果你真的想找一个能够说出你爱听的话的人，我劝你还是去找一个真正的神棍，最好是有执照有资格证的正宗神棍，我们这位冉大师只是个伪神棍，给不了你喜欢听的答案，只能泼冷水。"

冉斯年哭笑不得地点点头，这话听着十分耳熟，正是昨天他说给饶佩儿听的。昨天的饶佩儿还站在今天葛凡的位置上，今天面对葛凡，饶佩儿就马上转换了立场，跟自己站在一边。冉斯年知道自己应该庆幸这一点，哪怕饶佩儿这话说得有些酸溜溜，带着股任性的调侃。

/2/

眼看葛凡这就要起身离开，冉斯年心想，搞不好他真的会去找个神棍，在自己的幻想里越陷越深，毁掉他的家庭和他自己。秉着负责和善良的态度，冉斯年还是出言阻止了葛凡。

"葛先生，请先留步。"冉斯年客气地说，"对于葛先生的梦，我的确有些想法。既然你都来了，不妨听听看，如果满意了，你尽可以有所表示，如果仍旧不满，我分文不取。"

饶佩儿白了冉斯年一眼，小声嘀咕："这套说辞还真有点儿神棍的意思。"

葛凡犹豫了一下，又坐回了沙发上，跷着二郎腿，恢复了一些之前的客套，说："请讲。"

"葛先生可听说过庄周梦蝶？"冉斯年友好地问。

葛凡有些意外，但并不回答，而是静待冉斯年继续讲。

饶佩儿饶有兴趣地说："我知道，高中的时候语文课本里有一首李商隐的《锦瑟》。

锦瑟无端五十弦，一弦一柱思华年。

庄生晓梦迷蝴蝶，望帝春心托杜鹃。

沧海月明珠有泪，蓝田日暖玉生烟。

此情可待成追忆？只是当时已惘然。"

饶佩儿对这首诗记忆深刻，一时兴起，竟然颇富情感地把这首诗给吟了出来。

"斯年，你说的就是这句'庄生晓梦迷蝴蝶'吧？"饶佩儿不懂，冉斯年为什么突然会提起这个典故。

冉斯年笑着回答："李商隐的这首诗里只是引用了庄周梦蝶的典故，我说的是庄周梦蝶的原文。"

"昔者庄周梦为蝴蝶，栩栩然蝴蝶也，自喻适志与！不知周也。俄然觉，则遽遽然周也。不知周之梦为蝴蝶与，蝴蝶之梦为周与？周与蝴蝶，则必有分矣。此之谓物化。"冉斯年也念了一段文言文。

饶佩儿和葛凡都有些迷惑，不懂冉斯年为什么突然提到这个典故，而且他俩对于这个典故也是一知半解，都等着冉斯年的解释。

"庄周梦蝶，典出《庄子·齐物论》，是战国时期道家学派主要代表人物庄子所提出的一个哲学命题。这篇文章翻译过来就是讲，庄子一天做梦梦见自己变成了蝴蝶，梦醒之后发现自己还是庄子，于是他不知道自己到底是梦到庄子的蝴蝶呢，还是梦到蝴蝶的庄子。于是，庄子提出一个哲学问题——人如何认识真实。"

饶佩儿似懂非懂地摆摆手："庄子的哲学论我搞不懂，我在乎的是庄周梦蝶跟葛先生的梦有什么关联啊？"

"葛先生，你绝对听说过庄周梦蝶的典故吧？"冉斯年问葛凡。

葛凡摇头："我就听过那首李商隐的古诗，庄周梦蝶到底什么意思，我今天也是第一次听说。"

"不，你不是第一次听说，很可能你在上学的时候就听说甚至是学习过庄周梦蝶的文章，只不过，就像很多人一样，成年以及衰老以后，把学过的东西又还给了老师。只不过，潜意识里，这些知识仍然存在，只是我们意识不到，它们隐藏得太深了。"冉斯年耐心解释，期盼葛凡能够跟自己产生共鸣，因为他自己也跟绝大多数人一样，把初高中学习过的一部分知识忘却得差不多了。

葛凡不明所以，问："我的梦跟庄子的哲学理论有什么关系？"

"可以说没有什么直接的联系，但是正是因为几个月前，有什么东西触动了你的潜意识，让它回想起了少年时期学过的庄周梦蝶的文章，所以你的潜意识才会编织了一场现代版，哦，不，是民国版升级版的'庄周梦蝶'，我们可以称之为'葛凡梦蝶'。在你的梦里，跟你相恋的女人就叫小蝶不是吗？这只是蝴蝶的另一种存在方式。"冉斯年一边讲一边观察葛凡的反应，想要看看他对这番解释买不买账。

葛凡懵懵懂懂，问："你的意思是，我在做这些梦之前，无意中接触到了庄周梦蝶这篇文章，或者是接触到了什么让我的潜意识想起了这篇文章，所以才会自己根据这篇文章，也做了一个类似的梦见蝴蝶的梦，只不过我跟庄子不同，我梦中的蝴蝶变成了一个叫小蝶的女人？可是，这是为什么呢？为什么我不是跟庄子一样梦见一只蝴蝶，而且是梦见自己变成蝴蝶，而是梦见了一个叫小蝶的女人？"

"因为你的婚姻生活。"冉斯年干脆一针见血，"根据你的这个梦，我猜想，你对于你现在的生活很不满意，尤其对你的家庭生活、你的妻子极为不满。你觉得她并不是你的真爱，你想要像逃脱牢笼一样逃离你的家，开始崭新的生活，接触更有新鲜感的女人。"

葛凡吞了口口水，眼神躲闪地低下头，他下意识的表现已经证明了冉斯年的推测八九不离十。

"你的梦就是你这个欲望的体现，而之所以梦境没有直接体现你的真实欲望，那是因为梦的审查制度，以及超我的道德标准，都认定你想要抛妻弃子的欲望是不道德的，甚至是可耻的。潜意识为了躲避梦的审查制度和超我的道德准绳，就编造出了一个小蝶，而这个小蝶在你的潜意识的加工下，也不是什么在你妻子之后才出现的第三者，而是在你妻子之前就出现的——你的前世就出现的真命天女。"

饶佩儿听得十分过瘾，她一直凝视着冉斯年，甚至没有意识到自己看冉斯年的眼光仍然带有欣赏和崇拜的成分。

"总结一句话，你的梦和潜意识共同作用，把小蝶这个虚幻的人物打造成了你的前世恋人，这样一来，你对你妻子和家庭的愧疚感就会少一些，你自己就会舒服一些。因为你的意识会这样认定：我没有背叛家庭，我没有第三者，小蝶是我前世的恋人，妻子才是我跟小蝶之间的第三者。"冉斯年把他的释梦理论，以及对葛凡的心理分析娓娓道来。

葛凡目瞪口呆，嘴唇高频颤抖，显然冉斯年的解释彻底颠覆了他的认知。他没有马上拍案而起愤然离去，也就说明，至少在他的潜意识里，他是有些赞同冉斯年的说法的。他正在试着重新审视自己，重新认识和接受那个可耻的自己，自欺欺人的负心汉。

饶佩儿用手肘捅了捅冉斯年，凑到冉斯年耳边小声说："你怎么这么直接啊，要是让他知道了自己心中真实的想法，他马上就回去跟妻子离婚了怎么办啊？"

冉斯年耸耸肩："那样不是更好？让女方早点儿摆脱这样的渣男，重新寻觅幸福。生命有限，把生命浪费在一个潜意识里一直想要抛妻弃子的男人身上，那不是太亏了？"

饶佩儿觉得冉斯年说得有些道理，只是一想到一个家庭会由此破裂，还是不安心，她劝诫葛凡："葛先生，我劝你还是理智一些，调整一下自己的心态，好好经营你的婚姻，相信我，在你和你妻子的共同努力下，你们是可以重燃热情的。最重要的，你们还有孩子，为了孩子，也请你用尽全力去拯救你们的婚姻。不到万不得已，别让孩子失去他完整的家。"

冉斯年听饶佩儿说得情真意切，想到了饶佩儿也是自幼丧父，一直跟母亲相依为命，怪不得如此有感而发。他拍了拍饶佩儿的手背，刚想要说几句暖心的话，饶佩儿却把手缩了回去，跟冉斯年保持距离。这个举动让冉斯年瞬间感觉被泼了一盆冷水，他恍然大悟，饶佩儿已经是别的男人的女友了。

"不，不对，"葛凡终于回过神来，"你说得不对，不是这样的！小蝶是我前世的恋人，我的梦就是我们俩前世的经历。你甚至没有听我仔细讲过我的梦，就下了这样的结论，实在不可信！哼，我是一分钱也不会给你的！"

"砰"的一声，葛凡摔门而去。

饶佩儿想追，冉斯年阻拦，说："让他一个人冷静一下吧。我可以理解他现在的心情，他对梦里的小蝶爱得越深，接受这个事实就越困难。接下来他是不是能够走出自己给自己建造的迷城，就看他自己了。"

饶佩儿无奈地点点头："是啊，但愿他能够快点儿醒悟吧。"

第三章
危 险 恋 情

/ 1 /

　　冉斯年请饶佩儿在餐馆吃了午餐，两人又回到别墅里，由饶佩儿给冉斯年讲述她跟雷钧霆做的雷同的梦。

　　"我梦见自己坐长途客车来到了陌生城市的一家肯德基，钧霆就在靠窗的位置等我。我背着行李进去坐到他的对面，我俩聊得很投机，像是认识了很久，可又像是第一次见面。梦里的我对钧霆就有一种似曾相识的感觉，很亲切。"饶佩儿陷入了回忆，而且是脸上荡着幸福甜蜜笑容的回忆，"钧霆给我端来了我最爱的可乐薯条，他自己喝咖啡，我喜欢爱喝咖啡的男人，觉得那很有品位，成熟又有文艺范儿。"

　　冉斯年微微蹙眉，心想，饶佩儿喜欢喝咖啡的男人，他还是第一次听说。喝咖啡的男人还不是到处都是，这个喜好可真的不像她这个年龄的女人该有的。

　　饶佩儿突然一阵脸红，细声问："接下来的部分，我能不能不讲？"

　　"怎么？还有限制级的？"冉斯年下意识气愤地反问。

　　饶佩儿被冉斯年的气势吓了一跳，缓过神来才说："其实也不算限制级啦，只是我们没有地方可去，钧霆在附近的一家宾馆里开了房，我就跟他回宾馆了。"

　　"然后呢？"冉斯年冷冷地问。

"然后我们就一起看电视，一起聊天，一起叫外卖当晚餐。到了晚上，我困了，就穿着衣服躺在标间其中一张床上睡着了。钧霆很君子，那一晚他也是穿着衣服睡的，并且连我的手都没有碰过一下。"饶佩儿加重语气，生怕冉斯年不信似的。

冉斯年撇嘴，小声说："你这话谁会信？你跟一百个人说，能有一个信的吗？瓜田李下，干柴烈火，反正我是不信。"

"我说冉斯年，你是不是入戏太深了？我在讲的是我做的梦啊，有什么信不信可言的？我又有什么理由撒谎？"饶佩儿大声反驳。

"我不认为这只是你的梦，我认为这是你的真实经历重现，是你跟雷钧霆共同真实经历的重现，只有这样才能够解释你们俩的梦境不谋而合，极度相似。"冉斯年斩钉截铁不容置疑地说。

饶佩儿瞪着双眼："开什么玩笑？你说我真的跟钧霆开过房？这么重要的事情我怎么会不记得？"

"别忘了，你被你的父亲催眠过，失去了部分记忆。"冉斯年严肃地说。

饶佩儿歪着头："可那只是我幼儿时期的事情啊，难道我幼儿时期曾经见过钧霆，而且跟他开过……"

饶佩儿说不下去了，她剧烈摇头，自言自语似的说："不可能，不可能的。"

冉斯年哭笑不得："当然不可能是幼儿时期，我觉得，应该是在你的少女时期。你那时候正处于青春期叛逆期，自己一个人乘坐长途客车去陌生的城市，见了一个既陌生又熟悉的男人，说他陌生是因为那是你们第一次见面，你又觉得他熟悉，并且能够第一眼就认出了他，那是因为你们之前在网上有过一段时间的交流，看过彼此的照片，甚至是视频聊天。至于你刚刚说的，喜欢喝咖啡的男人，觉得成熟又有文艺范儿，这也很符合一个十四五岁少女对男人的喜好风格。综上所述，我认为雷钧霆是你少女时期约见的一个男网友，只不过，你把他给忘了。"

饶佩儿低头沉思片刻，犹豫着说："难道真的是这样？可是，可是我为什么会单单忘记了这一段呢？我的父亲催眠了我？难道我的父亲一直就在我身边？可他为什么要催眠我呢？为什么要让我忘记钧霆？难道他不满意钧霆，不满意我早恋？"

冉斯年咬住嘴唇，内心十分矛盾。一来，他已经有了答案，关于为什么饶佩儿的父亲会催眠饶佩儿让她忘记了跟雷钧霆的这一段，才不会是为了阻止饶佩儿早恋那么简单，很可能是雷钧霆把十几岁的饶佩儿带去宾馆做了什么，饶佩儿身心受到了极大的伤害。饶佩儿的父亲心疼女儿，便催眠让她忘记了那么痛苦的经历。也就是说，这个雷钧霆不是好人，他曾经伤害过饶佩儿。

可是，冉斯年能够把这个猜想告诉饶佩儿吗？就算说了，饶佩儿会相信吗？她只会觉得他在抹黑雷钧霆吧？可不说的话，冉斯年又觉得太对不起饶佩儿，对她很不负责，饶佩儿有权知道她的男友到底是个什么货色。没错，说不说是他的事，信不信是饶佩儿的事。

"佩儿，有些话，我有必要告诉你。"冉斯年犹豫了片刻，还是决定开口，"我认为你的梦欺骗了你，在你和雷钧霆进入宾馆后的部分，你的潜意识为了迎合你意识里对雷钧霆的喜欢，也是因为受催眠的影响，你的潜意识躲避了真实的经历，为你编造出了一个你喜欢的套路。也就是说，你希望雷钧霆是个正人君子，所以你梦里的雷钧霆虽然跟你睡在同一个房间，却对你始终发乎情，止乎礼。"

饶佩儿的脸一下子阴沉下来："你什么意思？"

"我猜想雷钧霆一定是在宾馆的房间里对你做了很不好的事情，你的父亲为了让你忘却痛苦的经历，所以才在事后催眠了你。"冉斯年一咬牙，一口气说出了最难启齿的话。

饶佩儿脸色青红不定，急剧变化，最后却哈哈大笑，调侃着说："冉斯年啊冉斯年，你该不会是在嫉妒吧？你最好拷问一下你的潜意识，问问它你是不是在嫉妒，是不是因为嫉妒才故意抹黑钧霆的！"

冉斯年却丝毫没有笑意："我问过，也很清楚答案。嫉妒，没错，我嫉妒了，但是我的推测跟嫉妒没关系。佩儿，我只是想提醒你，不要完全信任雷钧霆，防人之心不可无。"

饶佩儿无所谓似的耸耸肩："放心吧，我能保护自己。我先回去了，有事儿再联系吧。"

冉斯年知道自己惹饶佩儿不开心了，但他相信饶佩儿会把他的话听进去，她需要一段时间消化和思考他的猜想。

把饶佩儿送到门口，冉斯年目送她驾车离去。转身准备回去的时候，他突然发现自己家门前的信箱上不知道什么时候被白色粉笔画上了一个圆圈。

冉斯年驻足在原地，凝视着那个圆圈，心想这八成是小偷在给自己家做记号，圆圈的意思是代表这里值得一偷呢，还是什么别的意思？

不，不对，冉斯年抬头看到了自家门前对面的监控，小偷是不会选择这样的高档社区偷盗的，毕竟这里有保安巡逻，处处都是监控探头，并且整个小区从建成到现在，一次偷盗案件都没有过。那么这个白色圆圈代表着什么？

冉斯年突然灵光一闪，为什么是在邮箱上画记号，而不是在别的地方？最简单的想法，这是有人在提醒冉斯年看邮箱不是吗？因为现在科技发达，大家都是发网络邮件，一般的快递邮件也都是直接送上门，邮箱的利用率很低，冉斯年一般一个月才会打开这个邮箱一次，有时候两个月都不开一回。

想到这里，冉斯年马上跑回去找到了邮箱的钥匙，又折返回来打开了邮箱。

邮箱里只有一个古老的牛皮纸信封，上面一个字也没有。

冉斯年先是凑上去闻了闻，确定没有什么腐蚀性的异味之后，才隔着纸巾拿起信封，然后迅速回到房间。

事实证明，冉斯年想多了，这封信上没有毒，没有腐蚀性的任何东西，这只是一个简单的信封，里面有一张纸，一封信。信的内容很简单，只有一行字，用报纸上的剪贴字组成的一句话：让饶佩儿远离雷钧霆，雷钧霆不是好人。

冉斯年首先想到的就是，给自己这封信的人应该就是饶佩儿的父亲，他一直在暗处关注着饶佩儿，知道自己跟饶佩儿关系密切，知道饶佩儿跟雷钧霆成了男女朋友。但他也知道雷钧霆对饶佩儿犯下的罪行，不想让自己的宝贝女儿跟一个罪犯交往，又不能直接出面阻止，不能直接给饶佩儿发出这样的提示和警告，所以就想到了他冉斯年。

没错，由冉斯年出面把饶佩儿从雷钧霆那里夺回来，这是最好的办法，同时也能够隐藏饶佩儿父亲的所在。

看来自己的猜想没错，这封信佐证了刚刚那个猜想，雷钧霆的确不是什么好人，他曾经伤害过饶佩儿，这一次他又要利用饶佩儿的失忆，想要再次伤害她！

又过了半分钟，冉斯年突然想到了什么，起身直接往小区的物业赶去。

因为曾经给物业经理的母亲释梦，冉斯年跟物业经理的关系不错，他直接拿到了自家门前的监控录像，快进着看过了最近三天的录像，他找到了目标人物。

三天前，一个散步的老头儿经过自家门前的时候，动作迅速地把那个牛皮纸信封塞进了冉斯年家门前的信箱。昨天傍晚，老头儿再次路过冉斯年家门前，他特意凑过来冲着投信口望了望，像是在确定信有没有被取走，然后又用粉笔在信箱上画了一个圆圈。

冉斯年可以想象，寄信人是个七十岁左右的老者，自然是对网络十分陌生，否则的话，他完全可以在网上发信息给冉斯年提示，不必要冒着会暴露自己的风险亲自跑一趟。

可是老者不懂网络，这事儿又是不能告诉别人的秘密，自然不能找年轻人帮忙，那么怎么办呢？只能是用报纸上剪下来的印刷字"写"这么一封信，这也是不得已而为之的办法。因为老者必须保护饶佩儿的周全，让她远离那个曾经伤害过她的坏蛋。

冉斯年的脸盲症还没有完全治愈，再加上监控不甚清晰，他对这个老头儿的面貌没法形成深刻记忆。但是看体态和衰老程度，冉斯年可以确定，这个老头儿有将近七十岁的年纪，不可能是饶佩儿的父亲。但可以肯定的是，这个人绝对跟饶佩儿的父亲有关，他也是当年之事的知情人，不但知晓雷钧霆曾经对饶佩儿犯下的罪行，也知晓饶佩儿父亲的去向和当年诈死的内幕。

找到这个人！冉斯年下定了决心，因为这个人就是饶佩儿一直以来探寻秘密的突破口。

冉斯年打电话把物业经理叫到了自己家，给了他两千元钱，要他帮忙在小区保存的一周内的所有监控里，截取有这个老者出现的片段，汇总之后交给自己。

其实冉斯年可以自己把七天的监控全部快进看一遍，然后在梦里提取这个老者的特征，但是一个偌大小区里七天的监控录像，他一个人以最快速度观看，需要花费的时间也是不敢想象的，与其这样，还不如让物业经理的手下们代劳。冉斯年告诉物业经理，等到他把监控送来的时候，还会另外再给两千元的报酬。

冉斯年等待监控录像的到来，一等就是三天。

第四天，物业经理终于带着成果登门，他满心欢喜地收下了剩下的两千元。

然而物业经理并没有带来冉斯年期待中的监控录像，他直接给了冉斯年一个地址，声称这就是那个老头儿的居住地址。而让冉斯年惊讶不已的是，老头儿的居住地址正是饶佩儿家所在的小区。

物业经理告诉冉斯年，他在监控上一路追随那个老头儿，注意到老头儿跟几个小区的老住户——老头儿老太太有过交谈，像是熟人。经理就找到了监控中出现的小区的老头儿老太太，一问之下才知道，原来那个老头儿曾经是这个小区的租户，是在大概一年前搬过来的，并且是一个孤寡老人，跟一对小情侣和两个上班族合租一套房子，自己住在不足十平方米的小屋里。

大概三个月前他搬离了这个小区，回到了他原本的房子那边。物业经理之所以知道老头儿的家庭住址，是因为小区管理严格，备份了绝大部分租客的资料，老头儿的资料上明确写着他的名字和家庭住址。

冉斯年皱眉听完了物业经理的讲述，手里握着老者的住址，不禁感到一阵心酸。

这位名叫孔祥的老人，原本是住在饶佩儿家的小区的，他在那里买了房子定居；一年前饶佩儿搬到他这里的时候，老人也搬过来在他的小区租房；三个月前，饶佩儿再次搬回自己家，孔祥老人也搬了回去。他的目的再明显不过，他要跟着饶佩儿，他要确保饶佩儿的安全。冉斯年心想，老人一定是没什么钱，应该是个经济条件一般又很节省的老人，所以才会委屈自己跟一帮年轻人合租。

这样的年纪，仍然"坚守岗位"一样默默跟随着饶佩儿，若不是受极为重要的人的嘱托，就是他自己本身就跟饶佩儿关系密切。

冉斯年决定，下午就去拜访一下这位孔祥老人曾经的邻居、合租的房客，打探一下老人的身世背景。

第四章

母 女 嫌 疑

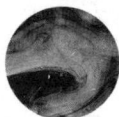

/ 1 /

　　然而计划没有变化快，中午过后，正当冉斯年打算出门的时候，他接到了瞿子冲的电话。

　　"斯年，渔民在松江撒网捕鱼的时候打捞上来一具男尸，我们法医初步勘验，死亡时间大概是在昨天晚上。男尸的身份不明，但我们在男尸的口袋里发现了一张你的名片。"瞿子冲语速极快地介绍，说到最后一句的时候，他语速放慢。

　　冉斯年叹了口气，他知道，这一次，他恐怕又要搅进一宗命案之中了。

　　瞿子冲告诉冉斯年在小区门口等待邓磊开车来接他，去警局认尸，看看这个不明身份的男尸是不是冉斯年曾经的顾客。

　　一个小时后，冉斯年站在男尸面前，上下左右地打量观察那具已经被江底泥沙石头磨蹭得伤痕累累的脸。最后给出的结论是，他不确定。

　　"瞿队，你也知道，我患有脸盲症，而且他的面目已经变成了这样，我没法确定，只能说怀疑。"冉斯年解释，"我怀疑他就是前几天来我这里释梦的一位顾客。至于说名片，不是我给他的，应该是他从别人那里得来，根据名片上的信息找上我的。你也知道，这名片我就印了一百张，现在家里还有七十多张呢。"

瞿子冲面露难色，说："你怀疑他是前儿天找过你的顾客？他叫什么名字？"

"葛凡。"冉斯年想了想，突然面露笑意，"瞿队，葛凡去我那里的时候佩儿也在，我认不出，但佩儿没有脸盲症，她应该可以确定这个人是不是葛凡。"

瞿子冲点点头，吩咐身边的范骁："小范，你给饶小姐打个电话，叫她过来认尸。"

冉斯年坐在解剖室外的走廊上等待饶佩儿，他还是很怀念从前饶佩儿这个助理一直跟在身边一起探案的日子的。他想，如果可以的话，这一次他也尽力去说服饶佩儿跟他一起参与案件的侦破，两个人相处的时间长了，也有助于饶佩儿甩掉那个雷钧霆，回到自己身边。

没过半个小时，饶佩儿风风火火地赶到，在走廊里跟冉斯年碰面。

"斯年，我有件事情要拜托你！"饶佩儿驻足在冉斯年面前。

"饶小姐，还是先去认尸吧。"范骁指了指解剖室的门，示意饶佩儿正事儿要紧。

饶佩儿没好气地说："急什么，尸体又跑不了。我这件事情非常重要！"

冉斯年温和地说："佩儿，什么事？"

"斯年，最近一段时间，你不要上网，也不要看电视，当然，手机也不能上网。如果想要看新闻了解时事，可以看报纸的新闻版面。"饶佩儿气喘吁吁地说。

冉斯年摸不着头脑，还没等他开口问，范骁先抢先问："为什么啊？"

饶佩儿白了范骁一眼："不为什么，小范，你也不要上网、不要看电视，至少最近三天不行。"

冉斯年似乎明白了什么，他郑重地点点头："放心吧佩儿。"

饶佩儿这才稍稍安心，跟着范骁进了解剖室。

仅仅一分钟不到，饶佩儿就捂着鼻子走出来。

"没错，就是葛凡，"饶佩儿哀伤地感叹，"葛凡怎么会死了呢？是谋杀吗？唉，前几天我还在担心他会不会跟妻子离婚，妻子带着孩子怎么生活，现在的情形，比离婚了还惨。离婚了，至少孩子还有父亲，现在……"

眼看饶佩儿眼泪在眼眶里打转，冉斯年体贴地递给她一张纸巾，安慰道："佩儿，别太难过了。"

饶佩儿抹了一把眼泪，一下子又换了状态，大声说："斯年，你一定要找到害死葛凡的凶手，不能让他死得不明不白。如果有需要我帮忙的，尽管说。反正我最近也没什么工作，闲得很。"

冉斯年本来还在琢磨怎么开口邀请饶佩儿跟自己搭档探案，没想到饶佩儿自己就先提了出来，冉斯年索性就坡下驴，说："我当然需要你的帮忙，佩儿，我正式邀请你作为我的助理，跟我一起调查葛凡的案子。"

饶佩儿顿了一下，微微摇头："你的助理？不行。"

冉斯年挠挠头："不行？你不是想要参与调查吗？"

饶佩儿又点头："没错，我是想参与调查，不过我现在怎么说也算是个小腕儿了，专辑都出了。要我屈尊像以前一样给你当助理，那可不行。要不这样吧，你给我当助理，怎么样？"

冉斯年一愣，还没等开口说什么，一旁的范骁先哈哈大笑起来："饶小姐，你开什么玩笑？冉先生可是释梦神探啊，连瞿队都要借助于冉先生的帮助，他这样的人物怎么可能给你一个小明星当助理？怎么可能？"

"可能。"冉斯年幽幽吐出两个字，让范骁的笑声戛然而止。

范骁和饶佩儿都反应了一会儿才回过神来。饶佩儿得意地仰着头，骄傲地望着范骁："怎样？斯年已经是我的助理了，小范呢，你就是我助理的助理，你可要搞清楚你自己的位置！对我说话要客气点儿，知道吗？"

范骁苦着一张脸，只能点头。

三个人站在解剖室门口，默默无语的空当，瞿子冲从远处走过来。

"怎么样？尸体身份确认了吗？"瞿子冲一边朝这边走一边问。

饶佩儿凑到冉斯年身边小声说："放心，在瞿队面前我会给你留面子的，只是在没有他的场合，你才是我的助理。"

冉斯年无奈地点头，苦笑着说："还真是谢谢你的深明大义啊。"

"瞿队，饶小姐已经确认，死者就是葛凡。"范骁立正大声汇报。

瞿子冲一招手，示意几个人跟他一起回去："走，先调出来葛凡的资料，咱们再从长计议。"

冉斯年一边走一边说："瞿队，关于嫌疑人，我这边有两个人选。"

瞿子冲一听冉斯年这么快就锁定了两个嫌疑人，自然是喜出望外："哦？是谁？你怎么知道？"

冉斯年回答："分别是死者的妻子和孩子。至于说原因，还得从葛凡找上我的目的说起。"

/2/

葛凡，四十岁，某化妆品公司的销售经理。他的妻子丁怡和他同岁，是个专职的家庭主妇，两人有个独生女儿葛莉莉，今年十五岁，读高一。

饶佩儿可以理解冉斯年把葛凡的妻子丁怡当作嫌疑人，但却不愿承认一个十五岁的小姑娘会对自己的亲生父亲下毒手，并且，十五岁的葛莉莉有没有这个能力也是两说。

瞿子冲听冉斯年大致讲述了一遍葛凡找他释梦，准确来说是咨询梦境是否可能是前世记忆的经过，沉吟了片刻后说："总结来说，斯年，你是怀疑葛凡因为一个梦里虚幻的女人冷落了妻子丁怡，甚至露出了想要离婚的念头，所以才被丁怡或者葛莉莉给谋害了？"

"有这个可能，这样一来，不用离婚分割财产，葛凡的所有财产都会被丁怡母女继承。"冉斯年说着，望向范骁，"小范刚刚介绍葛凡背景的时候不是说过吗，葛凡的生母在葛凡很小的时候就去世了，而且他的生母葛艳是个单亲妈妈，葛凡没有父亲。后来葛凡就被葛艳的姐姐，也就是葛凡的大姨和大姨父收养，这对养父母也在四年前病故。这样一来，葛凡的所有遗产，就只剩下两个继承人，丁怡和葛莉莉。"

范骁连连点头："没错，我刚刚简单调查了一下，葛凡名下有两套房子，还有十几万的存款和一台车，现在这些东西全都归丁怡母女啦。"

瞿子冲吩咐范骁："你让梁嫒通知丁怡过来认尸吧，正好，咱们先跟这个目前最有嫌疑的妻子谈谈。"

这天是周日，葛莉莉放假在家，范骁的一通电话，直接叫来了两个嫌疑人前来认尸。

冉斯年、饶佩儿和范骁陪同母女俩来到了解剖室，一路上，丁怡步伐缓慢，浑身颤抖，压抑着马上就要崩溃的情绪，可葛莉莉这个十五岁的女孩却十分冷静沉着，像个雕塑一样。

饶佩儿觉得这对儿母女很奇怪，好像表现完全反了一样，母亲恐惧紧张，倒是女儿冷静理智。

解剖室里，法医掀开了蒙在尸体上的白布，葛凡的脸一下子呈现出来，只听丁怡倒吸一口冷气，然后便放声大哭，整个人瘫软向后倒去，幸好范骁及时扶住了她。

饶佩儿偷眼去观察葛莉莉，她竟然在葛莉莉那一如雕塑一般的脸上捕捉到了一丝冷笑，让饶佩儿浑身打了个寒战。这是什么女儿啊？难道葛莉莉真的是凶手？

半个小时后，警局的会议室里，丁怡终于收起了激动和哀痛的情绪，冷静下来。

"莉莉，你爸爸死了，你怎么还是这副模样？"丁怡总算缓过神来关注自己的女儿，她对于葛莉莉的表现十分不满。

葛莉莉目视前方，冷冷地说："他本来也要抛下我们，我早就没有这个爸爸了，现在跟原来有什么区别吗？"

这话一出口，丁怡的眼泪又一下子涌了出来，她捂住嘴巴，不住地摇头。

冉斯年轻咳一声，说道："葛先生不幸遇害，法医的验尸结果表明，他是被钝物重击后脑造成颅内出血死亡的，死后尸体才被丢进了松江。也就是说，葛先生是被谋杀的，这一点毋庸置疑。除此之外，他身上并没有找到与凶手纠缠过的痕迹。警方初步推测，凶手是葛先生认识的人，趁葛先生背对其的时候突然袭击。"

"哼，我知道凶手是谁。"丁怡突然止住了抽泣，阴沉地说。

"你知道？"范骁好奇地问，"是谁？"

"还能有谁？就是那个女人呗。"丁怡不屑地冷哼一声，"我对那个女人也没什么了解，我只是知道一个昵称而已。"

"什么昵称？"范骁问。

葛莉莉在一旁冷笑着吐出两个字："小蝶。"

冉斯年和饶佩儿面面相觑，原来这对母女认定了小蝶是真实存在的。

冉斯年说："据我所知，小蝶只是葛凡梦里的虚幻人物吧？难道现实中真的有这么一个人？"

"一定有的，葛凡说过，他的小蝶跟他一样投胎转世。他之所以最近一段时间开始频繁做他们俩前世经历的梦，就是命运在提醒他，提醒他去寻找小蝶再续前缘。他相信小蝶就在离他不远的地方，就在松江市。半个多月的时间里，他把全部精力都放在寻找小蝶上，已经变成了一个疯子。现在他死了，我敢说，他的死绝对与那个小蝶脱不开干系！"丁怡几乎是咬牙切齿地说。

葛莉莉冷笑一声说："也许他找到了那个小蝶，梦里的女人。可是人家根本不认识他，也不信什么前世今生说，把他当成了疯子或者是流氓。他对人家苦苦纠缠，最后被人家给杀了。又或者是被小蝶的男友或者丈夫给杀了。哼，这是他活该，咎由自取。"

冉斯年对葛莉莉的印象糟糕透顶，他白了葛莉莉一眼继续问丁怡："葛凡的精神是不是真的有什么问题，他有过这方面的病史吗？"

丁怡摇头："根本没有，我跟葛凡高中时候就认识了，他一直很正常，根本没病。只是大概三个月前，也不知道突然抽了什么风，就开始做那样的梦，几乎是每晚都做。白天也十分恍惚，我就问他到底出了什么事，他一开始瞒着我，后来被我问得不耐烦，他就把一切都说了。他说他几乎每晚都做那三个梦，两个月以后，他就真的相信了他和小蝶是前世的恋人！就在三天前，我最后一次见到他的时候，他竟然为了那个小蝶跟我提出了离婚！"

冉斯年心想，三个月前开始做这样的梦，这就代表着三个月前葛凡接收到了某种刺激，让他的潜意识受到了启发。

"三个月前，葛凡发生了什么特别的事情吗？"饶佩儿先问出了冉斯年想要问的话。

"能有什么特别的？"丁怡翻着白眼儿，"根本没有，我们的生活每天按部就班，没有任何变数。"

冉斯年心想，一定有什么变数，只是葛凡和丁怡都没有注意到而已。

"你最后一次见到葛凡是在哪里？具体什么时候？"瞿子冲问。

"在家，三天前的晚上八点多，他回家，直接拿出来一份《离婚协议书》让我签字，然后就开始收拾行李。"丁怡一边说一边抽泣，"我不肯签字，又把他收拾好的衣服全都从箱子里扯了出来。他居然跟我说我是疯子，连衣服也不要就走了！"

瞿子冲问："葛凡跟你说的离婚理由是什么？"

葛莉莉又是一声冷笑："他说他心里除了小蝶再容不下别的女人，他一开始就没有爱过我妈妈，十五年了，他也无法爱上她。他已经下定决心离开，不能再耽误我妈妈。他要终其一生寻找小蝶，找不到真爱小蝶，他宁愿孤独终老。哼，居然把自己说成了一个情圣，只可惜，这也掩饰不了他是疯子的事实。正常人，谁会因为梦里的一个女人就抛妻弃子？"

瞿子冲与冉斯年对视，说："这样说来，我们已知的顺序是四天前，葛凡一大早去了斯年你那里，三天前的晚上，葛凡回家提出离婚，然后一直到昨天晚上，葛凡遇害。也就是说，从三天前的晚上一直到昨天晚上，葛凡在这48小时里都去了哪里、见了什么人、做了什么，我们都不知道，而这48小时发生的事情，恐怕就是命案的关键。"

冉斯年点头赞同瞿子冲的说法，他提议："瞿队，你这边当然是负责从葛凡的同事朋友社会关系着手调查，我这边，就从葛凡那三个梦着手，双管齐下。"

瞿子冲自然同意冉斯年的提议，他觉得这件案子有冉斯年的帮助，破案只是时间问题。

"丁怡，这位冉先生是我们的顾问，也是梦学专家，你把葛凡做的那三个梦详细讲给他听，相信我，这会对破案有很大帮助。"瞿子冲对丁怡介绍。

"没办法，"丁怡抹了把眼泪，干脆地拒绝，"我没办法讲，因为葛凡根本没有跟我详细讲过他的梦，我只知道，这三个梦分别是他和小蝶幼儿时期、少年时期和成年时期的，每个梦里都有小蝶，而且背景好像是什么民国时期，葛凡是富家少爷，小蝶是丫鬟。"

葛莉莉再次不屑地突然出声："真是够狗血的，一大把年纪了，还做这种春梦，真让人恶心。"

"够了，莉莉，不管怎么说，他是你爸爸！"丁怡终于按捺不住怒火，冲葛莉莉大声吼叫，"你个臭丫头，你还有没有人性？"

葛莉莉拍案而起，放声大叫发泄："没有人性的是他！一个月以前，他竟然拉着我的手，问我是不是小蝶！就因为有那么一句话，说什么女儿是父亲前世的情人之类的话，他竟然怀疑我就是转世投胎的小蝶。从那时开始，我一见到他就恶心，我恨他，恨他，恨死他！"

丁怡愣住了，三秒钟后她一把抱住葛莉莉，母女俩抱头失声痛哭。

冉斯年和饶佩儿对视一眼，心情也十分沉重。葛凡因为身陷小蝶的梦境无法自拔，毁掉的何止他自己，还有他的家，他生命中最重要的两个女人。只是为了一个不存在的女人，梦中的女人，一段他臆想出来的前世今生的情缘，就深深伤害了两个现实中对他来说最重要的女人，这真是令人扼腕叹息的悲剧！

瞿子冲示意范骁把丁怡母女带去审讯室，分别由邓磊和梁媛负责审讯，询问昨天晚上，也就是案发时间段，这两个人的不在场证明。

瞿子冲原本也是不愿意相信，本能抗拒凶手会是一个十五岁的女孩，可是刚刚看到了葛莉莉的情绪爆发，他在心痛之余也确定了，葛莉莉具备杀人动机。

眼看已经是傍晚下班时间，冉斯年对瞿子冲提出告辞。现在没有死者那三个有关小蝶的梦的具体描述，他也是巧妇难为无米之炊，除了告辞回家，也别无他法。

瞿子冲让范骁送冉斯年和饶佩儿离开，临走前还不忘嘱咐："斯年，我们这边一旦找到了知晓葛凡那三个梦的知情人，会马上通知你。直觉告诉我，葛凡的梦是破案的关键。所以这案子，还是得麻烦你了。"

"义不容辞。"冉斯年笑着对瞿子冲摆手告辞。

第五章

关于孔祥

冉斯年上了饶佩儿的车，开始跟饶佩儿商量，两人晚上去哪里吃晚餐，当然，是由冉斯年请客。

最后，他们还是去了冉斯年家附近，两人经常光顾的餐厅，选了靠窗的老位置，面对面坐下。

"佩儿，有些事情，我想你有权知道。"晚餐吃到尾声的时候，冉斯年开口，而且是十分有心机地选在这个时候，吊足饶佩儿的胃口，"反正现在也在我家门口了，不如你来我家，正好我有一样东西要给你看。"

饶佩儿本来就好奇心重，冉斯年又是这么一副一本正经的样子，她完全没了选择权，尽管她已经猜到冉斯年要说的事情跟雷钧霆有关，而且八成是她不爱听的话，可是却也只能点头答应。

饭后，两人回到冉斯年的家，坐在客厅里。

冉斯年缓缓从茶几下面抽出了那个牛皮纸信封，放在茶几上，推到饶佩儿面前。

饶佩儿莫名其妙，迅速伸手拿过信封拆开去看。一看之下，她眉头紧锁，嘴唇紧抿，严肃了几秒钟后，又释然地笑出声。

冉斯年不明白了，忙问："你笑什么？"

饶佩儿大大咧咧地说："斯年，你是不是想要告诉我，有人偷偷给你这么一封匿名信？有人想要提醒你，或者是提醒我，钧霆不是好人？这个人又偏巧不巧，就是在你对我说出了你那套钧霆不是好人，曾经伤害过我的言论之后，像是故意帮你的忙一样，给了你这封信？"

冉斯年陡然冒出一种不祥的预感，感情是饶佩儿在怀疑这封信的真实性。

"你认为这封信是我弄的？"冉斯年对于饶佩儿的这种怀疑很不满，而他的不满丝毫没有掩饰，展露无遗。

饶佩儿看冉斯年脸色沉了下来，只好改了话锋："也许，是你梦游的时候弄了这样一封信，自己放在门口或者是信箱里。因为你的潜意识想要让你认定，也想要让我认定钧霆不是好人，想让我离开钧霆。所以你干脆自己给自己制造了这么一个所谓的'证据'。"

冉斯年觉得很失望，他沉声问："佩儿，我在你眼里就是这样的人？为了一己之私，就会自欺欺人？而且会连自己有梦游的毛病都不知道？你到底是在小看我的品德还是我的能力？"

饶佩儿吞了口口水，有些心虚地说："有这个可能。"

"我看是你的潜意识在负隅顽抗吧？"冉斯年咄咄逼人，"你在自欺欺人，不愿意正视问题，因为你害怕，你的潜意识在恐惧，恐惧你真的看错了人，对曾经伤害过你的坏蛋钟情委身。"

饶佩儿抿嘴不语，她的状态表明她在反思自己，而且也察觉到了，自己的确就如冉斯年说的一样。

饶佩儿扪心自问，雷钧霆和冉斯年两个男人，她更信任谁。答案是冉斯年。

因为她跟冉斯年认识得更久，她自认为更了解冉斯年，并且，冉斯年的秘密，她也都知晓；她的秘密，冉斯年也差不多全都知晓。他们曾经朝夕相处，形影不离。冉斯年的正义感、善良和热心，乃至他的冷漠、心机、狡猾，她都见识过。

可雷钧霆呢？目前为止，她只见过他的好、他的热情、他的阔绰。他对饶佩儿来说还是一个谜。更何况，两个人做近乎相同的梦，这一点的确可疑。之前是饶佩儿自欺欺人，认为她和雷钧霆是前世的恋人，现在看来，当初的自己多么幼稚可笑，他们自然不可能是什么前世恋人，就像冉斯年所说，唯一的可能就是，她和雷钧霆曾经有过一段共同的经历——网友见面的经历。至于那次网友见面的结果，她是不是真的受到了伤害，饶佩儿不敢想，也逃避去想。

冉斯年看得出饶佩儿已经缴械投降，他一把抓住饶佩儿的手，坚定地说："佩儿，放心，一旦证实雷钧霆曾经对你做过什么坏事的话，我是绝对不会饶过他的！"

饶佩儿把手抽了回来，艰难地点点头："一切还是等真相大白的时候再说吧。还是先说说你这封信，到底是从哪里来的？"

冉斯年就把他发现信箱被画圈，一直到他花钱雇用物业经理查那个老者，到最后查到了老者两次搬家一直跟随饶佩儿的经过都告诉给了饶佩儿。

"那我们还等什么？"饶佩儿迅速起身，就要往外走，"你不是有地址吗？咱们快去找他啊！他跟我父亲绝对有关系！"

冉斯年一把拉住饶佩儿："别急，我们这样贸然找过去，开门见山地问他跟你父亲有什么关系，他是绝对不会承认的。本来今天中午的时候，我也是打算先从侧面打探一下这位孔祥老人的事情。我们要做的是暗中调查他的身份，直接去问，反而会打草惊蛇，让他有所警惕，再想找他，恐怕就难了。"

"可我们怎么调查呢？"饶佩儿又回到沙发上坐下，"总不能拜托瞿子冲或者范骁帮忙查人吧？"

冉斯年笑嘻嘻地说："我只是个助理，主意还是要你这位明星侦探拿啊。"

饶佩儿定神沉思了一会儿，突然击掌说道："有了，咱们可以去问问跟孔祥老人合租的房客，还有那些跟他交谈过的老头儿老太太啊。"

冉斯年也恍然大悟似的击掌，夸张地说："有道理啊，我怎么没想到？"

饶佩儿笑着白了冉斯年一眼，把靠枕丢过去："少来，你早就想到啦！"

冉斯年看了看时间，已经是晚上八点："时间不早了，现在去打扰人家恐怕也问不出什么来。明天一早我先联系物业经理，让他带着咱们去找人询问更方便一些，否则那些人疑心重警惕性强的话，咱们也问不出什么。"

饶佩儿虽然心急，但也觉得冉斯年说得有道理："好吧，那就明天。反正葛凡的案子现在你也是英雄无用武之地，明天一大早我就过来找你，咱们一起去找物业经理。"

冉斯年又是恍然大悟一般："哎呀，咱们刚刚才在餐厅喝的饮料，我记得好像含有酒精，含量还不少。你现在驾车回家，万一被交警查出酒驾可怎么办？你现在怎么说也是个小腕儿啊，要是爆出酒驾的丑闻就不好了。"

饶佩儿坏笑着说："冉斯年，你想要我留下来就直说好不好？你就那么没自信，以为我会拒绝吗？"

冉斯年兴奋地问："你不会拒绝吗？"

饶佩儿摇头："我也懒得折腾，去三楼我原来的卧室睡一晚也没什么。"

冉斯年歪头审视着饶佩儿，琢磨着她同意留下，并且几乎是主动提出留下的原因到底是什么。

冉斯年一边琢磨一边提议两人像以前一样一起看电视，刚要打开电视机，却被饶佩儿喝止："你忘了吗？答应我不看电视的！至少最近三天不看！"

冉斯年耸耸肩："那……咱们看电影？我的硬盘里还有几部你喜欢的美国科幻大片，还记得你第一次来我家的那天晚上，我们就一起看了你主演的电影。"

"行，看电影吧。"饶佩儿松了一口气似的，回想起当初的相识，她忍俊不禁。

晚上十点半，两人分别回到自己的房间。

躺在床上，冉斯年辗转反侧，到底饶佩儿为什么不让他看电视和上网呢？冉斯年越想就越好奇，越好奇就越想上网去看看，到底最近网络上在流行什么。只可惜，他的手机被饶佩儿给没收了，想要上网就得去书房。

晚上十一点半，冉斯年蹑手蹑脚地出了卧室，进到书房，把音响关掉后才打开电脑。可电脑竟然无法联网。冉斯年想去查看自己的无线路由器是不是出了什么问题，这才发现，自己的无线路由器连同上面的网线全都不知所终！

饶佩儿居然趁着自己在浴室冲澡的时候来书房收走了路由器！

冉斯年这才醒悟，这就是饶佩儿同意留宿的原因，她要在这三天里确保冉斯年不上网。可越是这样，他就越好奇，好奇得无以复加。

冉斯年觉得自己成了自家的小偷，他趁半夜偷偷出门，尽管是在一楼的大门前，他也担心三楼的饶佩儿会听见他关门的声音。

来到了家附近的网吧，冉斯年还觉得自己有些对不住饶佩儿，但是他认为自己绝对有必要知晓饶佩儿到底在烦恼什么。

网吧里大概分为几个区域，一大片是晚间包夜的男性，从十几岁到四十几岁的都有，全都专注于网游。有一部分是情侣，还有少数几个女学生。情侣和女学生所在的区域时不时传来笑声，冉斯年观察他们，他们似乎是在看什么有趣的搞笑视频。

冉斯年在一对情侣旁边坐下，一边打开自己面前的电脑，一边不着痕迹地去看旁边的屏幕。

只一眼，冉斯年就惊到下巴差点儿脱臼，电脑播放的是一个搞笑视频，名为痔疮神曲。视频的女主角正是饶佩儿，下面的歌词滚动字幕显示：男神不要怕，男神等等我，痔疮不传染，我也有用药，内服疗效好，外敷更显著……有痔疮，用安坐，安坐，值得信赖……

而搞笑视频的画面，明显是网友根据饶佩儿新歌的MV和饶佩儿不久前的痔疮广告加工而成的。饶佩儿一会儿捂着臀部，表情痛苦地追一个帅哥，一会儿又被一个大仙人掌砸中屁股，栽倒在地上大叫"菊花残"，一会儿又冒出了安坐痔疮膏和口服胶囊，饶佩儿抱着放大版的痔疮膏露出笑容，喊着："我终于有救啦！"

冉斯年默默靠在椅子的靠背上，目光呆滞地直视黑洞洞的电脑显示器，满脸哀伤。他在心疼饶佩儿，想象饶佩儿看到这被网友恶搞的视频后会是怎样的心情，她有多么担心自己认识的人会看到这视频，会笑话她或者同情她。尤其是自己，饶佩儿不想让自己看到这视频，她不想在自己面前无地自容。

可是那个雷钧霆在搞什么？自己公司的艺人，也算是他的女友遭到这样的抹黑，他还能安心在外地出差？三天之内，难道这是雷钧霆告诉饶佩儿的解决期限？雷钧霆真的能在三天之内让这个可怕的视频从世界上消失吗？冉斯年很不乐观。雷钧霆真的有那么大的能耐吗？

冉斯年知道，自己得为饶佩儿做些什么，他得为饶佩儿解决这个大麻烦才行。可是，他又能做什么呢？找到那个视频的制作者？斩断视频传播的途径？劝说网民不要观看？冉斯年就这么一直呆坐着，琢磨着自己到底能做什么。

身边的情侣和后来的两个女学生都觉得冉斯年这个人怪得很，来网吧不是上网，而是发呆。而且，他这样发呆了整整一个小时。一个小时后，冉斯年默默起身，离开网吧。

回到家已经是凌晨两点，冉斯年好不容易才入睡。

梦里，无数的印刷字在他眼前掠过，视野里全是黑色的印刷字和白色的背景。冉斯年当然清楚，这是什么。这是报纸，梦的提示就是报纸。一开始，冉斯年还以为报纸这个提示是跟他收到的孔祥老人的信有关，毕竟孔祥老人的信就是用报纸上剪下来的字拼凑而成的。

可后来，冉斯年渐渐发觉，他搞错了梦提示的方向。梦境要他回想起来的是他前两天看报纸时候，匆匆掠过的一则消息。

终于，梦里的画面定格，冉斯年的眼前是一张报纸，准确来说，是一张报纸上的寻人启事。

这则寻人启事很特殊，只有"寻人启事"四个字和下面寻找的那个人的名字和头像，最后就是联系电话。

寻人启事显示，这个被寻找的女人叫小蝶，她的头像不是照片，而是一张女性上半身的油画，下面联系电话的左边写着"葛先生"，右边写着"提供线索者，必有重金酬谢"。

冉斯年突然睁开双眼，猛地起身下楼，在客厅的茶几抽屉里找出了一大摞报纸，他记得自己最近一段时间没有丢弃过期报纸，那张登有寻人启事的报纸一定还在。

终于，冉斯年找到了，是《松江日报》。葛凡寻找小蝶心切，竟然花钱在《松江日报》刊登了寻人启事，并且他还找人根据他的描述把他梦里的小蝶给画了出来。也不知道刊登寻人启事的报社编辑是否知道葛凡寻的是个不存在的人，是个梦中情人，那位画工了得的画师又是否知道，他画的是个不存在的人，一个男人梦想中的完美女人，前世恋人。

找到这两个人，说不定案情能有所进展。

第六章

第 一 个 梦

/ 1 /

第二天一大早，饶佩儿听说了冉斯年昨晚的梦，也看到《松江日报》的寻人启事。犹豫了一下，饶佩儿还是决定先调查葛凡的命案，打探孔祥老人的事情可以往后推一推，毕竟人命关天，事情分轻重缓急，万一凶手是个连环杀手，让凶手逍遥法外多一天，就多增加了一分风险。

达成共识后，冉斯年给范骁打电话，约他在松江日报社见面，他们得借助范骁的警察身份去找刊登寻人启事的编辑说话。

到了日报社，范骁的证件马上就打通了一层层大门，终于，三个人见到了负责寻人启事版面的编辑，二十四岁的年轻小编，长着一张娃娃脸，十分可爱俏皮的小美女——沈梦丹。

"你们要问这则寻人启事？"沈梦丹兴奋地问，"难道你们有这个小蝶的线索吗？哎呀太好啦，葛先生终于如愿以偿啦，你们不知道，葛先生想要找这位小蝶都想疯啦。"

沈梦丹说着就要拿起电话给葛凡拨过去，通报好消息。

范骁一脸丧气地冲她摇摇头，说："别打了，葛凡，死了。"

"什么？"沈梦丹手里的手机一下子滑落，两行泪水一下子流到了下巴。

饶佩儿感叹这个沈梦丹还真是性情中人，感性的小女人。

"我是警察，来找你就是想问问葛凡的事情。"范骁再次掏出证件，问，"沈小姐，请问你认识葛凡吗？"

"认识，当然认识啦，一个月以前，他亲自找到我这里，说什么也要我为他刊登这则寻人启事。"沈梦丹梨花带雨地说，"一开始，我是拒绝的，因为葛先生坚持寻人启事上面只写这么几句，也不说小蝶到底是谁，有什么显著特征，也不说他和小蝶的关系。这让我很为难的，刊登这样的寻人启事，我顶头上司是要骂的呀，搞不好还会扣奖金工资什么的。后来，葛先生又来了三次，每次来都是苦苦哀求，并且对我讲了实情，原来……原来……原来小蝶是他前世的恋人！他要找的是前世的恋人转世投胎后的那个人！"

冉斯年问："他这么说，你就给他刊登了？"

沈梦丹理所当然似的点头："是啊，这多浪漫啊，我这个人最心软了，又是浪漫主义。我看得出，葛先生对小蝶用情很深，他跟我说了，他会倾其一生去寻找小蝶，哪怕到闭眼的那一刻才找到小蝶，他也可以含笑九泉了。如果找不到小蝶，这一生他宁愿孤独终老，他说这是他欠小蝶的，如果今生没有机会偿还，他宁愿用余生的孤苦去赎罪。葛先生就是我心目中的绝世好男人啊，我禁不住葛先生的苦苦哀求，也希望我的帮忙能让两个前世有缘无分的苦命鸳鸯今生有情人终成眷属啊。如果葛先生真的找到了小蝶，那对于我来说也是功德一件啊。我始终相信，只要能够帮助他们这对有情人，我自己的缘分也会很快到来的。"

"这么说，你相信前世今生的说法？你相信小蝶真的是葛凡的前世恋人？并且今生，她还长得跟前世一模一样？"饶佩儿笑着问，她是真的挺喜欢这个天真可爱的沈梦丹的。

沈梦丹仰着头，傻乎乎地说："当然信啦，要是不信，我干吗为了帮助葛先生，刊登这则寻人启事而被扣了一个月的奖金啊？"

冉斯年苦笑着摇头，他觉得他就算跟这个沈梦丹讲一天一夜道理也无法动摇她认定确实存在的前世今生理论。这个女孩虽然只比饶佩儿小一岁，但是心理年龄像是小了十岁。饶佩儿能够醒悟过来，知道所谓前世不过是迷信，可沈梦丹绝对不可能醒悟。

"沈小姐，葛凡有没有跟你讲过他的梦？"冉斯年满怀信心地问，他觉得葛凡一定给沈梦丹这个知音讲过他的梦，所以才会说服沈梦丹相信他的理论。

"讲了啊，不过因为时间的关系，我只听了葛先生讲述他和小蝶幼儿时期的那个青梅竹马的梦，后面的两个，我没听到。"说着，沈梦丹又啜泣起来，嘤嘤地说，"葛先生去世了，我再也没机会听到他和小蝶后面的故事了。"

冉斯年摇头说："不见得，我们还以为葛凡死了，再也听不到他的那三个梦了，可我们还是找到了你，有幸可以从你口里得知他的第一个梦不是吗？除了你之外，肯定还会有知情人，就比如说给葛凡画小蝶人像的那位画师。"

饶佩儿急切地问沈梦丹："对了，葛凡有没有跟你说过给小蝶画像的人是谁啊？"

沈梦丹茫然地说："葛先生只是跟我提了一句，说是个松江市有名的画家，葛先生为了求这位画家帮忙画小蝶，着实费了一番力气。"

冉斯年胸有成竹地说："这个画家不难找，只要把这幅画给松江画家协会的各位专家一看，就可以从画风中认出作画人的身份。现在最重要的是，葛凡的第一个梦。"

沈梦丹看了看时间，又冲范骁使眼色："小警察，你去跟我们主任说一声，帮我请个假，咱们出去说，这里不方便。"

范骁听话得很，马上去找沈梦丹的主任交涉。

饶佩儿看着古灵精怪的沈梦丹，笑呵呵地问："咱们去哪里说话呢？"

沈梦丹眼珠子一转，说："你们有车吧，我知道离这儿不远有一家甜品店，最适合咱们说话了。"

沈梦丹坐在环境幽雅的高档西点店里，一边慢慢品尝着提拉米苏，一边娓娓道来，转述葛凡曾经对她讲过的那三个梦中的第一个。

时间背景是民国时期，当然，没有具体的年份。环境背景是在一个偌大的宅院，宅院深深，是典型的民国时期的建筑，就跟民国剧里面的一样。

那年，葛凡和小蝶都是七八岁的年纪，两人都穿着民国时期的服装，当然，葛凡穿的是高级绸缎的褂子，而小蝶穿的则是粗布衣裳，还打着补丁。

葛凡和小蝶身份悬殊，一个是富商周家的周大少爷，一个是宅院里丫鬟和杂役的女儿。从懂事开始小蝶就一直帮着父母做一些力所能及的事，一出生就注定了她的身份和前途，只能是周家的一个小丫鬟。

然而相近的年龄让两个天真无邪、等级观念还没有彻底形成的孩子玩到了一起，除却服装配饰，单看两个孩子的长相，简直就是金童玉女。

　　周大少爷和小蝶都曾被父母训斥过不许跟对方过多往来，但两个孩子根本不懂其中的缘由，还是经常偷偷凑到一块玩耍。他们还找到了一个平时根本没人会去的冷清院子作为他们的秘密花园，彼此约定没事儿的时候就去那里等对方，如果碰见了就一起玩耍。

　　一次，两个孩子在那个冷清破旧的院子里踢毽子，越玩越尽兴，好像都忘记了彼此的身份悬殊，忘记了他们的相会是偷偷摸摸的，他们开心地笑着、叫着、闹着。终于，他们的声音引来了家丁。

　　两个面色铁青的家丁站在院子门口大声呵斥，吓得周大少爷抓起小蝶的手就跑，连心爱的鸡毛毽子都不要了。

　　两个人朝院落深处跑去，出了院子，穿过亭台楼阁，七拐八拐地进入到了一个完全陌生的领域，这个地方不光是小蝶，连周大少爷都没有来过。

　　这是一个面积不大的小院落，青石地面上铺着厚厚一层的红色枫叶，枫叶是潮湿的，踩上去软软的，并没有声音。两个孩子兴奋地在枫叶上蹦蹦跳跳，一时间又忘乎所以，开始嬉笑打闹。

　　这一次，他们的声音再次引来了一个拿着长长扫帚的家丁，这个家丁原本就在不远处一棵大树后面用扫帚清扫落叶，红色的枫叶被他堆成了一个小山包。他听到这边的嬉闹声似乎被吓了一跳，快步朝两个孩子走过来，用扫帚驱赶着他们，那意思好像是担心他们会添乱，也会把落叶带出这个院子。

　　周大少爷和小蝶都被这个家丁的严厉吓得不敢吭声，只好手拉手再次逃跑。这一次，他们的脚上都粘上了不少枫叶，跑起来十分别扭费力，周大少爷干脆提议，把鞋子脱了。就这样，两个孩子脱下了四只小鞋，手拉手赤脚跑开。

　　"你们不觉得很有画面感很浪漫吗？青梅竹马的两个孩子手拉手一边嬉笑一边躲避大人的追赶，还有红色枫叶的背景。"沈梦丹讲述完毕，急着发表自己的看法，期望大家能够跟她产生共鸣。

　　饶佩儿也想象了一下那个画面，虽然有些狗血，但是也的确有些浪漫。她转头去看冉斯年，想听听他的评论，却见冉斯年一脸肃穆，不像是听了一个浪漫故事，倒像是听了一个恐怖故事。

"斯年，这个梦有什么寓意吗？"饶佩儿好奇地问。

　　冉斯年微微摇头："现在还不好说，不过我的确有了点儿自己的想法。沈小姐，葛凡有没有描述过这个家丁？"

　　沈梦丹歪着头，回忆道："我记得葛先生就说他是一个家丁，男的，瘦瘦高高，长得还挺白净好看的，就是看起来十分严厉。葛先生也没敢多看，就拉着小蝶跑了。"

　　冉斯年点头，转向范骁说："小范，我好像是有些灵感，想回去休息睡一觉，你跟佩儿一起，先回去跟沈小姐拿葛凡带来的那幅小蝶的画的电子备份，去松江市画家协会之类的地方问一问，看看能不能问出这位画家的身份。我醒来后会联系你们的。"

　　饶佩儿对于冉斯年的安排很是不满："斯年，你好像忘记自己的身份了吧，你可是我的助理，应该是我分配工作才对吧？"

　　冉斯年尴尬地笑笑："不好意思，一时得意忘形了，请问饶侦探，接下来需要我这个助理还有助理的助理做什么呢？"

　　饶佩儿满意地仰头一笑："我想想啊，这样吧，你这个助理就乖乖回家睡觉，我跟你这个助理的助理去查那个画家。"

　　"遵命。"冉斯年小声地说。

　　然而冉斯年撒了谎，他回家根本就不是为了睡觉，关于沈梦丹讲述的葛凡的第一个梦，他的确有了些想法，但是并不需要自己的梦的提示，他独自一个人回家是有别的事情。

/2/

　　来到书房，冉斯年缓缓掏出手机，找到了"妈妈"的号码，拨了过去。

　　"喂？儿子，有半个多月没主动联系我啦，今天这是吹的什么风啊？"电话里，一个温和又稍显俏皮的声音传来，这正是与冉斯年相隔大半个中国的母亲——冯渺。

　　"妈，叔叔在吗？"冉斯年语气沉稳，还稍稍带着一丝冷意。

　　"斯年，"冯渺也收起了嘻嘻哈哈的口吻，突然严肃紧张地问，"你要找他？是不是出了什么事？"

冉斯年缓和了硬邦邦的语气，笑着说："妈，别紧张，不是什么大事，只是想找他帮个忙。"

"一定是大事，否则你怎么会找他帮忙？"冯渺愈加紧张，"儿子，到底出什么事了？"

冉斯年犹豫了一下，还是坦白："最近网上正在流传我朋友的一个搞怪视频，给我的朋友造成了不小的困扰……"

"斯年，是你吗？"

冉斯年的话还没说完，听筒里突然传出了一个男人的声音打断了他，这人正是他要找的叔叔，也是他母亲现在的丈夫——冉庸。

值得一提的是，这位冉庸真的就是冉斯年的亲叔叔，是他亲生父亲的亲弟弟。

冉斯年的生父病故后的第三年，母亲与叔叔走到了一块，这也是让冉斯年备感尴尬别扭，不愿意与母亲和叔叔过多来往的原因。尤其是对于小时候感情不错的叔叔，冉斯年更是有了隔阂。冉斯年觉得自己不是思想守旧的人，但是面对这种有违伦常的事情，短时间内他还是无法接受，尽管距离生父去世已经八年，母亲再嫁也已经五年。

"叔叔，我有件事想要拜托你。"冉斯年很艰难地说出这句话，自从五年前他跟冉庸的关系急转直下开始，他从未以这样的姿态跟他说话，但现在，他不得不放下曾经的自尊面子，以一个求助者的身份姿态说话。

"没问题，只要叔叔能做到的，一定义不容辞！"冉庸有点儿受宠若惊的架势，说话声音微微发抖。

"我记得去年你们公司成功化解了一场公关危机，如果我没有猜错的话，是你雇用的网络公司的功劳吧？"冉斯年尽力把话说得婉转一些，不要引起对方的反感。

冉庸倒是大大方方："没错，那家网络公司手下的水军很专业，成功化解了我们的危机，并且没有引起网民的怀疑。怎么，斯年，你需要水军？"

冉斯年叹了口气："是的，我需要，非常需要。"

饶佩儿和范骁一直忙活到了傍晚六点，辗转了松江市的四个书画协会，终于找到了目标人物。

有三个画家斩钉截铁地声称，油画的作者一定就是松江市有名的新晋画家——祁峰。

祁峰，今年三十五岁，半年前在松江市的一次绘画比赛中获得一等奖，以人像油画著称。他的油画不但形似神似，而且用色比较大胆，具备显著的个人风格。不过听说这个祁峰也有些孤傲，他谢绝了不少有钱人的邀请，想要让他画像，不是光有钱就行的。

"实际上，这个祁峰本来就是个富二代，他不缺钱。"饶佩儿回到冉斯年家，向冉斯年汇报她和小范这大半天的跑腿儿成果，"他父亲生前是大学教授，母亲是个画商，专门做世界级名画的买卖，他家很有钱。所以对于那些出大价钱请他作画的有钱人，他都是不屑一顾的。这个祁峰能够给葛凡作画，肯定不是因为钱，毕竟葛凡顶多也就是个白领阶层。说不定这个祁峰也跟沈梦丹一样，是被葛凡的那个前世今生的故事和诚意给打动了，所以才答应收取很少的费用，或者是无偿为葛凡作画。"

冉斯年摩挲着下巴，说："不见得吧？沈梦丹是个浪漫主义的小女人，所以才会相信葛凡那番前世今生的言论，可祁峰是个三十五岁的大男人，还挺高傲，他会轻易相信葛凡的说法吗？他肯为葛凡作画，一定有别的原因。对了，你们有没有去见见这个祁峰？"

饶佩儿咋舌："去啦，但是我们连门都没进去，就被人家豪宅的管家给礼貌回绝了。不过小范的警察身份也还算有点儿用，祁峰让管家给我们带话，明天上午九点钟再去他家，到时候，他会跟律师一起接待。"

"很好，明天上午，咱们就去会一会这位孤傲的画家，我倒是很好奇，这个祁峰到底是因为什么答应给葛凡作画的。"冉斯年对于明天充满了好奇和期待。

饶佩儿从刚刚就一直想问冉斯年一下午是不是梦见了什么，这会儿终于说完了她的调查成果，有时间发问："对了，你有没有梦见什么？沈梦丹讲述的葛凡的那第一个梦到底有什么寓意啊？"

冉斯年神秘兮兮地说："我的梦就先不讲了，直接说我得出的结论吧。我怀疑葛凡的那个梦根本就是在重复他儿时的经历。"

饶佩儿惊得张大嘴："这怎么可能？别忘了，梦里的背景可是民国时期啊！"

"民国背景，包括民国宅院、葛凡和小蝶的民国打扮，都只是梦的改装而已。实际上，那个梦反映的现实，就发生在现代，而且应该是在三十多年前，也就是葛凡七八岁的时候。"冉斯年本来不想这么快就说出自己的猜想，毕竟这只是初步的想法，还有待更多的线索去补充或者更正。但是没办法，他不能跟饶佩儿说这一下午自己一无所获，他不能让饶佩儿怀疑自己回来没有忙着思考案情，而是去忙了别的事情。

饶佩儿笑着说："看来，还是葛凡民国剧看得多了，或者是他自己认为民国背景会给他和小蝶的恋情平添一份浪漫。"

冉斯年叹息着点头："没错，葛凡是把一件血腥命案改装成了一场民国时期的浪漫爱情剧的开端。"

"什么什么？命案？"饶佩儿大吃一惊，关于葛凡这个梦到底有什么寓意，她曾想象过很多版本，可怎么也没想到，这么一出浪漫民国剧怎么可能是在表现命案。

"我认为，葛凡在七八岁的时候，曾经跟这个小蝶一起目睹了命案现场。"冉斯年解释说，"我之所以会联想到命案，关键就在于葛凡梦中的枫叶。"

"红色枫叶，难道就是在暗示血？"饶佩儿不可置信地张着嘴巴，"就因为都是红色吗？"

"当然不是，葛凡的梦里，枫叶是潮湿的，踩上去没有声音，而且最重要的是，后来葛凡想要逃跑的时候，脚上粘了枫叶，跑起来十分别扭费力。如果把梦中的红色枫叶置换成血迹呢？踩上去没有声音，鞋底有些黏，跑起来别扭费力，都有了合理的解释。更重要的，是那个拿着长长扫帚的家丁，我认为，他就是凶手，手中的长扫帚当然也不是扫帚，而是长长的凶器，家丁清扫一个小山包似的落叶堆，当然也不是枫叶，而是——尸体，一具被染成红色的尸体。"

饶佩儿捂住嘴巴，脑子里闪现冉斯年描述的画面，本来是浪漫的场景，一下子幻化成了血腥的命案现场。

"家丁看到葛凡和小蝶出现，之所以会十分紧张严厉，那是因为他们是他杀人或者收拾案发现场的目击证人，他想要抓到这两个孩子，搞不好也是想要灭口。后来，可能是因为凶手本人身上也有血迹，或者是因为案发现场还没有收拾完毕，他不能够追出去太远，更何况目击者是两个孩子，孩子的证词不足以取信，因此，葛凡和小蝶活了下来。"冉斯年一口气说出了自己的猜测，依旧是一副自信满满的模样。

饶佩儿也习惯了冉斯年那高命中率的猜测，认定了事实就是这样："葛凡幼年的时候曾经目睹过一起命案，可能是因为年龄太小，根本不懂到底是怎么回事，也可能是因为看懂了，进而受到了刺激，所以选择性地忘记了那段记忆。而就在三个月前不知道他看见了什么、遇到了什么，触发了他潜意识里的那段记忆，于是他的潜意识就编造了一个能够为他接受，偏向他的喜好，他愿意接受的梦境，能够把他曾经目睹的恐怖经历改装成浪漫民国爱情剧的梦境。"

"没错，我就是这个意思。"冉斯年感慨地说，"除去那个梦境里民国的背景、青梅竹马、两小无猜的浪漫外衣，实际上呈现的是血淋淋的画面：遍地的血迹、红色的尸体、面目狰狞的凶手、逃避追杀的事实。"

饶佩儿兴奋地击掌："这么说来，葛凡的死，就是当年凶手的杀人灭口？凶手知道了葛凡在追寻当年的另一个目击伙伴小蝶，担心葛凡在追寻小蝶的过程中记忆苏醒，指证他，所以他就杀了葛凡！"

"按照这个思路，真凶的范围就很好确定了，凶手是知道葛凡想要寻找小蝶的人，"冉斯年分析，"站在葛凡的角度，一个四十岁的大男人应该不会轻易把自己想要追寻前世恋人的事情随意到处去讲的，毕竟这不是什么光彩的事情。绝大多数人听了之后都会嘲笑他，觉得他要么是极为幼稚，要么就是精神出了问题。所以，如果我要是葛凡，我只会在必要的情况下才会说出实情，就比如，面对沈梦丹这个浪漫主义的年轻女孩，讲出实情就是个不错的选择。"

"你怀疑沈梦丹？"饶佩儿虽然觉得沈梦丹这么一个年轻女孩，并且是柔弱单纯的女孩不可能是凶手，可她也见识过女人精湛的演技，听说过最毒妇人心这句话，也许沈梦丹就是个掩藏很深的满腹心机、演技精湛的女人。

冉斯年沉吟了一下，说："如果我之前的推测没错的话，按照这个前提去圈定嫌疑人的话，沈梦丹现在的确有嫌疑。但我认为这个祁峰更加可疑，他之所以会答应给葛凡画小蝶的画像，也许就是为了让葛凡找到小蝶，然后一次性把两个目击者全都给杀掉。我想，小蝶之所以销声匿迹，恐怕是因为她并没有失忆，她想要躲避当年凶手的威胁。"

饶佩儿不住地点头，突然意识到了什么："不对啊，斯年，我记得这个祁峰是三十五岁，葛凡四十岁，葛凡七八岁的时候，祁峰还是个婴儿，他怎么可能是凶手呢？沈梦丹就更加不可能了，葛凡七八岁的时候，沈梦丹还没出生呢，总不可能当年的凶手、那个家丁是沈梦丹的前世吧？"

冉斯年"扑哧"一声笑出来："当然不可能，按照年龄来说，这沈梦丹和祁峰当然都不可能是当年的真凶，可如果命案不是发生在葛凡七八岁的时候呢？也许葛凡的梦境也对他的年龄进行了改装，这些都是现在没法下定论的。还是要先听听葛凡后面的两个梦再去进一步分析。"

饶佩儿低头沉思了一会儿："怪不得你问沈梦丹葛凡是怎么描述梦里的那个家丁的，你想要知道凶手的特征。我记得沈梦丹说了，那个家丁是个瘦瘦高高的男人，长得白白净净，还挺好看。"

"没错，这个人当然不是什么家丁，家丁这个身份是配合民国深宅才出现的。可除了家丁的身份外，其他特征应该是真实的，凶手是男性，身材瘦高，长得白净好看，"冉斯年犹豫了一下，"我想，等到咱们见过祁峰之后，有必要让范骁去调阅一下三十多年前的命案，不管是悬案还是已经破获的，都查看一遍。"

"这个工作量可不小啊，"饶佩儿感叹，"但愿明天跟祁峰的见面能有所收获。"

两人又闲聊了一会儿，在饶佩儿的提议下，又一起看了一部爱情文艺片，然后各自回房休息。

冉斯年对于饶佩儿理所应当似的留宿感到开心，可是一想到饶佩儿会这样做的原因又不禁心酸。她这么害怕自己看到网上的那个视频，不正代表着她十分在意自己对她的看法吗？

那段视频，饶佩儿的正牌男友雷钧霆肯定也是看过的，可饶佩儿却似乎没有对此表现出多么尴尬难过，反而万分在意自己是否看过那段视频，这不正说明了饶佩儿的潜意识里还是更加在乎自己？只是这一点，饶佩儿是否清楚呢？

午夜刚过，冉斯年又蹑手蹑脚地起床，打算再次去昨晚的网吧上网，他得去验收一下成果，看看冉庸那边的工作效率，水军们的工作成果。

第七章
梦 回 过 往

/ 1 /

"啊——"冉斯年坐在副驾的位置上，打了一个长长的呵欠。

"怎么？昨晚没睡好？"开车的饶佩儿扭头瞧了冉斯年一眼，问，"因为做梦吗？你又梦到了什么吗？"

"没有，昨晚喝了杯咖啡，失眠了，没做什么梦。"冉斯年撒了谎，昨晚他在网吧待了整整两个小时，一直在网上浏览水军们的战绩。那些视频下方的评论有三分之一已经被水军们占据，有人替饶佩儿平反，有人咒骂制作视频的家伙，说人家饶佩儿一个女孩独闯娱乐圈已经很不容易，有人说因为这个视频心疼饶佩儿已经路人转粉。

看这个架势，很快这个视频就会从黑饶佩儿的武器转变为为饶佩儿加分的利器了。冉斯年对这个态势十分满意。果然是不能把全部希望寄托在那个雷钧霆身上，他到现在都没什么动作，好像是根本没把这件事放在心上。

冉斯年偷眼看了一眼饶佩儿，这个女人一定在雷钧霆面前掩藏了她的痛苦委屈，给雷钧霆造成了一种假象，这个视频并没有给她造成多大困扰。恐怕雷钧霆也信了。可他冉斯年不会，他自认为了解饶佩儿，这个女人不愿意示弱，不愿意把自己脆弱的一面表露出来，但是自尊心又极强，想起这个视频的话，说不定还会躲在被窝里偷偷掉眼泪吧。

"斯年，到了，你看，这就是祁峰的豪宅，"饶佩儿用眼神示意冉斯年往宅院里面看，"很气派吧？"

冉斯年放眼望去，果然气派非凡，对于女人来说，祁峰的豪宅就像是干宫一样，想到这里，他酸溜溜地问："雷钧霆的家也是这样吗？"

饶佩儿摇头："钧霆是个大孝子，还跟母亲一起住在洋房里，他家的感觉不是富丽堂皇，而是温馨舒适。"

冉斯年眉头紧拧，饶佩儿已经去过雷钧霆的家，还见过雷钧霆的母亲。这让他感到醋意大发，再次明确了自己的心意，他是真的喜欢上了饶佩儿。

车子开到豪宅庭院门口，铁艺大门自动打开，饶佩儿驾车驶入。

很快，冉斯年和饶佩儿在管家的引领下穿过豪宅的大堂，进入到客厅。瞿子冲和范骁已经先到了，两人坐在奢华的沙发上品着他们也品不出好赖的红茶。

"四位稍等，祁先生和马律师很快就到。"管家礼貌地欠了欠身子，招手示意女佣给后来的两位客人也奉上红茶。

五分钟后，从客厅入口处并排走来了两个三十多岁的健壮男人，他们都是运动装扮，像是刚刚结束晨练。

管家赶忙上前给双方做介绍，原来两个男人一个就是祁峰，另一个是祁峰的好友，也是他的律师马斌。

瞿子冲作为来访四人中品级最高的队长，客气地对祁峰和律师讲了开场白，以及此行的目的。

"没错，"祁峰低头瞧了一眼茶几上瞿子冲放的小蝶画像的打印纸，淡淡地说，"是我画的。"

饶佩儿和冉斯年对视一眼，这个祁峰果然性格孤傲，说话冷冰冰的，一点儿不给瞿子冲这位队长面子。

"请问，你为什么会画这幅画？"瞿子冲按部就班地问。

"受人委托。"祁峰还是惜字如金。

"什么人？"瞿子冲紧接着问。

"不认识，是个中年男人。"

范骁赶忙把葛凡的照片取出来放在茶几上，问："是这个人吗？"

祁峰低头瞥了一眼照片："是。"

"这个人叫葛凡，被人谋杀了，我们今天正是为了这起谋杀案而来，想要了解葛凡找你作画的缘由，请你仔细讲讲葛凡请你作画的过程好吗？"瞿子冲顿了顿，又加上了一句，"感谢你的配合。"

"这个人大概是在一周前来找我的吧，第一天，我没见他；第二天，他在我家门口守了一整天；第三天，我出门的时候，他拦在了我的车前。不得已，我只好问他到底想做什么。"祁峰终于打开了话匣子，能够多说几句，但是听他的语速和口气，也是想要速战速决，赶快把事情讲清楚，好送客，"他说让我帮他画一幅画，画他的梦中情人。他说他没有照片，跟那个女人只有过一面之缘，但是却一见钟情，想要让我凭借着他的描述把那女人画下来，然后把它挂在床头寄托感情。"

"就只是这样？"范骁有些不甘心，他本来还以为这次来能够听到葛凡的第二个梦呢。

"当然。"祁峰白了范骁一眼。

冉斯年轻咳一声，说道："我听说祁先生不轻易为人作画的，许多富商出了高价，都难让您动笔。为什么葛凡是例外呢？他给了你酬金吗？"

"没有，之所以他是个例外，是因为我觉得这算是个挑战，那男人跟我说他之前也找过几个画家，可是画家画出来的女人跟他的梦中情人顶多只是形似，画不出那股神韵。我看得出，这个男人是个很难满足的人，女人的画像对他来说更像是加入了很大一部分的理想成分，而我还从来没有听描述作画的经历，所以就想试一试。"祁峰的脸色闪过一丝得意，"结果，我成功了，那男人对我的画非常满意，称他的梦中情人就是这个样子。"

瞿子冲点点头，犹豫了一下，开口问道："请问周三晚上，你在哪里，做什么，有没有什么人能够证明？"

祁峰顿了顿，转头去看身边的律师马斌，用眼神询问马斌是否有必要告知。马斌冲他微微点头，祁峰这才开口："周三晚上我参加了一个慈善晚宴，从七点钟开始，一直到十点结束。晚宴结束后我就被司机接回来了，因为不胜酒力，到了家就倒头大睡。"

"好的，关于这一点，还请你配合我们的调查。"瞿子冲客气地说，"包括晚宴那边的联系方式，还有那位司机，我们也想录取他的口供。"

律师马斌不屑地冷哼一声："没问题，虽然我个人觉得这没什么必要。我是不知道你们警方为什么会怀疑到祁先生这里，但我们也不想知道，毕竟这对于祁先生来说不过是一件小事，我们都希望能够到此为止。至于说晚宴和司机的问题，管家会告诉你们。告辞。"

马斌说完就起身，祁峰也跟着起身，两人往楼上走去。

管家倒是仍然客气，老老实实地接受了范骁的盘问，给出了他们想要的答案。接下来的任务就是核查祁峰的不在场证明了。

四个人被送出了豪宅，分别驾驶两辆车子驶离祁峰的庭院。按照瞿子冲的要求，冉斯年和饶佩儿也先去警局跟他们会合。

到了警局，四个人乘坐同一个电梯上楼，电梯门一关，范骁就性急地问："冉先生，你觉得这个祁峰可疑吗？"

冉斯年注意到范骁问这个问题的时候，瞿子冲的脸上闪过一丝不快。冉斯年可以理解瞿子冲不快的理由，因为范骁显然是更加在意和信任冉斯年的意见，在他心目中，冉斯年的能力和地位都高于瞿子冲。

"还不好说，目前看来，祁峰的表现滴水不漏，没有任何不合理的地方。如果再核实他的不在场证明是真的，那么基本上就可以排除他犯案的可能了。"冉斯年说着，用眼神征求瞿子冲的意见，"瞿队，你认为呢？"

"我倒是觉得这个祁峰有问题，是警察的直觉吧。"瞿子冲沉声说道。

半个小时后，等在会议室里的冉斯年和饶佩儿接到了范骁的通知，祁峰的不在场证明坚不可摧，晚宴的安保监控录到了他的身影。法医的进一步验尸已经得出了更加精准的死亡时间段，正是周三晚上的八点钟到十点钟之间，因此根本不需要去证实司机是否说谎，因为案发时间段，祁峰一直端着高脚杯辗转于晚宴会场之中，穿梭在人群中，跟不同的人交谈客套。这个不在场证明真的是坚不可摧。

"那么，沈梦丹的不在场证明，你们查过了吗？"饶佩儿问范骁，她认同冉斯年的想法——凶手就是知晓葛凡在追寻小蝶的人之一，她不想排除沈梦丹的嫌疑，哪怕那个小姑娘看起来最不像凶手，甚至比十五岁的葛莉莉更不像。

"查过了，沈梦丹说周三晚上她一直一个人在出租屋里看书，算是没有不在场证明，目前我们也没法证实她的说法，"范骁耸耸肩，"不过我觉得不可能是她啦,如果她是凶手,根本没必要告诉咱们她知道葛凡的梦吧,什么都不说不是更好?我倒是觉得葛凡的妻子和女儿很可疑,案发时间,声称一直待在家里的她们俩也没有不在场证明。虽说按照她们的说法,她们是彼此的不在场证人,可她们是母女啊,很有可能互相包庇,而且搞不好,是她们俩一起杀死了葛凡。"

冉斯年总结:"这么说来,目前的四个嫌疑人之中,只有一个祁峰可以暂时排除嫌疑。"

"这么说,凶手就是那三个女人之中的一个喽?"范骁为锁定了嫌疑人范围而开心。

冉斯年却摇头:"先不急着下定论,我有预感,嫌疑人的范围绝对不止现在的几个人选,还会有新人登场的。"

紧接着,冉斯年把之前对饶佩儿分析过的那番释梦理论给范骁复述了一遍,最后总结说:"小范,我希望你能够试着去翻阅一下三十五年前的卷宗,准确来说是从三十五年前,哦,不,严谨一些,应该从葛凡会走路的年纪开始查起,那就三十八年前好了,从三十八年前一点点往后查。既然葛凡从小就生活在松江市,那么他和小蝶所目击到的命案很有可能就是发生在松江市。嫌犯是男性,当年身材瘦高,面相白净,凶器是细长状的利器。当然,也有可能这样特征的男性当年没有被警方视为嫌疑人,他只是受害者的关系人。总之,不管是悬案还是已经破获的命案,或者是没有出人命的伤人案,都有可能是葛凡梦中重现的现实。"

范骁撇着嘴巴感叹:"不是吧?这不是大海捞针吗?冉先生,你让我在整个松江市找一个瘦高白净的男性嫌犯,时间跨度还是三十多年,凶器也只有个大概形状,这简直就是大海捞针!"

饶佩儿理解似的说:"斯年,从葛凡两岁开始查起太夸张了吧?一个两岁的孩子,哦,不,是两个两岁的孩子也有可能一起目击一起命案吗?"

冉斯年点头:"是的,你别忘了,我曾经说过,哪怕是未足一岁的婴儿也是会有记忆的,更有甚者,胎儿也会有一定的记忆,也就是说,未出生的胎儿,也会感受到从母体外传递而来的信息,并且把这信息存留在潜意识里。往后的一生中,这潜意识可能在任何年龄段显现出来,并且极有可能是通过梦境的形式。"

饶佩儿恍然大悟,她知道冉斯年是在提示她黎文慈的案例,黎文慈就是在婴儿时期目睹了亲生父母的惨死,并且,那段记忆保存在了她的潜意识里。

范骁还是一张苦瓜脸，为难地唉声叹气。

冉斯年安慰道："小范，你也不要有太大压力，我也知道这个任务类似于大海捞针，不过你放心，我们和瞿队肯定还会搜集更多的信息，只要有了更多的框定，你这边的工作也会越来越轻松。"

范骁一听这话马上轻松了许多，拍着胸脯自信满满地说："冉先生，放心吧，我一定鞠躬尽瘁！"

/2/

夜晚，饶佩儿在冉斯年家的三楼，她曾经的房间，曾经熟悉的床上辗转难眠。之所以要选择一连几天都留宿在冉斯年的家里，是为了看管住冉斯年，避免他看到那该死的视频。虽说这是主要原因，但是饶佩儿心里也清楚自己的潜意识，留下来的另一个原因是这里能够带给她安全感和归属感，而这是她的正牌男友雷钧霆给不了的。

饶佩儿越来越觉得自己跟雷钧霆之间的关系复杂，就像是冉斯年预料的那样，雷钧霆不单纯，他跟自己曾经有过一段过往，并且不是什么好事。

最初那一见如故的美好，仿佛前世恋人一般的默契缘分，现在看来，只让她感到后背发凉。而她丧失的那一段跟雷钧霆有关的记忆，又跟自己的父亲脱不开干系。

虽说眼下的局势复杂，但是可以肯定的是，父亲的谜题已经有了突破性的进展，在冉斯年的释梦分析帮助下，饶佩儿已经可以肯定，自己的父亲饶星辉还活着，当年的诈死有不得已的原因，并且他一直惦念着自己这个女儿，催眠让她丧失了两段记忆，也算是父亲对她的保护。

那位名叫孔祥的老者是父亲的朋友，一直跟在自己身边实施保护。更重要的是，孔祥一定跟父亲保持着密切的联系，把自己的近况汇报给父亲。所以说，只要从孔祥身上着手，就有可能找到父亲的所在。就算孔祥难以突破，她手里还有一个人很可能掌握着父亲的线索，那就是雷钧霆，极有可能在十年前见过她父亲的雷钧霆。

想着想着，饶佩儿进入了梦乡。这一晚，她又回到了久违的火车上，这一次的梦境直接略过了狼外婆的部分，进入了贞子的恐怖桥段。然而这一次，跟自己并肩作战对抗贞子们的并不是冉斯年，而是雷钧霆。这一点让饶佩儿颇感意外，一直到两个人手拉手为了躲避贞子们的追击跳出了车窗，拥抱着翻滚在地上，抬眼看到了那个熟悉的站牌，饶佩儿才恍然大悟，为什么梦里出现的帮手不再是冉斯年，而是雷钧霆。

站牌上没有地名，只有几个数字：805。

站牌慢慢变了形状，化作了一道门，贴着805这个数字的房门，明显是宾馆房间的门。

饶佩儿一转头，身边的人正是雷钧霆，他把她拥在怀里，笑嘻嘻地盯着那道门。饶佩儿从雷钧霆的笑容里看到了危险，她本能地想要挣脱雷钧霆的怀抱，可对方的手臂感觉到了她的反抗，反而搂得更紧，像是钳子一样紧紧捆住她。

饶佩儿刚想说什么，却感觉舌头一阵麻木，晕眩感突袭而来，眼前的雷钧霆模糊不清。失去意识的最后一秒，饶佩儿想到了刚刚他们在肯德基，她喝下了由雷钧霆端来的可乐，毋庸置疑，那可乐里被雷钧霆下了药。

饶佩儿"腾"地一下从床上坐起，喘着粗气，心跳剧烈。她现在满脑子里只有一个问题，那就是自己当年到底有没有被雷钧霆给强奸，她父亲有没有及时赶来救她。

努力静下心思考片刻后，饶佩儿自我安慰似的告诉自己，她当年应该是幸免于难的，否则父亲应该不会放过雷钧霆。这样想了之后，她心里舒服了许多。只是再想到雷钧霆的时候，饶佩儿的胃部就开始翻涌，她想到了之前跟雷钧霆的亲密举动，恨不得用头撞墙；想到自己还以为跟雷钧霆是前世的恋人，并为此欣喜不已，以为找到了真命天子，恨不得抓心挠肝。当年和现在，她居然两次遇人不淑，而且两次都差点儿栽在同一个人渣手上！

"斯年，斯年，醒醒！"饶佩儿也不顾时间是凌晨三点，下楼去敲冉斯年的房门，她急于想把自己刚刚回忆起当年跟雷钧霆的孽缘的成果告诉给冉斯年，"我刚刚梦见了，我梦见了，果然就像你说的那样……"

冉斯年的房间无人回应，饶佩儿又去了书房和楼下，最后，她发现玄关那里根本就没有冉斯年的鞋子。

冉斯年出门了，大半夜他会去哪里呢？

饶佩儿坐在客厅的沙发上，并没有开灯，把自己隐藏在黑暗中，思考冉斯年的去处。去了警局吗？案子有了新进展？可要是这样，为什么不通知她？要不要给范骁打个电话问问？

正犹豫着，门开了，冉斯年轻手轻脚地进来，在玄关处换鞋。

"啊——"冉斯年一个不经意的抬头，被客厅里的无声黑影给吓了一跳，失声叫了出来，随后才缓过神问，"佩儿，你大晚上不开灯坐在这里做什么？"

饶佩儿淡然一笑，说："睡不着，下来找点儿吃的。你这么晚去哪里了？"

冉斯年大大方方地回答："我也睡不着，出去透透气，在小区里转了一圈，顺便思考葛凡的案子。"

饶佩儿起身，准备跟冉斯年一起上楼。冉斯年却加快脚步，跟饶佩儿保持一段距离，先上了楼。

但饶佩儿还是闻到了，冉斯年的身上一股子烟味。而冉斯年是绝对不吸烟的，对二手烟更是十分反感，这个男人有的时候爱惜身体到了矫情的地步，甚至公开表示过嫌弃警局里的烟味，嫌弃瞿子冲那个老烟枪。他平时是尽可能不去有烟味的场合的，可现在他却带着一身的烟味回来。饶佩儿稍稍一动脑子，就已经猜到了冉斯年的去处。

冉斯年去了网吧，他还是因为好奇去上网了，他看到了自己被恶搞的那个视频。饶佩儿有些哀伤地想着，接下来他会同情自己吗，还是会暗地里笑自己？他会在网上跟帖，跟那些网友一起以视频为乐嘲笑自己吗，还是会声援自己？

饶佩儿真的很好奇，她想知道冉斯年如何看待那个视频，她想知道冉斯年对自己到底抱着怎样的感情。可她根本问不出口。

第八章

第二个梦

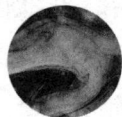

/ 1 /

　　第二天中午，范骁登门拜访，告诉冉斯年，警方排查葛凡的同事朋友，有了新的进展。他邀请冉斯年跟他一起去一个地方，见一个他们刚刚查到的关系人。范骁说，这个人很可能有幸听过葛凡那三个梦中的后两个。

　　"什么？图书管理员？"饶佩儿听范骁简单介绍了他们此行的目的地是松江市图书馆，要见的重要案件关系人是个图书管理员后，不解地问，"一个图书管理员怎么会跟葛凡的案子扯上关系？"

　　范骁解释："根据葛凡同事朋友的说法，最近半个月葛凡频繁地往市图书馆跑，一开始，他们都以为葛凡是看上了图书馆里的美女，因为葛凡平时根本不看书。几个狐朋狗友就在酒后突发奇想跟踪葛凡，结果发现葛凡去图书馆总是直接去找一个年轻的图书管理员，还是一个冷若冰霜的酷男帅哥小白脸。"

　　"天啊，葛凡该不会以为这个小白脸就是小蝶转世的吧？"饶佩儿露出了鄙夷的神色，想到葛凡可能因为对小蝶的痴迷变成了一个GAY，她更加替葛凡的妻子和女儿不值。

　　范骁否定地说："没有，葛凡的狐朋狗友进一步确定了，葛凡跟这个小白脸图书管理员之间并不是那种关系。他来图书馆，的确是来查阅资料的，并且他查的，是……"

"是民国年间松江市的地图以及古建筑的图片资料，没错吧？"冉斯年插嘴说道。

范骁丝毫不惊讶冉斯年猜对了答案："没错，葛凡想要找的，是他梦中的宅子，也就是他自认为他前世的家。我想，他之所以要找到那个地方，就是为了故地重游，等待同样'觉醒'后找到那里的小蝶吧。"

下午两点多，一行三人来到了松江市图书馆，在工作人员的带领下，直接见到了那位图书管理员——庄墨函。

冉斯年的脸盲症已经好转许多，看到长相比较出众或者特殊的人，已经可以不费力地辨认。这个庄墨函就是那种让他这种人都能过目不忘的男人，庄墨函的确长得俊美非凡，像是从画里走出来的美男子。可惜的是，庄墨函长着一张面瘫脸，不但不苟言笑，面无表情，更是惜字如金。就像是之前带路的工作人员说的一样，庄墨函是个怪胎。

面对这样的庄墨函，范骁只好提出具体的问题让他回答。

"你认识葛凡吗？"范骁问。

"认识。"庄墨函的回答干脆利落，却也只是如此。

"怎么认识的？"

"他来拜托我帮忙查资料。"

"查什么资料？"范骁倒是很有耐心跟这个庄墨函耗下去。

"松江市建筑的老画册，他要找的是民国年间的建筑。"庄墨函不假思索地回答，顿了一下，他还是好奇地提出了疑问，"葛凡是怎么死的？你们怀疑他的死跟他要查的东西有关？"

范骁不答反问："葛凡为什么单单找你帮忙查资料？"

"因为他没时间，而我又整天泡在这里，有时间帮助他搜集他想要的资料。我每搜集到一批民国风格建筑的图片就会通知他，他就会过来辨认。"庄墨函冷冷地回答。

"你为什么愿意帮他？他给了你报酬？"冉斯年虽然这么问，但是他也猜到了，这个庄墨函恐怕跟之前的沈梦丹和祁峰一样，都没有拿葛凡一分钱的报酬。

果然，庄墨函摇头："我不缺钱，之所以愿意帮他，是想要证明投胎转世说是否真实。老实说，我对此很好奇。"

"哦？我以为你这样的人会对这类说法嗤之以鼻呢。"冉斯年打趣地说。

庄墨函仍然一副极为认真的神态："我对一切未解之谜都非常感兴趣，想要尽可能多地了解这个世界，所以才会选择这样一份工作。前世今生的理论在大部分人眼中是迷信，可就像它难以被证明是真实的一样，它也难以被证明是虚假的。现在有一个可以证明的机会，我当然愿意参与其中。"

冉斯年一时之间找不到什么话去反驳庄墨函，他倒是很钦佩庄墨函的这种探究精神，出于对这个怪胎的奇妙的好感，他说："我想，我们现在做的事跟你是一样的，只不过我们是要证明前世今生说的虚假。等到案子水落石出的时候，也是证明题的结论出炉的时候，到时候，只要瞿队允许，我愿意告诉你结果。不过现在，我们需要你的帮助。"

"你们想知道葛凡做的梦？"庄墨函马上猜到了冉斯年的意思，"不过可惜，我只是听过葛凡三个梦中的前两个，第三个梦，我们说好要在下次见面时他讲给我的，只可惜……"

冉斯年暗喜，这一趟终于没有白来，他终于可以听到葛凡的第二个梦。不过，在这之前，他还是要听听从庄墨函口中讲解的第一个梦，看看是不是跟沈梦丹的版本相同。如果两个版本有出入的话，那么他之前的分析恐怕就得被推翻了。

庄墨函先是详细地复述了葛凡的第一个梦，令冉斯年欣慰的是，庄墨函的版本跟沈梦丹的版本居然完全相同，虽然描述的语言风格不同，但是几个关键点全都对上了。冉斯年更加肯定，这第一个梦绝对是葛凡儿时目击到命案的反映，凶手就是个瘦高白净的男人，而且凶器就是个细长状的物体。

/2/

接下来，就是关键的葛凡的第二个梦。

时间跨越到了葛凡的少年时期，那年他十四岁，仍旧是周家的大少爷，在城里最有名的中学读书。中学是外国人开设的，典型的欧式建筑，富丽堂皇像宫殿一样，只有有钱有权人家的子弟才能进入。

小蝶也出落成了一个亭亭玉立的少女，她成了周家的丫鬟，而且是洗衣丫鬟。这是周家夫人的安排，她是故意要减少小蝶与葛凡见面的机会，要不是小蝶的父母都是周家的老仆，周家夫人顾念他们夫妻俩一直为周家鞠躬尽瘁，早就把他们一家三口赶出周家了。

虽然葛凡跟小蝶在周家见面的次数有限，但他们俩还是会时常相会，地点改在了周家之外，葛凡就读的中学。时间是放学后，学校里的人都走光之后。

小蝶没读过书，只认识一些常用的汉字，都是葛凡教的。读中学之后，葛凡接触到了很多西方的科学知识，他本人对这些奇妙的知识惊奇不已，也非常急于把这些新奇的知识分享给小蝶。

于是，放学后，葛凡就成了"老师"，偷偷潜入学校的小蝶就成了葛凡唯一的"学生"。葛凡会把一些有趣的知识讲给小蝶，两个人会在只有月光照射的教室里小声地教学交流，倒也十分浪漫。

直到有一天，当葛凡正在教室里给小蝶讲解勾股定理的时候，楼下传来了脚步声。两个人马上就意识到了，除了他们俩，还有人在学校里，很可能是听到了他们的说话声往这边赶来的。

葛凡忙示意小蝶噤声，迅速收拾好书包，拉着小蝶藏在了教室最角落的桌椅下方。

脚步声越来越近，走到他们所在的教室门口，竟然停住了。葛凡和小蝶屏住呼吸，从桌椅的缝隙中，借着月光往门口望去。朦胧中，他们只见一个瘦高的身影站在门口，那个人的嘴巴附近还亮着一个小红点。同时，他们隐隐闻到了烟味。

瘦高身影在门口站了一会儿，叹了口气之后才转身离去。葛凡和小蝶这才敢大声喘气。他们听脚步声越来越远之后，又手拉手钻了出来，打算逃离学校。因为一旦学校的工作人员发现他们，免不了又要让周家夫人知道，那样的话，小蝶肯定会被赶出周家。

两人手拉手来到了走廊，打算从楼梯下到一楼。轻手轻脚地走了一会儿，他们竟然又看到了那个瘦高的身影，那人的影子就投射在楼梯的转角处，葛凡能够清楚地看到，那人的手里攥着一支烟枪，烟味也在空气中蔓延。

两个人马上停住脚步，轻轻转身往回走。就在他们刚转身没走两步的时候，下方又传来了脚步声，而且是急促的脚步声。原来那人是故意要把他们俩引出来的！

葛凡拿定主意，拉着小蝶开始狂奔，他准备带小蝶去往实验室方向，因为学校的实验室分布比较特别，地形复杂，便于他们俩藏身。

两人气喘吁吁地跑到了实验室的区域，藏在了走廊的木架子后面，这个位置虽然隐蔽性不佳，可是因为实验室都是锁着的，他们根本进不去，也只能躲在这里。

葛凡本来以为他们这次一定逃不掉的，因为对方是学校的工作人员，对实验室这里的地形也一定熟悉，他只要跟过来就会找到他们。可令葛凡意外的是，那个人似乎迷了路，他的脚步声越来越凌乱，来来回回在离他们不远的地方兜兜转转，就是没有找到他们这里来。

"该死，到底在哪里！"

葛凡听到了那个人的声音，果然，对方是个男人，听声音不年轻，应该是个中年男人吧。而且他好像十分气愤懊恼，像是非要找到葛凡不可似的。

又过了一会儿，葛凡听到那人离开的脚步声。这一次，他直到确定那个人已经离开，才敢拉着小蝶的手走出来。两人从学校后门离开，一路狂奔回周家。

冉斯年仔细听完庄墨函的转述，微微一笑，这第二个梦再次证实了他之前的猜测。葛凡和小蝶绝对是曾经目睹到了一起命案，见过了那个瘦高白净的凶手，这第二个梦所表现的，正是那个凶手前来杀人灭口。

现实中，葛凡的潜意识绝对发现了曾经有人想要对他不利，甚至很可能他经历过一场跟那个凶手的追逐躲藏的生死游戏。可葛凡还是跟第一次一样，选择逃避，自欺欺人，把这一切改装成浪漫的惊心动魄，两个人跟学校老师的捉迷藏游戏。

"斯年，怎么样？"饶佩儿急于知道冉斯年的想法，"这第二个梦有什么深意吗？"

冉斯年笑而不语，目前他还不能在庄墨函面前透露太多，毕竟庄墨函也是嫌疑人之一。

冉斯年沉吟了片刻，问出了最关键的问题："庄先生，你有没有找到葛凡想要的资料呢？"

庄墨函摇头，终于表现出了个人情绪，他颇为失望地说："没有，我已经搜集了图书馆里所有民国风格的建筑图片，包括家宅和欧式学校的图片，可葛凡看过之后，表示没有一张跟他梦里的环境吻合。只是有一部分图片里有一些细节局部跟他梦里的周家大宅有相似之处。相似的地方，已经被他在复印件上勾画出来了。"

"哦？请把那些勾画过的复印件交给我们。"范骁马上提出了不容庄墨函拒绝的要求。

庄墨函起身去取资料。

待庄墨函出去，房间里只剩下冉斯年、范骁和饶佩儿三个人的时候，范骁才开口询问："冉先生，葛凡的这第二个梦有什么深意吗？"

"这第二个梦跟第一个梦一样，也是改装后的重现，其中的确有几点值得注意。首先，葛凡注意到晚上出现在学校的是个瘦高的身影，后来听声音，也可以肯定对方是个男人。这个瘦高的男人跟第一个梦里清扫红色枫叶的家丁，那个瘦高白净的家丁，应该是同一个人。而这一次，葛凡听对方的声音，推测他是个中年男人，在时间上也正好吻合。第一个梦里的葛凡是七八岁，第二个梦里的葛凡是十四岁，所以第一个梦里的家丁在经过了七八年之后，也由一个青壮年男人变成了一个中年男人。当然，变化的只有声音和容貌，身形还没变。可因为当时学校里没有开灯，只是借着月光，葛凡也没能看清对方的容貌。仅凭着身形都是瘦高型的，葛凡自然也不会联想起第一个梦里的家丁。也就是说，葛凡根本没想过，第一个梦的家丁就是第二个梦里的这位所谓的'老师'。"

"所谓的老师？"范骁听出了冉斯年的弦外之音，"你是说，这个男人根本不是老师？"

"没错，他根本不是老师。"冉斯年继续解释，"这第二个梦里还有值得注意的两个点，都可以证明他不是学校的老师或者工作人员，他是个闯入者。第一，自始至终他都没有开灯，一直在黑暗中追逐葛凡和小蝶。如果开灯的话，找人和追人都会容易得多，可是他偏偏没有开灯。因为一旦开灯，可能会引来学校的工作人员。要知道，学校在晚间也不是空无一人的，也会有值班人员和更夫的。他如果真的是老师，发现有学生放学后藏在学校里，应该联合其他工作人员一起找人才对，更加应该开灯。第二，他对学校的地形并不熟悉，实验室区域的地形复杂，如果他是本校人员，又怎么可能找不到仅仅是躲在架子后方的葛凡和小蝶呢？"

"冉先生，你的意思是说，第一个梦的家丁，也就是当年的凶手，在时隔七八年之后，终于想起了要找到当年的目击证人葛凡和小蝶杀人灭口了？所以他才会夜间潜入中学，在黑暗中追逐这对少年少女？"范骁马上开窍，葛凡的这两个梦在葛凡看来是有先后顺序，有逻辑有因果的，在冉斯年看来同样如此，只不过冉斯年和葛凡看待这个梦的深度和角度完全不同。

冉斯年自信满满地点头："没错，这个人是来杀人灭口的，在时隔七八年之后，当然，也有可能这些年他一直在寻找机会杀人灭口，只不过，由于种种原因，他没有得逞，没有被葛凡的潜意识注意到。"

范骁歪着头问："对了，梦中还反复提到了烟味、烟枪和嘴巴附近的小红点，这些元素有什么深意吗？"

冉斯年打了个响指，说："问得好，烟在这个梦里表现的正是这个人的动机。只不过，这个人抽的是香烟，现代的香烟，而不是葛凡说的烟枪，嘴巴附近的小红点代表着当时那个男人正叼着一支香烟。而葛凡看到的瘦高身影手里拿着的状似烟枪的东西，其实是凶器！也就是说，这一次，对方选择的凶器应该是匕首一类的细长利器，而不是第一个梦里那种状似扫帚一类的大型凶器。由此可推理，第一个梦里，也就是命案现场，凶手应该是冲动型犯罪，在现场随机挑选了某个大型利器作为凶器；而第二个梦里，凶手自备了小型凶器，方便于携带和暗杀用的匕首刀具。"

"我还是不懂，凶手为什么要吸烟呢？如果烟头遗留在了现场怎么办？烟味引来学校工作人员怎么办？"饶佩儿问。

冉斯年叹息着说："的确是有这个危险，可是尽管如此，对方还是宁可冒险吸烟，那是因为，他紧张！"

范骁马上附和道："没错，许多烟民和有烟瘾的人在紧张的时候都会想要吸烟。就说瞿队吧，在执行危险任务之前，他都要吸上一根烟。"

"是的，即便是瞿队这样的专业人士，身经百战的警察，在执行危险任务之前都要吸烟缓解紧张情绪，更何况一个非专业的凶手呢？他此行的目的很明确，就是要用随身携带的凶器杀死葛凡和小蝶。杀人这件事对于任何一个非变态杀人狂的人来说，无疑都是一件令人十分紧张恐惧的事情。"冉斯年觉得跟范骁的交流愈加顺畅。

范骁蹙眉分析了一会儿，问道："这么说，葛凡和小蝶是真的遭到过这个瘦高男人的追杀喽？这个梦的重现还原度比第一个梦要高出许多嘛，会不会现实中，瘦高男人真的就是在学校里追杀他们呢？"

"有这个可能，所以我们非常有必要去葛凡就读的中学走一趟，尽管那里绝对不可能是梦中的奢华欧式贵族学校。"冉斯年打算明天一早就去实地检查一下，尤其是实验室的区域，是否真的是地形复杂。他想要确定一下，葛凡的这第二个梦到底有多少成分是经过了梦的改装，多少成分是还原重现。

/3/

三个人还想再聊几句，门口那边庄墨函已经抱着一个牛皮纸大信封走了进来。

"你们要的资料都在这里了，"庄墨函没有坐下的意思，冷冷地说，"我还有事要忙，恕不奉陪。如果你们还想知道更多的信息，抱歉，我这里没有，但是，你们可以去找葛凡雇用的私家侦探。"

三个人都是一惊，饶佩儿抢先问出来："葛凡还雇用了私家侦探？找小蝶吗？"

庄墨函点头："是的，我只是听葛凡无意间提起过，他已经找到了一个私家侦探，而且对方竟然也跟我一样，愿意无偿帮忙。"

"你对这个私家侦探了解多少？"范骁着急地问。

庄墨函摇头："完全不了解，我只知道有这么个人，就连对方是男是女都不清楚。不过你们是警察，总会有办法找出这个人吧。"

范骁还想再问，庄墨函已经用离开的背影回绝了他的提问。

"最后一个问题，"范骁大声问道，"周三晚上八点钟到十点钟之间，你在哪里？在做什么？有没有人能够证明？"

庄墨函停住脚步，稍稍思索后头也不回地回答："在图书馆的员工宿舍里看书，我住单人间，没有人能够证明。"

说完，庄墨函便迈开大步，一点儿也不担心自己会被警方怀疑，对于他没有不在场证明这一点，丝毫不在意。

冉斯年摩挲着下巴，歪嘴一笑："有意思，从最开始的沈梦丹，到后来的祁峰、现在的庄墨函，还有一个没露面的私家侦探，这些人居然全都愿意无偿帮助葛凡。他们之中，绝对有一个人的动机有问题。"

范骁补充道："还有葛凡的妻子丁怡和女儿葛莉莉，她们俩也是嫌疑人。现在除了祁峰之外，这几个嫌疑人都没有案发时间的不在场证明。"

冉斯年赞同地点头，又问范骁："关于案发现场，你们那边有没有什么线索？"

范骁略微尴尬地摆摆手："没有，目前还没有找到第一案发现场。"

冉斯年神秘兮兮地说："我有种直觉，葛凡在遇害之前那消失的48小时里，已经找到了梦中的周家大宅，当然，现实中不可能真的存在周家大宅，葛凡是看透了他梦境的深意，找到了当年目击命案的地方。他去了那里，见到了当年的凶手，然后，被当年那个凶手杀死在了那里。也就是说，造化弄人，葛凡遇害的第一现场就是当年凶手杀人的现场。"

饶佩儿感慨着说："果真是造化弄人，葛凡竟然死在了他梦寐以求的周家大宅。但愿他在临死前已经找到了跟他同样是目击证人的小蝶，了却心愿吧。哦，不，应该说但愿他没有找到小蝶。如果他在当年的案发地点见到了小蝶，搞不好小蝶也被那个凶手杀人灭口了。但愿小蝶还活着，而且比葛凡小心谨慎，清楚记得自己是当年的目击者，保护好自己，远离凶手。"

冉斯年冲饶佩儿笑笑，淡淡地说："还有一种可能不是吗？杀死葛凡的并不是当年的凶手，而是小蝶。葛凡追寻小蝶的行为危及了他和小蝶的安全，小蝶为了阻止葛凡继续把他俩置于危险之中，杀死了当年的同伴。"

饶佩儿不满地摇头："小蝶怎么会这样？她就那么惧怕当年的凶手？跟葛凡一起站出来指证凶手不行吗？非要杀人的话，小蝶也应该杀了当年的真凶啊！"

冉斯年示意饶佩儿不要激动："指证的可能性不大，毕竟当年案发时葛凡和小蝶年纪太小，法官也许不会采信他们的证词。不过佩儿，现在一切都是我的猜测，可能性还有很多。你先不要急，眼下还是先找到那个私家侦探最重要。葛凡还有第三个梦，我们需要从那个私家侦探口中得知。如果杀死葛凡的凶手就是当年那个瘦高男人的话，那么这一次他绝对逃不掉杀人的罪行。"

范骁起身，大步流星地往外走："我这就回去告诉瞿队私家侦探的事情，安排人寻找那个私家侦探，至于说葛凡勾画过的这些图片复印件，就交给你了，冉先生，咱们分工合作，有进展马上通知对方。"

"好的，"冉斯年跟在范骁后面，信心十足地说，"但愿今晚我能在梦里得到提示。"

第九章

分 析 综 合

/ 1 /

回到家，晚饭过后，冉斯年和饶佩儿在客厅里埋首看手中的资料，包括小蝶的画像和那一摞被葛凡勾画过的民国建筑图片。看完之后，他们俩又交换资料看对方的。

冉斯年的脸盲症还没有完全好，对于小蝶的画像没什么特别的感受，盯着看了几分钟，根本看不出什么特征，只是看得出，这个小蝶可以称得上是个美女。

接下来，冉斯年决定按照他以前看人脸的方式，从局部着手，遮住其他部分，单看局部分析特征。其实冉斯年也不想对着这张画像费工夫，只是那边的建筑图片太多，饶佩儿看起来需要很久，所以他才用小蝶的画像打发时间。

就这样，从小蝶的发型、额头、眉毛、眼睛一路局部地往下看，一直到看到了小蝶的嘴巴，冉斯年突然一怔。小蝶的嘴巴竟然给他一种十分熟悉的感觉！

"佩儿，"冉斯年转头，轻轻唤着饶佩儿，"你抬起头来。"

饶佩儿莫名其妙地抬头，面向冉斯年："怎么了？你发现什么了吗？"

冉斯年呆愣愣地盯着饶佩儿的嘴唇，起身绕过茶几，缓缓凑近。

饶佩儿下意识慢慢往后缩，嘴唇抿了又抿，一直到靠在了沙发背上，她没了退路，只能静止不动。

冉斯年弯腰，一只手撑在饶佩儿肩膀上方的沙发靠背上，头部凑近饶佩儿，典型的壁咚动作，只不过墙壁被换成了沙发。

饶佩儿面色潮红，紧张之下不知该如何应对，只好闭上眼睛，下巴不自觉地微微翘起。她大脑里一片空白，一切动作都是下意识的，她根本不知道自己做出了迎接冉斯年亲吻的动作。

三秒钟过后，饶佩儿感受到冉斯年的气息就在咫尺，可是就只是近在咫尺的气息，却没有别的。不是应该有个吻吗？

饶佩儿突然惊醒，睁开双眼，却见冉斯年一脸笑意。

"你笑什么？"饶佩儿又羞又怒，一把推开冉斯年。

冉斯年身子向后一倾，直接坐在了茶几上，仍旧一脸笑意："原来如此，原来你就是小蝶……"

"你说什么？"饶佩儿惊愕地反问，"你脑子坏掉了吧？我怎么可能是小蝶？"

冉斯年直接坐到了饶佩儿身侧，抓起茶几上的小蝶画像，挡住上方，只露出嘴巴和下巴："我是说，你是小蝶的一部分。你看看，这嘴唇是不是很熟悉？"

冉斯年的手遮挡住嘴唇以上，小蝶的嘴巴让饶佩儿惊得一下子站起身来，诧异地张大嘴巴："这……这张嘴，怎么……怎么那么像我的嘴？"

"这就是你的嘴，"冉斯年拉着饶佩儿坐下，又用手遮挡住了眼睛以下的部分，问饶佩儿，"我对其他女星的相貌根本没概念，你来看看，这眉眼像谁？"

接下来的时间里，饶佩儿和冉斯年分别用手遮挡住小蝶画像的不同部分，单看鼻子眼睛下巴额头甚至是耳朵等部位，竟然列出了七八个女明星的名字。最后他们俩得出的结论是，小蝶就是各色美女明星的一个综合体！

这简直是爆炸性的结论，这意味着小蝶就是葛凡在梦里塑造的一个完美女人，一个——梦中情人！

"怎么会这样？"饶佩儿自言自语似的，一时间不愿相信这个事实，"难道是葛凡在梦中美化了小蝶？他的梦改装了原本的小蝶，让她变成了他心目中最完美的女人？葛凡爱上了一个被他美化了的女人！一个潜意识通过人脸拼图游戏拼凑成的一个虚幻的美女？而实际上的小蝶，有可能是个'恐龙'？或者根本就是个长相平平的大众脸？"

冉斯年感叹着说："这个可能性很大。只是葛凡根本没有注意到这一点，他完全沉浸在了自己的梦境里，爱上了一个被自己改装塑造的女人。实际上，那个小蝶也许就是一个儿时的玩伴，一个初中同学，一个不起眼、跟葛凡也并不熟悉的人物。是葛凡的潜意识赋予了这个现实中不起眼的人物一层神秘而美好的面纱，把她变成了葛凡的梦中情人，就像他把目击凶案这样的事情改装成了红色枫叶的美景和家丁的追赶一样。"

饶佩儿为葛凡的命运唏嘘不已，但也深感可怜之人必有可恨之处，葛凡落到惨死的地步，其中不无他自己的原因——心理上的原因。可以说是当年的真凶害死了他，也可以说是葛凡自己的潜意识为他挖好了坟墓。

冉斯年自责地感叹说："当初如果我再强硬一些，或者干脆直接把他送到医院的精神科治疗，也许葛凡就不会……"

饶佩儿拍拍冉斯年的肩膀，安慰道："别这么说，每个人都有自己的选择，都是自己的主宰，旁人再怎么努力也只是有建议权。你大可不必为了没能主宰葛凡的人生而自责。"

冉斯年苦笑，握住了饶佩儿的手："谢谢你，佩儿，你这么说我舒服多了。"

夜里，睡梦中的冉斯年被窗外一道炸雷惊醒，猛地从床上弹坐起来。很快，窗外雨声大作，敲打着玻璃窗，扰得冉斯年根本无法再次入睡。

冉斯年起身推门出去，眼前的景象让他瞬间便明白过来，原来自己已然身处另一个空间世界——梦境。

冉斯年的门外正是庭院深深，阳光明媚，还蒙着一层复古的黄色意境。一眼之下，冉斯年便想起来，眼前的情景正是他白天看过的一幅图片。

转过身，不远处的一个亭台被黑色的圆圈圈住，那正是葛凡勾画的，说明这张图片里的亭台酷似他梦中的周家大宅的亭台。

冉斯年挥挥手，魔术师一样让身处的环境瞬间消失，只留下那个亭台和身后的房门。

他转身回到自己的房间，窗外仍旧雷雨大作，他没时间去思考此时天气对他的提醒，再次推开了房门。

这一次，又是另一张老照片展现在眼前，这张老照片是黑白色的，与之前那张后期着色的图片不同，刚刚被冉斯年留下的彩色亭台在这幅画面中就显得格格不入。

冉斯年再次留下了这张图片中的一棵参天古树，安置在亭台旁边，又转身回到自己的房间。

这一晚，冉斯年来来回回进出自己的房间无数次，终于，他在梦里拼凑出了一幅拼图，最类似于葛凡梦境中场景，周家大宅庭院一角的画面。

这一次跟白天局部观察小蝶画像不同，对小蝶的画像是分析，分别去研究五官，而现在应该算是综合，把单个元素整合在一起。

这由葛凡圈定的几处景色组合到一起构成的画面，触动了藏在冉斯年潜意识里的某根神经。没错，这个场景，冉斯年见过，绝对见过，虽然不是一模一样，但是绝对类似。是什么时候见过，在哪里见过呢？

冉斯年轻易就找到了答案，就是在三个月之前，在电视机里，在那部刚刚上映的民国狗血爱情剧里面，出现过这个场景！

冉斯年还记得，那部电视剧是在有名的影视城拍摄的，影视城根本不在松江市，也就是说，葛凡梦中出现这样的场景并不是因为他是在影视城里目击到了命案，而是因为他三个月前看到了那部电视剧，所以潜意识便受到了触动，把电视画面的场景移置到了梦里。

只是，葛凡为什么会把民国剧的场景移植到他的梦里呢？为什么不是古装剧不是抗战剧，不是科幻剧的场景？为什么要给他的梦披上民国环境的外衣呢？只因为葛凡潜意识里喜欢民国背景？因为那部民国电视剧他还算喜欢？冉斯年一边思考，一边再次回到自己的房间。

卧房的窗外依旧风雨交加，有一道惊雷劈在了小区的树上，火光一闪，让冉斯年的大脑瞬间开窍。

冉斯年睁开双眼，卧室里安安静静。他拉开窗帘，窗外天色已经蒙蒙亮，地面干爽整洁，那棵树也安然立在那里。

冉斯年拿起手机，第一时间给范骁打去了电话："喂，小范，我记得你之前跟我提过，葛凡是被养父母抚养成人的，他的生母葛艳在世的时候也是个单身母亲。"

"是啊，没错。"范骁一边打呵欠，一边回答。

冉斯年顿了一下，低声问："如果我没猜错的话，这个葛艳生前的职业应该是……"

冉斯年的最后四个字让范骁目瞪口呆："冉先生，你怎么知道？我记得我没提过葛艳的职业啊！"

冉斯年松了一口气，这一次，他果然还是猜对了。

"冉先生，你怎么知道葛艳的职业的啊？"范骁在电话那头兴奋地问，他知道一定是因为冉斯年的梦又给了他什么提示，冉斯年现在掌握的线索一定多于警方。

"葛艳是怎么死的？"冉斯年不答，反而言简意赅地问。

"我记得是失踪四年后，由葛艳的姐姐、姐夫申请，法庭宣告死亡的。"范骁大咧咧地说，然后又马上改变口吻，邀功似的，自豪地说，"冉先生，我昨晚加班，一整晚都在查阅卷宗，查找你让我找的命案和瘦高男性嫌疑人，细长形状的尖利凶器……"

冉斯年打断范骁："不用找了，你已经找到了。"

"啊？"范骁愣了两秒钟，马上反应过来，大叫着，"难道……难道当年葛凡目击的凶案现场，死者就是他的母亲葛艳？"

"我是这么认为的，你马上搜集葛艳的资料以及当年的失踪案件，整理好资料后向我汇报。"冉斯年习惯性地对范骁发号施令，真的把他当成了自己的助理。

"没问题！"范骁一下子充满干劲儿，响亮地拍着胸脯回答。他好像更加喜欢自己是冉斯年助理，胜过是瞿子冲属下的身份。

挂上电话，冉斯年就想要给瞿子冲打电话，把他推测的葛凡命案的第一案发现场通知他，可还没等他拨通电话，瞿子冲的电话已经过来了。

"喂，瞿队，正好，我刚要给你打电话……"冉斯年急于把自己的想法告诉瞿子冲。

"斯年，我们找到了那个私家侦探。"瞿子冲打断冉斯年，颇为激动兴奋地说，"不但找到了私家侦探，还找到了小蝶！"

"什么？找到小蝶了？"冉斯年惊呼出声，惊讶之余，就把自己想要说的话暂时抛到了脑后，"他们人在哪里？我现在就过去！"

冉斯年叫上了饶佩儿，连早餐都顾不上吃，直接就往警局赶去。

"斯年，瞿子冲凭什么认定他找到的女人就是小蝶呢？难道'小蝶'承认了她就是小蝶，就是当年的目击者？可我总觉得以小蝶隐藏了这么多年的情况来看，她不像是那种能够轻易公开身份的人，因为一旦向警方坦白自己是小蝶，也就等于暴露了自己当年目击证人的身份，等于是把自己也置于危险之中了啊。小蝶应该清楚她也是凶手的目标，很可能会步葛凡的后尘，她就那么相信警方能够保护她吗？"饶佩儿一股脑儿说出了自己的疑惑。

冉斯年不想多说，一边开车，一边淡淡地吐出几个字："等见了小蝶就知道了。"

/2/

透过审讯室的单面镜，冉斯年看到了瞿子冲审讯私家侦探柯帅的全过程。

瞿子冲问："葛凡给了你多少钱，要你帮他寻找小蝶？"

柯帅看起来是个三十多岁的吊儿郎当的男人，满脸胡茬儿，一身邋遢的装扮，他满不在乎地伸出一根手指："一万。"

"钱呢？"瞿子冲不动声色地问。

"花了。"柯帅耍无赖似的回答。

"怎么花的，凭证呢？"瞿子冲步步紧逼。

"丢了，没凭证。"柯帅笑嘻嘻地回答。

瞿子冲突然一拍桌子，怒斥说："柯帅，快坦白！我们早就知道了，你是无偿帮助葛凡找人的！说，你为什么甘愿无偿为葛凡找人？"

柯帅一愣，眼珠子转了转，顷刻间换了一张诚恳的脸，感慨地说："因为我跟葛凡有相似的经历啊，只不过，当年我没胆量去追我的女神，我敬佩葛凡的精神和勇气。"

"你不觉得葛凡荒唐可笑？"瞿子冲根本不信柯帅的说辞，冷冷地问。

"一开始，我也觉得他是异想天开，但是他这个人非常执着，我就想着干脆假装应承下来打发他算了。"柯帅苦笑着摇头，"没想到他隔三岔五就来找我问找到人没有，他还把他从图书馆找来的一大堆图片啊资料啊给我看，我哪看得进去那些东西啊。不过，我真的是被葛凡的诚心给打动了，我就仔细听了一遍葛凡的三个梦，最后我得出结论，那个小蝶根本不是葛凡的前世恋人，小蝶根本就是葛凡的儿时伙伴！葛凡要找的是小时候跟他一起玩耍过的小女孩！"

"所以你就帮他找到了小蝶？"瞿子冲眯眼问道，他对于柯帅这个滑头的话是一个字都不相信。

"其实我遇到小蝶也是命运的安排啊，真是踏破铁鞋无觅处，得来全不费工夫，有心栽花花不开，无心插柳柳成荫。我在葛凡就读的中学附近转悠的时候，竟然看见了小蝶，就跟葛凡给我提供的画里面的小蝶一模一样！"

瞿子冲冷哼一声："说一模一样夸张了吧，只是有七八分相似而已。"

"七八分就够了啊，葛凡的记忆和画家的画笔总会有些偏差的。"柯帅急于辩驳，"我已经跟这位小蝶小姐详细聊过了，她也已经回忆起来，当年的确跟一个小男孩一起在一个庭院里玩耍过。不过其他的，她就想不起来了。"

"周三晚上八点至十点钟，你在哪里，做什么，有什么人能够证明？"瞿子冲厉声问。

柯帅想了一下，马上松了一口气："周三晚上啊，我跟小蝶在一起啊。我得把葛凡寻找她的事情仔细跟她说清楚啊，要不然人家还以为我跟葛凡不是好人不是吗？周三晚上，我俩一直就在事务所聊天，那天的晚饭都是我请的，晚饭后我就把小蝶带去了我的事务所，一聊就是两个多小时啊。"

瞿子冲不屑地冷哼，根本不认可柯帅的不在场证明。

监控室的冉斯年也冷哼一声，自言自语似的说："这个小蝶是假的。"

饶佩儿惊讶地问："你还没见过这个小蝶呢，就说她是假的？是，我们之前的确认定小蝶是被葛凡加工美化出来的形象，可是柯帅找到的小蝶是真的跟画像有七八分相像呢！"

"就是假的，因为当年葛凡和小蝶一起玩耍的地方并不是什么庭院，这个假冒的小蝶说错了。所以我还是认为小蝶的形象是葛凡自己虚构出来的，真正的小蝶根本不是画中的模样。"冉斯年胸有成竹地说。

"那是什么地方？"饶佩儿追问，"葛凡跟小蝶一起玩耍和目击凶案的地方不是庭院，会是哪里？"

冉斯年刚要开口，审讯室里的瞿子冲已经起身，对着后面的单面镜做了个手势，示意冉斯年出去跟他会合。

"斯年，怎么样，你觉得这个柯帅有没有可疑？"瞿子冲像是已经有了自己的主意，虽然是问冉斯年，但是神态和口吻摆明了他的态度，这个柯帅大有问题。

"柯帅的确有杀死葛凡的嫌疑，他的不在场证明根本无效，因为那个小蝶，正是柯帅的同伙。"冉斯年叹了口气，"柯帅之所以愿意无偿帮助葛凡找人，为的就是从葛凡这个又傻又痴情的笨男人那里骗取钱财。而柯帅的运气真的不错，真的被他找到了一个跟画像相似的女人，他把这个女人发展成了诈骗的同伙，要她假装小蝶，从葛凡这个痴情种身上榨取钱财。也就是说，柯帅看中的是远期的利益，源源不断的利益，他觉得葛凡很难得，是个难得的摇钱树。"

饶佩儿开了窍，顺着冉斯年的思路继续："你是说，葛凡有可能发现了柯帅的阴谋，两人起了争执，所以柯帅杀死了葛凡？"

"有这个可能性，"冉斯年话锋一转，"但我还是认为葛凡的死跟当年目击到的凶案有关，柯帅有可能把自己真正的动机掩藏在了诈骗阴谋败露的后面。总之，咱们还是先听听这个柯帅转述一下葛凡的那三个梦吧，听听前两个是否与沈梦丹和庄墨函的版本相同，还有那第三个梦。"

第十章

第 三 个 梦

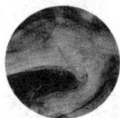

瞿子冲再次回到审讯室，冉斯年和饶佩儿也回到了监控室，透过镜面观看那边的情况。

在瞿子冲的要求下，柯帅开始讲述葛凡的梦境。他的复述能力不怎么好，但是前两个梦讲述下来，还是包含了其中那几个关键点，跟之前沈梦丹和庄墨函的版本是相同的。

接下来就是葛凡的第三个梦，也是有关小蝶的最后一个梦。

时间跨越到了葛凡二十四岁，地点是奢华典雅的教堂，教堂里正在举行一场婚礼，新郎是葛凡，新娘是个相貌平平的陌生女人，并不是葛凡心爱的小蝶。

葛凡注意到教堂座位的最前排坐着他的父母——周家的老爷和太太，身边还有一对穿着华贵的中年夫妻。他知道，那对夫妻一定就是他的岳父岳母，新娘是跟自己门当户对的大家闺秀，他奉了父母之命、媒妁之言，牺牲了自己的爱情，牺牲了小蝶，也牺牲了未来的幸福，成了封建社会的一个陪葬品。

但葛凡别无选择，他不能，也不想跟小蝶私奔，说到底，他还是放不下自己周家大少爷的身份，放不下荣华富贵。

婚礼进行到了尾声，正当葛凡跟新娘交换戒指的时候，教堂门口起了骚动。周家的几个家丁似乎在门口阻拦什么人，隐约还能听到女人的哭声。

葛凡听出了那哭声正是小蝶的声音！小蝶竟然来了教堂，想要大闹婚礼！

葛凡不恨小蝶上演了这么一出闹剧，搞砸了他的婚礼，他只是心酸，心疼小蝶，同时又很满足，因为他现在知道了，小蝶对他的爱是那么浓烈，浓烈到可以支撑一个胆小的弱女子来大闹婚礼，放下一切自尊和名声，只为了夺取她心爱的男人！

　　"小蝶，你走吧。"葛凡冲到门口，用身体阻挡了那几个家丁对小蝶的推搡，苦口婆心地劝诫，"我们之间不可能的，对不起，小蝶，忘了我吧。"

　　小蝶号啕大哭，一个字都说不出，只是揪扯着葛凡的衣袖，怎么都不肯放手。

　　"是我对不起你，是我耽误了你，我配不上你啊！"葛凡也声泪俱下，同时用力地去掰开小蝶的手，"今生是我负了你，如果有来生，我会用尽一切，哪怕是生命去偿还。今生我们有缘无分，但愿来世，来世我们能够再续前缘吧！"

　　小蝶拼命地摇头，哭喊着："我不要来世，我只要今生！少爷，不要丢下小蝶，求你！"

　　葛凡一咬牙，抓破了小蝶的手，硬生生把她的手掰开，拂袖转身，背对着小蝶轻轻吐出三个字："对不起。"

　　"砰"的一声，小蝶的哭喊声戛然而止，周遭响起众人惊叹的唏嘘声。

　　葛凡一回头，只见满眼的红色。小蝶竟然以头撞向门口的罗马柱，当场毙命！

　　小蝶竟然以死明志，她用生命告诉葛凡，她爱他！而他葛凡，的确辜负了她，并且不配小蝶的这份深情厚谊！

　　葛凡"扑通"一声跪倒在地，面对着小蝶的尸体，他没有眼泪，整个人木然，像是一具行尸走肉，嘴里不断呢喃着："来世，来世我们一定会在一起，一定会的，来世我绝不负你，我发誓，如有违此誓，天诛地灭！"

　　"啧啧啧，"饶佩儿撇着嘴巴酸溜溜地说，"还真是狗血民国剧，葛凡的潜意识里还真是个三流的狗血编剧。"

　　瞿子冲跟冉斯年合作久了，也自认为摸到了一些释梦的精髓和大致规律，他觉得葛凡的这个梦不可能跟前两个梦一样是重现性质的，一定是更加隐晦地在表达着什么，于是便问道："斯年，这个梦似乎跟你说的命案没什么关联吧？小蝶也不可能真的为了葛凡自杀不是吗？这第三个梦到底有什么含义？"

　　冉斯年沉吟了片刻，缓缓说道："我认为，这个梦还是重现性质的，它重现了葛凡和丁怡的婚礼。"

瞿子冲马上反驳："不可能，我调查过葛凡和丁怡，他们的婚礼上可没出什么乱子，更别提有个女人直接去抢新郎，抢不成就当场自杀的。"

"没错，婚礼表面上是顺利平静的，"冉斯年意味深长地说，"可在葛凡看来，小蝶已经死在了那场婚礼上。"

饶佩儿不满冉斯年的故弄玄虚："斯年，你到底什么意思？咱们还要不要去见见那个柯帅找来的小蝶啊？"

"不见也罢，这个小蝶只是一颗棋子，最后公布真相的时候再见她不迟。"冉斯年犹豫了一下，"如果我没猜错的话，这第三个梦已经指出了当年和现今的凶手身份。瞿队，我有了些想法，可是还是有些混乱，这样，今天我先回去，等我整理好思路再联系你，怎么样？"

瞿子冲听冉斯年说有了想法，顿感轻松，他对冉斯年充满信心："好的，我等你的好消息。"

冉斯年带着饶佩儿回家，刚一到家，他就把电话给范骁拨了过去。

"小范，之前我让你调查葛艳的资料，查得怎么样了？"冉斯年想到刚刚在警局一直没见范骁，这小子估计是正在忙活着自己布置给他的任务呢，并且还没有来得及把调查葛艳的事情汇报给瞿子冲。

范骁打了个呵欠："冉先生，我把能够搜集到的葛艳的信息资料都整理好了，我已经连轴转一天多了，这会儿正打算回家休息呢，顺便先把资料给你送去。"

冉斯年嘿嘿地坏笑着："小范，你还不能休息，除非，你想要错过一次立大功的机会。"

"哦？立大功？"范骁马上来了精神。

冉斯年就知道自己这招对范骁绝对是屡试不爽，他假装为难地说："是这样的，关于葛凡的案子我有了一些自己的想法，只不过这一次啊，我突然没来由地没自信，毕竟我的推理风格只是通过释梦这种虚无缥缈的东西去猜测。现在这个程度，我还没什么把握，如果贸然把自己的想法告诉瞿队，他安排人手去排查，最后发现搞错了方向，浪费了警力，那我岂不是很没面子？我在他面前还想要保持破案率百分百的纪录呢。"

范骁还是比较机灵的，他马上明白了冉斯年的意思："冉先生，你是想找我先去验证一下你的想法？如果验证说明你的想法是对的，再告诉瞿队？"

"没错，"冉斯年抓住了范骁想要立大功的心理，"小范，如果我猜对了，这次你绝对功不可没；如果我猜错了，你就当什么都没发生过，什么也不对瞿队说。你看怎么样？"

"没问题啊！"范骁马上收起了倦意，拍着胸脯充满干劲儿，"冉先生，你需要我怎么验证？"

"我要你去我猜测的、可能是葛凡命案第一现场的地方，寻找那里是否留下发生过命案的蛛丝马迹。简单的取证工作你没问题吧？比如利用鲁米诺检测现场遗留的很少的血迹，另外还有询问那里的人员案发时间那里的状况，以及是否有人见过葛凡等等。"

"没问题啊，"范骁已经迫不及待了，"冉先生，谢谢你给我这次表现的机会，我相信你这次也一定没错！对了，你要我去的地方是……"

冉斯年微微一笑："小范，之前我不是跟你核实过葛艳的职业吗？"

范骁愣了一下，两秒钟后爆发出爽朗得意的笑声："冉先生，我知道了，我这就出发，有发现了马上通知你！"

饶佩儿一直在一旁观察着得意的冉斯年，等冉斯年挂上电话，她笑嘻嘻地说："斯年，你这次也是胸有成竹，对你的推测抱有百分百的信心，没错吧？"

冉斯年不好意思地挠挠头："被你看出来了啊。"

"你之所以要范骁替你验证，而且是在不通知瞿子冲的前提下，一定有你的打算吧？"饶佩儿看出了冉斯年的别有用心，"你想要瞿子冲和范骁之间产生隔阂？"

冉斯年大方承认："没错，之前我曾经猜测过，范骁是范铁芯的儿子，他的手里握有他父亲范铁芯为他留下的致命武器，也是保护他的法宝，那就是可以制约甚至是威胁指证瞿子冲罪行的证据。现在回想和范骁认识以来他的一举一动，还有目前对他的观察，我觉得他不像是在演戏，他是真的不知道自己可以决定瞿子冲的生死，不知道范铁芯和瞿子冲合谋都做了些什么。当然，我也有可能猜错。但不管怎样，取得范骁的信任和好感对我都是有利的，只有这样我才有机会打探出他手中的致命武器，另一方面，分化范骁和瞿子冲的关系，渐渐激化他们之间的矛盾对我也是有利的，更有利于我坐收渔翁之利。"

饶佩儿点头说："没错，我注意到范骁对你的钦佩和尊重已经超过了瞿子冲，而且瞿子冲也注意到了一点，他已经对范骁有所不满了。你这次又给了范骁立大功的机会，还是背着瞿子冲，无疑是又给他们俩之间的关系降了温。你这个男人啊，还真是满腹心机，太可怕了。"

冉斯年一开始还满意地听着饶佩儿对自己的肯定，到后来听她说自己满腹心机，马上摆手做澄清状："佩儿，我可没你想象的那么可怕，至少对你，我绝对是单纯的。"

饶佩儿一歪头，意味深长地说："真的吗？你没有什么事瞒着我吗？"

冉斯年吞了口口水，气定神闲地说："当然没有。"

饶佩儿审视着冉斯年，最后吐出一口气，小声嘀咕："看来真的是雷钧霆帮我解决了危机，这一点上，他还是说到做到了。"

冉斯年马上明白过来，饶佩儿一定是上网看到了水军们替她解围的阵仗，她曾怀疑过是自己在暗中帮忙，现在，她还是更加倾向于是雷钧霆在其中运作。冉斯年想要讲出事实，告诉饶佩儿那个雷钧霆根本什么都没为她做，只是坐享其成，真正帮她的人是自己，是他放下面子尊严向一直有隔阂的叔叔开口求助。

可冉斯年也知道，自己不能说，因为他不能告诉饶佩儿自己看过了网上的视频，他不想让饶佩儿知道自己失信于她，所以只能吃了这个哑巴亏。

"对了斯年，我有一个想法，也可以说是个计划，可以引那位孔祥老先生主动现身，甚至暴露他的身份，说不定……说不定我还能见到我的父亲。"饶佩儿极为严肃地说，"等到葛凡的案子结束后，我想要请你帮忙，帮我实施这个计划。"

冉斯年想也没想便答应："当然没问题，只要不危及你的安全，我一定义不容辞。"

凌晨两点，冉斯年被手机铃声吵醒，一看来电，正是范骁。

"冉先生，冉先生！"范骁在电话那边兴奋地大叫。

冉斯年光听范骁的语气和状态就知道范骁已经找到了他想要找的东西，于是先不急着谈工作，而是亲切地说："小范啊，不要每次都先生先生地叫，大家都是年轻人，不必那么外道，你也叫我斯年吧，这样我听着也舒服一些。"

范骁有点儿受宠若惊，不好意思地嘿嘿笑了两声，终于叫出了冉斯年的名字："斯年……那个……斯年哥，我真的找到了现场遗留的血迹！这里果然就是第一现场！"

"先别急，鲁米诺反应不单单只对血液有反应，你确定你找到的证据足以证明那里就是第一现场吗？"冉斯年真的不想打击范骁的信心，但是却不得不确认。

"斯年哥，我不光找到了摩擦的血痕，还找到了凶器——一个铁质烛台的底座，边缘处还夹着皮屑和毛发，一定就是死者葛凡的头皮和头发。我之前看过法医的验尸报告，葛凡头部的伤口形状就是一个弧形，大小跟烛台的圆形底座正好吻合，这烛台就是凶器准没错。而且烛台上面还有半枚指纹遗留下来，说不定就是凶手的！"

冉斯年松了一口气，也认定了范骁找到的就是凶器："如果只有半枚指纹的话，那就不可能是其他工作人员留下的，应该是凶手时间紧促，没来得及彻底擦除指纹。小范，你马上把这重要物证带回警局去检验。天亮以后，你就通知瞿队把所有涉案人员都带去案发现场，采集他们的指纹，只要经过比对，就是指证凶手的铁证！"

挂上电话，冉斯年轻松地笑笑，在他看来，葛凡的案子，还有多年前葛艳失踪的案子，现在已经水落石出了。剩下的就是明天白天，由他亲自把整个案件的来龙去脉公之于众了。

想到凶手，冉斯年不禁感叹，凶手的确在这方面不够专业，由于时间紧迫和过于紧张的原因，他没能做好善后工作，把案发现场清理干净。不过也难怪，毕竟案发现场比较复杂，不是那么轻易就能清理彻底的。所以他只能转移尸体，把葛凡的尸体丢进松江，以此来掩藏第一案发现场。只是凶手没想到，葛凡的梦就是指引他找到第一案发现场的通道，葛凡的梦也已经指出了真凶的身份。

第十一章
帮凶小蝶

/ 1 /

清晨，冉斯年穿戴整齐，像是要赴一个重要约会一般，他在等待瞿子冲的电话。

果然，上午八点钟，冉斯年接到了瞿子冲的电话。

"斯年，刚刚小范告诉我，他找到了葛凡命案的第一现场。"瞿子冲的语气冷冷的，丝毫不为工作上的突破性进展感到高兴，"小范只是个初出茅庐的孩子，恐怕这个第一现场不是他一个人找到的吧？是你在暗中提点了他，或者说，是你直接告诉了他，给了他这个立功表现的机会？"

冉斯年尴尬地笑笑："真不愧是瞿队，我的小心思真的瞒不过你。没错，我看这阵子小范为了工作废寝忘食，他是真心热爱警察这份工作，又很有正义感、责任心，所以，我就想要帮帮他。瞿队，你安排小范跟我配合，不也是为了让他迅速成长吗？"

瞿子冲干笑两声："没错，这孩子是个可造之才，他跟着你的确比跟着我进步要快啊。既然第一现场是你告诉他的，那么我也无须告诉你具体地址了吧，你现在就出发，咱们直接在那儿见。"

"好的，其余几个涉案人员也都会去吧？"冉斯年再次确定。

瞿子冲肯定地说："放心，他们不来也得来。凶手就在他们之中，这一次，我是不会再放任这个凶手在我眼皮子底下演戏的！"

饶佩儿穿戴整齐下楼，对今天的目的地也充满了好奇："斯年，咱们到底要去哪里？"

冉斯年看饶佩儿下楼来，马上起身往门口走，边走边说："很快你就会知道。"

半个小时后，冉斯年驾驶的车子越过了大半个松江市，来到了市中心地带的"松江话剧院"。

这个话剧院已经有将近百年的历史，是松江市的古建筑之一，虽然现在这种国有的话剧院已经落后过时，被新兴高档的话剧院取代了，但是偶尔，这里还是会上演一些比较经典的话剧，吸引的多是一些老派的观众。

"话剧院是第一案发现场？"饶佩儿站在话剧院门口，仰头看着古老的建筑，又来回看了看已经停在门口的几辆警车，问，"斯年，你怎么会认定第一案发现场在这里？"

冉斯年迈开大步朝大门走去："因为三十三年前，葛凡目击的那起命案也是在这里，这里就是葛凡第一个梦的环境场景的原型。"

饶佩儿顾不得惊讶和思考冉斯年话里的含意，跟在冉斯年身后走进话剧院，她知道，现在问也是多余，还不如一会儿跟大家一起听冉斯年的逐步讲解，然后抽丝剥茧得出结论。

剧场的灯光全部都集中在舞台和观众席的前两排，远远地，冉斯年就看到瞿子冲站在舞台的中央，直面坐在观众席第一排的所有涉案人员。瞿子冲的两侧，分别站着范骁和梁媛、邓磊，他们的身后是技术队的工作人员，正在准备为所有涉案的人提取指纹。

瞿子冲看到冉斯年和饶佩儿，马上冲他们招手："斯年，上台来，这个舞台交给你。"

饶佩儿跟在冉斯年身后，一起从侧面登上舞台。站在这样的地方推理案情，讲解梦境，饶佩儿觉得这一次的冉斯年简直就像个推理明星，实在是太酷了。

冉斯年却谦虚地站在了舞台的一侧，把饶佩儿推到了正中央，又伸手示意范骁跟饶佩儿一起担当今天的主角。

"斯年，你要做什么？"饶佩儿凑到冉斯年身旁小声嘀咕。

冉斯年歪嘴一笑："怎么？你忘了？我是你的助理，你才是葛凡案件的侦探，现在到了侦探最风光的推理揭秘阶段了，我这个助理总不能喧宾夺主，抢了你的风头吧？"

饶佩儿哭笑不得："你别闹了，我能推理什么？我什么都不知道啊……"

冉斯年伏在饶佩儿耳侧小声说："放心，我对你有信心，你只要听我的提示，然后说出你的想法就可以了。而且，我需要你给范骁做个伴。"

饶佩儿马上明白过来，原来这次是冉斯年有意让范骁出风头，但是单单让范骁一个人单枪匹马地作为侦探分析案情，恐怕会让瞿子冲觉得这是冉斯年故意在分化范骁和瞿子冲的关系，所以才需要她来给范骁做伴。

范骁站在舞台最中央，并没有退缩的意思，看得出他很享受这种感觉，但是的确也是心里没底："斯年哥，我……我不行的。"

冉斯年走到范骁身旁，拍了拍他的肩膀，鼓励道："放心，你可以的，我对你有信心，你只要顺着我的思路思考，很轻易就可以推导出答案。"

说完，冉斯年退回到饶佩儿的斜后方，打量着观众席的第一排坐着的那些人，从左到右分别是：葛凡的妻子丁怡、葛凡的女儿葛莉莉、日报社的小编沈梦丹、画家祁峰以及他的律师马斌、图书管理员庄墨函、私家侦探柯帅、长相与小蝶画像有七八分相似的"小蝶"。

冉斯年暗喜，这一次，他竟然没怎么费力就把这些人全都认了出来。

/2/

瞿子冲还以为冉斯年已经把他的释梦推理过程及答案都告诉给了饶佩儿，便问饶佩儿："饶小姐，既然斯年甘愿退居二线，把这个侦探的位置让给你，那么请问，为什么话剧院会是葛凡命案的案发现场？"

饶佩儿毕竟也是个见过世面的小明星，丝毫不怯场，她干脆转述了刚刚冉斯年的话，回答道："因为三十三年前，葛凡目击的那起命案也是在这里，这里就是葛凡第一个梦的环境场景的原型。"

"怎么会？"台下的沈梦丹最先表示异议，"葛先生的第一个梦的环境是周家豪宅的庭院啊！"

庄墨函也搭腔："没错，葛凡还要我帮忙查找资料，寻找他梦里的周家豪宅。"

柯帅也嘻嘻哈哈地说："我早就说了，葛凡的第一个梦不是什么前世的经历，就是他小时候发生的事儿，他小的时候，绝对去过哪个民国的宅子，或者干脆就是，就是影视剧的片场！"

冉斯年突然打了个响指，伸开双手指向舞台，说道："不愧是私家侦探，你的想法已经接近正确答案，正确答案不是什么影视剧的片场，而是这个——话剧院的舞台！"

范骁似乎被冉斯年的话打通了大脑通道，下意识便开始拥护冉斯年的说法，运用他从冉斯年那里学来的释梦理论，说道："没错，葛凡的梦改装了当初所处的环境，当年的小葛凡就在这个话剧舞台上，而这舞台当时正在上演民国背景的话剧。当年葛凡记住了舞台上的民国道具、人物的民国服装。就在三个月前，他的潜意识受到了触动，提取了当初的记忆，并且加工丰富了当初的记忆，于是当初民国风格的舞台，在葛凡的梦里就成了豪华宽敞的周家豪宅。"

范骁说完，马上回头去看冉斯年。冉斯年冲范骁微微一笑点了点头，肯定了他的说法与表现，这让范骁有些沾沾自喜。

然而范骁的愉悦感很快就被台下观众席上的一个人给打破了。

画家祁峰冷冷地问："释梦的理论我也听说过一些，但你仅凭葛凡的梦是民国梦，就说葛凡当年身处这个舞台，舞台上上演的还是民国话剧，这实在太过牵强了吧？"

范骁回头向冉斯年求助，冉斯年做了个让他安心的手势，说道："的确，这样说的确有些牵强，实际上让我联想到话剧院的是葛凡梦里的另一个关键因素。大家可以回想一下，梦中的葛凡，也就是他自以为的前世，姓什么，他的家族姓什么？"

范骁马上响亮回答："姓周！"

冉斯年点头："没错，姓周。为什么是姓周，而不是赵钱孙李呢？因为这个周的姓氏不是葛凡的潜意识加工出来的，而是现实中的原型部分。正是这个周的姓氏，还有民国的背景提醒了我，让我做了一个梦。我的梦里，身处自己的房间，也就是室内的时候，透过窗子便可以看到外面风雨雷电交加，当我步入葛凡勾画过的庭院的图片中时，便天气晴好。正是我的这个梦让我想到了——话剧！"

饶佩儿兴奋地说道："原来如此，室内、风雨雷电交加、姓周、民国时代，这些元素组合起来，不正是话剧经典剧目——《雷雨》吗？所以你才想到了话剧院？"

冉斯年赞赏地冲饶佩儿微笑："是的，我想到了话剧院，也就是葛凡当年目击凶案的地方，正是话剧院。"

"凶案？什么凶案？"庄墨函举手问道。

范骁便把冉斯年之前的释梦理论给大家讲述了一遍。听过之后，观众席第一排的所有人全都唏嘘不已，谁都没想到，一个民国背景两小无猜的浪漫梦境，原来是现实中曾经目击凶案的反映。当然，这些人也都没有完全相信这种说法，毕竟这只是释梦，没有充分的依据和证据。

饶佩儿开动脑筋，继续思考："如果三十三年前葛凡目击凶案的地点是话剧院的话，那么当年的案发地点就一定是在话剧院的后台。梦里的葛凡和小蝶一路逃跑，跑过了亭台楼阁，跑了一会儿才到了那个满是红色枫叶的庭院的。"

范骁补充说："没错，在成年人看来，话剧院不过是个剧院，可在七八岁的孩子眼里，这里就是个偌大的迷宫。当年的葛凡和小蝶一定也是跑了很久，才到了后台的某个地方。"

柯帅也学着庄墨函一样，举手发言："可是，葛凡和小蝶是怎么进入话剧院的呢？他们怎么可能出入自由，在话剧院的前台后台随便乱跑？"

范骁理所当然地说："当然可以，因为葛凡是跟着他的家长进来话剧院的。一个七八岁的孩子，他可以在话剧院的前台后台出入自由，最有可能的就是，他的家长就是话剧院的工作人员。所以我才调查了葛凡母亲的职业，结果正如我所料，葛凡的母亲葛艳，当年就是话剧演员，她失踪前后，他们剧团正好就在这家松江话剧院表演，现在看来，当年他们上演的剧目一定就是《雷雨》！"

冉斯年丝毫不在意范骁抢了他的结论和功劳，反而很满意范骁这样说，他补充道："葛艳就是在那个时间段失踪的，联系起当年在话剧院，葛凡在自己不知情的情况下目睹了一起命案的经历，可以推测，当年的死者就是葛艳。只不过当年的凶手很完美地处理了尸体，除了葛凡和小蝶以及凶手本人，根本没人知道葛艳死于话剧院的后台。当年的葛凡和小蝶还是个孩子，他们也根本不知道自己都看见了什么，因为踩到了血迹，跑起来比较费力，他俩干脆脱掉了鞋子，只留下了几个血脚印，凶手在清理现场的时候也清理了那几个小小的血脚印。"

"没错，当年杀死葛艳的凶手就是那个瘦高的男人，那个家丁！而这个凶手，也同样出现在了葛凡的第二个梦里。在第二个梦里，在夜晚的学校里追逐葛凡和小蝶的那个'老师'，就是当年的'家丁'，他去学校是为了在时隔七八年后杀人灭口，杀死当年目击他杀人的证人！"饶佩儿复述之前冉斯年的理论，并且说得斩钉截铁掷地有声。

柯帅再次发言："不对吧？如果真的像你们说的，当年的瘦高凶手想要杀人灭口，他为什么不在葛凡和小蝶目击凶案的时候直接杀了他们俩，而要等到两个孩子都十几岁了才动手？"

饶佩儿白了柯帅一眼："亏你还是侦探呢，凶手并不是个穷凶极恶的杀人狂，当初他杀死葛艳可能纯属意外，他当时的凶器就是葛凡梦中家丁手中的扫帚，也就是说当时的凶器是个状似扫帚一样的物件，用那么大型的凶器很有可能是在争执过程中误杀了葛艳。误杀之后，凶手已经够慌乱了，这个时候跑来两个小孩，而且根本没有看出现场死了人，凶手当时如果强行控制两个孩子，弄出声响引来别人就前功尽弃了，毕竟孩子是很难把控的，一个不小心哭闹起来，就等于是个扩音器，还不如赌一把，不要打草惊蛇，放走两个孩子，专心收拾现场。"

"结果这个凶手的运气还不错，两个孩子并没有把当初目击到的情景当回事，他顺利地收拾好现场，把葛艳的尸体运了出去。而当年的勘验技术毕竟有限，警方也没有怀疑葛艳在话剧院被害。警察走访了葛艳的姐姐、姐夫，葛艳的姐姐、姐夫都认定葛艳这个单身母亲是丢下葛凡这个拖油瓶远走高飞了，于是警方的调查也就这样不了了之。"范骁调阅过葛艳失踪案件的资料，当初警方的做法也的确让他这个小警察羞愧汗颜。饶佩儿渐入佳境，继续解释："又过了七八年，葛凡和小蝶渐渐长大，凶手担心他们俩懂事之后回想起当年的情景，会对他造成威胁，于是再次动了杀人灭口的心思。只不过，在学校那一次，他的杀人行动失败了。"

柯帅又一次举手提问："美女侦探，那么葛凡的第三个梦怎么解释？第三个梦也是当年那个凶手追杀葛凡和小蝶的影射吗？"

"当然不是，"饶佩儿仰着下巴，自信满满地说，"第三个梦其实跟当年葛艳的命案没有直接的关系，它只是在表现葛凡的内心世界。"

瞿子冲看到冉斯年的眉头抖动了一下，细心的他反应过来，恐怕这一点饶佩儿是说错了。

饶佩儿却继续侃侃而谈："第三个梦正是重现葛凡与丁怡的婚礼，现实中葛凡的婚礼上自然是没有什么女人殉情而死，可小蝶在葛凡的心里却是死去了，而且是因葛凡的背叛而死。没错，小蝶正是葛凡潜意识里深爱的女孩，而葛凡却与丁怡这个'门当户对'的女人结婚，背叛了小蝶，背叛了爱情。这个梦体现了葛凡自责的心情，责怪自己的懦弱，责怪自己受命运的操纵。梦里说的来世、下辈子，都是葛凡给自己的暗示，暗示自己今生就是他该兑现诺言的时候，是他该努力挣脱婚姻的牢笼，勇敢追寻小蝶和爱情的时候。就是因为葛凡频繁地做这第三个梦，不断接受潜意识的暗示，他才终于下定了决心，抛弃家庭，寻找小蝶。"

饶佩儿说完，稍显得意地回头笑着看了一眼冉斯年。她的自信来自她对冉斯年的信任，因为前阵子，冉斯年说过"在葛凡看来，小蝶已经死在了那场婚礼上"，只不过冉斯年也只说了这么一句，可饶佩儿自认为她听懂了冉斯年的弦外之音，她的这番推理正是冉斯年所想。

/3/

就在饶佩儿和范骁推理案情的过程中，技术队的警员们已经逐个提取了观众席上几个涉案人员的指纹，开始现场与凶器烛台上的那半个指纹做比对。这会儿，正当饶佩儿和范骁交换眼神，彼此分享担任主角，代替冉斯年出风头的喜悦的时候，技术队的一名警员走到瞿子冲身旁对他耳语了几句。

瞿子冲脸色一变，马上用紧张的目光瞧向冉斯年。

冉斯年却云淡风轻地笑笑："我知道，瞿队，没有一个人的指纹跟凶器上的那半枚指纹吻合对吧？这点我早就预料到了，因为杀害葛凡的真凶，包括当年杀害葛艳的真凶，现在其实并不在场。"

瞿子冲眯着眼，眼神扫过台下那一排人，尤其是还有他好不容易才找来的祁峰，面子上有些挂不住，冷冷地问冉斯年："斯年，你到底什么意思？"

冉斯年笑而不答，又冲范骁轻轻吐出两个字："年龄。"

范骁马上参透了冉斯年的提示，说道："没错，在场的几个涉案人员之一就算有可能是杀害葛凡的真凶，也绝对不可能是三十三年前杀害葛艳的真凶，因为在座的几位，最年长的就是祁峰祁先生，可三十三年前，他也不过是七八岁的孩童，剩下的几位中，沈梦丹和庄墨函两位三十三年前还未出生。所以说你们几位都不可能是当年的真凶，当然也就没有必要为了掩藏当年的命案而对葛凡和小蝶这两个目击证人下手。"

"什么意思？既然我们不可能是当年和现在的真凶，又为什么把我们找来这里？"柯帅不满地翻了个白眼儿，不客气地说。

范骁灵光一闪，瞬间明白了冉斯年的意思，兴奋地叫道："因为你们之中有真凶的帮凶！这个帮凶就是为了替三十三年前那个真凶掩藏罪行，所以才会对葛凡这个开始觉醒的目击者下毒手的！"

范骁的话分贝不低，清脆响亮，回荡在剧场之中，就像是一记猛锤，敲打在观众席那一排人的心上。

最左边的丁怡和葛莉莉从开始就一直依靠在一起，一边认真且沉默地听着台上饶佩儿和范骁的一言一语，一边警惕地盯着右侧的那些嫌疑人。现在，她们俩看右边那些人的眼神里更多了几分恐惧。

"那么，究竟谁才是那个帮凶呢？"瞿子冲当然知道冉斯年虽然退居二线，可是这场推理大戏的主角还是他，便直接问冉斯年，"现场除了少量血迹和这半枚指纹，没有其他证据，怎么确认这个帮凶的身份呢？"

冉斯年苦笑着摇摇头，不无感慨地说："帮凶的身份我已经知道了，不是别人，正是葛凡心心念念的那个——小蝶！而且，现在这个小蝶，就在现场！"

瞿子冲一惊，小声询问："斯年，你不是说过这个小蝶是个冒牌货吗？是柯帅找来诈骗葛凡的同伙？"

"没错，这个跟画像有七八分相似的小蝶的确是个冒牌货，是柯帅运气好，或者说是他恰好找到了一个人造美女，而这位人造美女的整形医生和葛凡的喜好又差不多，都喜欢把美女明星们最出众的五官集于一身。"说完，冉斯年又把目光投向了饶佩儿。

饶佩儿接过冉斯年的接力棒，明白了冉斯年要她说什么，便大大方方地继续她的推理："没错，我和斯年仔细研究过祁峰根据葛凡的描述画的那幅小蝶画像，发现小蝶的五官根本就是好几个女明星的五官拼凑出来的。凑在一起看，乍看之下看不出，可是把小蝶的脸划分区域逐个去观察的话，就会发现这点。我想，是葛凡的潜意识加工美化了小蝶这个人物。他对女性相貌特征的偏好也潜藏在他的潜意识里，他的意识并不知晓，所以在潜意识里他想要刻画出一个梦中情人的具体形象的时候，便会不经意地不自觉地把各种偏好集中在一起，于是便有了小蝶这个形象。"

祁峰若有所思地点点头："葛凡把他的偏好描述给我，而我的确也是不怎么关心娱乐的人，所以根本没有注意到他所描述的，我画出来的，竟然会是一个人脸拼图。"

瞿子冲问冉斯年："你怎么知道这个假冒的小蝶整过容？"

"很简单，因为葛凡的梦中情人小蝶的形象是他的潜意识加工美化过的，现实中有一模一样的人的可能性极小。而且现在以明星为范本整容的案例很多，于是我便猜想，这位冒牌的小蝶小姐，应该是整过容的。"冉斯年说着，把目光转向台下的那个年轻女人"小蝶"。

"小蝶"跷着二郎腿，不屑地说："我承认我不是什么小蝶，也整过容，所以说我根本就不是什么帮凶。什么三十三年前的命案，我根本不知道你们在说什么。"

冉斯年诚恳地点头赞同："没错，你的嫌疑已经洗清了。但你还涉嫌跟柯帅一起的诈骗罪，所以还不能离开。现在'请'你坐到后面一排去。"

"小蝶"悻悻然起身，扭着细腰坐到了后面一排。

冉斯年又笑吟吟地瞧着范骁，做了一个请的手势。

范骁低头沉思，片刻后说道："既然斯年哥已经确定帮凶就是葛凡的梦中情人小蝶，那么这个帮凶就肯定是个女的，请男士们全都坐到后面一排。"

瞿子冲一听这话，又马上转头去看冉斯年，他担心范骁的这个排除法有问题，把帮凶也排除在外。

冉斯年却悠闲地如同看好戏一般，冲瞿子冲做了一个"少安毋躁"的手势。瞿子冲这才放心，看来目前为止，范骁的排除法并没有不妥，这个帮凶真的就在仅剩的三个女性之中。

葛莉莉这个桀骜不驯的小女孩用不屑又阴冷的声音说道："既然刚刚你们都说了，小蝶的形象是我爸爸潜意识自己加工出来的，那么为什么这个小蝶的真身就不可能是个男人呢？也许小蝶就是个男人，只不过是我爸爸把他加工成了女人，还加工成了个美女。爸爸对妈妈一直不冷不热的，我早就怀疑过他是个GAY！"

丁怡一听葛莉莉这话，猛地一扯葛莉莉的手臂，训斥道："小孩子别乱说！"

范骁冷哼一声："葛凡当然不是GAY，人的潜意识不会骗人，他要是个GAY，他的梦中情人也会是个男人。"

葛莉莉还想再反驳，却被丁怡制止："莉莉，小孩子不要掺和，这是大人间的事情！"

剧场里又陷入了短暂的安静之中，大家都在等待着饶佩儿和范骁的下文。

范骁也觉得自己这个排除法有些大胆，他也没什么自信，本来以为冉斯年一定会阻止自己，纠正这个错误。可是没想到，一直到前排的男性都坐到了后排去，冉斯年也没吭一声，看来他的思路是正确的。

既然已经猜对了一次，范骁便更加得意大胆，又继续自己的排除法："根据之前说的年龄问题，小蝶也不可能是沈梦丹。因为三十三年前，沈梦丹还未出生，葛凡读初中的时候沈梦丹才刚刚出生，沈梦丹自然不可能是跟葛凡一起目击葛艳的命案现场，初中时候一起被凶手追杀的小蝶。所以沈梦丹，你也可以坐到后排去了。"

沈梦丹悬着的一颗心终于落地，她迅速起身，快步走到后排坐下。

瞿子冲和饶佩儿一起回头看冉斯年，见冉斯年还是没有对范骁排除沈梦丹的举动表示异议，都舒了一口气。

后排的柯帅清了清喉咙，问道："我还有一点不明白，为什么你们这么肯定，帮凶就是小蝶呢？按照你们之前的说法，小蝶不是跟葛凡一样，都是当年的目击者吗？既然同样是目击者，又为什么要自相残杀？既然是目击者，小蝶不也应该是三十三年前那个真凶的目标吗？又怎么会成为他的帮凶？"

"问得好！"范骁脱口而出，想要继续他的自信风格给出答案，却发现自己根本没有答案，只好把求助的目光投向身后的冉斯年。

饶佩儿也有点儿想要罢工的意思，却假装一副不耐烦的模样对冉斯年说："我说得太多，有些口渴，接下来的部分，就由你这个助理来替我讲解吧，反正范骁的排除法已经进行到了这个地步，等于已经指出了小蝶的真实身份。"

剧场陷入了短暂的安静，所有人都把目光集中在了丁怡和葛莉莉母女身上。大家心里都清楚，葛莉莉自然不可能是葛凡梦中的小蝶，那么排除法进行到最后，就只剩下了一个丁怡。丁怡跟葛凡同岁，她的年龄完全符合小蝶的年龄，并且，她在葛凡遇害那晚等于是没有不在场证明。

第十二章

真凶帮凶

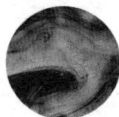

冉斯年了然地笑笑，几步走到了前面："好的，接下来由我来给出最后的答案，也就是小蝶的真正身份，以及她跟三十三年前杀害葛艳真凶的关系。小蝶的真正身份嘛，相信不用我多说，在场的各位都已经清楚，没错，葛凡苦苦追寻的梦中情人小蝶，那个让他宁可抛妻弃子，找不到的话宁可孤独终老的、前世今生的至爱小蝶，她的真身就是每晚躺在葛凡身边的结发妻子，被他无情抛弃的爱人——丁怡。"

冉斯年的话让剧场里的所有人掀起了小小的骚动，大家都算是知道葛凡追寻小蝶经历的知情人，他们怎么也不会想到，葛凡心心念念的梦中情人其实就是葛凡的枕边人——葛凡家里的黄脸婆、葛凡提出离婚的那个结发妻子。这实在是太讽刺了，对于葛凡来说，真是个天大的讽刺。

"斯年，你刚刚说到关系？什么关系？"瞿子冲迫不及待地问，"小蝶，哦，不，我是说丁怡跟真凶到底什么关系，为什么真凶只想要杀死葛凡这个目击证人，却不动丁怡？而丁怡又倒戈成了真凶的同伙帮凶，一起杀害了葛凡，杀死了自己的丈夫？"

冉斯年清了清喉咙，直截了当地回答："很简单，因为丁怡就是他的女儿！杀害葛凡的、包括三十三年前杀害葛凡母亲葛艳的凶手就是丁怡的父亲，葛凡的岳父！"

瞿子冲还想继续问下去，毕竟他现在跟在场的其他人一样，满脑子问号，可却被丁怡阴冷的笑声打断。

"真是天大的笑话，我是小蝶？"丁怡尖厉的声音回荡在剧场中，"我怎么不知道我是什么小蝶？我要是真的就是葛凡的至爱小蝶，又怎么会保不住我们的婚姻，被葛凡逼迫在协议书上签字离婚？我怎么会是什么小蝶，我怎么会是那个该死的小蝶？"

"没错，你恐怕不知道你就是小蝶，因为葛凡顾及你这个妻子的身份，没有跟你详细讲过他的梦，没有给你详细讲述梦里他跟小蝶的种种经历。事实上，如果他对你讲了，你早就会意识到他梦里的小蝶就是你。最后葛凡也是在这剧场里，在最后的关头，在生命的尾声才回想起了一切，想起了三十三年前他和一个跟他年纪相仿的小女孩到底都看到了什么，想起了初中的时候，跟他一起逃避'老师'追赶的女同学到底是谁。只可惜，葛凡想起了这一切也就意味着他触碰了你父亲的底线，他不可能容许一个心理和精神有问题的男人抛弃他的女儿，还要把他当年的罪行公之于众。所以你们一家人最好的选择就是，杀死葛凡。让三十三年前葛艳的命案彻底石沉大海，让你和你的女儿得到葛凡的全部遗产。"冉斯年越说语气越严厉，全身都散发着不容置疑的威慑力。

丁怡一脸茫然，流着泪哭诉着："我不是什么小蝶，我真的不是，你们刚刚说的什么在话剧院里目击命案，跟葛凡一起目击命案现场的人根本就不是我！你们可以去查，我十岁之前生活在Z市，根本就没来过松江市，一直跟母亲住在Z市！"

瞿子冲拧着眉头，以他多年的审讯经验，直觉告诉他，丁怡不像是在撒谎。他当下转头冲梁媛使了个眼色，要她马上去核实丁怡的说法，看看她是不是真的在十岁之前没来过松江市，在三十三年前葛艳失踪的前后，她是不是身在松江市。

冉斯年懒得跟丁怡计较三十三年前她是不是身在松江市，直接越过葛凡的第一个梦，针对第二个梦提问："丁怡，你在哪个学校读的初中？"

"不要撒谎啊，这种小事，我们一查就能知道！"范骁拿出警察的威风，震慑丁怡。

丁怡咬了咬嘴唇，低声回答："松江三十四中，没错，我跟葛凡是读同一所初中的，而且……而且我们同班。我跟葛凡是初中同班同学，这又能说明什么？"

"说明葛凡第二个梦的小蝶就是你。"冉斯年组织语言，尽量用简练的语言叙述了一遍葛凡的第二个梦，因为丁怡刚刚只是大致听过了范骁转述自己对于葛凡第一个梦的释梦结论，而对于后面两个梦，丁怡根本就没听过，"葛凡这第二个梦里面的小蝶就是你，只不过他的梦置换了你和小蝶的身份，把你这个很可能是跟他一起留下来做值日或者是写作业，或者由于什么原因放学后没有回家，一起留在教室里的女同学给加工改装，成了他的梦中情人小蝶。而实际上，那晚跟葛凡一起逃避'老师'的追逐的同伴，就是你——丁怡！"

"不，不是我！你有什么证据说那就是我？"丁怡喘着粗气，故作镇定地反驳。

"我没有证据证明，但我有依据做出这个推论，至于说证据，我们只要等到警方对于剧场后台案发现场的少量血迹的鉴定结果，还有比对你父亲的指纹和凶器上的那半枚指纹是否吻合，就是足以定罪的铁证！"冉斯年冷冷地说。

见丁怡咬住嘴唇不说话，已经是一副被逼到绝路走投无路的颓势，瞿子冲顿感轻松，问冉斯年："斯年，你所说的依据莫非就在葛凡的第二个梦里？"

"没错，我之所以会怀疑第二个梦里的小蝶就是那个'老师'，也就是瘦高男人的女儿，是因为那一次，本来瘦高男人是可以找到这两个孩子杀人灭口的，可是他却功亏一篑。"

范骁挠挠头，问："斯年哥，刚刚你讲到瘦高男人是因为葛凡和小蝶躲藏在了地形复杂的实验室的区域，所以没能发现他们，这才放弃了杀人灭口的行动离开的不是吗？"

"是的，但这只是葛凡认定的版本，他以为是对方因为对地形不熟悉，所以没找到他和小蝶，可葛凡也说过，梦里他和小蝶已经无处可躲，实验室都锁着门，他们只能躲在走廊的架子后面，等于是暴露了一半。实验室的区域再复杂也不是迷宫，一个成年男人不会在其中迷路。他既然是带着凶器准备去杀人灭口的，更加不会因为地形复杂就打道回府。我想，当时他是看见了躲在架子后面的葛凡和小蝶的，他借着月光认出了跟葛凡在一起的小蝶不是别人，正是自己的女儿！就像是当年在话剧院的后台，撞见他清理案发现场的也不单单是葛凡，还有他的女儿。所以两次，他都只能够放过葛凡，他不能在自己的女儿面前杀了女儿的小伙伴！"冉斯年说话时，冰冷的眸子一直紧盯住丁怡，想要在她的脸上，在她的神态里看出破绽，看他的推论是否正中标的。

丁怡抿着嘴唇，满脸泪痕，她紧紧抓住女儿的手，紧咬牙关。

葛莉莉看母亲这样，刚想要开口为母亲说几句话，却被丁怡用凌厉的目光制止。

范骁一个劲儿地点头表示支持冉斯年的言论，支持过后，他又冒出了一个问题："斯年哥，那么葛凡的第三个梦是怎么回事？既然小蝶就是丁怡，那第三个梦里小蝶和丁怡怎么同时出现了呢？如果按照之前饶小姐的说法，小蝶只是葛凡潜意识里的加工出的一个梦中情人的形象，她死在了葛凡和丁怡的婚礼现场，那么这个梦又跟三十三年前葛艳的命案有什么关联啊？"

"当然有关联，葛凡的三个梦都跟小蝶有关，也都跟三十三年前葛艳的命案有关，"冉斯年转向饶佩儿，纠正她之前有关第三个梦的解释，说道，"这三个梦都是葛凡的潜意识在给他提示，三个梦里全都出现过那个瘦高男人，也就是杀害葛艳的凶手。这三个梦不但表现了葛凡的三个年龄段和不同的身份，也表现了瘦高男人，也就是凶手的三个年龄段和身份。第三个梦里，凶手的身份就变成了葛凡的岳父。你们还都记得吧，第三个梦里葛凡特意提到了教堂里自己的父母旁边还坐着一对穿着华丽的中年夫妻，那就是他的岳父岳母。在第三个梦里，小蝶死于教堂，而且是血溅教堂，梦境里的死亡和血腥场面也是潜意识对葛凡的暗示，这个端坐在教堂里的岳父，曾经让他濒临死亡，对他来说是个危险人物！"

范骁不住地叹息，感叹道："可以想象，葛凡的记忆渐渐苏醒，他找到了这个话剧院，想起了儿时跟小蝶一起在这里目击到的命案现场，也想起了真凶就是他的岳父。当时葛凡一定非常痛苦矛盾，无所适从。更加让他没想到的是，他的岳父还有妻子也跟着他来到了话剧院，在这夜晚无人的冷清剧院里，还是那个后台的更衣室，时隔三十三年后，又上演了一出悲剧。"

丁怡突然狂躁起来，哭喊着大叫："我不知道你们在说什么，什么葛艳的命案，什么瘦高男人，我真的不知道你们在说什么！"

冉斯年无奈地摇头："丁怡，你知不知道都无法改变什么，刚刚瞿队已经打电话吩咐下去了，现在警察应该已经在你父亲家里，指纹比对也就是分分钟的事情，他逃不掉的，你这个帮凶也逃不掉。"

葛莉莉突然上前一步，叫嚣着："你们凭什么说我妈妈是帮凶？你们有什么证据？就凭什么释梦就想要诬陷我妈妈，没门儿！"

"现场除了半枚指纹，还有少量摩擦的血痕，我是说，除了凶器上葛凡的

094

血，警方还在案发现场后台更衣室的桌角处发现了伤口摩擦过的痕迹。法医的验尸报告很清楚，葛凡身上的擦痕都是死后被松江水里的泥沙石头摩擦造成的。也就是说，现场的摩擦血痕并不属于葛凡，而是在扭打中，葛凡对凶手或者帮凶造成的伤害，"紧接着，冉斯年做了一个动作，用右手护住左臂的手肘处，"丁怡，你左臂手肘处有伤对吧？我记得上次在停尸房见面的时候，你就曾下意识地做过两次这个动作，而今天，你下意识做出这个动作足足五次，就连你女儿也有过三次刻意躲避接触你左臂手肘的动作。所以我想，你若不是习惯性喜欢做这个动作，就是手肘受伤。当然，想要验证到底是习惯性动作还是受伤非常简单，只需要你挽起衣袖就可以。"

丁怡一听说要挽起衣袖，立马儿紧紧锁住了自己的衣袖，她的这个下意识的动作已经表明了一切。她虽然没有挽起衣袖，但在场的人都已经心照不宣，丁怡的这个动作跟她挽起衣袖所昭示的结果是一样的——她的手肘有伤。

范骁兴奋地击掌："太好了，凶手的指纹、帮凶的血迹，这就是铁证啊！丁怡，你和你父亲这次是插翅难逃！"

葛莉莉"哇"的一声号啕大哭，一边哭一边含糊不清地大叫："我真的不知道你们在说什么，外公是因为爸爸要抛弃妈妈所以才要修理修理爸爸的，爸爸不但不认错还要去打外公，我和妈妈去阻止爸爸，反而被他推开，撞上了衣柜受了伤，外公这才一时冲动掏出了刀子，那是一场意外啊！"

丁怡紧紧抱住葛莉莉，嘴里喃喃念着："孩子，就是这样的，是意外，是意外！别听他们胡说，这是意外！"

面对这对母女的自欺欺人，冉斯年只有哀叹，他宁愿相信这对母女也是今天才知道的真相，她们一直被自己的凶手亲人善意地欺骗着。

就在所有人都认定丁怡就是小蝶，就是真凶的时候，梁媛的电话打过来。瞿子冲接听电话，脸色再次有了变化。挂上电话，他凑到冉斯年身边，耳语道："斯年，梁媛那边的调查结果是，三十三年前葛艳失踪前后，丁怡的确身在Z市，当时正好是丁怡所在的幼儿园在全市的汇演上表演节目的前一天，丁怡还是领舞呢，她没有缺席那场汇演，有当时的留影和幼儿园的老师做证。也就是说，葛艳遇害的那天，跟葛凡在一起的小蝶的确不是丁怡！"

冉斯年也是一惊，小声反问："难道还有一个目击证人？小蝶另有其人？"

"不会吧？"范骁也听到了他们两人的对话，参与进来小声说，"难道那个小蝶才是葛凡苦苦追寻的梦中情人？虽然说当年的真凶，丁怡的父亲已经落网，小蝶就算现身也不会有危险，可是葛凡已经死了，我们还有必要找到这个小蝶吗？找到她，然后告诉她，有个男人为了三十三年前的短暂交集，为了寻找她抛妻弃子，还惹上了杀身之祸？"

　　冉斯年摇摇头："当然没这个必要，如果这个小蝶真的存在的话，还是让她安安稳稳地生活，不要掺和进葛凡复杂而又悲惨的故事中吧。"

第十三章
小蝶真身

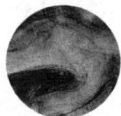

/ 1 /

丁怡的父亲名叫丁力强，现年六十岁。三十三年前他二十七岁，是松江话剧院的一名演员，是舞台上的周家大少爷"周萍"，一直暗恋着当年的单亲妈妈——舞台上的女主角"四凤"，现实中的葛艳。

只可惜落花有意，流水无情，葛艳对任何追求者都不为所动，她甘愿一个人带着年幼的儿子葛凡艰辛地生活，承受那个年代周遭人的议论和白眼儿。有人说葛艳是在等待一个有家的男人离婚娶她，有人说葛艳是被强奸了，自己也不知道孩子的父亲是谁。葛凡的父亲是谁，没人知道。

话剧《雷雨》排演期间的一个周末，葛艳因为没找到人帮忙照料七岁的葛凡，只好带着葛凡一起来到话剧院。她把葛凡安置在后台，要同事们忙活的同时帮着看一眼，别让孩子走丢了就行。

也就是那个时候，单纯不谙世事的葛凡看到了前台的表演，听到了大人们在私下练习时说的台词。在那个对什么都懵懂又好奇的年龄，他记住了这出戏的背景时代是民国时期，看懂了这是在讲一个姓周的大家族的故事，这个故事里有一个大少爷周萍，还有一个丫头四凤，他们俩好像是一对。

所有人都忙着工作，忙着排演，没有一个大人会抽出一点点时间跟葛凡说一句话。不经意间，葛凡也会从大人们的眼里看到他们对他的冷漠和嘲讽。

葛凡是孤独的，平时在学校的时候他就是孤独的，因为没有爸爸受到了同学的讥讽和欺负，他没有朋友，甚至连他的班主任，一个刚刚离婚的女人也对他另眼相看，仿佛他就是罪恶的化身，因为他的母亲是个单亲母亲，是流言蜚语里的小三儿，破坏别人家庭的坏女人。于是在老师的带动下，同学们更是跟着模仿，葛凡成了班里的异类，他也习惯独来独往，自己跟自己说话，自己跟自己玩耍。

那天，在话剧院，前台的表演正在如火如荼地进行，后台的葛凡却在追逐着一只偶然从外面飞进来的蝴蝶。那只迷失在晦暗的剧院里的蝴蝶一直兜兜转转在空中寻找着光明，寻找着回归大自然的路。葛凡就在那只蝴蝶后面，一边仰着头叫着"小蝴蝶，小蝴蝶"一边奔跑。他不去看面前的路，不管身在何方，只管追逐着他的小蝴蝶，追逐着他唯一的快乐，就仿佛那只蝴蝶是他生命中的光，是天堂遗落在人间的只属于他的天使。

那天葛凡玩得很开心，他笑得清脆爽朗，难得的话多，一直不停叫着"小蝴蝶，小蝴蝶"。以至于当时正在更衣室里手忙脚乱收拾命案现场的丁力强都以为葛凡真的找到了一个玩伴。

在丁力强听到葛凡的脚步声和笑声之前的五分钟，他正在更衣室里向葛艳表白，他单膝跪地直接求婚，声称只要葛艳答允，他马上就跟身在Z市的糟糠妻离婚娶她，甚至可以把葛凡视如己出。葛艳像是受到了极大的侮辱，羞愤难当，断然拒绝。

遭到拒绝后的丁力强恼羞成怒，他一把抱住葛艳，在荷尔蒙和愤怒狂乱的支配下，意图强奸葛艳，把生米煮成熟饭，让葛艳没有选择的余地。可葛艳拼命挣扎，两人扭打起来。丁力强用强有力的右手捂住葛艳的嘴巴，生怕她大叫出声。就这样，两人扭打纠缠中撞倒了更衣室的衣架，那个古老的铁质衣架，下方像是扫帚一样有一个圆锥形底座。

衣架倒在地上，丁力强用尽全力把葛艳推开，葛艳倒地，她的头部正好撞在了铁质衣架的圆锥形底座上。血液迅速蔓延，染红了地上散乱的服装，更衣室的地面像是铺上了一层暗红色的、不规则形状的地毯。

丁力强扶起葛艳，他觉得葛艳已经死了，她脸上的表情是那样扭曲，带着无尽的不甘和愤恨。丁力强慌了，十秒钟后他才想到了对策，必须把现场收拾干净，把葛艳的尸体运出去藏好，只有这样他才能脱罪。

就在丁力强弯腰收拾现场的时候，他听到了由远及近的葛凡的笑声，那笑声是那么轻快跳跃，由心而发，他从未听过葛凡笑过，这是头一遭。是什么让一直阴郁的小男孩笑得这样开心？

丁力强听到了葛凡叫着"小蝴蝶，慢点儿，等等我"。他的第一个反应就是糟糕，葛凡马上就要看到这一切，而且不光是葛凡，还有一个小孩，是葛凡的同伴，被葛凡叫作"小蝴蝶"，难道也是同事家的孩子？这就是葛凡笑得如此愉悦的原因吧，他找到了同伴，一个愿意跟他玩耍，不嫌弃他出身的同伴。

就在丁力强手忙脚乱想要关上更衣室的门的时候，一只花蝴蝶飞进了更衣室。丁力强顿时便明白过来，原来葛凡口中的"小蝴蝶"真的只是一只"小蝴蝶"。

一个愣神，葛凡已经站在了门口，他无视门口的丁力强，从他身边侧身进入了更衣室，可他的头自始至终一直仰着，一直盯着半空中那只起起伏伏的花蝴蝶，丝毫没有注意到脚下已经踩到了被血水浸湿的服装。

丁力强马上转回身，站到葛艳尸体的前面，并且把那个衣架挪动到自己旁边，以避免葛凡低头间看到他母亲的尸体。

"快出去！"丁力强颤声叫道，"这里不是你该来的地方，出去！"

葛凡真的被丁力强给吓到了，就在他不知所措的时候，那只蝴蝶仿佛也听懂了丁力强的警告，发觉了此时的形势多么危险，它改变了方向，往门口飞去。

葛凡仍旧仰着头，追逐他的小蝴蝶而去，穿过了那道生死一线间的更衣室的门，继续追随小蝴蝶。天知道，也许他再晚一点儿出去，或者是低头仔细去看一眼，丁力强会不会把他这个目击者也给杀了。

所以从某种意义上来说，是那只小蝴蝶，是葛凡唯一的儿时玩伴救了他一命。

葛凡出了更衣室的门，才迈开几步就感觉到了脚下的异样，鞋子下面似乎踩到了什么东西，变得有些沉和黏。再这样下去，就没法追上小蝴蝶了，于是葛凡动作迅速地脱下了双脚的运动鞋，赤脚继续追逐他的小蝴蝶。

更衣室里的丁力强推门往外看，看到了葛凡留下的几个小小的血脚印，还有一双鞋，便马上清理了门外的血脚印，也回收了那双小小的运动鞋。

一只手拎着一只小小的鞋子，丁力强的心也软了下来，毕竟他不是穷凶极恶的人，此时他万分后悔，觉得对不起葛艳。他关上门，回到葛艳身边，想要把葛凡的鞋子放在葛艳怀里，把这双鞋子跟葛艳一起埋到地下。

丁力强蹲下身，把那双鞋子放在了葛艳的怀里，一抬头，却被葛艳的脸惊得一个趔趄，向后倒去。

葛艳刚刚还是扭曲恐怖的脸已经变了样，她刚刚死死瞪着的双眼已经闭上，嘴角微微上扬。那是一张笑脸，葛艳笑了，她在生命的最后一刻，笑了。为什么？葛艳为什么笑？是因为在弥留之际她看到了世上她唯一的牵挂——葛凡？是因为她终于听到了一直以来阴郁自闭的儿子的欢笑？

丁力强哭了，他望着葛艳的尸体，那个怀里放着儿子一双鞋子的母亲的尸体，那具含笑死去的尸体。他咬破了嘴唇，懊悔万分地流下了泪水。

一直到当天的话剧排演任务接近尾声，又到了周萍和四凤出场的时间段，人们才发现，本应该在后台的葛艳不见踪影，她的儿子葛凡也不在话剧院。人们理所应当地认为，是因为孩子闹人，葛艳没办法只好带着孩子提前回家了。

一直到三天后，葛艳仍旧不来话剧院报到，同事们找到了葛艳的家，家里只有一个饿得昏昏欲睡的七岁男孩——葛凡。大家问葛凡，葛艳去了哪里。葛凡没有回答，他的表情落寞哀伤，大人们从这孩子的神态里读懂了他的答案：妈妈不要我了。

再往后，葛艳的姐姐、姐夫到来，领养了这个可怜的男孩，带他去了松江市的另一个区，一个新的家，有爸爸妈妈，有新同学新朋友的地方。也许就是因为那崭新又美好的一切驱走了一切痛苦的回忆吧，葛凡像是得到了新生，不再去回忆和追问从前的一切，自然也就彻底忘记了儿时追逐一只花蝴蝶，把花蝴蝶当作伙伴的心酸过往了吧。

当年的丁力强惶惶不可终日，一直担心葛凡会出来指证自己，但他没有胆量去杀死葛凡，也不愿杀死这个可怜的孩子，他觉得他已经对不起他了，夺走了他唯一的亲人，不能再丧心病狂地去杀死一个孩子。

幸运的是，葛凡似乎什么都不知道，他跟着葛艳的姐姐、姐夫走了，成了那对夫妻的心肝宝贝。丁力强似乎是得救了，他想要忘掉这一切，忘掉葛艳，忘掉他是个杀人犯，忘掉葛凡。

可命运弄人，七年之后，葛凡竟然跟他的女儿丁怡成了同班同学，并且两个人似乎关系不错，还有了早恋的苗头。

无论丁力强怎么训斥打骂女儿丁怡，丁怡就是不肯跟葛凡断绝来往，甚至以自杀去要挟父母，只要他们让她转学或者转班，丁怡就自杀。

丁怡真的做过自残的事情，丁力强被女儿的决心吓到，再也不敢阻拦丁怡跟葛凡的来往。他也去过学校，跟葛凡打过照面，可看样子葛凡根本就没有认出他。

丁力强觉得放任丁怡跟葛凡继续下去始终不是办法，他担心时间长了葛凡会想起当年的事，也担心葛凡早就想起了当年的事，只是假装不记得，跟丁怡走得近其实是为了杀死丁怡向自己复仇。

于是，时隔七年后，丁力强又动了要杀死葛凡的念头，于是才有了那晚在学校里，丁力强带着匕首追逐葛凡和丁怡的场景。只不过到最后，丁力强还是放弃了，因为他不能在自己女儿面前杀死葛凡，他甚至不能杀死葛凡，不单单是因为女儿，也是因为他始终过不了自己心里那道关。

直到又过了二十多年，到了现今，葛凡的梦似乎打通了他的记忆之门。丁怡告诉丁力强，葛凡居然要抛弃丁怡，只为了追寻一个梦中情人"小蝶"。丁力强怕了，他怕葛凡是在暗示自己他已经知道了当年的事。这个时候，丁力强又一次动了杀机。

丁力强一直在暗中跟踪葛凡，他跟着葛凡到了报社刊登寻人启事，到了图书馆查资料，到柯帅那里雇用他寻人，又到了冉斯年那里验证前世今生说。丁力强知道了，葛凡还没想起当年的真相，可是让他这样折腾下去，总有一天他会恢复记忆的。

如果葛凡记起了当年的一切，该怎么办？自己的女儿嫁给了葛凡，而自己是葛凡的杀母仇人。自己的女儿该怎么办？女儿的女儿葛莉莉又该怎么办？他们这一家子该怎么办？女儿和外孙女如果知道了自己是个杀人凶手又该怎么办？

没有办法，葛凡必须死！时隔三十三年，丁力强决定了，葛凡还是得死。他已经让葛凡多活了三十三年，已经够意思了不是吗？丁力强这样告诉自己，是时候结束三十三年担惊受怕的日子了，是时候斩草除根，斩断所有忧虑了。葛凡这个病态又负心的男人也不配当丁怡的丈夫、自己的女婿，仅仅是为了一只蝴蝶，葛凡就要抛弃从初中时候就对他死心塌地的丁怡，他该死不是吗？

于是丁力强把葛凡约在了夜晚的松江话剧院，作为最后的仁慈，他想要让葛凡最后死个明白，让他知道他的梦中情人小蝶不过就是当年的一只蝴蝶，让他后悔，让他后悔为此折腾出这么一出，伤害了丁怡，也把他自己送上了死路。

丁力强没想到的是，丁怡和葛莉莉也偷偷跟踪葛凡来到了话剧院，只是她们来晚了，她们并没有听到丁力强三十三年前的罪行。她们看到了丁力强跟葛凡扭打在一块儿，以为只是丁力强这个岳丈在教训负心汉女婿，给女儿出气。

丁怡和葛莉莉忙上前阻止，四个人纠缠作一团，混乱中，丁怡被葛凡用力推出去撞在了衣柜上，手肘受伤。丁力强抄起更衣室的道具烛台，砸在了葛凡的后脑勺上。

丁怡和葛莉莉当场惊呆，可她们也认定这只是一场意外，丁力强是为了给女儿出气才误杀葛凡的。丁怡想，自己不能就这样把父亲送去警局自首，是她嫁错了男人才导致今天的一切啊，是她对不起父亲。

于是三个人当下便商量对策，分工合作，一起清理了现场，把葛凡的尸体运出去，丢进了松江。

/ 2 /

冉斯年家的客厅里，范骁用低沉而感伤的语气讲述了几乎囊括了葛凡一生所有关键点的悲戚故事。上午他全程观看了瞿子冲审讯丁力强的过程，听丁力强站在他的角度讲述了当年误杀葛艳的种种以及现如今杀害葛凡的过程。范骁听得十分投入，心情压抑，他完全把自己代入了那个故事，站在了葛凡的角度——那个可怜的七岁小男孩的角度。

因为私人感情，范骁换了一个叙述角度，重点给冉斯年和饶佩儿讲述了幼年时期的葛凡的哀伤悲剧故事。

冉斯年和饶佩儿心情沉重，为葛凡的悲惨身世和命运。

冉斯年想起了当初葛凡找上门的情景，自责自己为什么不深究葛凡的故事，帮他摆脱悲剧的命运。也想起了当初自己给葛凡的解释，庄周梦蝶。原来这个梦中情人小蝶的原型竟然真的是一只蝴蝶，只不过，并非庄周梦蝶那样的风格，而是一个小男孩的孤独幻想，实在让人唏嘘感叹。

饶佩儿则轻轻啜泣，从她听到葛艳在生命最后一刻绽放微笑时就流下了眼泪。

"丁力强对杀害葛艳和葛凡的罪行供认不讳，实际上也容不得他否认，毕竟凶器上有他的指纹，现场还有丁怡的血迹，唉，就连葛莉莉也算是帮凶之一，只不过，她还是个孩子，量刑上肯定会特殊照顾的。"范骁不住地叹气，低沉地说，"丁力强也坦白了当年埋尸的地点，这会儿瞿队正带领着同事们去挖掘葛艳尸体呢。我实在不想看到那样的场面，葛艳和葛凡的一双运动鞋重见天日的场面，所以就主动要求来你们这里，向斯年哥汇报审讯成果。"

冉斯年轻轻拍拍范骁的肩膀，说道："小范，刑警工作就是这样的，难免会直面很多悲惨和哀痛，你要加油啊，不要被私人情绪长时间左右！"

范骁用力点头："斯年哥，我也入职这么久了，对于这种事本来已经有了一定的抵抗力，只不过葛凡幼年的经历让我感同身受，想起了我小的时候，所以才会……"

饶佩儿暗暗一惊，范骁要说起他的身世了吗？这的确是一个契机，可以让范骁不经意间谈及他的过去、他的父亲。饶佩儿偷看冉斯年，以为冉斯年的脸上也会露出期盼的神色，甚至会主动问：你小的时候也跟葛凡一样孤独吗？

可冉斯年却不动声色，并不主动发问，而是一脸诚恳地等待范骁的倾诉。

范骁一直沉浸在葛凡的故事里，并没有设防，见冉斯年像个大哥哥一样亲切，便脱口而出说："我也是单亲家庭的孩子，从小就跟我父亲相依为命，也是没什么玩伴朋友。同学都不愿意跟我接触，但他们也不敢欺负我，我知道，他们暗地里都叫我流氓的儿子，就因为我父亲是个……"

范骁戛然而止，终于意识到自己说多错多，违反了跟瞿子冲的约定，这些有关他的身世和家庭，尤其是父亲的事情是绝对不能跟任何人提起的。

冉斯年叹了口气，不经意地说："我能够理解，我的家庭也比较复杂，父亲早逝，我的母亲……唉，她居然跟我的叔叔走到了一块儿。这么多年了，我还是无法接受这个事实，总是逃避跟母亲和叔叔见面，免得尴尬。"

饶佩儿和范骁都是第一次听到冉斯年谈及家人，听到他的家庭还有这样的背景，也都大吃一惊。对于冉斯年居然自报家门，甚至是"自扬家丑"，也是万分惊讶。

范骁明白，冉斯年也被葛凡的故事感染，情绪低落，跟自己一样处于不设防的状态，所以才会倾吐一直憋在心里的秘密。他突然觉得自己的警惕是多余的，冉斯年是真的把他当朋友，当自己人。

"斯年哥，"范骁一把抓住冉斯年的手，情真意切地说，"到现在我也没什么朋友，唯一的亲人就是父亲，他也在不久前去世了。我一个人孤苦伶仃，除了瞿队算是我的师傅，比较照顾我之外，我没有任何亲近的人……"

冉斯年反手握住范骁的手："小范，我明白，我都明白，你是个上进的好孩子，我欣赏你的天真执着，欣赏你在工作上的尽职尽责和干劲儿。咱们相识也是缘分，既然你叫我一声哥，我也就把你当作自己的弟弟。以后无论是工作上还是生活上，有什么困难就开口，我能帮的绝不推托！"

范骁感动得眼泪无声流了满脸，嘴唇颤抖了几下，仍是没说出什么话，最后干脆一把抱住了冉斯年，伏在冉斯年的肩头大哭。

冉斯年轻拍范骁的后背，对饶佩儿做了个无可奈何的神态，意思是这个范骁还真是性情中人，真是个缺乏关爱的孩子，也真的是孤独太久了，急需亲情友情，其实也怪可怜的。

饶佩儿却冲冉斯年翻了个白眼儿，用口型无声地说了三个字——心机男。

冉斯年做了个无辜的表情，无奈地笑笑，算是接受了饶佩儿的贬低。毕竟他刚刚的表现真的就是在演戏，为了博取范骁的信任和亲近，为以后从范骁这里打探他父亲留下的、制约瞿子冲的证据做前期准备。

范骁哭够了，也抱够了，狠狠抹了把眼泪，浑身充满了能量一般，起身告别："斯年哥，时候不早了，我也该回去了。"

冉斯年也跟着起身："我开车送你吧。"

"不用，我坐公交就行，你还是留下来陪我未来的嫂子吧，嘿嘿。"范骁一边说，一边往门口走，坏笑着跟冉斯年摆手。

待范骁离开，饶佩儿又白了冉斯年一眼："怎么？你真的不送了？不是要讨好范骁吗？"

"别说讨好好不好？"冉斯年耸耸肩，"要是真的追出去非要送他，那真的是讨好了，演过了，反而会起反效果，会让范骁起疑的。"

"你还真是演技派，"饶佩儿酸溜溜地说，"你对范骁的虚情假意看得我浑身起鸡皮疙瘩。"

"没办法，范骁的父亲范铁芯就是那个炸弹客——在我身上留下疤痕、差点儿要了我命的炸弹客，是害死我助理的杀人凶手。我怎么对范骁真心实意？"冉斯年又恢复了严肃，"哪怕范骁自始至终都不知道他父亲和瞿子冲做过些什么，但对我来说，他也没法成为真正的朋友。至少，短时间内不行。"

饶佩儿想想也是，要冉斯年这么快就对范骁真心实意，那倒是为难他了。

"对了，"饶佩儿突然想起了刚刚冉斯年所说的他母亲和叔叔的故事，"你那个母亲和叔叔走到一块儿的故事，临场发挥得还不错，亏你能够编出这样的故事跟范骁套近乎。"

冉斯年苦笑着摇摇头："佩儿，那不是编的，是真的，我母亲跟我叔叔走到了一块儿。这件事我始终无法释怀，只能逃避，尽量不跟他们接触。也许在你看来，这没什么，可我是当事人，我的感受真的不太好。"

饶佩儿坐到冉斯年身边，柔声说："我能理解，相信我，你需要的只是时间，时间会让你放下心里的包袱，让你发现亲情的可贵，总有一天，你不会再逃避下去的，你会笑着祝福他们俩。"

冉斯年对饶佩儿有点儿刮目相看的意思，一把握住饶佩儿的手："佩儿，谢谢你理解我、鼓励我，我也相信，会有那么一天的。"

饶佩儿笑着甩开冉斯年的手，又讥讽道："真不愧是演技派，居然肯暴露自己的真实身世去迎合范骁，你为了达到目的对自己也是够狠的啊。"

"你不是早就看透我了吗？我是个为达目的不择手段的心机男。"冉斯年嘻嘻哈哈自嘲地说。

"是啊，你故意让我在话剧院替你出风头，站在你前面当什么释梦神探，除了让我给范骁做伴之外，就是为了投其所好，让我继续对你的释梦探案那一套工作感兴趣，给我一点儿当侦探的甜头，让我继续留下来当你的助理对吧？"饶佩儿挑着眉毛，一副早就看透一切的模样。

"被你看出来了啊？看来你真的有当侦探的潜质，你看人很准嘛。"冉斯年歪嘴一笑，冲饶佩儿眨了眨左眼。他那副得意的神态，仿佛吃定了饶佩儿还会是他的私人助理，还会搬回他这里，而且将会是他的女人。

"好吧，算你赢了，我可以继续当你的探案助理，恢复我们以前的合作关系，甚至搬回来住。但前提是，你得先帮帮我，"饶佩儿的语气变得沉重，"帮我探寻我父亲的秘密，首先是让那个孔祥老人家现身。"

冉斯年也恢复了正经，严肃地说："自然是义不容辞，说说看，你想要我做什么？"

饶佩儿叹了口气，幽幽地说："雷钧霆明天回来，我会去机场接他，然后去宾馆开房。"

冉斯年眯着眼，难掩听到这话的不悦："我明白了，放心，我会像你父亲当年那样，一直暗中保护你的。我绝对不允许有意外发生。"

第十四章
卧 底 身 份

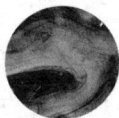

/ 1 /

第二天一大早，饶佩儿气鼓鼓地从冉斯年家出来，上了自己的车。因为太过气愤恼怒，她从冉斯年家别墅的院子里倒车的时候，直接把车子撞在了对面的花坛栅栏上，车子也倒着开到了花坛中，压坏了一片花花草草。饶佩儿的车子受损不说，花坛栅栏也变形，躺倒在花坛中。

冉斯年本来是站在门口目送被他惹怒的饶佩儿离开的，一看饶佩儿惹祸，损坏了自家车不说，还损坏了小区设施，他急忙上前查看，可他查看的竟然不是饶佩儿，也不是饶佩儿的车，而是花坛的栅栏。

"糟了，物业一定会找我索赔的，"冉斯年为难地挠挠头，"也不知道要赔多少钱。"

饶佩儿气势汹汹地下车，指着冉斯年大叫："钱钱钱，你就知道钱，不是应该先问问我有没有伤到吗？"

冉斯年恍然大悟，马上凑到饶佩儿身边："佩儿，你没有伤到吧？"

"哼！"饶佩儿一把推开冉斯年，"冉斯年，我算是看透你了，告诉你，我们之间不可能，你不要妄想跟钧霆竞争啦，你比他可差得远啦！"

冉斯年脸上的笑意顿时消失，冷着一张脸问："佩儿，你不要意气用事，我告诉过你，那个雷钧霆不是好人！"

"不要你多管闲事，钧霆是不是好人我比你清楚，反而是你，用给别人泼污水的方式抬高自己，你这种男人才是渣男！"饶佩儿的音量不小，引来了路过邻居的注目，不远处，小区的保安通过监控看到了这边的栅栏被撞，也赶了过来，"这下好了，冉斯年，你害我丢人现眼，你高兴啦？告诉你，我是不会赔偿一分钱的，我的车子你也必须给我修好！"

冉斯年一把拉住要转身就走的饶佩儿："佩儿，你要去哪儿？"

"去哪儿？哼，还用问？钧霆的飞机十点钟到，我要去接机！"饶佩儿努力挣脱冉斯年的手，怒气冲冲地说，"冉斯年，我警告你，不许你在钧霆面前胡说八道，破坏我们的关系，否则我不会放过你的！"

冉斯年想要追着饶佩儿而去，继续解释，却被小区保安给拦住，要求他留下来配合处理花坛栅栏和花坛上的车子的问题。

围观的人越聚越多，已经有十几个，更多的邻居打开了窗子，足不出户地看热闹。冉斯年知道自己这次恐怕会在小区里小小地出一把风头，成为邻居们最近一段时间的谈资，但是为了饶佩儿，他丝毫不放在心上。

冉斯年没敢抬头遥望孔祥所居住的高层方向，但是他猜想，孔祥的房间里一定有一部高倍望远镜，此时的孔祥正躲在窗帘后，躲在望远镜后观察着他家门口上演的这一场闹剧。

饶佩儿出了小区，直接打了一辆出租往机场赶去。在车上，她努力调整状态，不管对雷钧霆多么反感反胃甚至恐惧，待会儿她都得发挥演技，像雷钧霆离开之前那样跟他蜜里调油。

上午十点半，饶佩儿跟雷钧霆公司的司机一起，接到了风尘仆仆赶回松江市的雷钧霆，乘坐着雷钧霆公司的车子离开机场，前往雷钧霆的家。

一下午的时间，饶佩儿都跟雷钧霆待在雷钧霆家里，跟雷钧霆的母亲相处融洽。午饭过后，饶佩儿还收到了一个意外惊喜，快递员送来了九十九朵红玫瑰。对于雷钧霆的细心浪漫，饶佩儿表面上感动不已。

华灯初上，一对相拥嬉笑的男女出了家门，打车往松江市一家五星级酒店赶去。

出租车的后座上，女人一直依偎在男人的怀里，两人不停说着让司机都脸红的肉麻情话。突然间，男人霸道地把女人拉近，贴上他的胸膛，低头吻住了女人的唇。女人刚开始还有些本能地抗拒，几秒钟后也沉沦在了男人的温润缠绵之中。

在这辆出租车的后方不远处，还有一辆跟他们路线相同的出租车，副驾驶的位置上坐着一个不断攥着拳头砸膝盖、懊恼地叹息咒骂着的老者。然而前面那辆车子的后座上的男女只顾着缠绵依偎，根本没有注意到他们后面的尾随者。

很快，出租车停在了五星级宾馆门前，那对男女相拥着下车到前台办理了入住手续，随后乘坐电梯上楼。全程，这对男女都像是连体人一样，腻歪在一起，男人低着头，时不时轻吻女人的脸颊嘴唇，女人也总是娇羞地低头，不经意地躲避着男人手指挑起下巴的挑逗和雨点一般的密吻。

"啪"的一声，1606号房间的门被性急的男人关上。可以想象房间里将会上演怎样香艳的戏码。

一分钟后，一位老者快步走到了1606号房门前。刚刚他在大堂的休息区那里偷听到了那对男女开的房间号，待那对男女上了电梯后，他也马上乘坐另一部电梯前往16楼。

此时，老者站在1606号房门前，手足无措，几次想要敲门，又几次忍住。他原地转了两圈，抬头看了看走廊的监控，知道自己再这样纠结下去，保安就会赶过来把他这个可疑人士带走。可如果就这样贸然敲门进去，他该如何解释自己的身份和作为？对方会不会把他当成疯子赶走？如果不敲门进去，那么这一趟跟踪岂不是白费？难道要任凭小白兔落入大灰狼的魔爪？

老者的心理斗争着实激烈，但也极为短暂，仅仅犹豫了十几秒钟的时间后，他便敲响了房门。他敲得很急很重，嘴里还情不自禁地叫道："花儿，快开门！快啊！"

房门很快被打开，老者对面站着的一脸惊愕的女人正是饶佩儿。

"你是谁？你刚刚叫我什么？"饶佩儿警惕地上下审视着这个年近古稀的老人。

老人正是孔祥，他焦躁地朝房间里看了看，并不见雷钧霆的人影，反而听到浴室里传出了水声，知道雷钧霆正在洗澡，当下便抓起饶佩儿的手就往外拉："花儿，听我说，雷钧霆不是好人，你十四岁那年，他差点儿就把你给……"

饶佩儿一把甩开孔祥的手，往后退了两步，就要关门。

孔祥看得出，饶佩儿是把他当成了坏人，至少是值得警惕的陌生人。眼看饶佩儿就要关上门，掉入雷钧霆那个坏蛋的魔爪之中，他便顾不得许多，一个箭步竟然迈进了房间。

"你……你要干什么？"饶佩儿拍了拍浴室的门，意思是让雷钧霆快些出来，"你……你到底是谁，你怎么知道我的小名？"

孔祥担心雷钧霆从浴室出来，到时候更难带走饶佩儿，情急之下便脱口而出："我是你父亲的朋友，他临走的时候托我照顾你。花儿，听我说，这个雷钧霆曾经是你的网友，你十四岁那年，他把你骗去了宾馆，差点儿就迷奸了你，幸好你奶奶及时把你偷偷出去见网友的事情告诉你父亲，他及时赶到，这才阻止了悲剧的发生！"

"你胡说！"饶佩儿听了孔祥的这番话更加警惕，又后退了几步，甚至开始四处寻觅防身的武器，"我爸爸在我三岁那年就去世了！你这个骗子，难道……难道你是冉斯年找来的帮手？就为了让我离开钧霆，拿这套说辞糊弄我？"

孔祥急得直跺脚，并且剧烈地咳嗽起来，虽然他看起来老当益壮的，但是急躁的情况下，身体状态也会受到一些影响："哎呀，你父亲并没有死，他这些年一直在国外！总之说来话长，你先跟我离开这里，我再从头跟你说。我才不是冉斯年找来的帮手，我真的是你父亲的朋友，我是他当年的同事。"

"我凭什么相信你？"饶佩儿再次剧烈地敲浴室的门，"钧霆，你快出来啊！"

孔祥上前一步，猛地抓住饶佩儿的手，把她往外拉，一边用力，一边说道："你爸爸跟我当年都是缉毒警察，我是他的顶头上司，他是卧底。他当年诈死是因为身份马上就要暴露，必须躲避贩毒集团的报复追杀！"

饶佩儿全身一震，她苦苦追寻的有关父亲的真相竟是如此，她曾想过数十种的可能性，但都没有往这种类似警匪剧的剧情上去想，现在这个答案真的是出乎了她所有的预料。

因为愣神，饶佩儿暂时忘记了抵抗，任由孔祥拉出了房门。

/ 2 /

倏地，孔祥感觉到了身后的饶佩儿似乎抓住了门框，他回头的瞬间听到了一个男人的声音。

"抱歉，我不能让您带走佩儿，即使我相信您是佩儿生父的朋友，一心想要保护佩儿，但我还是希望您能够留下来，在这里讲明一切。"说话的正是从浴室里走出来的，穿着整齐的——冉斯年。

孔祥大吃一惊，他本以为浴室里的男人、跟饶佩儿从雷钧霆家里出来、一路打车来开房的男人当然就是雷钧霆，可事实上，却是穿着雷钧霆衣服的冉斯年！原来他们这是一个调包计！

孔祥虽然上了年纪，可是脑袋灵光，他马上就悟出了其中的缘由，原来他早就暴露了，饶佩儿和冉斯年是故意演出了这么一场戏，逼他现身，逼他说出隐藏了二十多年的实情。

孔祥重重叹了口气，舒缓呼吸，显然已经放弃了抵抗，打算坦白一切，毕竟是他自己中了这两个年轻人的计，现在他话都已经说出了一大半，点明了饶佩儿生父并未死去，并且曾经是个卧底的缉毒警察，那么不如把一切说清楚，也好阻止饶佩儿继续探究下去，或者泄露生父的秘密，给她自己招来灾祸。

"好吧，事到如今，我也只能坦白了，"孔祥首先进了房门，"咱们进去说吧。"

三个人在房间的沙发上落座，饶佩儿给三个人都倒了一杯水，礼貌而歉然地对孔祥说："孔老先生，对不起，我们骗您也是不得已。如果我们不这样设局引您主动讲出实情，而是直接去找你询问有关我父亲的事情，我想，您也是不会说的。"

孔祥点头："没错，我是打算把你父亲的秘密保守到死的，原本我还担心我死后没有接班人保护你的周全，可现在看来，你倒是已经有了一个尽职尽责的保镖。"

冉斯年知道孔祥说的保镖是自己，不好意思地笑笑："其实今天的计划也是我自作主张临时篡改的。本来佩儿是想让雷钧霆亲自出演的，由我在暗中跟踪保护她。可我实在是不放心，更加不想让雷钧霆那个渣男再占佩儿一丝一毫的便宜，所以才化妆成送花的快递员，下午进到了雷钧霆家里，跟他调包，假冒他出来跟佩儿开房，演这出戏给您看。"

饶佩儿白了冉斯年一眼，脸上却泛起了两片红晕，她想到了刚刚冉斯年借着演戏给孔祥看的由头占了自己的便宜，那些让她脸红心跳剧烈的拥抱和那些吻。冉斯年这个男人坏得让她又爱又恨，不知如何是好。

"那么，那个雷钧霆怎么样了？你们跟他摊牌了？"孔祥问道。

"是的，我们花费了一整个下午的时间逼雷钧霆说出了当年的真相，最后雷钧霆和他母亲痛哭流涕，对佩儿的父亲感激涕零，感激他当年放过了雷钧霆，也让雷钧霆警醒，没有因为一时冲动走上犯罪道路。如果当年饶佩儿的父亲没有及时出现，不仅仅是饶佩儿受到伤害，雷钧霆也会彻底沦为一个罪犯，免不了牢狱之灾，一辈子也就算是毁了。"冉斯年虽然嘴里这么说，但还是流露出对雷钧霆的不屑。

"其实雷钧霆主动追求我，也是带着报恩的心理……"饶佩儿想起了下午雷钧霆跪地痛哭的样子，不免有些同情，对于他的憎恨、反感和恶心，似乎也打了折扣。

"哼，什么报恩，我看他还是居心不良，"冉斯年提及雷钧霆仍旧带着满满的敌意，也夹杂着一些胜者的得意，"佩儿，以后你还是不要再见这个雷钧霆为好，跟他公司的合约也提前结束，不要再跟这个人打交道。"

饶佩儿倔强地仰着下巴，本来是不满意冉斯年私自替自己做主的霸道行为的，可是也是真的想要跟雷钧霆划清界限了，毕竟雷钧霆也没有在工作上给她带来什么好处，好不容易发唱片进军歌坛，却成了网友们的笑料，看来她真的不适合当什么歌手。

"花儿啊，冉先生说得对，那个雷钧霆，你还是不要再见为好，"孔祥也帮着冉斯年说话，"否则就辜负了你父亲的一片苦心啊，他是想要让你忘记那段不堪的过往啊。"

饶佩儿挤出一丝酸涩的笑："是啊，我父亲，他催眠了我，并且是两次催眠了我。"

孔祥大吃一惊："你……你都知道了？"

"是啊，是斯年用他的释梦方法再加上他的推理分析得出了这个结论。"饶佩儿说着，望向冉斯年，难掩自豪地说，"多亏斯年的帮助，我才知道原来父亲没死，也多亏了他，我们才找到了您。现在看来，我拜托他帮我探寻父亲的秘密，是最正确的决定！"

孔祥却连连摆手摇头："不不不，花儿啊，你错啦，你真的不该去探寻你父亲的秘密，当年他之所以催眠你让你忘记你在你奶奶家看到的照片，就是为了让你一辈子不要知道他的秘密。因为知道了他的秘密对你来说是隐患、是危险啊！"

饶佩儿满腔的问号，一时间不知从何问起，只好先从她第一次被父亲催眠问起："孔老，你说我当年在奶奶家看到了照片？被我奶奶珍藏在那个折叠盒子里的到底是谁的照片？是我父亲的？"

孔祥面露为难之色，沉吟了片刻才低声说："没错，是你父亲的照片，不单单有你的父亲，还有你父亲在国外娶的媳妇，以及你同父异母的弟弟，照片上你的弟弟当时还在襁褓之中。照片是你父亲托人藏在那个古董盒子里，秘密送回国，送到你奶奶手里的，毕竟老人家与儿子相隔一个太平洋，也只能通过照片寄托思念之情。你奶奶过世之后，你父亲和他的妻子以及你的弟弟也都秘密回来奔丧，在葬礼上，他们都已经见过了你这个不能相认的亲人。哦，对了，为了掩饰身份，你父亲已经事先取走了你奶奶家盒子里的照片，所以你们之前那趟回你奶奶家，才只找到了一个空盒子。"

"我父亲，他……他又结婚了？我还有个弟弟？"饶佩儿的眼眶一红，眼泪止不住地流下，"我理解他是为了工作，为了自保而不得已抛下我们母女，可是……可是他怎么可以这么无情，这么多年，我和妈妈都以为他死了，实际上他却在国外成家，一家团聚！"

孔祥哀叹着说："花儿，你父亲还是惦念着你的，不然也不会在二十多年里秘密回国三十多次，偷偷看望你。要知道，他虽然整了容，有了新的身份，可是回到松江市对他来说仍然是极为危险的，他曾经卧底的那个贩毒集团甚是庞大，若是有一个人认出了他，那么对于他，对于你们母女，都是灭顶之灾啊。"

"是吗？也许他是个尽职尽责的好警察，也冒险回来看望我，两次催眠我，还救过我一次，勉强算是个合格的父亲。"饶佩儿狠狠抹了一把眼泪，"可是他绝对不是一个好丈夫、好男人，他太对不起我妈了！"

孔祥不住叹息："的确，星辉他辜负了你的母亲。花儿，虽然我很不愿意告诉你这个事实，但是今天已经到了这个份儿上，我想我也必须告诉你全部的事实。实际上，你父亲饶星辉是在卧底工作中认识了你的母亲陶翠芬，你母亲对星辉一见钟情，星辉因为工作又不能拒绝你母亲，所以……所以这才……这才有了你。有了你之后，星辉才不得已与你母亲结婚。"

饶佩儿咬住嘴唇，一时间无法接受这个事实：自己的父亲从未爱过自己的母亲，自己只是他们俩因为那该死的卧底任务，因为母亲的主动投怀送抱才诞生在这个世上的多余的累赘。

冉斯年紧紧握住饶佩儿的手，给她无声的安慰。他早就想过，饶佩儿想要揭晓的秘密一定不会给她带来什么快乐，真相往往让人猝不及防，难以接受。可他也没想到，会是这样残忍又无奈的结果。

饶佩儿整理心情，强迫自己冷静下来，抓紧时间把事情问个清清楚楚："孔老，您刚刚说我父亲接近我母亲是因为卧底任务，您这话是什么意思，我母亲她……"

"花儿，你母亲当然不是贩毒集团的人，事实上她什么都不知道，只不过当时她暂住在她表哥陶大龙家中，也在陶大龙开的餐馆里帮忙，而陶大龙开的餐馆正好是贩毒人员固定的碰头地点……"

"我懂了，原来是这样。"饶佩儿落寞地说，"我父亲'过世'后不久，表舅也销声匿迹，现在看来，他是落网了对吧？"

"是啊，只可惜，陶大龙只是贩毒集团的骨干之一，他和他的手下怎么也不肯暴露其他的支系，贩毒集团没能被连锅端。因此你父亲仍然处于危险之中。当年，我作为你父亲的顶头上司，为了保护他的周全，向上面提出申请，伪造了你父亲的死，把他秘密送出国。现在，他在美国，是一名出色的催眠师，任职于一所大医院。"孔祥尴尬地苦笑，"惭愧啊，我从四十六岁就开始接手松江市贩毒集团的案子，直到退休，这帮毒贩子仍然肆虐。二三十年了，他们也经历了更新换代，算是新人辈出啊。"

饶佩儿一惊，她想起了最初常青导演的案子的时候，自己也曾动过念头想要用毒品报复常青，并且付诸行动，经过多方打探，找到了松江市的某个毒贩，从他手里购买到了少量的海洛因。也许当时她见到的那个底层小毒贩就是隶属父亲卧底的贩毒集团。饶佩儿责怪自己，当初真的是错得离谱，她难掩羞愧，觉得自己似乎对不起父亲饶星辉的身份，对不起他为之冒险付出牺牲的职业，给他抹了黑。

"花儿，这些事情我和你父亲本来是想要瞒着你一辈子的，为了你父亲，我也愿意把保护你、把你的近况定期传递给你父亲当作自己退休后的工作任务。唉，没想到命运竟然安排我上了你们的套，不得已只能把真相告诉你。我之所以全盘托出，也是想要劝诫警告你，花儿，为了你的安全、你母亲的安全，还有你父亲一家人的安全，就此打住，不要再打探你父亲的消息，就当作什么都不知道，继续你自己的生活吧。"孔祥苦口婆心地说。

饶佩儿无力地点头："好的，除了当作什么都不知道继续自己的生活，我还能做什么呢？我一直想要知道的真相已经知道了，现在这种局势，我自然是无能为力。孔老，你放心吧，也大可不必再劳心伤神地暗中保护我，让您费心这么多年，实在是不好意思，您也该安享晚年了。"

"哈哈，不愧是父女俩，你父亲也跟我说过同样的话呢。"孔祥放松地大笑，看得出，他也算是放下了一个沉重的包袱，"但我还不能够完全对你放心，我答应过你父亲，会替他照看你、保护你，虽然现在我算是有了个帮手，可以轻松许多，可不能完全卸任不管啊。花儿，今天从这里出去，我们还是陌生人，绝对不可以再有什么接触，小心驶得万年船，不能让那群贩毒集团的浑蛋发现端倪啊。"

饶佩儿用力点头，信誓旦旦地说："放心吧孔老，为了咱们大家的安全，我一定会表现得滴水不漏的。"

冉斯年欣慰地凝视着饶佩儿，却在饶佩儿坚毅的眼神里看出了一些倔强和不甘。一股不祥的念头袭上心头，冉斯年可以猜想得到饶佩儿此时心中所想。

/3/

送走了孔祥，冉斯年和饶佩儿也退了房，一起打车回家。

一直到回到冉斯年的家，饶佩儿默默无语地上了三楼打算回房休息的时候，冉斯年这才犹豫着开口询问："佩儿，你该不会想要彻底端了贩毒集团，彻底确保你们一家人的安全，然后可以光明正大地与你父亲相认吧？"

饶佩儿惊诧地瞪大眼，吞了口口水，顿了顿后才反应过来，高八度地说："开什么玩笑？那样的父亲我才不想跟他相认呢！再说了，人家整个缉毒大队这么多年都没法彻底铲除整个贩毒集团，我只是个三流小演员，怎么跟一整个贩毒集团抗衡？斯年，这次真的是你想多了。"

冉斯年放松地耸耸肩，自嘲地说："也对，这次真的是我胡思乱想了。你虽然有时候天真得可以，但是在这种大事上面还是比较理智的，是我想多啦。"

"时候不早了，休息吧。"饶佩儿冲冉斯年挥挥手。

冉斯年却仿佛还没有要下楼的意思，犹豫再三，开口道："佩儿，搬回来住好吗？我需要你这个助理，这个家也需要你，再说了，孔老也说了，我是你的保镖，把保护你的任务交给我一部分，他老人家也是放心的。"

饶佩儿想都没想便点头："斯年，谢谢你。与其说是这个家需要我，还不如说是我需要你，你帮了我这么多的忙，真的很感谢你。"

冉斯年注意到饶佩儿说这话的时候，脸上闪过尴尬的意味，他觉得饶佩儿一定是在暗示她已经知道了冉斯年看过网上的恶搞视频，也知道了是冉斯年在暗中帮忙。可冉斯年也知道，自己绝对不能坦白邀功，他不想让饶佩儿知道自己看过她被恶搞的糗态，也不想在饶佩儿面前失信，毕竟他曾答应过饶佩儿不上网。他们俩就这样心照不宣，似乎也挺好。

"那个……之前的吻戏……"饶佩儿突然红了脸，尴尬地嘀咕，"你不要放在心上啊。"

"吻戏？"冉斯年一时间莫名其妙，饶佩儿竟然叫之前的经历为"吻戏"！

"是啊，吻戏。我们不是做戏给孔老看吗？你也知道，我是个演员，大大小小的吻戏演过多少次自己都记不清啦，"饶佩儿故作轻松地说，"如果每次跟合作的男演员有过吻戏之后，都要暧昧一番，那我们当演员的岂不是要暧昧到累死啊。"

冉斯年眯着眼，嘴角下垂，低沉地问："你什么意思？"

"意思就是让你不要放在心上，最好忘了那一段，免得以后我们低头不见抬头见会觉得尴尬啊，"饶佩儿大大咧咧地侃侃而谈，"能够把表演和真实清楚地划分开，这是演员最基本的素养之一……"

饶佩儿话还未说完，已经被冉斯年壁咚，靠在了墙上。

冉斯年动作如行云流水，根本不给饶佩儿反应和反抗的机会，低头封住了饶佩儿那两片喋喋不休、说着自欺欺人的话的嘴唇。

湿润的纠缠中，饶佩儿大脑一片空白，任凭冉斯年摆布。冉斯年轻拥着饶佩儿，吻得忘情，但却头脑清晰，他的意识和潜意识都明明白白地告诉他，他是真的爱上了这个女人。

不知道过了多久，饶佩儿的意识才重新恢复运转，她警醒过来，轻轻推开冉斯年，几次张嘴却说不出一个字，整个人僵在原地动弹不得。

"我不是演员，没有你说的基本素养。"冉斯年接着之前饶佩儿的话，低沉而魅惑地说道。

醉 生 梦 死

我们经常由于潜意识的要求，而遗忘掉某些事情；其实我们可由这遗忘的事情，追溯出此人内心不自觉的用意。

——弗洛伊德《梦的解析》

第十五章
预 示 梦

/ 1 /

葬礼上，饶佩儿身着一身黑衣，一脸沉重，带着泪痕站在一脸沉重却没有泪痕的母亲陶翠芬身边。

奶奶病危让饶佩儿着实难过了一阵子，那段时间正好赶上饶佩儿参演常青导演的电影《午夜狂欢》，而且是难得的女一号，她把参演这部电影当作上位的关键、事业的转折点，十分认真投入，同时也想让奶奶看到自己的成功为自己高兴，因此照顾病危奶奶的任务大多交给了母亲陶翠芬。

好不容易电影杀青了，可奶奶也病故了。葬礼上饶佩儿万分自责悲痛，她完全沉浸在自己的悲痛中，哪里会去注意一个已经改变容貌、带着一个外国妻子和混血少年的男人？——按照孔祥老人的说法，奶奶的葬礼，饶佩儿的父亲也参加了，而且是带着妻子儿子，秘密回国奔丧。

此时的饶佩儿身在梦中，她也很清楚自己在梦中，她想要在她的潜意识里找到父亲，重回那场葬礼，像冉斯年一样，定格梦中重放的画面，定格在她父亲的画面。因为她想见见父亲，虽然难以遏制对父亲的责怪和怨恨，但是同样难以遏制的是对父亲的想念。

梦里的饶佩儿不再哭泣，她站在母亲身边，眼神扫过前来参加葬礼的每一个人，那些人中有她认识的，也有她不认识的，还有很多面部模糊的人，想来是这些面孔并没有在饶佩儿的潜意识里留下什么印象。

倏地，眼前闪过了一个人影，那是一个身材颀长却稍显瘦削的男人。饶佩儿的眼神扫过这个男人，正好赶上对方回头。刹那间，两人目光相接。饶佩儿定格了这幅画面，因为对方的脸明显是混血，他是一个拥有帅气稚嫩面庞的少年，约莫十七八岁的模样。

没错，这就是她的弟弟，同父异母的弟弟，饶佩儿笃定地想，否则怎么可能会有一个混血儿出现在奶奶的葬礼上？

饶佩儿马上放眼望去，想要在人群中寻找父亲，然而人影攒动，她并没有在一片黑白色中找到某一张既熟悉又陌生的脸，就连外国面孔的女人也没有。等到饶佩儿再回头去找那个匆匆一瞥的混血少年的时候，对方也已经消失无踪。

饶佩儿平静地睁开眼，脑子里还在不断重放刚刚梦里与那个混血少年匆匆一瞥的画面，她想，如果这个混血的弟弟再次出现在她面前，她绝对能够一眼就认出。

天色未亮，饶佩儿却躺在床上辗转反侧，难以入睡，她想起了白天母亲帮她搬家收拾房间的时候，母女俩的对话。

"妈，你恨爸爸吗？"问这话的时候饶佩儿几乎是脱口而出，没经过大脑。

陶翠芬一边弯腰拖地，一边说："恨？恨什么？孩子，你父亲又不是抛下咱们母女远走高飞了，他是遇到了意外啊！"

饶佩儿咬住嘴唇，忍住鼻子的酸意又问："可是他毕竟丢下了咱们孤儿寡母的，这些年你独自抚养我，那么辛苦……"

"傻孩子，怎么突然说这些？"陶翠芬听得出饶佩儿的哽咽，放下手中的活儿走到饶佩儿身边拉住她的手，"你爸爸也留下了一笔钱，虽说这些年过得不容易，但好在咱们没有为钱发愁过不是吗？"

"妈，这些年我看得出，你跟奶奶的关系不太好，可她病危的时候，你还是不计前嫌去照顾她，都是因为你深爱爸爸吧？还有，你这么多年都不肯再婚……"饶佩儿说着，眼泪已经簌簌流下。

陶翠芬叹了口气，用纸巾帮饶佩儿拭泪："我也不是刻意不找，实在是没有合适的人啊，我就觉得啊，什么人都不如你爸爸，我再也找不到当年第一眼见到你爸爸时那种怦然心动的感觉啦。既然这样，与其找个人搭伙过日子，还不如自己更自在。"

"妈，我希望你再婚，真的，我真的希望你能找到一个好男人，能够照顾你爱护你，真心对你。"饶佩儿为母亲不值，她不想让母亲的后半生都在怀念一个欺骗她的男人。

陶翠分宠溺地说："好啊，但是前提是我得先看着我的宝贝女儿出嫁，过得幸福，我才有心思想自己的事情。说真的，你跟斯年到底什么时候结婚？你俩就这么一起住着也不是个事儿啊。"

饶佩儿噘着嘴："妈，我不是跟你坦白了吗？以前我跟冉斯年那是假装恋爱，现在我俩也还没有明确关系，结婚什么的，早着呢。"

陶翠芬自信地笑道："刚刚趁你不在我已经给冉斯年下了最后通牒啦，警告他绝对不许耽误你的青春，让他赶紧找个正儿八经的工作，迎娶我女儿。"

"啊？"饶佩儿红着脸，急切地问，"那他怎么说？"

陶翠芬一脸不悦地说："这臭小子说什么三年之内，说什么要等他解决了手头一个案子之后再求婚。哼，我说我女儿可等不了他三年！"

想到这里，饶佩儿躲在被窝里幸福地偷笑，她暗下决心，别说三年，就是五年十年，她都愿意等，自从那晚跟冉斯年的亲热表演后，自从冉斯年那个霸道的吻之后，她就已经彻底沦陷了。

至于冉斯年说的手头的案子，饶佩儿自然知道，指的就是三十多年前黎文慈亲生父母的命案、一年多前黎文慈跳楼案，以及咨询中心的爆炸案，而这些案子的中心人物，就是瞿子冲。冉斯年得让瞿子冲伏法，解决掉这个心腹大患后，他才有心思结婚，这也是他对爱人安全的负责。

至于陶翠芬要求冉斯年找个正儿八经的工作这点，饶佩儿不能苟同。她觉得冉斯年现在在做的事情可比他朝九晚五地上班更有意义，虽然说收入极不稳定，有些时候只能吃老本，但饶佩儿绝对认同冉斯年是个潜力股。她的设想是，未来冉斯年要开一家心理咨询中心，松江市最有名气、最有实力的咨询中心，让解雇他的原单位、让所有蔑视他释梦疗法的同行们都悔不当初。

清晨，饶佩儿下楼准备早餐，却见早餐已经摆上了餐桌，而且还挺丰盛，餐厅里还站着一个正在解围裙的大男人，自然就是冉斯年。

"早啊，佩儿，请就座，"冉斯年绅士地拉出餐椅，"尝尝我的手艺。"

饶佩儿心满意足地坐下，一边品尝冉斯年的手艺，一边与他闲聊。早餐快结束的时候，饶佩儿不经意地问："斯年啊，你的人际圈子里有没有本分老实的中年男人？当然，是单身的。"

冉斯年马上反应过来："怎么？你要给陶阿姨介绍对象？"

饶佩儿点头："没错，我得给我妈找一个好老伴才行，不能让她一个人孤独终老。你不知道，她到现在还在惦念着我爸，我当然不能让她知道这么多年我爸骗了她，甚至从没爱过她。我能为我妈做的，就是给她找一个好男人。"

冉斯年挠头，叹息着说："我的人际圈子里都是年轻人，上了年纪的单身男人嘛，倒是也有几个，是大学的教授和院长，可惜自从爆炸事件和黎文慈跳楼事件后，我成了行业耻辱，他们也都跟我划清界限了。"

"这样啊，看来我只能替我妈去婚介机构入个会员什么的了，然后跟我妈一起去相亲，这一次，我一定得帮她找到一个好男人。"饶佩儿信誓旦旦地说。

冉斯年低头沉思了片刻："婚介机构的会员良莠不齐，而且知人知面不知心，不如身边人介绍稳妥。这样吧，我试着联系一下我妈，让她帮忙。我妈和叔叔应该有不少那个年龄段的朋友，让他们帮着物色一下总比婚介机构强。"

饶佩儿简直不敢相信自己的耳朵："不会吧？你不是不愿意向他们开口求助吗？"

冉斯年苦笑着耸耸肩："一般的事情当然不会向他们求助，但这是关系到我未来岳母的终身大事，我自然要全力以赴啦。"

饶佩儿感动得恨不得马上给冉斯年一个熊抱，她已经可以肯定，之前的网络危机被水军化解，就是冉斯年从中帮忙，向他的叔叔开口求助。这一次，他为了她母亲的事又要向一直以来有隔阂的叔叔开口，也真是为难他了。要知道，就连冉斯年自己遇到了职业生涯的滑铁卢和差点儿丧命这么大的事情，他都没有向家人求助呢。

"斯年，真的谢谢你。"饶佩儿感动地说。

冉斯年起身走到饶佩儿身边，又坐下，坏笑地指着自己的脸颊，示意饶佩儿用吻来道谢。

饶佩儿羞红了脸，自己都奇怪演过不少场吻戏的自己怎么会突然间脸红心跳得厉害，甚至没胆量去吻冉斯年。想来是因为之前她都知道那是假的，是演戏，所以可以轻松应对，而这一次，她面对的是让她心动的冉斯年，自然就成了个羞怯的小女人。

冉斯年等不到饶佩儿感谢的吻，就掌握了主动权，双手握住饶佩儿的双臂，身体慢慢靠近，意图去吻饶佩儿的唇。

饶佩儿僵硬地被动地等待着冉斯年的吻，双眼不自觉地闭上。然而这一次，她没有等到冉斯年的吻，却被冉斯年的大喝声惊得睁眼的同时差点儿从椅子上跳起来。

"喂，你是谁？"冉斯年突然对着饶佩儿身后，餐厅旁的窗子大喝一声。

饶佩儿本能地回过头，竟然看见了一张脸贴在餐厅的窗户上，显然刚刚一直在偷窥餐厅里的他们，吓得她也低低地惊叫一声。

/2/

冉斯年大步流星地走出别墅的大门，气势汹汹地站在院子里的石子路上，指着那个仍旧呆愣愣站在餐厅窗外草坪上的男人，叫道："你是谁？怎么进来的？你踩了我种的花你知不知道？这花是我刚刚找人栽种的名贵品种，你得赔我损失你知不知道？"

饶佩儿也跟在冉斯年身后出来，此时看见冉斯年纠结于栽种的花被踩踏的模样不禁捂嘴偷笑。她想起几天前她无意中对冉斯年说过院子里的草坪杂草丛生，要他赶快整理，冉斯年果然在她搬过来之前找人整理过了，还特意栽种了她喜欢的蔷薇花苗。

站在小花圃里的是个看起来十七八岁的大男孩，他蓬头垢面，头发是许久未经打理的杀马特造型，穿着典型的非主流奇装异服，眼神黯淡，面色蜡黄，满脸稀稀拉拉的胡茬儿。此时，他正不知所措，不知道是踩着所谓名贵的花苗走出来好，还是站在原地好。

"那个……对不起，我只是想看看家里有没有人。"大男孩抱歉地欠了欠身子，含糊不清地说，"这别墅院子的围墙也不高，我就翻过来了，然后看到窗子后面好像有人，就过去看看，结果……结果……呵呵，我还以为能看到你俩亲嘴儿呢。"

冉斯年翻了个白眼儿，刚想再出言训斥这个形象糟糕的年轻人，却突然捂着口鼻退后了几步，小声嘀咕着："怪了，来种花的工人说过阵子再来给花苗施肥啊。"

身后的饶佩儿也闻到了一股异臭，也捂住了口鼻："对啊，昨晚我还没闻到什么味道，怎么今早突然这么臭？"

花圃里的年轻大男孩不好意思地挠挠头："那个……那个……可能是我身上的味道。"

冉斯年惊愕地打量着男孩，这才恍然大悟，这股恶臭正是男孩身上散发出的味道，而且是常年喝酒的人身上才有的酒臭味，男孩一张嘴说话，味道就更浓烈地扑面而来。再联系起男孩说话那种含糊不清的风格，以及他的面色，冉斯年推断，这是个年纪轻轻的酗酒者，说得更通俗且带有个人感情色彩的话，就是——酒鬼。

"出来出来，你先出来，"冉斯年嫌弃地摆手，"你到底是谁，来这里做什么？"

大男孩大大咧咧地踩着冉斯年的花苗走到石子路上："我叫胡超，我来找梦学大师冉斯年，你就是冉大师吧？"

"我就是，"冉斯年没好气地说，"找我做什么？"

胡超笑嘻嘻地说："当然是找你解梦啦。"

冉斯年往后退了几步，上下打量着胡超，问："我这里不是免费解梦的地方，你知道吧？"

胡超挠挠头，往前踏了一步："我知道，冉大师收费不便宜。说实话，我没钱，我是个穷鬼，相信你们也能看得出。但是我也听说，冉大师对梦学很有钻研精神，说不定愿意无偿帮我呢，因为我的情况吧，非常特殊。"

冉斯年又退后了一步，虽然这个胡超味道不好，又是个酒鬼，但是也是有一定挽救可能的，毕竟他还这么年轻，如果能够戒酒，走上正道，也是个大好青年，便耐着性子问："有什么特殊的？醉酒以后做的梦跟常人不同？说真的，你这种情况，不该来找我解梦，你该去正规的机构戒酒治病！"

胡超显然不愿意听别人劝他戒酒的话，有些懊恼不耐烦地跺脚摇头，显示出这个年纪的叛逆，还有杀马特不良少年的痞气："戒酒的事儿不用你管，我是来找你解梦的，其实也不是解梦，我就是想问问你，为什么我的梦都能变成现实！"

冉斯年眯着眼，嘴里低声重复：“梦变成现实？都能？”

饶佩儿看得出，冉斯年对这个胡超的梦产生了兴趣，便指了指小区不远处的凉亭：“斯年，别让他进家门了，亭子里通风，在那儿谈吧。先听听他怎么说，不管能不能帮忙，我得好好劝劝他，实在不行联系他家长，年纪轻轻就酗酒把身体搞成这样子，这怎么行？”

冉斯年点点头，指了指远处的亭子：“胡超是吧？你先去那里等我，我先听听你的情况吧。”

五分钟后，冉斯年和带着喷有香水手帕的饶佩儿出门，前往胡超等待的凉亭。

“说说吧，什么叫作梦能变成现实，还都能变成现实。”冉斯年尽量显得没那么感兴趣。

胡超兴致勃勃地说：“我的梦可以预测未来，真的！我梦里发生的事情都会在几天后变成现实！”

冉斯年不以为然地说：“梦是一个人潜意识的体现，当然也就是掩藏的欲望的体现，人会不自觉地按照潜意识的欲望达成目标，所以梦境成真这种事没什么好惊讶的。”

胡超一副没听懂的样子，问：“什么潜意识，那是什么东西？”

饶佩儿叹了口气，估计这个胡超也是早早辍学，没什么文化，便用浅显的语言给他解释：“简单来说就是你有些欲望连你自己都察觉不到，但是在你的梦里，这些欲望就会表现出来。在现实中，你会不自觉地去努力实现这个你还察觉不到的欲望，所以欲望就达成了，你就认为是你的梦预测了现实，其实呢，是你自己达成了欲望。就这么简单。”

胡超这次好像听懂了，他一个劲儿摇头：“什么欲望不欲望的，你们先听听我讲我的梦好不好？听过之后你们就会知道了，我的梦真的能预测未来。”

冉斯年点点头，淡淡地说：“讲吧，给你五分钟的时间，记得高度概括，不要有无意义的废话。”

胡超噘着嘴，对冉斯年的要求有些不满，但还是认真去组织语言，开口道：“总结来说，最近这阵子我做了两个预测未来的梦。第一个梦，我梦见了家附近那只脏兮兮的流浪猫偷跑进我家厨房偷吃的，把盘子碗打碎在地上，然后墙上突然钻出来一个影子，他捉住了那只猫，用地上打碎的盘子碎片把那只猫给开了膛，然后就像丢垃圾一样，顺着窗子把猫的尸体给丢了出去。"

"然后第二天你就在你家窗子下发现了那只猫的尸体？"饶佩儿揪心地问，她最喜欢小猫小狗，每次听到有人虐杀小动物她都会极为愤慨，哪怕胡超只是做了个虐杀小动物的梦，她都听得十分痛心。

胡超摇头："没有，第二天我醒来去厨房，厨房里一切完好，我家那些破盘子破碗都在。出门的时候我还看见了那只流浪猫，活得好好的呢。那只猫是在一周后才死的。有天早上我去家附近的小食杂店买酒，在路边的一个垃圾堆边上看见了那只流浪猫，它被开了膛，旁边还有一个瓷碗的碎片泡在血水里！真的有人把它给杀啦！"

相比胡超夸张的表情，冉斯年显得像尊塑像一样，不动声色地问："你确定你梦里看到的流浪猫就是垃圾堆边的那只？"

"当然啦，我们村流浪猫都是有数的，就那么几只，黄白花的就那么一只！"胡超信誓旦旦地说。

"那么，"冉斯年痛痛快快地问，"你确定那只猫不是你杀的？"

胡超一下子从石凳上蹦起来，叫嚣着："当然不是！你们别看我这样，说真的，我连杀鸡都不敢，怎么可能虐杀猫？再说那只猫又没招惹我，我干吗要杀它？再说了，要是我自己杀的，我来找你做什么？"

"你别忘了，你是个小酒鬼，醉酒后做的事情很有可能不记得。"冉斯年毫不客气地说，"很有可能是你的潜意识里就讨厌那只流浪猫，一直想要杀了它，所以才在梦里编造出一个它跑进你家厨房偷吃的这个由头，在梦里借机杀了它。现实中，酒壮人胆，醉酒后你突然就有了勇气，别说杀猫了，就是让你去打虎你都不怕呢。"

胡超的头摇得像破浪鼓一样："你不懂，我真的没有杀那只猫，我的梦里杀死它的也不是我啊，是个影子！像是鬼影一样的影子！"

"没错，影子影射的就是你自己，也许那就是你的影子。"冉斯年咄咄逼人地说，他认为酒精已经侵蚀了这个年轻人的大脑，让他意识混乱，记不得自己曾经做过残忍血腥的事。

胡超一副死不认账的架势："我发誓不是我，事实上，我还挺喜欢那只猫的，还把它的尸体拿去埋了呢。"

饶佩儿知道这样争辩下去根本得不出什么结论，就问："好啦好啦，暂时就当那只可怜的流浪猫不是你杀的，说说你的第二个梦吧。"

胡超冷静了片刻，说道："第二个梦，我梦到了邻居家养的藏獒。"

"哦？先是猫，后是狗？"冉斯年饶有兴致地反问。

胡超有些气急败坏："我没撒谎！梦见猫和狗有什么不对的？我们村里除了猫狗就是鸡鸭猪，梦见动物怎么了？"

冉斯年不想跟一个大男孩争辩，只好挥挥手，示意胡超继续讲。

"我这个人有什么说什么，那只流浪猫我并不讨厌，可是那条藏獒我非常讨厌。每次有人路过院子门口，那家伙都会大叫，有一次，它居然挣脱了绳子跑出来咬伤了一个男孩。藏獒主人也只是赔钱了事，事后把绳子换成了狗链，可还是放任他家的藏獒乱叫。我们附近人家经常在晚上被突然冒出来的狗叫声吵醒，烦都烦死了，"胡超说到藏獒的时候，的确显出了极为不屑的厌恶神态，"一天晚上，我又梦见了那个影子，他还是从墙上走下来，手里捧着一个大大的白白的肉包子。他就站在养藏獒人家的门口，引得院子里的藏獒狂吠。紧接着，他就把肉包子掰成两半，顺着围墙丢了进去。然后，然后就听不到那藏獒的声音啦！"

饶佩儿皱着眉问："你是说，肉包子里有毒，毒死了藏獒？"

"没错，一定是这样的！因为三天后，那只藏獒真的被毒死了，它的主人抱着狗的尸体在家门口又是哭又是骂，说找到那个毒死狗的人，要他不得好死。"胡超夸张地大声叫着，极为投入。

冉斯年沉吟了片刻，说："如果你问我到底是怎么回事，我的答案你一定不喜欢。因为我认为能够解释这一切的、你会做预测未来的梦的缘由就是，你亲自去实现了梦境里的情形，说白了，就是那只流浪猫还有那条藏獒，都是你杀的。"

胡超用力拍打着石桌面，不顾手掌的疼痛，用尽力气表达清白："真的不是我！"

"斯年，就没别的可能了吗？"饶佩儿小声地说，"我看这个胡超真的不像是撒谎。"

冉斯年又看了看一脸真诚的胡超，说："的确还有一个可能，就是有人替你达成了'梦想'，胡超，你的这两个梦，有没有讲给什么人听？"

胡超想也没想就摇头："绝对没有，给人讲自己做的梦这种事太女人啦，我才不会讲呢。这个世界上，知道我做了这两个梦的人除了我自己就是你们俩。"

"也许你说梦话的时候讲过。"冉斯年还是不动声色地反驳胡超。

胡超急得直跳脚："我就不说梦话！我爸说我每晚喝完酒睡得就跟死猪一样，说什么梦话啊？你为什么就不肯承认我的梦能够预测未来呢？"

冉斯年这次终于点头："没错，这就是你潜意识里的欲望，你希望自己是特殊的，希望别人能够承认你这种特殊性。这证明了你想要摆脱现在的生活环境，你希望改变，希望出类拔萃。可是以你现在的条件，想要改变非常困难，你只能寄希望于所谓的特异功能上，也就是你所说的你的梦能够预测未来。在我看来，也许你根本没有做过这两个梦，你只是根据现实发生的事情，也就是流浪猫和藏獒的死，虚构了两个梦，你甚至骗过了你自己，让你自己认定你真的做过那样的梦。胡超，听我说，想要改变现状其实很简单，不要走什么旁门左道，直接去戒除酒瘾，没了酒瘾，你会发现你的世界焕然一新。"

胡超听得一愣一愣的，半晌后才反应过来："你是说我在骗你？我没做过那样过的梦，梦是我编出来的？"

"是的。"冉斯年坦诚地回答。

"为什么不信我？"胡超突然爆发，扯着嗓子大叫，一副跃跃欲试要打冉斯年的架势。

冉斯年一把抓住胡超在他面前挥舞的拳头，冷静地说："因为你的这个状态，所以导致你的话不足以取信。要想让别人相信你，首先改变一下你的状态，听我的，戒酒吧，你还这么年轻。如果你今天是打扮得干干净净清清爽爽，意识清晰，吐字清楚，说不定我会相信你所说的话。可现在，我只能认定这是你被酒精侵蚀的大脑产生的幻觉。"

胡超双眼含泪，一把甩开了冉斯年的手，咬着嘴唇在原地站了几秒钟，最后决绝地转身，一溜烟儿往小区大门的方向跑开。

饶佩儿望着胡超的背影叹气："斯年，你说到底哪种可能性大一些，是他真的做了那样的梦，然后按照潜意识的指引杀了流浪猫和藏獒，还是说他根据流浪猫和藏獒被杀的现实，自欺欺人地编造了那些梦，试图证明自己与众不同、有特异功能呢？"

冉斯年站起身，叹了口气："我更倾向于后者，我看这孩子本质不坏，不像是虐杀动物的人。"

"但愿吧，"饶佩儿嘀咕着说，"本来我还想问问他到底是哪个村的，想着能帮还是帮帮他，毕竟他还这么年轻，也许找他的家长谈谈，他们会愿意把胡超送进专门的戒酒机构呢。"

冉斯年一边往回走一边说："这好办，可以找小范帮忙，让他帮忙查查看最近这阵子，哪个村发生了藏獒被毒死的案件，我想，藏獒的主人那么气愤，应该是报警了的。"

饶佩儿提议："不如晚上把范骁请来家里吃饭？以拜托他调查藏獒案件为由，你不是想要跟他搞好关系吗？"

冉斯年笑着揽过饶佩儿肩："真不愧是我的助理兼女友啊，跟我想到一块儿去了。"

饶佩儿稍稍用力想要挣脱冉斯年的手臂，没能成功，只能小声嘀咕："谁答应做你女友啦？"

第十六章
杀戮成真

/ 1 /

下班时间，冉斯年给范骁打了电话，邀请他来家里吃晚饭，说是有些私事要拜托范骁。范骁一听说冉斯年有事要拜托他，立马义不容辞地应承下来，打车前往冉斯年家。冉斯年看得出，范骁有些受宠若惊，被偶像级的人物邀请并且拜托，自然是喜出望外。

晚上，冉斯年和饶佩儿一起下厨，准备了一桌丰盛的晚餐，在冉斯年的提议下，两人还准备了一箱啤酒。

饶佩儿望着那一箱啤酒，苦涩地说："我怎么觉得咱俩是两只大灰狼，范骁是个不知情马上要掉入陷阱的小白兔啊？"

冉斯年笑着说："放心吧，咱们又不会吃了这只小白兔，不过是想要灌醉他而已嘛，这还是胡超这个小酒鬼给我的灵感呢。"

将近七点钟，范骁风尘仆仆地赶到，笑呵呵地进门，手里提着一个精美的水果篮。冉斯年从吝啬的范骁愿意大出血为自己准备果篮上就看出了今晚的胜算。

一切都按照冉斯年计划的进行，晚上八点半，范骁已经迷迷糊糊昏昏沉沉。饶佩儿提出让范骁留宿，范骁自然是欣然接受。

冉斯年背着醉酒浑身瘫软的范骁上了楼上的客房，安顿范骁躺下之后，又端来了饶佩儿准备的解酒茶。

范骁迷迷糊糊中忙不迭向冉斯年道谢，然后含含糊糊断断续续地说："斯年哥，你……你对我真……真好，我爸去世后，再没谁对我这么好过。"

冉斯年心里暗喜，有些人喝醉后喜欢唱歌，有些人喜欢睡觉，有些人喜欢耍酒疯，幸好范骁是那种醉酒后喜欢打开话匣子滔滔不绝的人。

"别这么说，相比较我而言，还是瞿队对你更好，他一直这么照顾你，"冉斯年诚恳地说，"我可从没见过瞿队这么照顾别的新人啊，他一定很欣赏你，认为你前途无限。"

范骁摆手："瞿队只是表面上很照顾我，给了我一份工作，帮助我进步而已。他从来就没有关心过我的生活和内心，而且总是板着一张脸，让我不敢亲近。斯年哥就不同啦，你就像我哥哥一样，而且你还那么聪明，是个神探。"

冉斯年顺水推舟地说："是啊，瞿队就像是个严父的角色，父爱嘛，一般都是深沉的。"

范骁苦笑着说："瞿队可不像我的父亲，他只是我爸的一个老朋友，要不是我爸临死前把我托付给了他，他才不会管我这个孤儿呢。"

冉斯年内心暗潮汹涌，表面上却不动声色，继续说："瞿队是个大忙人嘛，难免有对你照顾不到的地方，你也要理解，也不能事事都依靠瞿队。你也要做好准备，有一天瞿队不再照顾你，一切都要靠自己。"

范骁喝了解酒茶平躺下，闭着眼嘀咕着："我爸跟我说了，如果有一天走投无路，瞿子冲也不帮我的时候，叫我去找他的另一个朋友帮忙，那个人一定会帮我。哼，我才不会去找他呢，那种人渣。我现在有斯年哥帮忙，才不需要他呢。"

冉斯年坐在范骁的床边，激动不已。那个人……那个人……莫非那个人就是掌握着瞿子冲杀人证据的人？那个人就是范铁芯留给儿子范骁的最后保障？

"那个人是谁啊？"冉斯年小心翼翼地问。

范骁却根本听不到冉斯年的问话，轻微的鼾声响起。

冉斯年知道现在不可以叫醒范骁继续询问，否则说不定会引起范骁的怀疑。现阶段，他得到的信息就是，范铁芯临死前的确留了一手，保留了瞿子冲的犯罪证据，以此来制约瞿子冲照顾自己一心想要当警察的儿子。而这个证据被范铁芯放在另一个朋友那里，而这个朋友，目前只知道，他在范骁眼里，是个人渣。

/2/

范骁的工作效率不高，一直到一周后他才给冉斯年打来电话，说是查到了前阵子死了藏獒的村子，因为藏獒的主人是在藏獒被毒死几天后，也就是三天前才报警的，在那之前，他一直想要私下找到那个下毒的人报仇。

挂上电话，冉斯年便收拾东西准备出发，他要跟饶佩儿前往这个栋梁村，寻找小酒鬼胡超。

饶佩儿理解冉斯年，因为之前的案子，冉斯年对前来找他帮忙释梦的葛凡的忽视，导致了后来葛凡遭遇不测，心中有愧。所以这一次，一向不愿意多管闲事的他才愿意主动跟进胡超的事情，一来是因为担心胡超会在杀死猫和狗之后继续杀生，甚至杀人；二来也是希望能够找胡超的家长谈谈戒酒的事情。

冉斯年开车，载着饶佩儿一路开往松江市南边的城乡接合部，栋梁村就在那里。经过了公路，两人又根据导航上了一段土路，整整花费了一个多小时才到达。

上午十点钟，冉斯年和饶佩儿一路打听着，前往村子里胡超家的所在。幸好栋梁村不大，胡超在栋梁村也算小有名气，因此打探他家的所在并不难。问了两个中年人之后，冉斯年和饶佩儿就弄明白了该怎么走。只不过，前面的巷子汽车进不去，他们只能下车步行。

两个人边走边聊，看来这个胡超家是在栋梁村最贫穷的区域，因为他们越走，房屋就越旧越破烂。

很快，冉斯年看到了一个生锈的铁栅栏大门，顺着栅栏缝隙可以看见院子里还有一个拴着狗链的铁柱，这里应该就是胡超所说的养藏獒的人家了吧。冉斯年朝周围打量，这户人家果然宽敞，院子是被红砖墙围起来的，围墙有一人来高，胡超梦里的那个影子正是从墙上走下来的，那个影子丢肉包子也是从围墙之上。

"斯年，你在想什么？"饶佩儿看冉斯年在铁栅栏门前驻足，问道，"难道这里就是养藏獒的人家？"

"是啊，佩儿，你还记不记得，胡超梦里的那个影子是把肉包子顺着围墙丢进去的，"冉斯年指了指铁栅栏大门，"为什么那个影子不把肉包子从大门丢进去呢？从这里丢不是更方便吗？"

"可能是那个影子不敢出现在大门前吧，怕藏獒看见他会狂吠得更大声，引来藏獒主人。不过这也都是胡超的潜意识的想法。"饶佩儿一面说一面注意到前面不远处传来了嘈杂的人声。

冉斯年也看到了远处的巷子里聚集了七八个人，大家七嘴八舌好像在讨论什么事。

"过去看看，"冉斯年拉起饶佩儿往前走去，"我突然有种不好的预感，咱们来晚了。"

还没等两个人走到七八个人聚集的地方，就看见有个中年男人掏出手机，只按了三个号码键、一个拨号键便拨通了电话。冉斯年觉得男人按的三个号码键正是110。

"喂，死人啦，老胡家死人啦，你们快过来吧！"男人先是语无伦次地叫着，后来在指挥中心的警察的指示下说出了栋梁村老胡家的地址。

待男人挂上电话，冉斯年上前一步问："请问老胡家在哪里？"

男人似乎被吓着了，想也没想就指着后面一处矮屋，等到冉斯年带着饶佩儿与他擦肩而过后他才想起来问："你们是什么人啊？"

冉斯年带着饶佩儿直接进了老胡家的院子，因为院门并没有上锁，实际上院门上根本没有锁。看院子里的衰败混乱和房屋的破烂程度也可以想见，这户人家也许并不需要门锁，村里人都知道这里没什么好偷的。

不光院门没锁，房门也半虚掩着。冉斯年用纸巾接触房门，打开房门，踏入门厅之中，一眼就看到了左侧的房间地面上躺着一个人——一个女人，一个穿着暴露的年轻女人。她真的很年轻，年轻得跟这身衣服严重不搭，脸上被弄花的浓妆也无法掩饰她十六七岁的稚嫩模样。女人的脖颈上还缠绕着一根尼龙质地的晾衣绳。显然，她就是被这根绳子勒毙的。

饶佩儿只看了一眼就躲闪目光，正好看到了墙上挂着的一老一少两个男人的照片，那个年少的一眼便可以看出是胡超，只不过照片上的胡超更加年幼，也就是十四五岁，还没有被酒精折磨得面色蜡黄、眼神呆滞，也没有杀马特的发型和奇装异服。年老的那个明显跟胡超有几分相似，一定就是胡超的父亲。

"看来这里是胡超家没错了，可问题是，胡超和他父亲都不在家，只有这个身份不明的女死者。"冉斯年又扫视了一眼另一个房间和厨房以及没有自来水的所谓卫生间，的确没人。

"你们到底是谁？"报警的男人紧跟进来，"待会儿警察就来了，你们……"

冉斯年打断男人说道："我们是胡超的朋友，来找胡超的，你知不知道胡超现在在哪里？"

男人看起来挺朴实的，马上回答："不知道啊，我是老胡家的邻居，刚才老胡给我打电话，让我过来看看他儿子是不是又喝大了昏迷了，因为老胡打他的手机没人接。我就过来看看，结果……结果胡超不在家，小霞这女娃却……"

"小霞？你认识这个女死者？"饶佩儿问。

"认识，村里哪有不认识这孩子的，她叫栾霞，唉，没人管的孩子，不学好啊。对了，栾霞是胡超的对象，两个不学好的孩子搞对象呢！"

一切就如冉斯年所料，死者与胡超有密切关系，又是死在胡超家里，胡超是最大的嫌疑人，再加上他现在下落不明，嫌疑更是撇不清。难道潜意识里潜藏暴力倾向的胡超真的在虐杀流浪猫和毒死藏獒后升级了他的暴力倾向，把毒手伸向了人类？冉斯年懊恼地叹气，他又晚了一步啊。

"看来，胡超不是根据现实编造了梦境，想要证明自己与众不同，拥有预示未来的特异功能，而是他先做了表现他潜意识欲望的梦，又在不自知的情况下替自己实现了潜在的欲望，真的按照梦境去实施了。"饶佩儿也是扼腕叹息，"咱们还是来晚了一步，胡超的前两个梦恐怕都是在给他的杀人行为做铺垫呢，他从咱们那里回来后一定又做了第三个梦，而这第三个梦又一次成真了。"

冉斯年拉着饶佩儿退出犯罪现场："咱们还是等警察来了再说吧，咱们把胡超的情况跟警察说一下，应该就可以回去了。"

不一会儿，镇上派出所的车子驶过来，下来两个穿制服的民警，简单看了一下犯罪现场，又打电话联系法医和现场勘查技术队。

冉斯年和饶佩儿乖乖站在一旁，等着警察过来询问他们这两个与周围村民格格不入的外来客。

警察简单问了问他俩的身份，一听说他们是胡超在城里的朋友，来找胡超的，也没多问，直接把他们俩给打发了。这点完全出乎冉斯年的意料，他本来还以为警察会把他们俩当作嫌疑人给带走呢，没想到居然就这么打发他们走，好像他们在这里会添乱一样。

罢了，冉斯年无奈地耸耸肩，拉着饶佩儿乖乖回到车子上，驾车离开。

又花费了一个多小时的车程，二人回到家。就在冉斯年犹豫着要不要打电话给瞿子冲把整件事告诉他的时候，瞿子冲的电话直接打了过来。

"斯年，你和饶佩儿上午去了栋梁村？"瞿子冲严肃地问。

冉斯年先是一愣，然后了然一笑："没错，怎么，派出所现在想起来找我们了？"

"可不是吗？出警的是两个菜鸟，回去之后被领导狠狠训斥了一顿，幸好他们俩记住了饶佩儿车子的车牌号，刚刚请求市局协助找你们俩呢。"瞿子冲没什么感情色彩地问，"怎么，你们卷入什么命案中了吗？"

冉斯年便把胡超的事情大致讲了一遍，然后说："这也不算是卷入命案吧，我直接过去跟负责案子的民警把事情讲清楚就好了。"

瞿子冲沉吟了一下，说："这样吧，你们俩直接过去不妥，万一再有菜鸟把你们当作嫌疑人，你们搞不好免不了两天的牢狱之灾。还是我跟你们俩一起过去吧，我跟他们介绍一下你的身份，做你的担保人。"

冉斯年有些意外："那太好了，就劳烦瞿队跟我们走这一趟了。"

待冉斯年挂断电话，饶佩儿才酸溜溜地说："还算这个瞿子冲有点儿义气，愿意做担保，跟咱们走这一趟。"

冉斯年却眯着眼低声说："不见得，我总觉得瞿子冲想要参与这件案子的目的不纯，刚刚他听到我说胡超这个名字的时候，呼吸声抖了一下。"

"你怀疑瞿子冲认识胡超，至少是知道这个名字？"饶佩儿问。

冉斯年边回忆边说："我想，瞿子冲一定是确定了这个胡超就是他认识的那个胡超，因为还有栋梁村这个圈定不是吗？所以他才要跟咱们走这一趟。我大胆猜测一下，也许过不了几天，这个案子就会在瞿子冲的运作下，由他负责了。"

"也对，否则的话，他完全可以不管派出所找咱们的事情，不蹚这个浑水的，"饶佩儿调侃地说，"但也不能排除另一种可能，那就是瞿子冲对你还是十分珍视的，毕竟在你的协助下，他是松江市破案率最高的队长，以后一路高升也是极有可能的，所以他不舍得让你卷入什么麻烦事件啊。"

冉斯年冷笑一声："不见得，瞿子冲似乎对升官不感兴趣，据我所知，他已经拒绝过一次升迁的机会，宁愿留在一线探案，当个队长。"

饶佩儿歪着头，对瞿子冲这个人捉摸不透，难道说他之所以一直邀请冉斯年协助破案，单纯只是为了——破案？

/3/

半个小时后，瞿子冲驾车赶到，他亲自充当司机，载着冉斯年和饶佩儿再走一趟栋梁村所属的派出所。

路上，冉斯年更加详细地对瞿子冲描述了胡超找他的意图和所有细节，也简单介绍了女死者的身份，以及案发现场的情况。

"瞿队，你怎么看？"冉斯年介绍完情况，想要知道瞿子冲的看法，因为他发觉瞿子冲对胡超这个名字，以及这件案子非常感兴趣。

"这么看来，这个胡超的确是第一嫌疑人，"瞿子冲沉稳地说，"并且他现在下落不明，很可能是畏罪潜逃。"

冉斯年叹了口气："是啊，再结合之前胡超对我讲的他预示梦的情况，他的确很可能有暴力倾向，他的梦都蕴含着死亡的因素，说明他的潜意识里也有杀戮的欲望，最开始的猫和狗也许只是铺垫，他的潜意识里一直想要杀的，其实就是他的小女友。"

"没错，刚刚派出所的民警也给我简单说了一下这个女死者栾霞的情况，胡超具备一定的杀人动机。具体等到了那边，再让民警详细讲讲吧。"

派出所所长的办公室里，冉斯年、饶佩儿和瞿子冲并排坐在一个长排沙发上，这让所长以及两个民警极为吃惊，他们都以为是瞿子冲这位市里的刑警队队长亲自押解着嫌疑人——胡超的两个朋友、案件的关系人到他们这里来，可是看眼下的情形，好像这位瞿队长对这两个可疑分子十分客气。

"王所，我来正式给你介绍一下，这位冉斯年冉先生是我们分局刑侦队的顾问，曾经帮助我们解决了不少棘手的案件，同时也是一位心理学专家。"瞿子冲没有说是梦学专家，他担心小地方的人见识不够广，一听说梦学就把冉斯年当成了神棍，因此才给冉斯年冠上了心理学专家的名头，"旁边这位女士是他的女友兼助理，这二位今天去栋梁村的确是去找胡超的，但他们跟胡超也只是泛泛之交。我可以向你保证，这两位跟案件绝对没有关联。"

瞿子冲这么一介绍和担保，王所长的脸色马上缓和下来，招呼手下人赶紧给冉斯年和饶佩儿倒水，客套地说什么原来是自己人，一切是误会之类的话。

接下来，瞿子冲简单询问了一下王所长案件的侦破进度，是否有困难，有困难尽管向上级提出。

王所长一副大可不必的样子，说不用麻烦上级，这件案子十分简单明了，现在要做的就是通缉嫌疑人胡超。

瞿子冲一听这话，口风一转，问："哦？已经有明确证据表明胡超是凶手了吗？"

王所长笑答："案发地点是胡超家，死者是胡超的女友，胡超又具备杀人动机，而且现在下落不明，很明显，胡超是第一嫌疑人啊。"

瞿子冲冷笑着像是自言自语似的说："哦，原来没有实质性证据啊。这案子看来是简单明了，但难保不会有别的内情。如果胡超不是畏罪潜逃，而是也遭遇了真凶的毒手呢？那么案子可就难办了。"

王所长脸色一变："不会……不会吧？"

瞿子冲客气地说："也许是我危言耸听了，这是我的职业病，因为侦办了太多错综复杂的命案，所以总喜欢把案件想得过于复杂。"

王所长低头沉吟了一下，也没了底气："没错，的确有这种可能性，毕竟有杀人动机的，不止胡超一人。这个女死者栾霞生前的男女关系极为复杂，除了胡超之外，她还被市里的一个暴发户包养，听说最近这个暴发户跟栾霞也是关系紧张，这个暴发户也具备一定的杀人动机。"

瞿子冲嘴角挑起一丝笑意，说："是这样啊，既然另一个嫌疑人身在市里，如果有需要我帮忙的地方，王所长不要客气，我一定尽力而为。"

于是接下来的谈话便由瞿子冲帮忙，转变为瞿子冲会向上级申请联合办案，又到了最后的瞿子冲向上级申请，由他来负责这起案件。

冉斯年这个称职的听众一直在旁观察瞿子冲的神态，并没有插嘴。到现在他已经可以完全肯定，瞿子冲跟这个胡超关系不一般，他之所以跟自己和饶佩儿走这一趟，根本就不是为了替他们解释和担保，真正的目的是把这案子给拿下。

现在，既然瞿子冲已经十分笃定以他跟上级的关系，案子铁定会被他给拿下，也就说明冉斯年也可以参与这件案子的调查工作，于是冉斯年问出了他从在路上就十分好奇的问题："请问，王所，刚刚你一直说胡超具备杀人动机，这到底是怎么回事？他跟女死者之间有什么矛盾吗？"

王所长叹了口气，示意一旁的民警解释。

民警也跟着叹了口气，解释道："这个女死者栾霞，才刚满十七岁，却是栋梁村乃至镇上的名人了。唉，她父母早亡，一直跟着老年痴呆的奶奶一起生活，十四岁那年结交了镇上的一群小混混，便抛下了奶奶，整天跟那群小混混混在一起。抽烟、喝酒、文身、脏话连篇、打劫中小学生、跟那群小混混乱搞男女关系，一样不落。小小年纪已经是臭名昭著。就在半年前，她又跟村里的胡超走到了一块儿，胡超被她迷得神魂颠倒，对她唯命是从，也就加入了那群小混混。那群小混混算上胡超共有八个人，就栾霞一个女的，听说栾霞跟其余的七个男孩都有肉体关系。这几个人中，最大的才二十岁，最小的就是栾霞，十七岁。他们隔三岔五就会在镇上的大排档吃串喝酒，高兴了就给点儿钱，不高兴就不给钱，一直会闹到后半夜。几个小子外加栾霞全是小酒鬼，尤其是最后加入的胡超，因为不胜酒力，两次酒精中毒被送去医院，好不容易捡回一条小命，为了栾霞还是要跟那群混混打成一片。"

冉斯年不住摇头，原来胡超的酒瘾就是这么来的，他真的是交友不慎，也没有明辨是非的能力。

"最近半个月吧，栾霞突然变得有钱了，不但良心发现雇了个村妇照顾她奶奶，还穿金戴银，出手阔绰。有一次，胡超偷听到了栾霞跟其余几个小混混的谈话，说是她傍上了城里的一个暴发户，那个老男人被她迷得神魂颠倒，甚至愿意为她离婚，净身出户呢，自然舍得给她花钱。胡超一听这话就急了，每天都缠着栾霞让她跟那个暴发户分手，可栾霞就是不肯，为此两人多次吵架甚至动手。"民警咋舌，"有可能昨晚两人因为这事儿再次起了争执，胡超情急之下下手太重，勒死了栾霞。"

冉斯年点点头，又问："请问，胡超偷听栾霞和小混混谈话这种细节，你们是怎么知道的？你们已经跟那群小混混谈过了吗？"

民警苦着一张脸，夸张地说："别提了，今天一早我们就派人去找那群小混混问话，到现在只找到了两个人，这两个臭小子，简直无法沟通，出口成脏不说，还满口非主流的火星语，愣是不好好跟我们说话。听说栾霞死了，竟然说死得好，反正栾霞也不能再给他们弄钱了。"

"那么有关栾霞和胡超之间的情况，你们是从哪里听说的？"瞿子冲问。

王所长回答："早上发现尸体之后，我们就马上联系了胡超在镇上打工的父亲胡大盛，胡大盛还算配合，马上赶到了派出所。胡超和栾霞的情况都是胡大盛告诉我们的。唉，这位父亲哭得是上气不接下气，一个劲儿自责说是他没有管教好胡超。"

"怎么？胡大盛也认为是他儿子胡超杀人的？"冉斯年有些奇怪，一般父亲的第一反应应该是绝对不相信自己孩子杀人吧？就算相信，表面上对警察也应该是矢口否认的。

王所摆摆手："正好相反，胡大盛一口咬定胡超是清白的，因为胡大盛说昨晚胡超跟他在一起，在镇上他打工的工地，胡大盛一直苦口婆心地劝诫胡超跟栾霞分手，跟那群小混混划清界限。一直到天亮，胡超才离开，说是要回家。他就是胡超不在场的证人。可他是胡超的父亲，他的不在场证明没有可信度。"

民警接着说："胡大盛早年间也是个无业游民，年轻时也是个打架闹事的混混，后来搞大了一个小姐的肚子，小姐把孩子生下来丢给他就走了。胡大盛就把孩子丢给南方乡下的父母，一直到孩子十四岁那年，也就是四年前，胡大盛的父母过世，十四岁的胡超独自一人来投奔胡大盛。其实这对父子真正成为父子才不过四年时间，胡大盛能管得了胡超才怪呢。所以胡大盛一直自责说是他没有管教好胡超，让胡超被坏女人引诱，还染上了酒瘾，差点儿两次丢了小命，如今还成了命案的嫌疑人。胡大盛说，一定是早上胡超赶回家发现了栾霞的尸体，吓坏了，担心自己被怀疑所以才逃跑的。他还拜托警察快点儿找到胡超呢。"

第十七章

队 长 私 心

/ 1 /

下午临近下班时间，瞿子冲载着冉斯年和饶佩儿回城，路上，瞿子冲一直面色凝重。

冉斯年问："瞿队，看得出，你不放心把案子交给王所他们，你也认为这案子另有隐情，担心王所他们敷衍了事吗？"

"唉，我倒是不担心王所他们敷衍了事，我是担心他们能力不足，经验不够，让胡超这孩子当了替罪羊。"瞿子冲叹息着说，"就算胡超真的是凶手，我也希望能够尽我所能帮他减轻刑罚，这是个缺少关爱的可怜孩子啊。"

"理解，其实我也是一样的心情，如果胡超来找我的那次，我能够更加深入地了解他、帮助他，说不定就不会发生这样的悲剧。瞿队，这案子，我也希望能够参与侦办。"冉斯年顺水推舟。

瞿子冲点头："没问题，明早我就去向上级申请，相信应该不成问题。不出意外的话，明天晚上之前，我们就能把案件资料和胡大盛给带到分局来，到时候，咱们再好好跟胡大盛聊聊。"

回到家的时候，已经是华灯初上。冉斯年和饶佩儿叫了外卖，边吃边聊。

"我就不相信瞿子冲真的是因为同情胡超才努力从中斡旋，非要侦办这个案子的。"饶佩儿边吃边说,她憋了一天没怎么说话,总算到了只剩下两个人的空间和时间,她不吐不快,"肯定是因为他跟这个胡超有什么关系,斯年,你不是说,在电话里,他听到胡超这个名字的时候,有点儿不对劲吗?"

冉斯年却出乎饶佩儿意料地摇头:"不,不是胡超,而是胡超的父亲,胡大盛!我也是听了王所和民警的介绍后才确定瞿子冲在意的人不是胡超,而是胡大盛的。"

饶佩儿顿时恍然大悟,匆匆咽下嘴里的食物,说:"没错,是胡大盛!一来,根据民警的介绍,胡超是四年前才从南方过来投奔胡大盛的,而胡大盛则是在松江市和周边生活了多年的、年龄与瞿子冲相仿的人,所以更加有可能是这两个人有什么关联;二来,民警提过,胡大盛年轻时也是个混混,后来才改邪归正的,这跟范骁的父亲,那个炸弹客范铁芯的情况相似,也许这个胡大盛跟范铁芯当年就是一个混混团伙的呢,瞿子冲是通过范铁芯认识了这个胡大盛,或者是听说过这个胡大盛;三来,刚刚在车里,瞿子冲无意间已经透露出了他对胡大盛的在意,他急着要接手这案子,急着要把胡大盛弄到自己的地盘,还说要跟胡大盛好好谈谈。"

冉斯年严肃而又兴奋地说:"之前范骁酒后吐真言,说他父亲临死前告诉他,如果有一天瞿子冲拒绝帮助他,走投无路的时候,他可以去找另一个人求助,那个人绝对会帮助他。而范骁又对这个人很不屑,我想很可能这个人就是范铁芯当混混时候结交的朋友,两人感情非常好。这个人手里掌握着范铁芯留下的瞿子冲的犯罪证据,以此来保证瞿子冲在范铁芯死后对范骁的照顾,保证瞿子冲不敢对范骁不利。"

"难道说,这个人就是胡大盛?"饶佩儿张大嘴巴,"不会这么凑巧吧?"

"究竟是不是胡大盛还不好说,但可以肯定的是,瞿子冲在怀疑,这个制约他、掌握他犯罪证据的人就是胡大盛。也许在范铁芯死后,瞿子冲就已经怀疑胡大盛了,一直在暗中注意着他。这次胡超卷入了命案,瞿子冲自然要努力争取这个案子,因为一旦胡超落在他手上,他就有资格跟胡大盛谈判,拿回自己的犯罪证据。一旦范铁芯留下的瞿子冲的犯罪证据消失,瞿子冲就可以彻底高枕无忧了。"冉斯年说着,拳头攥得越来越紧,"当然,我绝对不会让这个证据消失,不会让瞿子冲得逞的。"

饶佩儿歪头思索了片刻,犹豫着说:"我倒是觉得胡大盛不是范铁芯托付证据的那个人。你想啊,胡大盛住在那样的房子里,生活窘迫,儿子又两次差点儿丧命,他手里要是有瞿子冲的犯罪证据那样的法宝,早就拿出来了。是要挟瞿子冲也好,是一次性让瞿子冲买断证据也好,都能够换取一定的钱改善生活状况,带着儿子远离栾霞和那群混混不是吗？更别提可以把胡超送入专业的医院戒酒了啊。"

冉斯年还是摇头："佩儿，这你就不懂了。一来，这关乎于男人的友谊，而且又是两个混江湖的兄弟之间的友谊，如果范铁芯和胡大盛是生死之交，胡大盛很有可能不管面临多大的困难，都严格执行好友临死前的嘱托；二来，胡大盛也知道，一旦暴露了自己是持有瞿子冲犯罪证据的人，也会给自己招惹来麻烦，很可能是杀身之祸，毕竟对手是个刑警队长，而他不过是个生活窘迫的退休混混。并且现在不比从前，胡大盛还有个儿子，他更加不可能拿儿子的安全去冒险。因为对他来说，栾霞和酒精再危险，也危险不过一个位高权重、心狠手辣的敌人。"

饶佩儿被冉斯年说服了，她赞成地说："也对，那么明天，咱们可以重点注意一下范骁面对胡大盛的反应，看看范骁是不是认识胡大盛，是不是对他很不屑，以此来确定胡大盛是不是持有瞿子冲犯罪证据的那个人。"

"佩儿，"冉斯年突然很郑重地说，"恰恰相反，我们千万不能在瞿子冲面前去刻意观察范骁对胡大盛的反应。瞿子冲这只老狐狸，一旦对咱们起了疑心就糟糕了。现在范骁对我要比对瞿子冲更加信任和亲密，事后单独从范骁这里打探要比在瞿子冲面前观察安全得多。"

"你就那么信任范骁？你就不怕他跟之前的我一样，是跟两面关系都不错的双面间谍？"饶佩儿担忧地问。

冉斯年笑嘻嘻地摇头："这点我倒是不担心，我对自己的眼光一向自信，范骁的单纯、正义和热情不像是装的。我相信他跟他的父亲，跟瞿子冲都不是同路人，他只是个不知情的、一心想要当好警察的热血青年。"

饶佩儿一向欣赏和信任冉斯年的自信，即使是在这种涉及生命安全的问题上。她放松地一笑，说："但愿瞿子冲这只老狐狸能够快些被你这个狡猾的猎人给捕获。"

冉斯年挑起嘴角一笑，说："我有预感，快了。如果胡大盛就是持有瞿子冲犯罪证据的那个关键人物的话，那就更快了。"

/ 2 /

第二天一大早，冉斯年便信心满满地带着饶佩儿前往警局，他要在那里等待瞿子冲努力的结果，要第一时间见到胡大盛，第一时间研究案情，争取第一时间找到胡超。

中午过后案子就正式属于分局刑侦队了，瞿子冲的能力和办事效率可见一斑。前去派出所接胡大盛和调取所有案件资料的人，在瞿子冲的安排下，正是瞿子冲自己，还有范骁。

冉斯年自然明白瞿子冲此举的用意，他也跟自己一样心急，想要确定持有他犯罪证据的人是不是胡大盛，他要第一时间观察范骁在见到胡大盛时候的神态和反应。

下午四点，该回来的都回来了，瞿子冲安排冉斯年跟他一起在审讯室里审讯胡大盛，这个第一嫌疑人的父亲。

"胡超可能躲在哪里？"审讯室里，瞿子冲冷冷地问。

胡大盛一副畏畏缩缩的样子，十分真诚地说："警官，我已经说过无数次了，我也不知道啊！我倒希望我知道，你们快点儿找到小超，这个傻孩子，他一定是被吓坏了，都忘了他还有不在场证明啦！"

"我看傻的不是胡超，是你吧？就连胡超都知道，父亲给儿子做不在场的证人，这根本就不算数！"瞿子冲严厉地说。

胡大盛先是愣了一下，然后情急地站起来，高声叫道："为什么不算数？凭什么不算数？我前天晚上真的跟我儿子在一起，这是真的！你们警察不能不讲理啊！"

瞿子冲根本不理会胡大盛，又抛出了另一个重磅炸弹："我刚刚看过了派出所的现场勘验报告，现场除了死者头部遭殴打喷溅的血迹之外，还有不属于死者的血迹，很可能就是胡超在与死者争执时受伤流的血。现在我们要提取你的DNA跟现场的不属于死者的血做比对。"

胡大盛全身一抖，无力地坐下，片刻后又来了精神："不用比对了，那是小超的血，前天白天，我打了小超一拳，他流了鼻血。我是恨铁不成钢啊，被他气得失去理智了，我想要打醒他！"

冉斯年问："这么说胡超的脸部应该还留有瘀青吧？警方可以根据这瘀青的形状进一步确定，这一拳到底是你在案发前留下的，还是栾霞在案发时与胡超打斗留下的。"

胡大盛又一次哽住，他紧咬嘴唇，眼珠子转来转去："那个……光看瘀青就能看出是谁的拳头打的？"

"当然。"瞿子冲声音洪亮地说。

胡大盛保持沉默，局促不安，看得出，他是想要赌一把，赌警方并不能够凭借胡超脸上的瘀青辨认出是谁打的。或者他在赌警方一时半会儿找不到胡超，等他们找到胡超的时候，胡超脸上的瘀青已经淡化或者干脆消失。总之，胡大盛的心虚根本掩藏不住，这让冉斯年和瞿子冲都进一步认定，这个父亲在撒谎，关于不在场证明，还有现场留有胡超血迹的原因，他都在撒谎，他想要包庇自己的儿子。

"胡大盛，包庇罪你知道吧？"瞿子冲低低地问，"你应该清楚，警方和法官都不可能只听取你的一家之言，我们讲求的是证据，你想要救你的儿子，用错方法了！"

冉斯年心念一动，瞿子冲又在暗示胡大盛了，恐怕在回来的车上，瞿子冲就已经趁范骁不在场的时候跟他暗示过：要想让胡超无罪，他就必须跟瞿子冲做这笔交易，要想救胡超，仅凭胡大盛撒谎是没用的，重要的是证据，想要改变证据，还得靠他瞿子冲。

冉斯年不知道当时胡大盛是如何表现的，不过看现在的情形，估计在回来的路上，面对瞿子冲的暗示，胡大盛没有接招，不到最后一步，估计他也不会接招。所以可以想见，瞿子冲接下来的努力方向就是想尽一切办法去证明胡超就是凶手，至少要给胡大盛一定的压力，把胡大盛逼到绝路，不得不靠瞿子冲来挽救自己的儿子。

冉斯年知道，接下来自己要做的就是还原真相，不管胡超是不是真凶，他都得把真凶绳之以法。但是冉斯年也知道自己更加期盼胡超不是凶手，期盼他只是被陷害，这样一来，胡超这个可怜的孩子不至于在监狱里度过余生，他也不会成为瞿子冲利用的工具和交易的筹码。

眼看胡大盛一张纠结为难的脸，瞿子冲乘胜追击："如果你现在不把胡超的所在告诉我们，也没关系，我这就发出通缉令。只要胡超还在松江市或者周边县市，不出三天，就能把他缉捕归案。缉捕的过程里，他难免要吃一些苦头。而且性质也不一样了，警方会认定他畏罪潜逃。"

胡大盛眉头拧成一个结，几次欲开口，最后还是把话咽了下去。

冉斯年觉得不妙，因为胡大盛的这副模样更加显得胡超可疑了，胡大盛所谓的不在场证明很可能是撒谎。难道胡超真的是凶手？

　　"我还是那句话，我儿子不可能杀人。"胡大盛下定决心似的，突然自信地说，"你们应该去查那个暴发户，就是包养栾霞的那个男人，他也有杀人动机不是吗？"

　　"如果那个暴发户是凶手，为什么要在你家杀人？"瞿子冲不屑地问。

　　"因为他想要把罪名嫁祸给我儿子啊！"胡大盛理所应当似的说。

　　瞿子冲冷冰冰地说："我们什么时候调查什么人还轮不到你来管，你好好考虑一下我的提议吧，到底是想要落得个包庇罪的罪行还是供出胡超的所在，用正当途径帮他洗清嫌疑，你自己选。但不管怎么选，你还是必须提供DNA，让我们跟案发现场的血迹做比对。"

　　冉斯年乖乖跟在瞿子冲身后出了审讯室。他想，瞿子冲如此明显的暗示，而且是在他面前毫不避讳地暗示胡大盛，说明瞿子冲丝毫没有怀疑自己知道范骁的秘密，没有怀疑自己也跟他一样怀疑胡大盛就是持有他罪证的关键人物。冉斯年目前还算安全，没有引起瞿子冲的怀疑和戒备，这点让他安心。

　　"瞿队，有关那个暴发户，"冉斯年急于知道另一个嫌疑人的状况，"你们查到了什么吗？"

　　"暴发户名叫袁庆丰，四十五岁，刚刚离婚，在松江市经营一家物流公司，算是有些钱，不过离婚分割财产的时候，这个夫妻店物流公司全都给了他的前妻。我已经让邓磊去把他带来问话了，待会儿应该就会到。"

　　冉斯年看了看表，已经是下班时间，看来瞿子冲为了这个案子真的是不遗余力。只不过，冉斯年猜得到，瞿子冲是想要快点儿排除袁庆丰的嫌疑，把嫌疑只锁定到胡超一个人身上。就算袁庆丰有嫌疑，或者是真凶，这次都算他运气好，赶上了瞿子冲这个案件负责人，参与到了瞿子冲和胡大盛之间的暗战之中。不过，冉斯年可不会允许真凶因为这个契机而逍遥法外。

　　瞿子冲的办公室里，瞿子冲让冉斯年和饶佩儿坐在沙发上，他问冉斯年："斯年，根据之前你对胡超梦的分析，他很有可能有暴力倾向，并且一开始的目标就是栾霞，对吧？"

　　冉斯年点头，虽然很不想顺着瞿子冲的思路说，但是又必须说实话："没错，胡超自己也不知道潜意识里对栾霞的恨和暴力倾向，甚至是对死亡的倾向，所以他的潜意识才会制造出假象，梦里实施暴力导致死亡的是一个黑影，而且是从墙上走下来的黑影，这个黑影暗示的很可能就是胡超自己投射在墙上的影子，暗示的就是他自己。为了让他对栾霞的谋杀看起来不那么突兀，他的潜意识又制造了一些铺垫，先是杀死了一只猫和一条狗。而现实中，胡超也真的按照梦里的指示行事，用盘碗的碎片给流浪猫开膛破肚，用毒包子毒死藏獒。而且，因为潜意识的逃避，胡超选择性地忘却了他杀猫狗的片段，他是真的认定猫和狗并不是他杀的，他也是真的认定自己的梦有预示未来的特异功能。"

饶佩儿补充道："没错，斯年说过，这是因为胡超的潜意识里期望自己是与众不同的，是拥有特异功能的，所以才会如此笃定他的梦能够预示未来，要是他不那么笃定的话，也不会来找斯年。现在看来，他之所以希望自己与众不同，恐怕是为了留住女友栾霞吧，毕竟栾霞向他提出了分手，而胡超并不想分手。"

瞿子冲若有所思地说："也就是说，如果我们找到了胡超，他也一定会矢口否认杀人，哪怕是使用测谎的手段也没法检测出他在撒谎，因为他的潜意识已经成功骗过了他的意识，他认定了自己没有杀人。"

冉斯年叹了口气，瞿子冲这是一步步在给自己铺路啊，还没找到胡超，就已经为胡超找到了否认罪行的理由，可恨的是，瞿子冲的这套理论还是他给的。但冉斯年现在不想否定瞿子冲，以免引起他的怀疑，他还是应该像以往一样，对自己的理论持有自信才对，尽管这一次他觉得事有蹊跷，直觉告诉他，真凶并不是胡超。

"没错，这个胡超目前就是最大的嫌疑人，他一定还做了第三个所谓的预示梦，梦里墙上走下来的黑影勒死了栾霞。当然，这一点，只有等找到了胡超，我再跟他确认。"冉斯年把自己的心思掩饰得滴水不漏，还是以往那个自信的释梦神探，对自己的释梦分析理论深信不疑。

瞿子冲对此非常满意。

让梁媛带了三份外卖，三个人在会议室里一边吃简单的晚餐，一边等待袁庆丰的到来。

/ 3 /

晚上八点，邓磊带来了一脸惶恐的袁庆丰。

审讯室里，瞿子冲平静地问袁庆丰："周二晚上十点至十二点之间，你在什么地方，有什么人能够证明？"

袁庆丰却答非所问："不是我杀的，栾霞真的不是我杀的啊！没错，我是恨她，恨她恨到恨不得杀了她，但是……但是我根本没胆量杀人啊，我顶多也就是……也就是……打了她……"

"回答我的问题，"瞿子冲有些不耐烦，像是想马上确认袁庆丰有不在场证明，然后赶紧打发了他一样，"周二晚间十点至十二点之间！"

袁庆丰一脸苦相，双肩下垂，有气没力地说："我一个人在江边喝酒，因为不想让人看见我一个大男人一边哭一边喝闷酒，我特意找了个没人也没路灯的地方。从晚上十点半开始，我一直在那里待到天亮，喝醉了，我就睡在江边的长椅上了。"

冉斯年有些得意，因为瞿子冲显然对这个答案很不满意，袁庆丰竟然没有明确的不在场证明，这就意味着袁庆丰也是嫌疑人之一。

"说说你跟栾霞的关系吧。你说你打了她，这是怎么回事？"冉斯年问。

袁庆丰使劲儿挠了挠头："我打她是有原因的……"

"胡说八道，有什么原因也不能打人，何况你是个大男人，栾霞是个十七岁的女孩！"瞿子冲变得严厉。

袁庆丰一副被冤枉的委屈样，看样子他是急需倾吐，被憋坏了："警官，我也是最近才知道栾霞刚满十七岁啊，事实上，她十七岁的生日还是我给她庆祝的呢，只不过……只不过当时我以为……以为我庆祝的是她二十岁的生日！我以为我终于等到了她满二十岁，到了法定结婚的年龄，我是想跟她结婚的啊！我甚至……甚至……"

瞿子冲冷冷地说："甚至为了跟栾霞结婚，抛弃了你的前妻，净身出户，对吧？"

袁庆丰突然给了自己一个巴掌，满眼泪水地说："没错，我就是个浑蛋，我就是个笨蛋，我以为我找到了真爱，我以为栾霞就是我的真爱，能让我重新找到年轻和初恋的感觉，我以为她就是个清纯的大学生，以为她对我是真心的，哪怕我一无所有净身出户，她也会愿意嫁给我！我就是个浑蛋啊！"

"后来呢？"冉斯年掩饰不住他对袁庆丰的不屑，这样一个男人，真的是傻得可怜，但可怜之人必有可恨之处。

"栾霞一直跟我说她有多爱我，爱我的成熟魅力，爱我这个人，而不是我的钱。她把我哄得服服帖帖，不用她开口就主动为她花钱，不光是给她买东西，看她那么孝顺，不想向家里要生活费，想要出去打工，我就直接给她生活费，一给就是两万块。我为她付出了这么多，连家都没了，儿子见了我都把我当仇人，不肯叫我一声爸，没想到……没想到……"袁庆丰一把鼻涕一把泪，一个中年男人竟然哭得像个孩子，"没想到栾霞当面人背面鬼，在我面前是个清纯的、素面朝天的女大学生，每次见面都是在师范大学的门口，我看着她从校园里走出来；背着我，她就是个画着烟熏妆、穿着暴露放荡、叼着烟的太妹，我亲眼看见她跟一个穿着鼻环满后背都是文身的小流氓在公园的草坪上，他们……他们就在那里……当时我气疯了，我就……我就……"

"殴打了栾霞，"瞿子冲替袁庆丰讲了出来，"法医在栾霞的尸体上发现了不少新伤旧伤，这些伤痕有你造成的，也有胡超造成的，最新的伤痕，当然就是凶手造成的。"

"但是我真的没有杀她啊！我发誓！我虽然恨她，恨不得杀了她，可是就算把她杀了又能怎样？我现在想的是怎么让我前妻原谅我，怎样才能复婚！是真的！"袁庆丰情急之下大叫，话音刚落便下意识捂住了嘴巴，意识到自己说错了话。

"我们会进一步核实你的不在场证明的，结案之前你不许离开松江市，懂吗？"瞿子冲边说边起身打开了审讯室的门，示意袁庆丰出去。

袁庆丰边往外走边嘀咕："我现在就是个丧家之犬，但我的家还在松江市，我是不会离开的，留下来才有机会回家啊。"

冉斯年看了看时间，已经快九点了，便提出告辞："瞿队，我和佩儿先回去了，要是找到了胡超，请第一时间通知我。"

"没问题。"瞿子冲跟冉斯年挥手道别。

冉斯年看瞿子冲根本没有回家的意思，看来他是要加班，在这里等待手下的汇报，等待胡超的消息。刚刚正式接手这个案子的时候，瞿子冲就已经派遣手下在市区里胡大盛打工的工厂附近，以及鱼龙混杂便于藏身的几个区域寻人，在发出协查通报之前，他就已经如此卖力，看来是非常急于找到胡超这个关键筹码啊。

让冉斯年意料不到的是，当晚，瞿子冲就找到了胡超。

十一点半，冉斯年刚刚入睡不久，就接到了瞿子冲的电话，通知他，他们已经找到了胡超。胡超就在松江市最繁华的夜市大排档附近游荡，专门拣客人没喝完的啤酒、白酒。他的酒瘾犯了。

第十八章

金山之梦

临近一点钟的时候，冉斯年和饶佩儿赶到了分局，但是却没来得及赶上瞿子冲审讯胡超。冉斯年只好提出观看瞿子冲的审讯录像。

瞿子冲倒是大大方方，马上给冉斯年播放了审讯录像。

录像画面中是胡超的正面，看不到瞿子冲。

胡超比上一次跟冉斯年见面的时候还要狼狈不堪，他坐立不安，一个劲儿揉自己的后脑勺。

"脑袋怎么了？"瞿子冲冷冷地问。

"我被人给打了！就打在后脑勺上！"胡超愤愤不平地说。

"什么时候？在哪里？"

"就是周二晚上，我从我爸上班的工厂离开，想要出去买瓶酒，就在路上，突然有人从后面打了我的头，然后我就什么都不知道了。"胡超不假思索地说，"我醒来的时候都已经是第二天中午了，发现自己竟然在工厂附近一堆建筑垃圾里面。后来我就去工厂找我爸，却听说我爸回栋梁村了，我回村里以后才知道，栾霞死了。我偷听邻居们谈话，说警察怀疑是我杀人，我就……我就逃跑，逃到松江市里，没想到……没想到这案子又归市里管了。"

瞿子冲冷笑道："栾霞的死亡时间推断就是在周二晚上十点到十二点之间，而在这期间，你并没有不在场证明。"

胡超悻悻然地说："我怎么没有不在场证明啦？我不是说了吗，我被人打晕了，我头上的大包就是证明啊！"

"哼，一个大包可当不了证明，况且，你的说法跟你父亲正好相反。"瞿子冲调侃地说，"你父亲说周二一整晚你都跟他在一起，在他打工的工厂，他劝你跟栾霞分手，劝你戒酒一个晚上，你是在第二天天亮才离开的。你父亲很努力地想给你找一个不在场证明呢。"

胡超脸色一变，马上话锋一转："警官，一定是我记错了，你也知道，我是个小酒鬼，周二晚上出去买酒，一定是又喝大了，迷迷糊糊地去我爸那里了也不记得。没错，我现在想起来了，周二一整晚我都跟我爸在一起的，就是中途出去了一个小时去买酒喝酒。一个小时，根本不够往返栋梁村的。"

"一派胡言，"瞿子冲一拍桌子，怒道，"你们父子俩简直是谎话连篇！胡超，你以为你们俩统一口径，就能称得上是不在场证明吗？别说你们俩配合得漏洞百出，就是天衣无缝，父亲给儿子做不在场证明，也不能算数！"

胡超张大嘴巴，愣了四五秒，才反应过来瞿子冲说的什么意思，他吞了口口水，结结巴巴地说："对不起，警官，对不起，我……我……我刚刚撒谎了。其实，周二……周二晚上我真的是被人给打晕了，在建筑垃圾堆里昏睡到……到……周三中午。我爸……我爸一定是担心你们怀疑我，所以……所以才撒谎，想要救我的。"

"哼，你们父子俩的话全都不可信。你头上的包也证明不了什么，胡超，你没有不在场证明，又有杀人动机，案发现场又是你家，现场又留有你的血迹，你现在就是第一嫌疑人。"瞿子冲咄咄逼人地指控。

胡超急得嘴唇快速颤抖，双眼噙着泪，哽咽地说："我家当然会有我的血迹，我喝醉了酒经常会把自己弄伤的，有时候我爸也会打我。我没有杀小霞，我那么爱她，怎么会杀她？"

"爱她，你还打她？栋梁村有好几个人可以做证，他们看见过你殴打栾霞。"

"我那是喝大了啊，我自己都控制不了我自己！而且小霞她要跟我分手，我不想分手，所以才跟她吵架的。"

瞿子冲冷笑一声，"没错，你喝大了，控制不了自己，所以你才会失手勒死栾霞，对吧？"

"勒死？"胡超突然安静下来，眼神里凝聚出恐惧，"这么说，小霞真的是被勒死的？还是从背后被人勒死的？"

"没错，勒痕在脖子的前方，凶手是把栾霞面朝下压在地面上，自己骑在栾霞的腰上，用你家的晾衣绳从前面把栾霞勒毙的。你对于杀人手法还挺清楚的嘛。"

胡超突然双臂环绕自己，瑟瑟发抖："不是我，不是我，是那个黑影，是黑影杀死小霞的，他不是人，不是人，他是鬼，是我梦里的鬼！"

"你冷静些，世界上根本没有什么鬼！"瞿子冲还想要继续问话。

胡超却抖得越来越剧烈，他身下的椅子也开始震颤起来，发出声响。瞿子冲眼看无法继续沟通，这个胡超就像是个发疯的病人一样，他只好退了出去。至此，短暂的审讯中止。

瞿子冲按下停止键，对冉斯年说："胡超这会儿应该稳定一点儿了，要不你去跟他聊聊吧，听听他讲述的第三个黑影杀人的梦。"

冉斯年示意饶佩儿跟他一起进去审讯室跟胡超聊聊，他认为有女人在，能够缓和一些僵硬的气氛，有助于让胡超放松。

没心没肺的胡超早已经趴在审讯室的桌子上睡着了，冉斯年和饶佩儿进门坐下，弄出不小的声音，可胡超就是不醒。

冉斯年轻拍胡超的肩膀，没效果，他用力推搡胡超的身体，还是没效果，胡超反而换了个姿势，发出了均匀的鼾声。冉斯年更加用力，干脆把瘦弱的胡超给从椅子上推了下去，胡超整个人跌倒在地上，可就是这样，他还是没醒！

"要不是还有鼾声，我还以为他死了呢，"饶佩儿感叹，"一股酒气，看来胡超在被带来这里之前，刚刚喝过不少，怪不得睡得这么死。"

冉斯年坐到饶佩儿身边，思索片刻后，猛地用力一拍桌子。

这一次，在地上昏睡的胡超竟然有了反应，他动了动身子，似乎在慢慢转醒，转换到了半梦半醒的状态。

"胡超，起来看看我是谁。"冉斯年尽量亲切地说。

胡超缓缓起身，攀着椅子弯腰站起来，又栽坐在椅子上，揉了揉双眼，定睛去看。

"你是……你是……是那个解梦的！"胡超总算是认出了冉斯年，又指向饶佩儿，"你是跟他亲嘴儿的那个！"

饶佩儿不好意思地白了胡超一眼："清醒啦，你也够可以的了，女友刚死，你就喝成这样，你这是在庆祝啊，还是在发泄悲痛啊？"

胡超反应了两秒才听懂饶佩儿的话，他"哇"的一声哭了出来："小霞，小霞，我好想你，我再也不打你了，你回来吧！"

冉斯年做了一个打住的手势："等会儿再哭，我问你，你说是那个黑影杀了栾霞？你又做黑影的梦啦？"

胡超一个劲儿点头："做啦，做啦，就在上周六，我记得清清楚楚。梦里，我听到了小霞的呻吟声，仔细一看，小霞就躺在我家外屋的地上，她身上还骑着一个黑影，那黑影抓起小霞的头发，把她的头往地上撞。小霞想要大声叫，黑影却捂住了她的嘴巴。我想要起来去救小霞，可是身体却动弹不了，只能眼睁睁看着小霞被那个黑影折磨。紧接着，黑影又开始扇小霞耳光，又把小霞给翻过去面朝下，他起身扯下上面的晾衣绳，从后面勒住小霞的脖子，越来越用力，越来越用力，最后……最后小霞就……就不再挣扎了。"

"有前两次的经验，你应该想到栾霞可能会死了吧？"冉斯年问。

"对啊，第二天周日，我找了小霞一整天，好不容易才找到她，我叫她小心，有人，哦，不，是有鬼要杀她，要她远离有绳子的地方。小霞不信，还骂我，说我这是为了要挽回她。我就告诉了她我的梦，包括之前的流浪猫和邻居家的藏獒的死。小霞说我是神经病变态，说我是个穷鬼，没钱就想用恐吓的方式留住她，她说再也不想见到我！"说着说着，胡超又哭了出来。

冉斯年在胡超的哭声中沉思，等胡超嚎了一会儿之后，他又问："胡超，除了这几个梦，你还有没有做别的什么梦，让你印象深刻的？"

胡超还沉浸在自己的世界里，自言自语地边哭边嘟囔："那个黑影是鬼，他杀了流浪猫和藏獒，他杀了小霞，那个鬼就住在我的梦里，他早晚会杀了我，早晚会杀死我的！"

冉斯年又用力一拍桌子，用哄小孩的方式哄骗胡超："放心，黑影不会杀了你，你是他的宿主，杀了你，他就无处藏身了！"

胡超好像很信任冉斯年，毕竟他心目中，冉斯年是个梦学的专家，解梦的神棍，总算是放心地冷静了下来："你刚刚说什么？"

"我问你，除了这几个梦，你还有没有做别的让你印象深刻的梦？"冉斯年

152

拿出对待孩子般的耐心，因为在他看来，这个神志不清的小酒鬼胡超，就是个不懂事的孩子。

胡超又揉了揉后脑勺，思索着说："好像还有一个，我梦见了一座金山，我家门前有一座金山。"

饶佩儿撇撇嘴，小声嘀咕："你该不会是做了个愚公移山的梦，因为财迷，就把山梦成了金山吧？"

胡超一本正经地摇头："不是，我们不是要移山，我们是想把金山给凿碎了，好卖金子啊。梦里我家也是特别穷，没钱吃饭，更没钱买酒，没钱留住小霞，所以我就想凿碎了金山卖金子为生，这样的话，这座金山足够我们父子俩、我们的后代衣食无忧啦。于是我爸就说他去买凿子，可他买回来的凿子，还有各种工具，全都没法凿碎金山，金山连个金渣子都没掉下来一块。"

冉斯年内心了然，胡超的这个梦源于什么，金山又代表着什么，他问："这座金山凿不动？"

"对呀，所以我就想，干脆找个买家，一次性把金山卖给他算了，便宜点儿就便宜点儿吧，总比什么都没有强。于是我爸就到城里去找买家，找了好久好久，还是找不到。人家一听说金山凿不动，都不愿意买，说买来也没用，摆着看又不当吃不当穿的，就是个废物。所以我们爷俩就只能守着这座金山等着饿死。"

"后来呢？还有后文吗？"冉斯年问。

"后来我爸就说，还是不要贪财啦，就当家里没有这座金山，还是想办法弄点儿小钱，踏踏实实地过日子吧。他说他会想办法给我弄点儿小钱，要我争气，戒酒，把小霞也给戒了，用他攒下的钱做点儿小本买卖，好好生活。我爸在梦里都在劝我戒酒，唉，我也知道喝酒不好，但是，哪有那么容易戒掉啊？"

饶佩儿心想，酒没戒掉，但是这个小霞，胡超就算不想，也只能戒掉了，因为栾霞已经死了。从这个角度来看，其实胡超的父亲胡大盛也有杀人动机。况且，胡大盛也没有不在场证明，他的不在场证明，也就是他编造的胡超的不在场证明，几乎可以确认就是在撒谎，也就是说，胡超和胡大盛在案发时间段都没有不在场证明。

冉斯年知道瞿子冲就在监控镜面后面目睹着这边的情形，胡超关于金山的梦，瞿子冲全都听在耳里。瞿子冲跟自己合作这么久，也多多少少懂了一点儿释梦的理论，他可以轻而易举地分析胡超关于金山的梦：金山就代表着胡大盛持有的瞿子冲的罪证；无法开采代表着胡大盛目前并不想动用这个罪证为父子俩谋福利；开采工具是胡大盛买回来的，说没人肯买金山也是胡大盛的一家之言，这些都代表着胡大盛想要保护这座"金山"；而胡超之所以做这样一个梦，代表他的潜意识里已经注意到了父亲藏了秘密，一个可以让他们发家，而父亲却不愿意动用的秘密宝藏。

这是冉斯年的分析结果，恐怕也是瞿子冲的分析结果。胡超讲了这个梦，让冉斯年和瞿子冲全都进一步确定了，范铁芯临死前托付瞿子冲罪证的那个人，要范骁走投无路的时候去投奔的那个人，就是胡大盛！

既然胡大盛手里攥有瞿子冲的把柄，瞿子冲就很有可能得逞，他只要继续让所有不利的证据都指向胡超，就一定能让不见棺材不掉泪的胡大盛动摇，从而接受瞿子冲的提议，跟他做一笔交易。瞿子冲这个队长就会利用职权和方便，篡改证据，扭转局势，让胡超无罪释放，让另一个嫌疑人袁庆丰当替罪羊。接下来，以防胡大盛还复制了罪证，瞿子冲就会想办法斩草除根，彻底回收罪证后，让世界上知道他秘密的胡大盛，甚至是胡超——彻底消失。

冉斯年转念一想，当然，现在还不能确定胡超和袁庆丰，甚至是另一个有杀人动机的胡大盛，他们中到底谁才是凶手。所以面对瞿子冲的计划，他也只能走一步看一步，随机应变。

"看来这个金山的梦跟栾霞的命案没什么关联，毕竟梦里没有黑影，也没有死亡，所以先放下不谈。"冉斯年整理了一下思绪，回到案情上来，对胡超说，"胡超，我必须再次告诉你，梦的确是可以预测未来的。打个比方说，有个人梦见他当上了市长，不久之后，或者是几年之后，他真的当上了市长。表面看来是他的梦预测了事实，而实际上，是他的潜意识里有当市长的欲望，而他在不知不觉中一直朝着这个目标努力奋斗，是他的努力最终让他当上了市长。这就是科学所谓的梦能够预测未来的解释。套用在你的情况上，我只能说，可能是你的潜意识里有杀死栾霞的欲望，你的梦把这个欲望表现了出来，而你不知不觉在现实中完成了这个欲望，所以看似是你的梦预测了未来。你完全把先后关系弄反了。"

胡超懵懵懂懂，但是听懂了冉斯年的大概意思，他听懂了冉斯年还是认为是他杀死了栾霞，显得十分气愤："我没杀小霞，我没有！我怎么可能不知道自己杀了人？"

饶佩儿无奈地摇摇头："你别忘了，酒精已经麻痹甚至是破坏了你的思维和记忆，一个酒鬼，当然有可能忘记自己曾经做过的事情，何况这件事还是他本能就想要忘记的。"

胡超无力反驳，他几次张口，却没法辩驳，最后只能伏案痛哭。

冉斯年在胡超的哭声中安慰道："你也不要太过悲观，到底真相如何，现在还不能够下定论，我也只是说有这个可能性，但不是绝对。我希望你能够冷静下来，努力回忆，不管你回忆起的是杀人的真相，还是其他隐情，你都可以寻求我的帮助。相信我，我一定会尽我所能帮助你。"

伏案哭泣的胡超微微点了点头，哭声不止。

冉斯年跟饶佩儿默默退出了审讯室。

他们走到办公区的时候正好遇上胡大盛在几个警员的包围下大闹，他说什么都要接走儿子，说儿子绝对没有杀人，仍旧死死咬住案发当晚他跟胡超在一起的不在场证明。

瞿子冲从审讯室里出来，明确表示他们有权扣押胡超48小时，如果胡大盛再胡闹，就把他也一起扣押。

第十九章

重回现场

/ 1 /

冉斯年和饶佩儿牺牲了睡眠时间，天蒙蒙亮便起床前往栋梁村，他们要去那里做瞿子冲没有做，也不会去做的事情。

八点多，两人赶到了栋梁村，还没有吃早餐的两人直接选了一家距离胡超家最近的小饭店，要了两碗面条一碟凉菜，边吃边跟店老板攀谈。

"我见过你们，老胡家出事的第二天早上，警察来的时候，你们也在。"店老板坐在隔壁的桌子，好奇地打量着这两个城里来的所谓的胡超的朋友。

冉斯年先是夸赞了一番面条的美味，说什么城里吃不到这种家的味道之类的话，然后自我介绍："老板，其实我是个心理咨询师，前阵子胡超去找我咨询，我们是这样认识的。分别之后，我总觉得不放心，所以才来栋梁村找他，希望能够进一步帮助他，可没想到，居然碰上了命案。"

"心理咨询？"老板瞠目结舌，"胡超那小子居然去城里咨询？这真是稀奇事啊，他哪有那个闲钱啊？有钱还不都去买酒啦。"

饶佩儿解释："胡超的确没钱，他找到了我家，我们也只是跟他先简单地聊聊，所以也没收费。"

"他都咨询了什么啊？是突然开窍想要戒酒吗？还是因为被栾霞抛弃想不开

啊？"看得出，老板虽然是个中年男人，但对于邻里街坊的事很感兴趣。

冉斯年叹了口气："都不是，胡超感到困扰的是，他好像是有暴力倾向，他杀了村里的一只流浪猫。"

老板瞪着眼愣了两秒，然后哈哈大笑："不可能不可能，胡超这小子怎么可能有暴力倾向？我跟你说啊，胡超这小子别说杀猫了，连邻居家杀鸡他都不敢看。虽然跟那帮小混混鬼混，可是打架的时候他从来都是在一边看着，还劝着说别打了别打了。唉，要不是为了讨好栾霞，胡超是绝对不会参与进那种团伙的。这小子还有个毛病，就是晕血，看见血就浑身瘫软。所以栾霞总说他是个孬种。"

冉斯年一挑眉，怎么这些话胡大盛没有告诉警方呢？还是说胡大盛说了，但是那段审讯录像被瞿子冲给消除了？瞿子冲不想让他看见，不想让他或者其他人怀疑胡超不是凶手？

"可是，"饶佩儿问，"我听说胡超殴打过栾霞，就因为栾霞要跟他分手，难道这是谣传？"

老板咋舌："不是谣传，胡超是打过栾霞，但是栾霞先动的手，她先打了胡超，边打还边大叫着胡超是孬种，不是男人，被打也不敢还手。胡超被逼急了，也是借着酒劲儿，就还手打了栾霞。那次他们俩算是两败俱伤，搞不好胡超受的伤比栾霞还严重呢。"

冉斯年和饶佩儿对视，两人都在琢磨一个问题，这样的胡超真的会有暴力倾向吗？真的会杀猫杀狗又杀人吗？还是说正是因为表面上的他太过懦弱胆小，所以暴力倾向就被压抑得很深，一旦表现出来就是爆发？

从小饭店出来，冉斯年和饶佩儿又来到了胡超家门口，胡家大门仍旧没有锁，虽然封条已经被警方取下，可是看样子，胡大盛并没有回来住过。

两人在门口驻足了一会儿，刚要进去的时候，就看到50米开外一个十岁出头的男孩正畏畏缩缩地躲在转角处，刚刚他一直朝胡家的方向偷看，偷看冉斯年和饶佩儿这两个陌生来客。

饶佩儿绽开亲切的笑颜，弯着腰冲那个男孩招手："小弟弟，过来，姐姐这里有巧克力。"

可饶佩儿不招手开口还好，这么一召唤，愣是把害羞的小男孩给吓得转身就跑。惹得冉斯年在一旁窃笑。

"笑什么啊？"饶佩儿嘟着嘴说，"这是好事，这说明孩子的家长教育得好，不要轻信陌生人，不能被美食勾引，以免被人贩子拐走。"

冉斯年忙不迭点头称是，两人再次抬脚想要跨过胡家的门槛。

"不要进去！"这次是不远处一个打扮艳俗的中年女人冲着冉斯年和饶佩儿苦口婆心地劝告，"千万不要进去！"

冉斯年和饶佩儿又把脚缩了回来，饶佩儿问："阿姨，为什么不能进去啊？"

艳俗女人走上前，上下打量冉斯年和饶佩儿："你们俩就是城里来的心理咨询师？"

冉斯年点头，心想一定是小饭店老板把他俩的身份信息告诉给了这位阿姨。

艳俗女人神秘兮兮地指了指胡家，眉飞色舞地说："我劝你们还是不要进去，免得惹一身晦气。不过，你们若非要进去不可呢，现在是白天，倒是也没什么关系，但是到了晚上，你们可千万不要进去啊！"

"阿姨，没关系的，我们虽然是心理咨询师，但也是警方的顾问，大大小小的命案现场进去过不少次呢，也没见惹什么晦气。"饶佩儿笑着解释，她本来还想说，就算是晚上，他们也敢进去，但是又怕这样说让这个女人觉得他们不识好歹。

严肃女人忙摆手："这里可不是一般的命案现场啊，这里啊，闹鬼！"

冉斯年和饶佩儿都瞪大眼睛，一起问："闹什么鬼？"

"当然是栾霞那个小妮子啦。唉，小霞这孩子死得惨啊，一定是心有不甘，阴魂不散，所以才会徘徊在这里不肯离去！"女人一边说一边做恐惧的颤抖状，"老胡一定也是因为知道这里不干净，所以自从出事后啊，就再没回来过。"

"你看见了？"冉斯年严肃地问，显然是信了严肃女人的话，"你看见栾霞的鬼魂了？"

严肃女人用力点头，发誓赌咒一般："看见了，亲眼看见的，我要是撒谎骗人，不得好死！"

"什么时候看见的？"冉斯年追问。

"就是栾霞死后的第二天晚上啊，"女人夸张地比比画画，"那天晚上大概两点钟吧，我出门去找在朋友家打麻将的我家老头儿，正好路过这附近，我就看见栾霞的鬼魂，就飘在老胡家的院子里，背对着门口。然后她就那么一转身，老胡家的大门就自己关上啦！就好像她发现了我在外面看见她一样，吓得我是撒腿就跑啊，连声都不敢出，一口气跑回家的！"

"你看清楚了？那真的是栾霞？"饶佩儿根本不信女人的危言耸听，她觉得如果不是这村妇在传八卦，制造茶余饭后女人间的谈资，就是她看错了人。

"那还能看错？她还穿着死时那件玫粉色的小背心，黑色漆皮小短裤呢，露着腰，后腰那里还文着一个什么玫瑰蝴蝶的，披散着头发，化着烟熏妆，那大黑眼皮红嘴唇的，我绝对不会看错。"女人一边回忆一边描述，一副生怕别人不信的模样。

冉斯年嘴角一挑，小声说："看来这趟还真是收获不少呢。"

送走了神神道道的女人，两人终于踏进了胡家大门。

胡超的卧室位于里屋，想要进去，必须途经胡大盛所居住的外屋，胡家就这么两个卧室，最外面就是厨房、门厅和厕所。两个卧室的窗子都对着荒无人烟的后山，胡家是栋梁村最靠边缘的人家之一，最近的邻居也要相隔几十米。怪不得发生命案的时候闹出的动静没有引起任何邻居的注意。

"警察都把这里翻遍了，我们还能找到什么线索啊？"饶佩儿四下观察着这间破旧的村屋，没什么信心和干劲儿。

冉斯年指了指大门的位置："按理来说，命案发生的第二天晚上，胡家大门上的封条应该还在，可是却有人入侵了这里，还打扮成了栾霞的模样，这是为什么呢？既然这个人是在警方勘查现场后才进来的，也许我们能够找到这个人遗留的什么线索。"

饶佩儿原地转了一圈："你看看，这里哪有什么线索啊，还不是跟咱们第一次进来的时候差不多？我看啊，就是那个女人眼花看错了，再加上丰富的想象力，自己吓自己。"

冉斯年却不以为然，他又走到院子里，仔细检查院子里的杂物还有房门和院门。终于，他在堆放着的蜂窝煤的缝隙中找到了一根女人的长发，并且是卷曲的栗色长发。

"这就是栾霞的头发吧？栾霞就是栗色卷发，"饶佩儿凑过来，"以栾霞的性格，自然不可能搬蜂窝煤进去给胡超做饭的，所以这根头发估计是被风给吹到这里来，被蜂窝煤给夹住的。"

冉斯年两指捏住这根长发，捻了捻，说："不对，这不像是人的头发，倒像是假发。很可能就是那个女人目睹的所谓栾霞鬼魂的人留下的。"

"你是说，有个人出于什么目的，在案发后的第二天晚上打扮成栾霞的模样回到了这里？这人戴着假发，穿着栾霞临死前的衣服，甚至为了以防有人认出来，还化了浓浓的烟熏妆？"

"是的，只有这样才能解释这根假发，当然，我还是要先回去请人鉴定一下，这到底是不是假发。"冉斯年若有所思地说，"至于说这个人到底是谁，为什么要重回案发现场，说不定……"

"是回来消灭自己留下的证据，也就是说，这个人就是真凶！"饶佩儿抢着说道，"这个人抱着侥幸的态度，赌现场勘验的警察们还没有发现留下的证据，所以才冒险回来消灭证据。之所以打扮成栾霞的模样，就是为了以防意外，就算有人看见了，也会当成栾霞的鬼魂，不敢靠近！也就是说，这个凶手要么就是个女人，就算是男人，也不是身材五大三粗的男人，否则就算刚刚的大妈眼神再差，也会一眼就认出那人并非栾霞的鬼魂。"

冉斯年微微点头："有这个可能，也有可能另有隐情。总之，我们还是再在村里四处逛逛，看看有没有别的收获吧。"说完，冉斯年小心翼翼地把那根长发用纸巾包好，交给饶佩儿，要她放入背包收好。

/ 2 /

在另一家餐馆吃过午餐后，冉斯年和饶佩儿回到车里，打算小憩一会儿，毕竟昨晚睡眠不足，又折腾了半天的时间，两人都有些疲乏。

"当当当"，饶佩儿被耳边传来的敲击声吵醒，她侧头一看，车窗外站着一个小男孩，正是之前被她和所谓的巧克力吓走的那个。

饶佩儿笑眯眯地按下车窗，对小男孩说："小弟弟，姐姐不是坏人哦，姐姐和哥哥是来调查案子的侦探。"

小男孩看了一眼也醒过来冲他微笑的冉斯年，犹豫了一下说道："我看见了。"

冉斯年一下子来了兴致，忙问："你看到什么了？"

小男孩抿嘴歪头，似乎在组织语言，几秒后说："那天晚上，我爸妈吵架，我一个人跑出来，在村口看到了一个老头儿，不是我们村的。他一边看手机，一边往胡伯伯家走，我就跟着他。我看见他进了胡伯伯家。"

"然后呢？"饶佩儿亲切地问。

小男孩摇摇头："然后我就回家了。"

"你还记得那个老头儿长什么样吗？"冉斯年双眼放光，心想，既然这个小男孩找到了他们，应该是还大致记得那个老头儿的模样的。

小男孩点点头，指了指自己的头顶："那个老头儿头发很少，他走到街灯下面的时候，头顶亮亮的。"

冉斯年和饶佩儿笑着对视，一来是因为小男孩对谢顶的描述有些好笑；二来是因为他们很清楚，袁庆丰这个年近五十的老男人就是谢顶。

饶佩儿让小男孩带她去见家长，跟小男孩的父母说明情况后，小男孩的母亲答应带着小男孩跟冉斯年他们一起去市分局指认。作为感谢，饶佩儿许诺让小男孩母子俩住在冉斯年家的别墅一晚，明天白天去游乐场的费用由冉斯年负责。

回去的路上，冉斯年给瞿子冲打去电话，告诉他袁庆丰很有可能在撒谎，案发当晚，有人在栋梁村看见了他，甚至看见他走进了胡家。冉斯年要瞿子冲把袁庆丰叫来，再安排几个人，让证人指认。

瞿子冲在电话里颇为吃惊，但冉斯年听得出，吃惊下掩饰的是失望。瞿子冲是想要让胡超成为第一嫌疑人的，这样他手中才有筹码，现在半路杀出个程咬金，多了个证人指证袁庆丰，对瞿子冲无疑是不利的。

冉斯年在电话里没有说证人是个小孩子，因为他怕他说了之后，瞿子冲甚至连指认的环节都不去安排。

临近下班时间，冉斯年一行人进了分局刑侦队，冉斯年把名叫霍振宇的小男孩领进了监控室，介绍给瞿子冲。

还没等瞿子冲对于这个小证人表现出微词的时候，霍振宇就已经指着单面镜那边五个男人中的2号大叫："就是他，就是这个老头儿！"

孩子一眼就认出了袁庆丰。

瞿子冲的脸色很难看，想说一个十岁出头的男童的指认并没有多少说服力，可是这孩子又一眼便认出了袁庆丰，让他一时间没法说出什么反驳的话。瞿子冲只好用气愤来掩饰自己的失望，愤然对一旁的邓磊说："把袁庆丰给我带到审讯室，重审！"

令瞿子冲更加失望的是，袁庆丰一听说有人看见他案发当晚身在栋梁村，而且还进了胡家家门后，竟然吓得马上就招了，他承认了自己那晚的确去过胡家，但是栾霞绝对不是他杀的。

"那个……目击证人说了他亲眼看到我杀人了吗？"袁庆丰急于撇清嫌疑，语速极快地问。

瞿子冲不动声色，懒得回答，也不想回答袁庆丰的问题。

"他根本不可能看到我杀人，因为我根本没有杀人啊！那天晚上我之所以会去栋梁村，去胡家，是因为栾霞给我发信息叫我去胡家找她，她还给我画了一张简易地图，通过微信发给我，说是担心我找不到地方。"

"你是说，是栾霞把你约在胡家见面的，还给你发了一张地图？"瞿子冲反问。

"对呀，不然我第一次去栋梁村，又是大晚上的，怎么可能找得到胡家吗？"袁庆丰抹了一把冷汗。

"你和栾霞的微信聊天记录呢？"

"删了。"袁庆丰瑟缩着，低声说，"后来我知道栾霞死了，担心自己被怀疑，就把微信删了，还编造出了在江边喝酒的不在场证明。"

瞿子冲耐着性子问："栾霞为什么约你在胡家见面？你们俩不是翻脸了吗？你还打了她不是吗？"

"没错，我是打了她。但是那个女人好像不把挨打当回事儿，还是主动联系我。栾霞跟我说，要我帮她甩掉一个黏人的前男友，要我出面给她的前男友一点儿颜色看看，如果我肯帮她，她愿意把我之前买给她的金戒指还给我。她跟我说是她的前男友非要约她去他家谈谈，栾霞实在是想要快点儿摆脱他，所以才想要去做个了断。"袁庆丰诚恳地说，"警官先生，你也清楚我的处境，我是净身出户啊，已经一穷二白，要是把金戒指要回来，还能卖点儿钱不是？"

瞿子冲觉得袁庆丰这套话还算有点儿道理，他继续问："那你到了胡家，又发生了什么？"

"我到了胡家，正好看见栾霞跟一个黑影扭打在一起，那个男人骑在栾霞腰上，从后面用一根绳子勒住栾霞的脖子！"

"黑影？"瞿子冲反问，"什么样的黑影？"

"就是因为看不清所以才叫黑影啊！"袁庆丰抱歉地摇摇头，"当时房间里没开灯，我是真的看不清凶手是谁，只能通过身材分辨出男女。"

"接下来你就见死不救？"瞿子冲冷冷地问。

袁庆丰像模像样地给了自己一个巴掌，诚恳地说："说实在的，当时我是被吓住了，那个黑影那么凶狠，我不敢冲过去救人啊。后来我又想，栾霞这个女人根本不值得我冒死相救，我恨她还来不及呢，干吗为她冒险？再后来，我就想报警，可当我掏出手机的时候，栾霞已经趴在地上一动不动了，那个黑影也从后窗跳出去没了影儿。我想，如果我报警的话，以我的身份，我不就是第一嫌疑人？警官，我这不算是见死不救吧？不会被定罪吧？"

瞿子冲冷笑一声："你还是担心会不会被定谋杀罪吧。"

监控单面镜后，饶佩儿问冉斯年："斯年，你觉得袁庆丰的话可信吗？"

"现在不好说，不过可以通过恢复袁庆丰和栾霞手机里的微信聊天记录去进一步证明。如果微信记录显示的确如袁庆丰所说，那么栾霞的前男友胡超就还是摆脱不了嫌疑，当然，袁庆丰也摆脱不了嫌疑。"

饶佩儿叹了口气："至少袁庆丰不会是案发第二天晚上重回现场的那个'鬼魂'，以袁庆丰这种矮冬瓜的身材，根本没法假扮栾霞。"

"是啊，就身材而言，还是瘦弱的胡超跟栾霞的身材最为相似，可那个'鬼魂'也不可能是胡超，别忘了，案发后的第二天晚上，警察在市里的大排档找到了胡超，此后他就一直在分局里被羁押。"冉斯年微微蹙眉，此时的他有一种抓不到关键的无助感，只能寄希望于自己的潜意识，也就是梦境，但愿今晚的梦能给他一些提示。

没过多久，一个提着公文包的西装眼镜男进入了审讯室，自称是袁庆丰的律师。袁庆丰和瞿子冲都惊讶万分，毕竟袁庆丰现在是一文不名的丧家之犬，怎么可能请得起律师？

"是您的前妻陈虹女士委托我为您辩护的。"律师不卑不亢地对袁庆丰解释。

袁庆丰一听这话，竟然趴在桌子上号啕大哭。

冉斯年看得出，袁庆丰是喜极而泣，现在这个情况，妻子的谅解和帮助对他来说就是最大的恩赐。只是让冉斯年摸不透的是这位陈虹女士的心理，前夫为了个不良少女抛妻弃子不惜净身出户跟她离婚，离婚后又惹上了麻烦，成了命案的嫌疑人，这个时候陈虹宽宏大量，到底是出于何种心态？

"唉，果然是女人心海底针，"饶佩儿感叹，"就连我这个女人也无法理解陈虹的做法，只能说她是为了孩子吧，不想让孩子的父亲落得个杀人犯的罪名，对孩子造成影响。"

"也许吧。"冉斯年觉得这是最合理的理由。

按照之前的承诺，冉斯年和饶佩儿带着霍振宇和他的母亲先去下了一顿馆子，而后回到别墅，为他们俩安顿好客房后，冉斯年拖着疲惫的身子上床休息。

睡前，他整理思绪，从第一次见到胡超的情景开始回想，按照事情的发展一步步回想到了刚刚袁庆丰的律师出现。有这么几个关键点让冉斯年十分介怀，第一，胡超真的有暴力倾向吗？也许胡超的梦表现的内情并非他之前简单的分析，即具有暴力倾向，潜意识里想要杀死栾霞，而是另有深意？第二，胡超在案发前被敲晕，丢在了建筑垃圾堆这点是否可信？如果属实，那么无疑是真凶所为，凶手就是为了嫁祸于胡超，让他没有不在场证明，凶手击晕胡超后马上赶往栋梁村杀害栾霞。第三，案发后第二天又回到案发现场的那个"女鬼"到底是谁，回去又有什么目的，这人真的就是凶手吗？第四，袁庆丰这一次的口供是否可信？他口中的黑影跟胡超梦里的黑影是否有关联？

第二十章

曲线救国

/ 1 /

冉斯年穿着华贵，坐在金碧辉煌的大殿之上，俯视着下方的群臣。他知道，此时他是古代的君王。然而跟以往他刻意做的过瘾君王梦不同，这一次，他刚刚进入这个君王梦境就感觉到了一丝紧迫感。

只见殿堂下的群臣全都是满脸的凝重，有几个年老的大臣还不住叹息，一副国家大难临头的窘迫架势。

"启禀大王，敌军不日便会兵临城下，还请大王早日定夺。"一个看起来官品不高的大臣打破安静，站出来鞠躬说道。

"定夺？定夺什么？"冉斯年摸不着头脑，就好像自己是个初来乍到的转学生，根本跟不上新学校的进度，根本不知道他们在说什么。

那个大臣苦口婆心地说："微臣愚见，恳请大王实施曲线救国措施，先假意投诚，与敌国化干戈为玉帛，以免国家遭受无谓的战争灾乱。"

还未等冉斯年反应过来，另一个看样子更加位高权重的大臣站出来说道："大王，恕臣直言，汪大人所言极是，若大王派兵迎战，两军短兵相接，以我国的实力，胜算极微，不但损兵折将，祸及百姓，恐最后还是会落得灭国的结局。"

冉斯年总算听明白了，感情这两个臣子一唱一和，都在劝说他这位大王投降，这让他极为不爽。

姓汪的臣子又说："大王一向爱民如子，体恤民情，若真的战乱一起，那才是真的国将不国啊。"

冉斯年咬着后槽牙反问："汪卿，敌军来势汹汹，岂是你一句假意投诚就能敷衍的？若是敌国将领或君王根本不吃你这一套，誓要攻陷城池，取寡人的首级，你这番曲线救国只能有损寡人和国家的威严，根本救不了黎民百姓。"

汪姓大臣自信一笑，说："启禀大王，假意投诚自然要有所表示，才能获取敌国信任。微臣听说敌国君王一直倾慕王后的美貌，只要大王肯把王后敬献给敌国君王……"

"放肆！"冉斯年厉声制止对方，同时下意识朝左边的珠帘后望去。他的王后，也是一身华服、美艳不可方物的饶佩儿正一脸惶恐地站在那里，听说要把她献给敌国的君王，已经吓得哭了出来，一双眼可怜巴巴地望着王座上的冉斯年。

"来人啊，"冉斯年一狠心，"把这个通敌卖国的姓汪的拉下去斩首，从今往后，谁再敢提议寡人假意投诚曲线救国，一律斩之！"

刚刚跟姓汪的大臣一唱一和的那位忙下跪进言："大王使不得啊，大王请三思！汪大人也是为了大王和国家的安危才出此下策啊！"

"不必多说，"冉斯年挥一挥手，"斩了。"

那位官品更高的大臣跪着往前移动了几步，"咣咣咣"就是三个响头："大王，请听微臣几句，听完再斩不迟。"

冉斯年看这个大臣一副可怜相，心想难道他的话会是这个梦的提示所在？现在，他必须能听就听，听得越多越好，便点头，示意他说。

"微臣当然知道大王与王后情深意切，但两国交战，以本国实力，实无胜算，届时，百姓死伤无数，大王沦为阶下囚会受尽凌辱，王后照样也会归敌国君王所有，在敌国的深宫中无望地垂垂老去。与其如此，何不尝试汪大人的曲线救国，假意投诚后暗中壮大军队，养精蓄锐，积攒力量后奋起搏之，届时我军出其不意，定能挽回大势。王后自然可重归大王怀抱啊。"

汪姓大臣此时正被两个侍卫拖住，一听他的同伴在为自己说话，也忙不迭附和。

冉斯年觉得这两个人的嘴脸实在可憎，但是也没时间决定到底该怎么选择，他只是在琢磨一个词儿：曲线救国。

突然间，冉斯年醒悟，为什么这个主张曲线救国的大臣姓汪。因为曲线救国的理论就是抗日期间汪精卫提出的，它名义上是曲线救国，实际上就是投降卖国。

清晨，冉斯年从梦中回到现实，吃过饶佩儿做的早餐，两人把昨晚留宿在这里的小证人母子送上出租车，并塞给了那位母亲一笔钱，履行承诺，让他们去游乐场游玩一天。

等到家里只剩下冉斯年和饶佩儿后，冉斯年把昨晚的梦给饶佩儿讲了一遍。

"曲线救国？这算是什么提示？"饶佩儿摸不着头脑，她找不到这个词跟栾霞案件的关联。

"我想，应该是我的潜意识认为栾霞命案的凶手真正的目的，其实并不是栾霞的死，杀死栾霞不过是他曲线救国的一项举措。栾霞的死会间接导致一些结果，这个结果才是真凶想要达成的目标。"冉斯年摸着下巴，思索着说。

饶佩儿马上开动脑筋，根据这种说法找到了两个嫌疑人："如果按照这个思路，有两个人具备杀人动机，一是胡大盛，二是陈虹。胡大盛为了解救自己的儿子胡超，使他不再受栾霞的不良影响，不再纠缠于这个不堪的女人，很有可能杀了栾霞，算是釜底抽薪；陈虹作为一个被丈夫抛弃的前妻，对于栾霞这个小三儿自然是恨到了极点，她为了挽回丈夫，也为了泄愤，杀了栾霞，这也是极有可能的。而且，陈虹杀栾霞的时候还不知道前夫袁庆丰已经看透了栾霞的本质，意识到被骗，万分后悔。因为袁庆丰根本没脸把实情告诉给陈虹，陈虹还以为栾霞是自己的情敌，只要她死了，丈夫又被怀疑，这时候自己不计前嫌出面帮助丈夫，就可以再次笼络丈夫的心。"

冉斯年微蹙眉头："真的是这么简单吗？我总觉得，其中另有蹊跷。不过我倒是同意你说的，胡大盛和陈虹也有嫌疑这一点。"

饶佩儿不解："还能有别的什么蹊跷？"

冉斯年无奈地笑笑，伸出了两根手指："你忘了吗？梦里有两个大臣在主张曲线救国，除了以汪精卫为原型的汪大人，还有个大臣。如果只是提示我曲线救国的话，有汪大人一个不就够了吗？那另一个大臣，应该是个值得被推敲的关键点。还有一点，就是王后的问题，这个大王心爱的王后一定也是有所指的。"

饶佩儿觉得冉斯年的话有理："但愿今晚你的梦能再给些提示吧。对了，斯

167

年，今天你有什么打算呢？"

"瞿子冲那边一定在努力，想把嫌疑重新集中在胡超身上，唉，此时的瞿子冲已经不再是以往那个尽心尽力破案的队长了，一旦有了私人利益牵扯其中，他的本来面目就暴露出来。所以我们就要努力还原真相，这一次不能再指望瞿子冲了，"冉斯年说着，微微一笑，"不对，这次还是得让瞿子冲配合一下我们，否则我惹下的烂摊子，自己可收拾不了。"

饶佩儿心领神会，笑着问："怎么？破坏狂的手又痒了？"

"是啊，就像你刚刚说的，除了胡超和袁庆丰这两个'直接嫌疑人'之外，还有两个'间接嫌疑人'，也就是胡大盛和陈虹。我打算去胡大盛打工的工厂和陈虹的家走一趟，看看能不能找到什么提示。"

"我明白了，为了让你的扫荡更加顺利更具收获，最好胡大盛和陈虹这两个人不要在场，你是希望瞿子冲能把他们叫到分局去，对吧？"

冉斯年笑着点头："没错，咱们必须快点儿行动，傍晚的时候得把小证人母子送回栋梁村才行。"

"给他们车费，让他们自己回去不行吗？"饶佩儿问。

冉斯年说："我昨天把那根头发交给了范骁，让他找人帮忙鉴定，早上我收到了他的短信，那根头发果然是假发，也就是说，我可以百分百肯定，不是那个女人看花了眼，是真的有人冒充了死者栾霞在案发后第二天晚上回到了现场。既然如此，我想再走一趟现场，甚至是在那里住一晚，如果能等到那个'鬼魂'是最好了，等不到，我也想要把这个案发现场彻底搜查一遍，顺便睡在那里，看看那个环境会不会让我的梦给我的提示更多一些。"

"要在命案现场过夜？"饶佩儿虽然不相信什么鬼神之说，但是一听要在那种地方过夜，还是本能地抗拒，"我一定会做噩梦的！"

冉斯年坏笑着说："如果害怕的话，可以跟我睡一张床啊。再说了，身为我的助理这么久，说不定你的噩梦也会有什么深意呢。"

饶佩儿白了冉斯年一眼："我可不敢跟你睡一张床，万一扰了你这位神弗的梦，耽误探案，罪过可大了。"

冉斯年给瞿子冲打了电话，要求他马上派人把胡大盛和陈虹带去分局问话，并且让范骁充当自己的扫荡通行证。瞿子冲有些不情愿，但他还是答应了，一来是因为他今天本来也想把胡大盛叫来，单独聊聊，聊聊他俩的私事；二来他也想赌一赌，赌冉斯年找到的证据能够把嫌疑再次转移到胡超身上。

/ 2 /

上午十点钟，冉斯年、饶佩儿和范骁一同来到了胡大盛打工的工厂，他这位库管员的工作场所就在晦暗的仓库里。

有了范骁的证件开路，三个人很快便得偿所愿，单独待在了堆放建筑材料的仓库里。

冉斯年有些傻眼，这仓库足有几百平方米那么大，而且堆放的都是一些大型的建筑材料，他就是想要扫荡，凭一己之力，也没法把这些大家伙挪动半步。看来，他只能在这迷宫一样的仓库里兜兜转转看一遍了。

半个小时后，冉斯年颇有些失望地出了仓库，又跟胡大盛的同事们聊了聊，得知胡大盛最近一段时间并没有什么异常，大多数值班的时间里，他都是一个人待在仓库里清点货物，休息时间才会出去跟同事们聊天，但他也不太愿意聊自己的事，说得最多的就是自己对儿子的担忧。

三个人又辗转到了陈虹的家，今天是周末，陈虹跟袁庆丰十六岁的儿子袁喆放假在家，这个大男孩面对范骁的证件，显得有些纠结，他站在门口想了许久，才放三个人进门。

"袁喆啊，我们这次来主要是想了解一下你父母的关系，你也知道，你父亲现在牵扯进了一起命案。"饶佩儿尽力亲切地跟袁喆解释。

袁喆冷哼一声："我知道，是那个小三儿死了，哼，她破坏别人的家庭，是个坏女人，死了活该。"

冉斯年微微蹙眉，稍显严厉地说："小三儿固然可恶，但是'死了活该'这种话你不该说，懂吗？"

袁喆被冉斯年的气场吓得往后缩了缩，嘟囔着："是我妈说的，死了活该。"

冉斯年点点头，用眼神示意饶佩儿和范骁继续询问袁喆，自己则到处走走停停，斯斯文文地打量着这个家。

"最近你父母关系有所缓和吧？"饶佩儿像是聊家常一样地说，"作为儿女，父母的关系缓和，是你最盼望的吧？"

袁喆似乎有苦难言，撇撇嘴，几次欲言又止。

冉斯年指了指洗手间的位置，对袁喆说："借用一下洗手间可以吧？"

袁喆扫了冉斯年一眼，微微点头表示同意。

范骁问："你母亲不恨你父亲吗？还是说当初离婚，你母亲其实是苦苦挽留？"

"哼，我妈才没有挽留呢，她说想离可以，她可以马上放他自由，但前提是我爸必须净身出户。意外的是，我爸居然当时就同意了，然后俩人就签了《离婚协议书》，我爸净身出户。从民政局回来那天，我妈跟我抱头痛哭，但我妈说了，我爸早晚会回来的，他是不见棺材不掉泪，早晚有一天他会知道还是家好，会灰溜溜地回来请求我们原谅的。到时候，我妈还要考虑一下，要不要原谅呢。我妈说了，必须让我爸这只丧家之犬在外面吃够了苦头才能长记性，以后才不会再犯傻，被小妖精勾了魂儿。"袁喆说起父母离婚的事情，还是忍不住激动愤慨。

"你母亲只是嘴上这么说吧，这不，这么快她就原谅你父亲了，还给他请了律师。律师昨晚把你父亲从分局接了出来，昨晚你父亲已经回家住了吧？"饶佩儿明知故问，刚一进门她就看到了门口摆着一双大男人的拖鞋，应该就是袁庆丰的。

袁喆似乎不喜欢听饶佩儿这么说，他情急之下解释道："我妈才不想这么快原谅我爸呢，那是因为我爸感动了我妈。"

"感动？"冉斯年从洗手间里出来，正赶上听到这里，"你爸做了什么感动你妈了啊？"

袁喆突然间捂住了嘴巴，闭口不言，像是意识到自己说错了话。

冉斯年见袁喆闭口不谈，也就不再问，只是站在袁庆丰和陈虹的卧室门前，时刻准备着进去，关门，锁门。

"看样子，你母亲虽然被你父亲感动了，接受他重回这个家，可是你好像并没有完全原谅你父亲呢？"饶佩儿努力做出一副理解的神态，"换作是我也一样，不会这么轻易原谅这么不负责任的父亲的。"

袁喆用力点头："就是，我妈原谅他不等于我原谅他。不过话说回来，我父亲虽然被那个小三儿给骗了，但他是绝对不会杀人的，昨晚他跪在地上跟我和我妈发誓，发毒誓，他没杀人。我相信他，他不会杀人的，我爸他……他根本就没那个胆。"

袁喆话音刚落，就听卧室门被关上，锁上，冉斯年已经身在门那边。

袁喆一下子起身："他要做什么？为什么锁门？"

还没等范骁和饶佩儿安抚和解释，卧室里已经传来了声响，冉斯年开始扫荡了。

门内，冉斯年抓紧时间"搞破坏"，门外，范骁和饶佩儿一边一个拉住想要撞门进去的袁喆。

就这样，这场门内外的闹剧持续了大概两分钟，以冉斯年开门出来作为结束。

袁喆噙着泪，看到了卧室里的狼藉后一把揪住冉斯年的衣领，大声叫喊："你到底想做什么？"

冉斯年一把甩开袁喆的手，整理了一下衣领，坏笑着说："不好意思，我患有癫痫，刚刚突然发病，因为不想让你们看见我的丑态，就进了卧室。因为发病太过于痛苦，把里面弄成了这样。为了表示歉意，我可以做出经济赔偿。如果你愿意把我的经济赔偿上交给父母，大可以对他们讲出实情，他们就算知道了实情，也不能把我这个病人怎么着；如果不愿意上交，也好办，你努力把卧室恢复原状，当作什么都没发生过就可以。"

袁喆的眼珠子转了转，问道："多少钱？"

冉斯年耸耸肩，从钱包里掏出了200元。

袁喆不屑地白了冉斯年一眼。

冉斯年只好又掏出了300元。

袁喆的眼睛放光，但还是不伸手接过去。

饶佩儿看不下去了，接过500元往茶几上一拍，怒道："你这孩子，对待癫痫病人还这么苛刻，就没有点儿同情心吗？就这500，不能再多啦。"

说完，饶佩儿一招手，示意冉斯年和范骁跟她一起出门。

一出门，范骁便笑得前仰后合："癫痫病人？斯年哥，亏你想得出来。"

冉斯年笑着说："袁喆已经十六岁了，这种谎言自然骗不过他，索性我就随便说了，重点是那500块。"

饶佩儿挠挠头："我最想不通的是，袁庆丰是怎么把陈虹给感动了呢？如果只是简单的下跪求饶之类的，为什么袁喆突然捂嘴不说了？"

"没错，这一家三口一定有什么秘密。"范骁附和。

第二十一章

连 点 成 线

/ 1 /

转眼到了下午四点半，范骁回分局复命，冉斯年和饶佩儿直接开车去游乐场接人，他们要按照计划把小证人母子送回栋梁村，并在栋梁村过一夜。

到达栋梁村的时候，天已经全黑。冉斯年和饶佩儿被小证人的母亲邀请回家，在人家家里吃了一顿晚餐后，便告辞前往胡大盛和胡超的家。

夜色中，两人站在胡家大门前，望着黑洞洞的院子，空无一人的低矮破屋。饶佩儿打了个寒战，说："斯年，那个……睡一张床的提议还有效吧？"

冉斯年哈哈一笑，揽着饶佩儿的肩膀，跨过了门槛。

两人坐在外屋胡大盛的床上，点亮了瓦数不高的灯泡。

为了转移注意力，饶佩儿主动跟冉斯年聊白天的事情："斯年，你在袁庆丰家里发现了什么端倪吗？"

"卧室现在还不好说，不过，洗手间的确有点儿问题，"冉斯年犹豫着说，"问题就是，马桶的水箱里竟然藏着一把裁纸刀。"

"什么？裁纸刀？怎么会在那种地方？"饶佩儿马上反应过来，"难道，难道陈虹或者袁喆有自杀倾向？想要在洗手间的浴缸里割腕自杀？"

"有这个可能，因为离婚的打击，一时动了自杀的念头也是有可能的。"

冉斯年话锋一转，又自我否定，"可是听袁喆的说法，陈虹又不像要自杀，她很有自信袁庆丰早晚会回归家庭。袁喆就更不像想要自杀了，他看起来精神百倍的。那么这把裁纸刀到底是谁藏在那里的呢？或者说，它不是用于自杀，而是想要……他杀？"

饶佩儿极为肯定地说："总之这一家三口肯定有秘密，说不定这把裁纸刀就跟袁喆所说的，袁庆丰感动了陈虹有关呢。"

饶佩儿话音刚落，就听院子里传来了木门打开又关上的声音。吓得饶佩儿惊叫一声钻进了冉斯年怀里："鬼……鬼来啦！"

冉斯年轻轻拍拍饶佩儿的背："放心，也许是哪个邻居看到亮灯，想要过来查看一下。咱们去看看吧。"

饶佩儿虽然不情愿，但也不想跟冉斯年分开一步，便瑟缩在冉斯年的怀里，慢慢往院子里走。

透着房间里的光，两个人看到木门又一次一开一合，门内外却根本没人，原来是风搞的鬼。

"今晚的风还真不小呢，胡家的木门有些毛病，关不严，也没有锁，所以风一吹就会这样。"冉斯年说着，拉着饶佩儿的手过去关门，想要找个什么东西固定住大门，却在手摸到门的一刻突然愣住。

"怎么了？"饶佩儿颤声问，"这门，有什么不对吗？"

冉斯年不是故意要给饶佩儿讲鬼故事吓唬她，实在是他为了回答饶佩儿的问题，必须重提上一次自称见鬼的艳俗女人的原话。

"佩儿，你还记得吗？上一次咱们来这里，在门口碰见的那个自称见鬼的女人，她说栾霞的鬼魂就飘在院子里，本来是背对着门外的，然后只是一个转身，院门就自己关上了。"

"对呀，所以那位大妈才说闹鬼嘛，女鬼一个转身就能让大门自己关上。"饶佩儿说着，望着那扇木门瑟瑟发抖。

"问题是这个世界上根本就没有鬼，那晚来这里的是个打扮成栾霞的人，活生生的人，他怎么可能通过转身控制大门呢？"冉斯年循循善诱地问。

饶佩儿歪头想了一下，突然开窍，说："你是说，当时……当时还有一个人？就站在门后，'女鬼'转身的时候，是他关了院门？"

"没错，我正是这个意思！"冉斯年露出了饶有趣味的笑容，"案发后的第二晚，有两个人回来了这里，其中一个还打扮成了栾霞的模样，哼，有点儿意思。"

饶佩儿给了冉斯年的肩膀一拳："有什么意思啊？案子更复杂了不是吗？这两个人到底是谁，回来做什么啊？"

冉斯年笑着摇头耸肩："完全不清楚。"

接下来冉斯年打开了手机上的手电筒，在胡家的房子和院子里走了一圈，大致扫荡了一遍，最后拉着饶佩儿坐在里间胡超的床上。

"这里已经被警察率先扫荡过一遍了，案发后又有两个神秘人过来，恐怕是来消除证据的，我想这里应该不会留有什么线索了吧？"饶佩儿问冉斯年，"所以你才草草了事？"

"是啊，我也没抱什么希望，试试看吧。"冉斯年铺好了被褥和枕头，又从饶佩儿的双肩背包里掏出了他们携带的干净枕巾铺在枕头上，"不早了，佩儿，咱们睡吧。"

饶佩儿眼睁睁望着冉斯年先躺了下去，还让出了她的位置，一时间不知所措，满脸通红。

"怎么？"冉斯年在黑暗中带着笑意问，"你又改变主意要分开睡了？"

"才没有，"饶佩儿一想到要在这种地方单独睡一个房间就吓得全身发抖，便硬着头皮嘀咕，"一起睡吧。"

半个小时过去，两个人在一米二宽度的床上几乎都没有变换姿势，身体不但没有得到休息，反而更僵硬，更何况，没有一个人能睡得着。

饶佩儿能够听得到冉斯年的呼吸并不均匀，甚至渐渐加速。看了看手机上的时间，已经过去了半个小时，要是再这样下去，恐怕两人一晚上都别想入睡。自己不睡倒是没关系，可冉斯年今天是带着任务来的，要是今晚在这里没什么收获，搞不好明天还得来。让冉斯年一个人再来这个地方过夜，饶佩儿也不放心，要她跟着再来这里，对她来说更加不可能。

"斯年，"饶佩儿坐起身，"这样睡太不舒服了，我去外面胡大盛的床上休息，你一个人在这里好好完成任务。"

"你不怕了吗？"冉斯年也坐起身，关切地问，"佩儿，对不起，让你跟着我受苦了。"

"这是什么话，别忘了，是我非要跟着你来的。不多说了，去睡啦。"

"等一下，"冉斯年起身，从抽屉里找出了一团毛线，"我们把毛线都系在手腕上，这样如果有什么突发情况，只要用力拉扯毛线就好。"

饶佩儿笑着照做了，借着月光，她看到了毛线的颜色，是红色的，跟月老的红线一个颜色。

/ 2 /

一个人躺在胡超的床上，冉斯年很快便入睡了。

突然，冉斯年听到厨房那边传来了碗碟摔碎的声音，他惊得一个激灵，坐起身，下意识便下床打算往厨房走。

开了里屋的门，冉斯年惊得差点儿叫出声，饶佩儿竟然不在外屋的床上！难道她出事了？凶手真的再次故地重游？这个凶手到底为什么对这个地方这么在意，他到底想要做什么？

想着，冉斯年不经意地低头，却见自己的手腕上空空荡荡。

不对，没有饶佩儿和毛线，他这是在做梦啊！

为了确认自己是否是在做梦，免得饶佩儿真的遇到了危险，自己还以为是在做梦，冉斯年利用清明梦的原理做了一个测试，他集中意念，冲着头顶的灯泡打了个响指。

果然，灯亮了。他现在所处的世界，是一个为他主导主宰的世界，也就是梦境。

冉斯年快步走入厨房，晦暗中，只见一个小小的矫健的身影正在上蹿下跳，正是这个小捣蛋鬼把碗架上的盘碗踢到了地上，摔碎发出声响。

冉斯年惊异地意识到，自己正在做跟胡超同样的梦境！流浪猫闯进厨房，打碎碗盘，这不就是胡超当初讲给自己的第一个预示未来的梦吗？睡在胡超的床上果然有效果，因为自己做了跟胡超同样的梦！

冉斯年马上朝四面墙望去，因为按照既定的套路，马上会有个黑影从墙上走下来，杀死那只流浪猫。

眼神扫过米缸的时候，冉斯年被吓得心跳都漏了一拍，那哪里是个墙上的人影，那不就是个站在暗处的人吗？只不过是因为厨房太暗，杂物又多，那个人站在角落里一动不动，才会让人一时间注意不到。

突然，那个黑影向前踏了一步，又停止不动，隔了几秒钟又突然移动，然后又静止如死物。这诡异的行为让冉斯年倒吸了一口冷气，他努力想要看清楚这个人影到底是谁，可梦里这人影却像是黑色剪纸一样，只有轮廓，没有细节，就像是个鬼魅一般。

冉斯年终于明白过来，这个黑影如此行动的原因，他是担心流浪猫发现他，他要偷偷靠近流浪猫，才能确保逮住它。

果然，黑影一下子蹿出来，出其不意，逮到了"为非作歹"的流浪猫。这个人类竟然模仿了猫科动物的捕猎习惯，突袭了一只猫科动物。

紧接着，黑影捡起地上的一块瓷碗的碎片，用膝盖和左手按压住猫的脖子和下肢固定，用那块碎片用力在猫的腹部划出一道血淋淋的伤口。流浪猫因为被黑影的膝盖扼住了喉咙，并没有发出多大的声音。

最后，黑影把奄奄一息的流浪猫的尸体顺着窗子丢了出去。

冉斯年汗毛倒竖，原来目睹一场虐杀案件，哪怕被害者是一只猫，哪怕明知道这一切都是假的，还是会给他造成这么大的不适感。

正在冉斯年可怜那只莫须有的流浪猫的时候，身后突然传来一声叹息声。冉斯年吓得全身一抖，忙回头去看，原来身后的不是别人，正是胡超——歪歪扭扭、眯着眼斜靠在门框上、意识模糊的胡超。

冉斯年再次回头去看厨房里的那个黑影，可只是这么一回头的时间，黑影已经消失无踪。

就在冉斯年思考入了胡超的梦会带给他怎样的收获的瞬间，他感觉到了一股凉风钻进了衣服里，耳边马上传来了犬吠声。

定神一看，冉斯年已经置身户外，面对的正好就是养藏獒的人家，只不过，不是面对他家的铁栅栏大门，而是一人来高的围墙。

那个黑影就站在围墙下方，一只手拿着一个白花花的圆形物体，正是那个有毒的肉包子。只见黑影后退了几步，用力把肉包子丢进了围墙之内。不久，犬吠声真的消失了。

冉斯年再次回头，胡超仍然在他的身后，只不过这一次，他躺在对面的墙角下，仍旧是半迷糊半清醒的状态。

还是那个问题，这个黑影为什么要用力把肉包子丢过围墙，与其那么费力，还不如直接走到铁栅栏门前，轻轻一丢，肉包子就会被丢进去，丢到藏獒面前不是吗？拴藏獒的铁柱不就立在距离大门不远处吗？难道这个黑影就不想亲眼看到藏獒吃掉那个有毒的肉包子，然后倒地抽搐死去的场景吗？

没有太多的时间给冉斯年思考，一个眨眼的工夫，冉斯年又回到了胡家，这一次，他就躺在胡超的床上，仿佛他已经变成了胡超，昏昏沉沉，眼皮很沉很沉，他甚至都闻到了从自己身上和嘴里散发出的酒臭味道。

突然，冉斯年被女人的一声尖叫声给惊得清醒许多，他马上意识到，这一次他将会目睹的，就是预测栾霞被杀的那一场梦。

里屋的房门半敞开，透过敞开的有限空间，冉斯年放眼望去，外屋似乎是开着灯，能够看见两个不甚清晰的人影，一个是女人，穿着暴露、化浓妆的长发女人，她穿着的正是栾霞死亡时穿着的那身衣服；另一个又是没有细节只有轮廓的黑影。黑影用力扯下上方的晾衣绳，一屁股骑在栾霞身上，在栾霞无力地挣扎的同时，把晾衣绳绕过了栾霞的脖子，最后双手用力束紧。

栾霞马上发出了窒息的痛苦呻吟声，双臂不停地扑腾，可是因为是趴在地上，双臂无法够到她身上的那个黑影，只能无效挣扎，消极等死。

很快，栾霞不动了，黑影丢下了绳子。

冉斯年听到自己的喉咙发出"呼噜呼噜"的声音，像是愤怒，又像是哀伤。躺在床上的自己想要动弹，却无力起身，想要发出呼喊声，却像是哑巴，张大嘴巴，却只能发出微小的含糊不清的呼噜声。

冉斯年知道，这就是当时胡超的感觉，眼睁睁看着心爱的女人在眼前被谋杀，可是却无能为力。

还来不及沉浸在胡超的角色里，体会他的感受太久，冉斯年周遭的环境又瞬间更替，他就像是个赶场的酒吧歌手，一个晚上辗转好几个地方，忙碌不堪。

这一次，冉斯年身处胡大盛工作的仓库，面对着的是一个被建筑材料半包围起来的不起眼的死角。他蹲下身，目光捕捉到了夹在两扇塑钢窗之间的黄色绒毛，还有绒毛下方一摊小小的污渍干掉的痕迹。

这不起眼的小痕迹像是一道闪电划过冉斯年的脑际，他瞬间意识到了一个非

177

常关键的问题，原来之前他对胡超预测未来的梦的解释，大错特错！

冉斯年起身，一个转身，已经身在袁庆丰和陈虹的卧室，门外还传来了袁喆的砸门声，还有饶佩儿和范骁的劝诫声。冉斯年一挥手，他所在的空间就像是按下了静音键，静得能够听到一根针落地的声音。

顺着潜意识的指引，冉斯年来到了梳妆台下方的垃圾桶前，像白天一样，一脚踢倒了垃圾桶，用脚去拨弄那些垃圾。倏地，他的脚就好像被一根无形的线牵扯一样，动弹不得停在半空中。冉斯年定睛去看自己的脚边，看到了一个白色包装盒的一角，上面露出了三个字——左炔诺。

这三个字恰好就可以解释卫生间马桶水箱里的那把裁纸刀不是吗？至此，各种线索已经连接成了一条线，冉斯年已经有了进一步的答案。

冉斯年睁开眼，第一眼看到的就是顶着一双熊猫眼的饶佩儿，看她的样子，似乎是趁冉斯年睡着后，就一直坐在床沿，这样坐了一夜。冉斯年不免心疼，这个女人因为害怕，始终不敢一个人睡在外屋，又不想打扰自己做梦，所以就在自己身边坐了一整夜。

"佩儿，你辛苦了。"冉斯年坐起身，把饶佩儿揽入怀中。

饶佩儿浑身无力酸痛，索性就靠在了冉斯年的怀里，满怀期待地问："怎么样，咱们不虚此行对不对？你昨晚梦到了什么线索对不对？"

冉斯年叹了口气，徐徐开口："是的，我想，我已经弄明白了一切，包括凶手是谁，动机是什么。"

饶佩儿一下子挣脱冉斯年的怀抱，兴冲冲地问："这么快？能不能先剧透一下，凶手到底是谁？动机如何？"

冉斯年扭头望向窗外的那片荒地和小山坡，若有所思地说："我现在还没有十足的把握，毕竟我只是根据梦境的线索把点连成了线，还是等瞿子冲他们找到了另一具尸体后再公开真相吧。免得我说错了，在你面前失了形象。"

"什么什么？另一具尸体？"饶佩儿怀疑自己听错了，"你是说除了栾霞，还有一个死者？"

"没错，这件案子从表面看来，只有栾霞一个受害者，"冉斯年收回目光，正色道，"实际上，真正的受害者有三个，还有两个目前还处于隐匿状态。除了三个受害者，还有一个主谋凶手、一个目击者证人、一个帮凶、一个被陷害的替罪羊、一个被拯救的无辜者。哦，对了，案子的前期还牵扯了更多无辜的生命。"

饶佩儿歪着头，冉斯年的解释没有让她明白，反而堕入云里雾里："斯年，要说故弄玄虚这种本事，非侦探莫属吧？你这个释梦神探尤其厉害。罢了，我就先不接受剧透啦，到时候直接看你的推理好戏。"

两个人在胡超家简单洗漱后，连早餐都没来得及吃，就驾车赶往松江市。回程的路上，冉斯年给瞿子冲打电话，要他召集人手去胡超家后面的小山坡挖尸体，毕竟那里范围挺大，仅凭着冉斯年和饶佩儿两个人恐怕找到天黑都找不到，况且冉斯年也不急于一时，他更想送一晚没睡的饶佩儿回家休息。

挂上电话，冉斯年轻松了许多："咱们先回去休息吧，什么时候瞿子冲找到了尸体，什么时候咱们就可以去警局公布真相了。"

第二十二章

造 梦 计 划

/ 1 /

结果这一觉，饶佩儿直接睡到了下午三点钟，三点钟的时候，冉斯年敲门进来，邀请她一同前往警局。

饶佩儿顿时睡意全无，她兴奋得像是要去看一场最爱的电影一样，换好衣服后拉着冉斯年迅速出门。

下午四点半，分局刑侦队的会议室里除了警方人员，还有五个外来客，分别是此案最初的嫌疑人胡超以及胡超的父亲，还有另一个嫌疑人袁庆丰，以及袁庆丰的妻子陈虹，甚至连他们的孩子袁喆也在场。

冉斯年理解瞿子冲为何会如此配合自己，找来了案子的两个嫌疑人以及他们的家人，而不是为他自己留一手，先不配合自己揭示真相，继续用胡超作为筹码要挟胡大盛。那是因为后山挖出了尸体，也直接挖出了真凶的身份，挖出了难以篡改的证据，瞿子冲已经没有了运作的余地。

冉斯年坐在了会议室里的老位置，并且让饶佩儿坐在他身边。趁瞿子冲还没正式主持这场公布真相的会议之前，冉斯年招手叫来了正打算入座的梁媛："梁媛，拜托你一件事，把袁喆这孩子带出去好吗？接下来我要讲的事情，可能儿童不宜。"

梁媛"扑哧"一声乐出来，她当然明白这个"儿童不宜"是因为案件太过血腥，让孩子小小年纪就听到这么罪恶的案件会有不妥，可是这句"儿童不宜"难免会让她想歪。

"瞿队？"梁媛转头询问瞿子冲。

瞿子冲看了一眼冉斯年，又冲梁媛点点头。

"为什么不让我待在这里？"袁喆一看梁媛要带他出去，马上抓住了母亲的手臂，"我不出去，我要在这里陪我妈！"

陈虹欣慰地摸了摸袁喆的头："乖，小哲，你还是跟这位女警姐姐出去吧，你不是一直都很想参观公安局吗？让女警姐姐带你到处走走。我就说过嘛，这种场合，你一个孩子不能来的。"

"不！"袁喆斩钉截铁地拒绝了陈虹，像个小大人一样清脆地说，"我说过的，只要我不去上学，就一定要陪着你，妈，我得留下来确保你的情绪状态。"

"这孩子，不是还有爸爸在吗？你就放心吧！"袁庆丰拉扯了一下袁喆的手臂。

袁喆一把甩开袁庆丰，白了他一眼，仍旧不动地方。

冉斯年对这个固执的小孩有些刮目相看，他站起身，绕到袁喆身后，弯腰伏在他耳边耳语了几句话，然后笑着做了一个"请"的姿势。

袁喆为难地撇撇嘴，纠结了几秒钟后，还是乖乖起身，跟在梁媛身后往门口走。走到饶佩儿身旁的时候，袁喆轻轻叹了口气，加快了脚步。

等到冉斯年回到座位上的时候，饶佩儿和范骁一边一个凑了过来，范骁抢先问道："斯年哥，你跟袁喆说了什么啊，他怎么就乖乖听你的话呢？"

冉斯年忍俊不禁，低声说："我跟他说待会儿要放尸检的幻灯片，我就是因为像他这么大年纪的时候看了尸检的照片，受了刺激，产生了心理创伤，所以才会引发癫痫，一直到现在都无法治愈。"

"就只是这样？这样他就信了？"饶佩儿觉得袁喆那孩子怎么说也十六岁了，没有那么好糊弄才对。

冉斯年耸耸肩，压低声音说："当然不止是这样，我还说了一些起决定性作用的话。"

"是什么？"范骁和饶佩儿同时八卦地问道。

冉斯年嘴角上扬，挑起一丝坏笑，几乎是蚊子一样的音量，确保他的话只被左右两边的范骁和饶佩儿听到："我还告诉袁喆，因为小时候看过那样恶心的照片，导致了我现在性无能。"

范骁"扑哧"一声笑出来，惹得一旁的瞿子冲白了他好几眼，毕竟在这样的场合、这样的时机、这样的笑法实在是太不合时宜了。

饶佩儿总算回过味来，马上给了冉斯年一拳："怪不得……怪不得刚刚袁喆经过我身边的时候叹了口气，原来他是在同情我……"

饶佩儿说不下去了，她满脸通红，把头埋得低低的，用力扯弄着衣角。

"好啦，请各位保持安静。"瞿子冲看了看时间，示意范骁赶快回到自己的位置上坐好，讲出开场白，"今天请你们四位过来，想必你们也都知道原因，因为你们几位都是栾霞命案的相关人员。这件案子经过我们警方几天的调查，已经查到了真凶的身份，掌握了指证真凶的铁证。没错，此时此刻，杀人真凶，就在这间会议室里，就坐在你们之中。斯年啊，接下来就交给你，你来讲讲整起命案的原委。"

此话一出，会议室里马上陷入了安静。胡超父子俩一直瞪着对面的袁庆丰夫妻；袁庆丰夫妻也死死盯着胡超父子。显然，两个阵营的两家人都认定对方才是真凶。

安静之中，饶佩儿心里在想，冉斯年之前说栾霞的案件背后，有三个受害者，还有一个主谋凶手、一个目击者证人、一个帮凶、一个被陷害的替罪羊、一个被拯救的无辜者。而眼下她面前就只有四个人，跟冉斯年说的那些人物根本就对不上啊。更何况冉斯年说案子的前期还牵扯了更多无辜的生命。那更多的无辜生命又是指什么？该不会是指流浪猫和藏獒吧？

/2/

冉斯年清了清喉咙，目光直指在场的一个人，严肃地说："这一次我就直接揭晓答案，先公布真凶的身份。杀死栾霞的真凶，就是你——胡大盛！"

胡超的脸色急剧转变，他惊讶得合不上嘴巴，看他的样子，他似乎是认定真凶是袁庆丰，要不就是自己，怎么可能是他的父亲？

还没等胡大盛有所反应，胡超先替父亲解释："不会的！冉先生，我爸不会是凶手，栾霞死的那晚，他在城里的工厂上夜班啊！"

冉斯年叹了口气，反问胡超："谁能证明？"

胡超理所应当似的拍拍胸脯："我啊，我能证明！"

"你只能够证明在你出去买酒之前，胡大盛在工厂值夜班，可是你买酒的路上被人攻击，打晕后被丢到了建筑垃圾堆不是吗？那之后，不但你没有了不在场证明，你的父亲胡大盛也同样没有不在场证明。"冉斯年耐心解释。

胡超的眼珠子一转，马上摆手说："不不不，我之前说的被打晕什么的是瞎编的，其实那晚我一直跟我爸在一起，我们就是彼此的不在场证人啊。"

冉斯年冷笑一声："胡超啊胡超，你到现在还以为胡大盛口口声声说那晚他一直跟你在一起，是为了给你做证？我现在明确地告诉你，其实一直想要把罪名嫁祸给你的人，就是你的父亲，胡大盛！他之所以会编造出那么一套不在场证明，是因为他明知道父亲给儿子作不在场证明根本不足以取信，而且还会造成一种此地无银三百两的假象，让警方认为你根本就没有不在场证明。胡大盛这招还有一个好处，就是让警方根据这个证词只是怀疑胡超，而潜意识里会认定胡大盛案发一整晚都独自一个人待在工厂，无形中，他把自己的嫌疑给撇清了。"

胡超瞪着倔强、噙着泪的双眼，嘴唇抿得紧紧的，一个劲儿摇头，显然，他根本不相信他的父亲会是真凶，而且还意图让他这个儿子顶罪。

瞿子冲严厉地说："胡大盛，你不想说点儿什么吗？为自己的辩驳也好，或者认罪也好，你儿子对你如此信任，你总得说点儿什么吧？不过在你说话之前，有件事我必须告诉你，那就是我们已经在你家后面的小山坡上挖到了一具女尸，女尸身边还有一样属于你的东西，就是你在城里打工工厂的工作名牌。"

胡大盛整个人像是泄了气一样，一下子瘫软靠在椅背上，他神情落寞，苦笑着说："没想到你们这么快就发现了，我还以为我埋尸的地方很隐蔽呢。你们是怎么想到后山埋着一具尸体呢？"

瞿子冲哽了一下，这个问题他也不知道答案，只好望向让他们去后山找尸体的冉斯年。

冉斯年的语气缓和下来，回答胡大盛："我之所以猜到后山埋着一具尸体，是因为我已经猜到了你的全部计划，后山的尸体还有尸体边掉落的你的工作名牌，进一步让我确认了我的猜测。"

胡大盛抽了抽鼻子，抹了把刚刚溢出眼眶的泪水，用沧桑的声调感叹："没想到我精心设计的一切全都失败了，失败了啊！"

冉斯年颇为同情地凝视胡大盛，掏出纸巾递给他："其实当初你大可以不必走这样一条迂回的路，不必采取这样曲线救国的策略，想别的办法照样可以达成你想要的结果，你从一开始就选错了。"

虽然整个屋子里的人，除了冉斯年和胡大盛之外，没人听得懂他俩说的是什么，但范骁最性急，直接打断他们的谈话，问道："斯年哥，你们到底在说什么啊？这个胡大盛是杀人凶手，不但杀了栾霞，还有解剖室里的那个无名女尸，更想要把罪名嫁祸到胡超身上，他这样的人，你为什么跟他这么客气啊？"

饶佩儿当然也看得出冉斯年对胡大盛的同情和温和，全然不像是面对一个杀死两个人的凶手，她又想起了之前冉斯年说的，整起命案有三个受害者、一个主谋凶手、一个目击者证人、一个帮凶、一个被陷害的替罪羊、一个被拯救的无辜者。现在一一对应，已知的是两个受害者，分别是栾霞和解剖室里的那个无名女尸，还有一个未知受害者；已知一个主谋凶手是胡大盛，但他的杀人动机现在还是未知；已知一个被陷害的替罪羊是胡超，但是被拯救的无辜者还是未知；此外，目击者证人和帮凶也都是未知。饶佩儿琢磨了一下，马上明白过来，其实这些身份是重合的，也就是说，这四个人中有些人是一个人身负两个或者更多的角色。

冉斯年对范骁解释："我之所以对胡大盛这个凶手客气甚至是同情，那是因为胡大盛的杀人动机有些与众不同，是为了拯救一个人，一个他在这个世界上最亲最爱的人。当然，即便如此，他也是个杀人罪犯，我的同情并不影响我揭示他的罪行，把他送入监牢或刑场。"

"最亲最爱的人？胡大盛最亲最爱的人是谁啊？"范骁来回望着其余三个人，要说是袁庆丰和他妻子陈虹，那绝对不可能，可是只剩下一个胡超，这个儿子又是胡大盛极力想要嫁祸罪行的替罪羊啊。

"没错，胡大盛在这个世界上最亲最爱的人，就只有他的儿子胡超，尽管这个儿子真正与父亲相认并一起生活也没有几年的时间，可正是由于胡大盛觉得对儿子有愧，所以才必须不惜一切代价地拯救儿子。"冉斯年惋惜地摇摇头，"可以想象，一个父亲，是有多么无助、多么走投无路，才会出此下策，以牺牲自己、牺牲儿子的方式去拯救儿子。"

范骁更加糊涂了："斯年哥，你到底是什么意思啊，用牺牲儿子的方式去拯救儿子？这话怎么说？"

"这话要从头说，"冉斯年整理了一下思绪，打算从头说起，"下面我就从头说起，从胡超的预示未来的梦说起，关于那几个梦，我一开始的分析可以说是大错特错，根本搞错了方向。"

范骁趁冉斯年停顿的片刻好奇地问："斯年哥，胡超的这三个梦到底有什么深意？难道不是代表着他潜意识里杀戮的欲望？"

"不是，实际上，根据胡超邻居的描述，胡超是个连杀鸡都不敢看的人。大多数情况下，一个表面上平和善良的人，潜意识里也是平和善良的，只有极少数的例外，表面上温文尔雅，内心里却是个暴徒。我在听到邻居们关于胡超的描述之后，就起了疑心，也许之前是我先入为主，把胡超想得太坏了也说不定。"

"那为什么胡超会做那样的梦？"范骁问这话的时候一直盯着胡超，而胡超就像是一尊雕塑一样，显然还没有从父亲就是凶手的震惊中回过神来。

冉斯年神色冷峻，仿佛带着点儿后知后觉的自责，冷冷吐出几个字："因为那根本就不是梦。"

"不是梦？那就是……事实？"范骁脱口而出，"可是……可是……胡超会分不清梦境和现实？"

冉斯年用眼神示意大家都去看胡超："如果是一个神志清醒的人，极少会分不清梦境和现实，可是胡超是个小酒鬼，每晚都会喝醉入睡。一个醉酒的人，再加上一个利用了醉酒人神志模糊的、别有用心的'造梦人'，就可以演出一出好戏不是吗？"

"这个别有用心的人就是胡大盛。"瞿子冲顺着冉斯年的思路分析，"胡大盛的确得天独厚的条件去给胡超'造梦'，三个预示梦中，有两个背景都是在胡超家里，胡大盛完全有时间和条件去创造环境和剧情，化身成一个黑影去表演。"

"没错，昨晚我就睡在胡超的床上，因为环境和我潜意识的影响支配，我也做了那三个梦。那三个梦有一个共同的特点，那就是都有同一种'叫醒模式'，用来当作梦境的开端，这个'叫醒模式'就是声音，极具特点且又音量不小的声音。"

范骁恍然大悟："我知道了，第一个梦是厨房传来的碗碟打碎的声音，第二个梦是犬吠的声音，第三个梦是女人痛苦尖叫的声音。"

"是的，小范，你还记得我跟佩儿在审讯室里审胡超的时候吧，"冉斯年问范骁的同时，也敲了敲桌子去提醒那边愣神的胡超，果然，胡超回过神来，"当时胡超处于醉酒状态，我跟佩儿进去的时候，他还趴在桌子上昏睡，我们进门关门，拉椅子坐下，甚至是对话，胡超都没有任何反应。后来，任凭我怎么推他，甚至把他推到了地上，他还是不醒。最后没办法，我只好在他身边，突然用力拍了一下桌面，胡超才有了反应。"

"也就是说，胡超一旦醉酒昏睡，想要让他转醒，或者是恢复一部分的神志，用肢体碰触的方法是没用的，得靠声音，因为胡超对声音最敏感！"范骁总结道。

此时的胡超已经回过神来，他反应了几秒钟后，反驳道："不会的，那真的是我在做梦啊！你不明白，我早上起来之后，厨房里的盘子碗都没碎掉，还好好的，我家的盘子碗都是用了很久的，上面的痕迹还都在！地上也根本没有血迹啊！你凭什么说那不是我的梦？"

冉斯年幽幽地说："那么打碎的那些盘碗呢？你在你所谓的梦里有没有去确认一下是不是你家的那些旧货？"

胡超哑口无言，显然，他自认为的梦里，是不会去注意那种细节的。

"其实胡大盛要做的准备工作很简单，他只要事先观察一阵子胡超，了解他每晚醉酒入睡后容易被声音吵醒，进入半梦半醒的糊涂状态，就可以实施他的'造梦'计划了。"冉斯年按照步骤详细解释，"首先，胡大盛先在城里的宠物店找来一只跟栋梁村那只黄白花流浪猫花色大小相近的猫，养在他工作的工厂仓库里，为他之后'造梦'做准备。"

"等一下，"瞿子冲打断了冉斯年，"斯年，你凭什么认定胡大盛养了一只猫，还是在工厂的仓库里？"

"我之所以断定胡大盛在仓库里养了猫，并不是凭空推断，而是我昨天去胡大盛工作的仓库查看后得出的结论。我在仓库的一个角落里发现了一撮黄色的绒毛……"

"仅凭黄色的绒毛就断定是猫毛吗？"瞿子冲这一次并没有像以往一样那样配合冉斯年，他似乎带着一股火气，不知道该往哪里发一样，也不顾场合，直接用生硬的口吻提出自己的疑问。

冉斯年倒是不介意瞿子冲不算和善的态度，自信地答道："自然不可能仅凭黄色绒毛就断定是猫毛，这一小团黄色绒毛，准确来说是黄白相间的绒毛是浸泡在某种液体之中的。当然，时隔这么久，那液体已经干涸，只不过，在绒毛附近留下了一圈污渍的痕迹。我小的时候，家里曾经养过宠物猫。猫这种生物天性就爱干净，经常会用舌头梳理全身的毛，这就导致会有很多毛被它吃进肚子，可是猫毛又是无法消化的，所以猫就需要吐毛球，通过呕吐的方式把胃里的毛给吐出来。仓库角落的痕迹就是那只被养在那里的猫吐毛球的痕迹，如果瞿队愿意的话，可以找技术科的人去取证，不过现在看来，那应该是多此一举的。"

瞿子冲见冉斯年如此笃信，也就不再多说，反正胡大盛已经认罪，去验证他是不是真的在仓库里养了一只猫，的确是多此一举。

冉斯年见瞿子冲不再有什么异议，便继续解释："他把这只猫偷偷地养在打工的工厂仓库里。仓库那个环境的确适合他藏一只猫。一来，白天的时候工厂会发出不小的噪声，可以掩盖猫叫声，来往于仓库的工人也只是忙着干活儿，不会注意到仓库被掩藏的角落里还有一个猫笼子和一只猫；二来，工人下班后，厂子里也就只有几个值班人员，就算偶尔听到猫叫，也会以为是附近的流浪猫。不过我想，胡大盛在仓库里偷养那只猫也应该只有两三天的时间，时间久了难免不被发现。接下来，胡大盛再准备一些新的或者旧的盘碗。在他选择好的日子里，给那只道具猫打上一针让它昏睡过去，塞进背包乘车回栋梁村，趁胡超昏睡后，把自家那些盘碗替换掉，然后放出那只猫，让饥肠辘辘的猫在厨房里上蹿下跳地找食物。而胡大盛，早就换上了一身黑衣，躲在了厨房的角落里一动不动，等待着盘碗打碎的声音吵醒里屋熟睡的胡超。"

"然后，一切就像胡大盛计划的一样，胡超被声音吵醒，来到厨房看个究竟，结果迷迷糊糊中，他就看到了黑影虐杀那只猫？"范骁狠狠剜了胡大盛一眼，为那只可怜的猫不值。

"是的，为防胡超打开厨房的灯，胡大盛事先一定拧松了灯泡，因为一旦胡超看清楚眼前的一切，就会发现黑影其实就是胡大盛，那只猫只是大小花色像村里的流浪猫，实际上根本就不是那流浪猫，还有地上盘碗的碎片，也根本不是他家那些破旧的盘碗。"冉斯年说话时一直直视胡超的眼，胡超眼里的坚定倔强已经渐渐消失，显然，他开始动摇，开始意识到，冉斯年说的有可能是真的。

范骁对胡大盛刮目相看，继续冉斯年的分析，说道："然后胡大盛再出其不意，打晕迷迷糊糊的胡超，把他弄回床上继续昏睡。反正胡超醉酒后的症状也有头痛这一项，所以自己被打晕后的头痛根本引不起他的注意。胡超昏睡后，胡大盛赶忙收拾战场，清扫地上的碎片，换上自家的盘碗。而地面上之所以没有猫的血迹，很可能是因为胡大盛事先在地上铺了塑料布之类的东西，胡大盛知道胡超胆小，面对这种血腥场面一定不敢向前，所以根本看不出地面上有什么东西，就算胡超真的例外一次，想要上前去仔细瞧，胡大盛也可以在他看穿一切之前敲晕他。"

冉斯年对范骁的推理很满意，他赞许地冲范骁笑笑，说："没错，小范，你所说的正是我所想的。胡大盛第一个'造梦'计划成功，让他更添信心，不久之后，就开始实施第二个'造梦'计划。当然，在那之前，他必须真的杀死村里的那只流浪猫，并且让胡超看到那只猫的尸体，看到跟梦里同样死法的猫的尸体，还有凶器，也就是瓷碗的碎片。"

瞿子冲觉得冉斯年推测的胡大盛的做法有一定的可能性，可是他就更加搞不懂了，胡大盛这么做的动机到底是什么，他如此大费周章，就是为了把杀人罪行嫁祸给胡超？用这种迂回的方式去嫁祸，这种算不得证据的东西去嫁祸，这种做法不是白费劲儿吗？

"有了第一次的成功，胡大盛决定第二次进一步做出突破性的举动，也更加冒险，这第二次的'造梦'地点，胡大盛选在了养藏獒人家的门前。首先，他先把昏睡的胡超背到那户人家门前，在不吵醒藏獒的前提下，小心地把胡超这个观众放在一个比较隐蔽的地方，但要确保胡超能够看到这边他上演的好戏。其次，穿着一身黑衣的胡大盛站在围墙下，故意发出一些声响，惊醒围墙那边的藏獒。值得一提的是，根据邻居们的说法，因为那条藏獒平时就爱叫，经常扰民，晚上有人路过他家门口，藏獒都会以为是入侵者叫个不停，他的主人也不会每次狗叫都出来查看。所以这一次，藏獒在大半夜狂吠，也没有引起主人的重视，但是，却叫醒了对面的胡超。而当时的胡超虽然意识苏醒了，可是身体还处于醉酒状态，犹如千斤重，他自己根本无法动弹，只能当个称职的观众，眼睁睁看着面前发生的一切。"冉斯年继续解释。

胡超用力挠挠头，似乎正在经历一场头脑风暴，一直认定的梦境竟然是现实，这让他一时之间无法接受，他问："流浪猫好弄一只相似的，可是藏獒呢？

我爸没法弄到另一条藏獒吧？"

"当然，藏獒只有一条。胡大盛那晚丢进围墙内的包子只是一个没有毒的普通肉包子，藏獒之所以后来再没有发出叫声，那是因为它在吃那只肉包子。这也是胡大盛为什么要隔着围墙丢包子，而不是在栅栏门前丢包子的原因。因为隔着围墙，你就无法看到藏獒是在吃包子，就会因为第一个梦的惯性，认定藏獒已经被毒死了。然后，趁藏獒吃完包子狂吠之前，胡大盛再次偷袭了你，把昏睡的你带回了家。事后几天的一个晚上，胡大盛独自出动，丢给那只藏獒一个真正的毒药包子。"

饶佩儿恍然大悟，原来冉斯年之前说的，在案子发生之前，在准备工作中，还牵扯了更多的无辜生命，说的就是两只被用来当作道具的猫和那条喜欢狂吠扰民的藏獒。

胡超用力揉乱本就已经状似鸡窝的发型，带着哭腔用力地问："为什么？为什么要这样做？爸，为什么？"

胡大盛不语，只是不住地叹气。

冉斯年代替胡大盛回答："前两次，是为了给第三次做铺垫，也是为了让你来找我。胡超，现在你好好回想一下，你怎么会来找我？你怎么知道我是谁，是干什么的？甚至，你怎么知道我家住在哪里？这些信息是不是都是由你父亲无意中透露给你的？"

胡超的眼睛越瞪越大，不自觉地微微点头："没错，是我爸闲聊中跟我提起的你，所以我才会去城里找你，我以为我有特异功能，我的梦能够预测未来！为什么，我爸为什么要我去找你？"

"因为他想要我得出一个结论，那就是你本身就具有暴力倾向，潜意识里有杀戮的欲望。胡大盛知道我与警方的合作关系，也知道瞿队对我的信任，所以有我的释梦理论来做铺垫，就可以确保你成为第一嫌疑人，并且看起来就像是真凶。很不幸，之前我上了胡大盛的套，真的是这么想的，以为是你在不自知的情况下为了实现梦境中的场景，为了达成潜意识里的欲望，虐杀了流浪猫，毒死了藏獒。这样一来，一旦你做了第三个梦，我就会因为惯性，怀疑是你杀死了栾霞。说到底，这些都是胡大盛为了嫁祸给你做的准备工作。"

第二十三章

用 心 良 苦

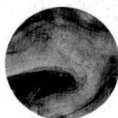

瞿子冲不解地问："斯年，有一点我始终想不通，胡大盛要想嫁祸给胡超，还有很多更加直接的方法，如果是我，在打晕胡超、消除他的不在场证明之后，我会直接布置现场，在杀人现场和尸体上直接留下胡超的毛发皮屑血迹等等。可事实上，胡大盛留下的都是间接证据，他只是在尸体以外的地方留下了少许胡超的血迹，然后说这是案发前由他这个父亲恨铁不成钢，打了胡超留下的血迹。这种说法虽然无法被证明，但也无法被推翻。这样的嫁祸手段，实在令人匪夷所思。"

冉斯年神色复杂地看向胡大盛："唉，这正是这个父亲的用心良苦之处，他之所以用如此迂回的方法嫁祸，而不是干脆利落地留下所谓的铁证，也是为了日后做铺垫，因为总有一天，他要为胡超——他唯一的儿子翻案的！为了确保未来的翻案不那么困难，现在他的嫁祸就必须迂回，在不留下直接证据的前提下，把自己的儿子送入监狱。"

范骁听得似懂非懂，试探地问："斯年哥，胡大盛的这种做法就是你之前说的用嫁祸的方式去拯救胡超？"

"是的。"冉斯年有些哀伤地回答。

瞿子冲眯眼沉思了片刻，问道："斯年，我越听越糊涂了，胡大盛到底有什么目的？"

"要说胡大盛的目的，还是我的梦给了我提示。"冉斯年言简意赅地讲述了一遍他之前做的那个古代君王和曲线救国的梦，"正是这个梦的主题——曲线救国，给了我提示，让我猜测案子的主谋最终的目的也许不仅仅是杀死栾霞这么简单，栾霞的死只是他达成所愿的一个环节。后来，梦里主张曲线救国的大臣又跟我提出要把我心爱的王后送往敌国当作投降示好的表示，可暂保国家安全，避免战乱灾祸，说这只是权宜之计，是暂时的，等到我养精蓄锐一雪前耻、夺回国家的时候，王后还是会重新回到我的身边。而梦里的这个王后，对应现实，其实就是胡超；梦里所谓的把王后送入敌国的权宜之计，对应现实，就是暂时把胡超送入监狱；梦里所谓的一雪前耻夺回国家夺回王后，对应现实，就是日后胡大盛会为胡超翻案，把胡超这个坐了冤狱的儿子救回来，哪怕那个时候，进去的是他这个真正的凶手。"

范骁歪着头眨着眼："斯年哥，我还是不太明白，到底胡大盛的最终目的是什么啊？"

"胡大盛最终的目的只有一个，那就是弥补他在这个世界上最亲的儿子，让胡超摆脱现在的窘境，过上好日子。按照常理来说，想要达成这个目的，首先，要帮儿子戒酒；其次，要帮儿子戒掉栾霞；再次，要给儿子一个事业，一个可以自食其力的一技之长或者是最初创业的一笔资金。可是胡大盛这个父亲，也不知道他到底努力了多久，是否用尽了一切办法，总之，他最后没有选择走正常的途径，他以走正常的途径无法拯救儿子为由，走上了一条犯罪道路，同时，对他来说，这也是他能够一举三得的好办法。我不得不说，一般人是绝对不会想到这样的办法，或者说，若不是被逼到绝境，走投无路，是不会想到用犯罪的方式去给儿子谋求一个未来的。"冉斯年说着，用严厉的目光逼视着胡大盛。

胡大盛自嘲地笑笑："没办法，我不是一般人，没有一般人的思维和做事的方式。我年轻时是个混子，现在就是个一事无成的穷鬼，我没文化，没能力，没背景，没钱！我这样的人，就只能想到这么一个办法。其实，一开始我还没有想这么多，我就是想杀了栾霞，因为我儿子就是因为她才染上了酒瘾，被她骗得团团转，变成了个窝囊废！后来，我才想到了把罪名嫁祸到小超身上，因为我担心，担心栾霞死了，这孩子更会借酒浇愁，痛不欲生啊！"

瞿子冲惊愕着问："难道你认为胡超身陷杀人嫌疑，甚至坐牢，就会转移他的痛苦？"

冉斯年摇头，对瞿子冲解释："我说过，想要拯救胡超这个小酒鬼，首先就要拯救他的身体，这小子因为酒精中毒已经去过医院几次，走过鬼门关了，所以最重要的，就是让他戒酒。可胡大盛本身没那个能力，做不到一天24小时看管儿子，因为他必须工作，否则两个人就得饿死；胡大盛也没钱雇人来照看儿子，更没钱把儿子送入医院治疗，或者是戒除酒瘾的医院住院。于是他便想到了一个好去处，干脆把儿子送进一个免费的、没有酒的地方，会有更多的人，更加严厉地替他去看管儿子。这对胡超来说，不但是个戒酒的好地方，更是个最大的教训，同时，也可以解这位走投无路、恨铁不成钢的父亲的心头之恨。"

冉斯年话音未落，会议室里所有人都目瞪口呆，目光全都集中在胡大盛这个用心良苦，却也是特立独行的父亲身上。

胡大盛干涩地笑了两声："工厂那边有个机会，可以让我身兼两职，赚两份工资，但是前提是我必须24小时待在工厂，每天只有4个小时的休息时间。这样一来，我就更加没有时间照顾小超了，如果没有我看管，这孩子有可能去偷钱买酒。酒瘾犯了，为了钱他有可能跟那群小混混一起去打家劫舍！我是个无能的父亲，我管不了他，也没能力和时间去管教他，我得为了生计去工作！我不想错过这次工作上的机会，可是又不放心丢下小超跟那群混混，跟栾霞他们走下坡路，我只能给他寻觅一个好去处。"

同样身为父亲，袁庆丰听了胡大盛这话，忍不住连连叹息。

范骁本来一直避免跟胡大盛眼神接触，听了这番话，也不免有些同情，终于肯用正常，甚至带着友善的眼神去直视胡大盛。

瞿子冲看胡大盛的眼神里仍旧带有怀疑和警惕，仿佛根本不为所动。冉斯年明白瞿子冲这番表现的原因。以往的案子里，瞿子冲也是个感性的队长，尤其是面对父子亲情的时候，毕竟他也是当父亲的年纪，却没有自己的孩子。可这一次，面临的也是一对悲情父子，他却冷若冰霜。原因自然是胡大盛是握有他罪证的、能够决定他命运生死的关键人物，他不能对这样的人物抱有同情之心。冉斯年可以肯定瞿子冲已经肯定了这点，毕竟胡超讲述的那个金山的梦实在是太明显了，瞿子冲跟他合作这么久，不可能读不出那梦里的深意。

"斯年哥，刚刚你说胡大盛的犯罪行为对他来说是一举三得的好办法，"范骁发问，"第一个好处就是能够给胡超找个好去处免费戒酒；第二个，可想而知就是让胡超摆脱了栾霞这个带坏他、让他执迷不悟的女孩，免得胡超出狱后再去找栾霞，到头来还是要堕落，白费胡大盛的一番苦心。那么还有一个好处是什么呢？"

"钱。"冉斯年解释，"刚刚我也说了，胡大盛的计划中，自己是要给胡超翻案，让自己这个真凶伏法的。在那之后，儿子虽然出狱了，但是却再也没有了他这个父亲的照顾。他需要给儿子铺好一条后路，给他一笔启动资金，让他用这笔钱做点儿小买卖，走上正途。"

范骁问："所以说胡大盛要趁胡超坐牢的这段时间做那份每天只能休息4个小时的工作，攒钱给胡超？"

冉斯年朝范骁一笑，像个慈善的老师一样耐心讲解："不止这样，要知道，胡大盛只是个一线工人，就算是赚两人份的工资，几年下来也攒不下多少，但即使这样，他还是努力攒钱，也对，能多给儿子留一点儿是一点儿嘛。但胡大盛看中的，还是国家给予坐冤狱的胡超的赔偿金。"

瞿子冲一惊，看胡大盛的眼神更加凌厉。

"没错，按照胡大盛的计划，一旦多年后他这个真凶浮出水面，胡超被冤枉坐了几年冤狱的事情闹开，当初负责这案子的负责人瞿队免不了被惩罚，就连我这个协助瞿队破案的外人也会名声扫地，成为舆论的焦点。毕竟当年的案子是基于我这个所谓专家的一家之言，仅凭理论分析的裁定，还有瞿队所谓的间接证据链，这些都是可以被推翻的。胡大盛的计划里，我和瞿队都会是受到波及的棋子，但我们所受到的伤害还算是最小的，毕竟，他的计划里，先后死了两只猫、一条狗，还有两个人，哦，对了，还有一个受害者。"

听到这里，本来还有点儿同情胡大盛的饶佩儿狠狠剜了胡大盛一眼，她想，冉斯年已经经历了一次职业滑铁卢，胡大盛要是再给冉斯年摆这么一道，冉斯年就彻底没了活路，当不成心理咨询师，也当不成释梦神探，那他就真的只能去做个普普通通的上班族了，而且是个名声不太好的上班族。

第二十四章

肮 脏 真 相

瞿子冲咳了一声，正色问："斯年，你说整起案子里，除了栾霞和那个无名女尸，还有一个受害者？"

"没错，"冉斯年说着，目光转向袁庆丰，"这也是袁庆丰夫妻俩在场的原因，因为我刚刚分析的还不是案子的全部，只能算是三分之一，剩下的三分之二，是有关那个无名女尸，还有第三个受害者的，那第三个受害者，就跟袁庆丰夫妇息息相关。唉，关于后面的这两个受害者，我不知道这是胡大盛刻意所为呢，还是突发情况的应急手段。"

袁庆丰有些坐不住了，他用高音量掩饰心虚，反问道："你这是什么意思？我在这里只是作为证人而已，就像我之前说的，栾霞死那晚，我真的是被栾霞叫到了胡超家里，我只是目睹了凶手杀人而已！现在看来，我目击到的凶手就是胡大盛！既然你们都已经知道了凶手是谁，他自己也承认了，那我们夫妻俩也大可不必待在这里了，我们先告辞了！"

袁庆丰拉着陈虹起身就走，却被瞿子冲拦住了去路："两位先不要急于离开，就算你们现在离开了，如果二位真的跟案件有关，我还是有权力再把二位带过来，这样折腾，没必要吧？"

瞿子冲语气中带着不容反抗的威严，袁庆丰在瞿子冲面前，变成了一个心虚恐惧的小学生，只能乖乖坐回原位。

"老公，别这样，"陈虹安慰袁庆丰，"我倒是要听听，他们能说出什么花儿来，要是有人敢诬陷你，律师会为我们辩护的。"

袁庆丰冲陈虹苦笑了一下，战战兢兢端坐着，俨然一副头顶悬着不定时炸弹的模样。

冉斯年同情地瞧了陈虹一样，不禁微微摇头："先来讲讲那具无名女尸吧，那具穿着打扮都跟栾霞相同的、就连身形都十分相似的女尸。瞿队，你们有没有查到这具女尸的身份？"

瞿子冲回答："还没，不过根据法医的初步勘验，可以确定，女尸的年龄在18岁至22岁，她身上除了临死前的新伤痕之外，也跟栾霞一样，遍布着一些陈旧的伤痕，像是被殴打过。除了相似的相貌身材，还有跟栾霞遇害时候一样的着装。"

"我猜想，这个女死者生前应该是从事肉体交易行业，她身上的旧伤痕，就是被她的男性客户造成的，而胡大盛正是她的客户之一。"冉斯年又朝向胡大盛，边说边从他的神情里确认自己说的是否正确，"胡大盛这位客户有些特别，他花钱在这个女人身上不是为了发泄欲望，而是为了跟这个女人演一场戏，给他的儿子看。"

"啊，我明白了！"范骁突然一拍额头，恍然大悟地叫道，"这个女人就跟之前的流浪猫和藏獒一样的性质，胡大盛就是利用这个身形跟栾霞相似的女人演了那么一出杀人的戏码给胡超看，让胡超误以为是做梦！"

胡大盛冷哼了一声，不屑地说："没错，这个女人跟栾霞一个德行，都是为了钱什么都能做的女人！一听说我有这种特殊癖好，她并没有像我想象中拒绝，反而直接跟我开价。哼，雇用她演戏的这个环节极为顺利。只可惜，这女人看我给钱痛快，她居然威胁我说如果我不持续给她钱的话，就要把我找她的事情，还有我是个变态的事情给捅出去，让我丢了饭碗，名声扫地！我知道，她就像是个狗皮膏药，缠上我了。要想避免她把我的事情传出去让小超听到，避免我的计划受到影响，就必须让她消失！"

"于是你就约她案发第二天晚上在你家见？"冉斯年问胡大盛，"并且要求她穿着栾霞死去时穿的同款衣服？"

"没错，我跟她说，我家变成了命案现场，晚上不会有人敢靠近，去我家再合适不过。为了掩人耳目，我让她穿上了我给她买的栾霞死时穿的同套衣服，告诉她，如果她穿成这样，就算有人看见了她也只当是见鬼了。如果她愿意配合我偷偷地来我家找我，不声张出去我们之间的关系，我可以给她钱。"胡大盛露出阴狠的神态，一丁点儿也不后悔杀了栾霞和那个女人。

瞿子冲接着说："于是你就在栾霞死后的第二天晚上，把她也给杀了？并且埋在了你家后面的山坡上？那么你的工作名牌是怎么回事？你难道没发现自己的名牌丢了吗？没想过回去找？"

冉斯年叹息着摇头，说："我想，那个名牌是你故意丢在那里的吧，栾霞的死、案发现场，你小心翼翼没有留下任何指证你的罪证。所以你应该不会那么大意，把那么一个表明身份的私人物品丢在埋尸的地方。我想，你是故意的，埋尸的时候，你看着另一个'栾霞'，突然冒出一个想法，或者说你让那个女人打扮成栾霞临死前的模样就已经是为你的这个计划做好了打算。你要制造另一起与栾霞案件极为相似的案件，相似的死者、相同的凶器和死法，甚至连埋尸地点都跟栾霞案的案发地点相近。你这样做就是为了能够给以后的翻案制造契机。试想一下，多年后，警方发现了那具女尸，就一定会联想起多年前的栾霞，警方发现了女尸旁边还有你的工作名牌，就会怀疑你是真凶，进而怀疑多年前的栾霞也是你杀的。届时，警方就会调查你，你再趁着警方对你的调查故意暴露自己，就可以一步步按照计划，为胡超翻案。"

胡大盛颇为得意地仰头笑道："没错，你说得没错，这就是我的如意算盘，只可惜，只可惜啊！"

瞿子冲剜了胡大盛一眼，转而问冉斯年："斯年，快说说，第三个受害者到底是谁！"

冉斯年的目光缓缓移动，从胡大盛移向胡超，又从胡超移向袁庆丰，最后停驻在陈虹身上："第三个受害者，当然也在这间会议室里，那就是陈虹。"

陈虹大吃一惊，而后哈哈大笑："开什么玩笑？我不是好好地坐在这儿吗？我怎么会是受害者？"

冉斯年不动声色，再次重复："你就是受害者，这点，你自己心里清楚，你家洗手间马桶水箱里藏的裁纸刀就是证明。"

陈虹的笑声戛然而止，整个人僵住，张着嘴巴却半个字都说不出。

"没错，你受到了伤害，只不过，你完全没有想过，你的伤害其实是由你的前夫袁庆丰造成的。我之所以察觉到你是第三个受害者，其实还是源于你儿子袁喆对你们关系的描述。按照他的说法，袁庆丰为了栾霞抛弃了你们母子之后，你们都对他恨之入骨，可是袁庆丰在栾霞死后，很快就又回到了这个家里，并且似乎得到了你的原谅，按照袁喆的话来说，袁庆丰感动了你，就连一声爸爸都不肯叫的袁喆也等于是接受了浪子回头的袁庆丰。"冉斯年目光锐利，死死盯住袁庆丰，冷冷地问，"这是为什么呢？袁庆丰，你怎么会这么好运，如此短的时间就得到了原谅？当初在警局，瞿队要求你不准离开松江市的时候，你说过一句话，你说你不会离开，因为只有留下来才有机会重回家庭。其实那个时候，你就已经预料到了，再过几天，你就会得偿所愿，从丧家之犬又变回家里的男主人！"

范骁歪头想了一下，猜测道："难道是因为袁庆丰知道陈虹会因为离婚而想不开，想要轻生？袁喆因为发现了母亲的这个倾向，一个孩子无从求助，还得去找他这个爸爸？"

"陈虹能在得知袁庆丰被一个年轻的栾霞欺骗后，毅然决然就跟袁庆丰离婚，还让他净身出户，应该是个果敢痛快的女人，这样的女人，我想，应该不至于因为离婚就想不开甚至轻生，并且，她还有孩子。"

"那为什么陈虹会轻生？"范骁问。

"要自杀的人不是陈虹，是我！"袁庆丰突然大叫，"是我把裁纸刀藏在水箱里的，是我想要在浴缸里割腕自杀！因为我愧对妻子孩子！就是因为这样，陈虹看到了我意图自杀的场面，所以才原谅我的！"

"那么紧急避孕药又是怎么回事？"冉斯年咄咄逼人地问。

陈虹再次惊异地瞪大双眼，不可置信地问："什么紧急避孕药，你在说什么？"

"我在你的卧室里发现了紧急避孕药的包装盒，在你们这个三口之家，需要这个药的人，只有你吧？你为什么会吃紧急避孕药？一定是为了避免怀孕。为什么要避免怀孕？再联系到水箱里的裁纸刀，联系到你这个时候居然重新接受犯了大过错的袁庆丰，我能得出的结论就只有一个，"冉斯年毫不客气地大方说道，"你，陈虹，在不久前，准确来说，应该是在栾霞死后的不久，遭人强暴了。"

陈虹全身剧烈颤抖，泪水在眼眶里打转，很显然，她的表现已经证实了冉斯年的说法，她的确在不久前遭到了强暴。

瞿子冲冷哼一声："原来如此，我说嘛，袁庆丰怎么就突然得到原谅能够重回家庭了啊，原来是在前妻遭遇重大打击后及时出现，无论从身体上还是心灵上都给予无微不至的关爱，感动了陈虹啊。也难怪，女人在这种时候都是最无助脆弱的，袁庆丰，你这是乘人之危啊！"

范骁着重强调："而且最重要的是，斯年哥刚刚说了，袁庆丰早就预料到了自己马上就可以重回家庭，这才是关键不是吗？袁庆丰，你是怎么知道你会有这么一个绝佳的契机的呢？"

会议室中静得出奇，沉寂了半分钟后，陈虹突然猛地跳起来，一把揪住袁庆丰的衣领，发狂似的摇晃他，她一边摇一边放声大哭，仍旧是一个字都说不出来。

范骁和瞿子冲忙一边一个把陈虹拉扯开。

陈虹马上又像是泄了气的皮球、一盏熄灭的灯一样，暗淡无声地瘫软在椅子上。

冉斯年双眼放着寒光，来回去看袁庆丰和胡大盛，从牙缝里挤出四个字："曲线救国。"

饶佩儿最先反应过来："啊，斯年，我明白了，就是你做的那个梦！曲线救国的梦！你当初就跟我说过，如果是想要提醒你曲线救国这个线索的话，只需要一个姓汪的大臣就可以了，可是你的梦里却有两个大臣主张曲线救国。现在看来，一个是胡大盛，想要曲线救国拯救儿子的胡大盛；还有一个就是袁庆丰，他想要重新回归家庭，不是直接去表达悔意诚意请求陈虹的原谅，而是也采取了曲线救国的策略，让陈虹遭受打击，自己好乘虚而入！"

"没错，采取曲线救国策略的罪犯其实有两个，一个是胡大盛，另一个就是袁庆丰，"冉斯年颇为同情地说，"所以第三个受害者，也是隐藏最深、丝毫不知道自己其实也是栾霞案受到波及的受害者的——陈虹。"

范骁小声说："怪不得斯年哥，你一定要袁喆离开呢，让一个十六岁的孩子知道自己的父亲是如此一个人渣，一再伤害母亲，对他来说是太过残忍了。"

"是啊，我想这种事，还是永远都不要让袁喆知道为好，至于袁庆丰这个间接的强奸犯，就让他接受法律的制裁后，从此从这对母子的生活中消失吧。陈虹，相信你的想法也跟我一样，总不希望袁喆从今往后都带着对父亲的恨生活下去吧，心中有恨，还是恨自己的父亲，对一个孩子，哦，不，对任何一个人来说，都是一种痛苦的自我折磨。"冉斯年带着询问的目光去看仍旧是雕像一样的陈虹。

陈虹呆愣愣地微微点头，仍旧不言不语，泪水却像决堤一般，无声倾泻。

袁庆丰已经抖如筛糠，他知道自己完了，跟早就知道自己完了的胡大盛相比，他表现得更加狼狈慌张。

"总结来说，袁庆丰的确就是栾霞命案的目击者，"冉斯年整理心情，驱赶对袁喆的同情、对袁庆丰这个人渣的痛恨，冷静地说，"这应该是出乎胡大盛意料的，他没想到，他以胡超的身份把栾霞约到家里见面的时候，栾霞会叫上已经跟她翻脸的袁庆丰，而且袁庆丰会为了要回一枚金戒指就大晚上赶到胡家去给栾霞撑腰。最后的结果就是，袁庆丰去得不是时候，他正好赶上了目击胡大盛杀死栾霞。接下来，可想而知，袁庆丰以此要挟胡大盛，可胡大盛哪有钱？他没钱没势，对袁庆丰来说，根本没什么用。"

袁庆丰一个劲儿摇头，做垂死的挣扎，倒是胡大盛已经什么都不在乎了，反而坦率地说："没错，我对袁庆丰来说一点儿用都没有，他觉得就算去报警指证我，对他也没什么好处，还不如利用我来为他做点儿事。我虽然一无所有，但好在我有一张生面孔，我还是个男人。"

饶佩儿注意到胡大盛说这话的时候，陈虹全身剧烈抖了一下。饶佩儿轻轻拍了拍陈虹的冰凉的手背，小声在她耳边安慰说："一切都过去了，坏人会得到惩罚的。"

"不！"袁庆丰突然大叫，"是你提议的，是你说的！你说你知道我需要什么，你能为我做，只要我不供出你来，你什么都肯做！"

胡大盛不屑地笑笑："没错，这话是我说的，是我的原话！可我也只说了这些，真正把话说明白了的人，是你吧？我说完这话，你说了什么，你还记得吗？"

"够了！"饶佩儿突然厉声呵斥，"你们两个半斤八两，就不要在这里推卸责任了！"

冉斯年对饶佩儿突然的激动和愤慨感到意外，侧目一看，饶佩儿紧紧握住了陈虹的手，这个女人果然比自己要富有更多的同情心，这也是他喜欢和欣赏她的原因之一。

瞿子冲清了清喉咙，最后总结："既然已经真相大白，那么多说无益，胡大盛，我现在正式以涉嫌谋杀两名女性、强奸陈虹的罪名逮捕你。你的如意算盘已经落空，不但没法给你儿子谋求一个未来，连唯一能够照顾他的你这个父亲，他也会失去。这就是犯罪的下场！"

胡大盛抬头倔强地瞪着瞿子冲，眼神里全是愤怒，而且是指向瞿子冲的。别人可能不了解其中的缘由，但冉斯年是清楚的，因为瞿子冲一定好多次暗示过胡大盛把他的罪证交出来，跟他做交易。可胡大盛尽管走投无路到了要把儿子送进监狱的地步也不肯承认自己握有瞿子冲的罪证，瞿子冲一定非常失望。

现在，胡大盛算是彻底完了，胡超变成了一个孤苦伶仃无依无靠的孩子。胡大盛知道，局势变成今天这样，胡超一定成了瞿子冲的另一个筹码，他担心自己入狱或者被执行死刑之后，瞿子冲会对自己的儿子下手，所以才会以如此愤怒而带有警告意味的眼神瞪着瞿子冲。

瞿子冲用冰凉的手铐拷住了胡大盛的双手，脸上闪过稍纵即逝的得意。

胡超突然蹦起来，跪在地上一把抱住了胡大盛的腿。一抬头，他已经泪流满面，嘴唇不住颤抖，眼巴巴抬头仰望着他这个没什么文化、甚至没有走正途去帮助教育儿子的、可怜的父亲。

"爸，是我，是我不争气，是我害了你！"胡超憋了几秒钟，总算能够说话，他从听到胡大盛承认杀人之后就一直没怎么说话，一切来得太突然太残忍，让他这个本来就反应不太灵敏的孩子震撼到忘记了该说点儿什么，仿佛置身于与会议室平行的另一个空间。

胡大盛听胡超这样说，瞬间坍塌一般，也跪在了地上，他双手被铐在背后，无法去抚摸儿子的头，无法抱住儿子颤抖的身躯，只能无声哭泣。

"孩子，我相信你知道该怎么做，你知道的！"胡大盛被瞿子冲硬拉着站起来，往门口拖着走，他的头却一直朝向身后的胡超，嘴里不断念叨着这句话。

"我知道，我知道，爸，你放心，放心吧！"胡超一反常态，不再用那种像是喝醉酒一样的含糊声音，这一次，他发音标准，吐字清晰，这一次，他最清楚自己说了什么。

瞿子冲走到门口的时候，回头冲范骁使了一个眼色，范骁马上明白过来，也像模像样地站起身，走到袁庆丰面前，掏出了手铐。

袁庆丰这个中年男人在范骁这个年轻的警员面前，已经卑微成了一粒沙，他颤巍巍地站起来，缓缓伸出双手，低头去看自己的手腕，那手腕上还戴着名表，那是结婚十周年纪念日的时候妻子陈虹卖掉了她母亲留给她的金耳环买给他的礼物。

"咔嚓"一声，袁庆丰还在恍惚间，清脆的手铐锁扣声音一下子把他从混沌的回忆中拉回现实。回忆中，陈虹给他戴上了手表，他感动地一把搂过妻子，一文不名的两人拥抱着，一起憧憬他们一手创立的物流公司将来一定会赚得盆满钵满；现实中，陈虹哭成了一个泪人儿，呆傻如一座雕像，就在他身边，却再也不愿看他一眼，而袁庆丰，这一次是真正彻底失去了这个家，作为强奸案的共犯，将会受到法律的制裁。

会议室里只剩下了四个人，冉斯年、饶佩儿、仍旧跪在地上抽泣不止的胡超、一动未动无声流泪的陈虹。

良久，冉斯年重重叹了口气，走到胡超面前把他扶起来，严肃而中肯地说道："站起来，站直了。胡超，别忘了你刚刚的承诺，我们都是证人，见证了你的诺言。你现在是个顶天立地的男人，你不能食言！"

胡超本来还瘫软想要一下子栽坐在椅子上的身躯突然有了些力量，他努力站稳，虽然眼泪还是止不住，但眼神里已经透露出一丝坚毅。

"放心，我会帮你，"冉斯年用力拍拍胡超的肩膀，"我一定会帮你，帮你父亲完成他的心愿。"

饶佩儿知道冉斯年可以安慰鼓励胡超，但是却没法给陈虹这位大姐什么有效的安慰。然而饶佩儿是女人，她最了解女人，最能体会陈虹都经历了什么，她现在心中的汹涌和哀恸。

饶佩儿紧紧握住陈虹的手，"陈姐，袁喆还等着跟你一起回家呢。为了你在这个世界上最亲的人，你的儿子，请你一定一定要振作。"

听到袁喆这两个字，陈虹木然的神态总算有了变化，她缓缓歪过头，问饶佩儿："对了，我儿子呢？"

"放心，袁喆跟梁媛参观公安局呢，我这就去把他们给叫回来。"饶佩儿起身，走了两步又回头，"但是陈姐，我带袁喆回来的时候……"

陈虹狠狠抹了一把脸上的泪痕，挤出一丝最艰难的笑意："放心，我知道。就像冉先生说的，我不会让我儿子知道这么恐怖肮脏的真相。"

五分钟后，饶佩儿带着袁喆回到会议室，门一开，饶佩儿便看到了一脸平静的陈虹，这个女人果真厉害，是个能够独自支撑一个物流公司和一个家的女强人，她面带微笑，走向袁喆。

"妈，我以后想当个警察！惩恶扬善，多威风啊！"袁喆兴冲冲地说道，这就是他刚刚参观公安局后最大的感想。

第二十五章
证 据 所 在

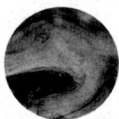

/ 1 /

转眼已经是三天过去，三天里，冉斯年没有再见到胡超。瞿子冲以胡大盛的案子为由，扣留了胡超整整三天。冉斯年心里清楚，仅仅是询问命案的事，胡超这个案件相关人员并不需要在警局逗留那么久，瞿子冲一定是对胡大盛胡超这对父子下了一番功夫的。

这天正好赶上饶佩儿的母亲陶翠芬相亲，对方是冉斯年叔叔的大学同学，现年五十五岁的大学教授，跟冉斯年那位经商的叔叔不同，这位薛付老先生是个戴着眼镜的斯文学术派。饶佩儿本来还担心母亲不会喜欢这种古板型的叔叔，可是没想到，母亲趁相亲吃饭期间给她发回来一条短信，竟然说二人相处得很融洽。这让饶佩儿感到十分欣慰。

冉斯年看饶佩儿心情不错，干脆打发饶佩儿去陪相亲结束后的母亲，他想，这会儿这对母女肯定有很多私密话要说，他一个大男人，又是外人，不方便听。

打发走了饶佩儿，冉斯年直接驾车赶往分局找瞿子冲，他实在是坐不住了，他必须把胡超从瞿子冲那里救出来，哪怕自己从胡超那里什么也得不到，因为胡超这个可怜的孩子真的再也经不起瞿子冲的折腾了。

刚一到分局，冉斯年就看到了一楼大厅的中央围着几个人，他倒也没放在心上，径直上楼去找瞿子冲。

然而瞿子冲并不在警局，正打算收拾一下也出门的范骁告诉冉斯年，胡大盛趁押解期间警员的一时松懈，竟然从二楼的栅栏上跳下，坠落在分局一楼大厅的瓷砖上，刚刚才被急救车拉走，瞿子冲是跟着急救车一起走的。

冉斯年的心一沉，原来一楼大厅中央那几个人围绕着的竟然是胡大盛的血迹！他忙拉上范骁一同赶往胡大盛前去的医院。

路上，冉斯年分析，一定是瞿子冲以胡超为要挟，对胡大盛逼得太紧，无奈之下胡大盛只好选择自杀，因为一旦他死了，瞿子冲就没有了要挟的对象，对于一个不知情的胡超，一个糊里糊涂因为酗酒神志都不甚清晰的胡超，他也就没有了用武之地。因为大家都很清楚，胡大盛是绝对不会把他握有瞿子冲罪证的事情告诉给胡超的，那样做就等于把那证据放在胡家的桌子上一样危险。

那么，胡大盛到底是怎么处置那份罪证的呢？如果自己是胡大盛的话，会把那么关键的东西藏在哪里？既然胡大盛设置了这么一番拯救儿子的迂回计划，他就一定设想过计划失败后的结局，也就是现在这样，虽然栾霞死了，但是他自己也得锒铛入狱。那么一旦计划失败，自己入狱，儿子没人管，证据又怎么办呢？或者说计划成功了，几年后，胡大盛还是会把儿子从监狱中顶替出来，那么证据又该放在哪里？

苦思冥想了片刻后，冉斯年的目光无意中扫过身边的范骁，突然灵光一闪。

如果他是胡大盛的话，这么重要的东西，老朋友托付给他的，用来保障老朋友儿子安全和未来的东西，就算要交，是不是也得无声无息地交给老朋友的儿子呢？

冉斯年突然冒出了一个想法，瞿子冲的罪证已经为范骁所掌握，要么范骁对此十分清楚，要么就是范骁自己都不知道，他手里还有能够制约和掌握瞿子冲生死的关键。

"小范，"冉斯年犹豫再三，还是决定先试探性地问问，"这几天胡大盛有没有什么反常的举动？或者说了什么奇怪的话？"

范骁为难地搓着手掌，半分钟后才下定决心似的说："斯年哥，我不想瞒你，其实……其实我和胡大盛，我们俩……我们俩认识。我父亲跟他以前……以前认识，算是朋友。"

"哦？"冉斯年装出一副吃惊的模样，"那为什么你一直不说？哦，对了，

203

你现在是警察，而胡大盛父子是涉嫌命案的嫌疑人，也难怪你不说。"

范骁有些感激冉斯年的理解，他用力点头："是啊，我不想，尤其不能让瞿队知道我还认识这样的人，所以也请你帮我保密啊。"

"没问题，"冉斯年理所应当似的，"小范，对于我，你尽可信任。"

范骁似乎被冉斯年的话暗示，心里更加有底，继续说："因为我们认识，所以……所以趁没人的时候，他偷偷拜托我照顾胡超。我是真的同情胡超，毕竟我们命运相似，都是无亲无故孤身一人，我真的想帮他。可是……可是我怎么照顾胡超呢？我也没钱没势的，孤身一个人，也只能养活自己而已。"

"其实我也很同情胡超这孩子，小范，既然你受人之托，还是你父亲朋友最后的请求，我想，我们也尽力为之吧，尽力帮帮胡超这个可怜的孩子。"冉斯年冲范骁微微一笑，"我可以帮你的，出资送胡超去医院戒酒瘾。"

"真的吗？"范骁喜出望外，"斯年哥，你真是热心肠，真是好人！谢谢你，太感谢你了！"

"自己人不必客气，"冉斯年假装不经意地又问，"胡大盛就只说了这么一句？没再说别的？我是说，他就没有表现出想要自杀的倾向？"

"没了啊，"范骁挠头，"他只是不断自责，总是唠唠叨叨地说他是个无能的父亲，不能亲自照顾自己的儿子，只能把儿子托付给其他人照顾了。还说他是个坏人，是个罪人，害死了无辜的人，他心中有愧。看来，这也算是他突然醒悟了吧，认为那个被他杀死的酷似栾霞的女人是无辜的。现在想想，他这种醒悟也算是自杀的倾向吧？"

冉斯年握着方向盘，不断咀嚼着范骁转述的胡大盛的话，如果说胡大盛总是唠唠叨叨地说这套说辞的话，那么也许这就是胡大盛的临终遗言，这套说辞就是关键所在。

倏地，冉斯年的眼神一亮，竟然情不自禁地笑出声来。他平时一直是个演技派，自认为自控能力超强，可是这一次，他居然没控制得住自己的喜悦，因为这实在是天大的收获，他认为，他已经知道了瞿子冲的罪证所在！

"怎么了？斯年哥？胡大盛忏悔自责的话有什么不对吗？"范骁莫名其妙地问，"你笑什么？"

冉斯年继续笑，只不过笑容变成了伪装的苦笑，他感叹道："我这是心酸的笑啊，胡大盛终于认识到了他犯下的错误，人只要能醒悟，哪怕是在生命最后一刻醒悟，也比执迷不悟到死强啊。"

实际上，冉斯年心里的话是：我这是狂喜的笑，因为我终于猜到了瞿子冲的罪证在哪里，我已经有了超过六成的把握。只要找到了瞿子冲的把柄罪证，扳倒这个伪君子、这个双手沾满鲜血的刽子手，就可以为枉死的几个人复仇，彻底摆脱自己所处的危险，一切皆大欢喜了！

赶到医院的急救室门前，正好赶上医生护士从里面出来。冉斯年和范骁，连同等在门口的瞿子冲和邓磊一起迎上前，期待医生的结论。

医生抱歉地摇摇头："很抱歉，他的头部遭到了强烈的撞击，我们已经尽力了。"

范骁紧紧咬住嘴唇，一时间眼眶里竟然湿润了。

冉斯年理解范骁，尽管范骁表现出对父亲那个朋友的不屑，说自己就算走投无路也不会去找他帮忙，可如今胡大盛真的死了，而且是自寻死路，范骁难免还是会心软动容，更何况，胡大盛虽然是个罪人，却也是一个可怜的父亲。

邓磊叹了口气，对冉斯年解释："胡大盛是抱着必死的决心啊，他跳下去的时候我就在附近，亲眼看到他是头朝下往下跳的！这个胡大盛，可能是觉得没法面对胡超了吧。"

冉斯年心里也是说不出的酸涩，他偷眼去瞧瞿子冲，瞿子冲的脸色也很难看，看得出，这个结果也是瞿子冲不想看到的，毕竟，没有了要挟的对象，就算有要挟的筹码，又有什么用呢？当然，这也有可能是瞿子冲在表演，其实他早就跟自己一样，从胡大盛那些忏悔自责的话里听出了玄妙之处，也猜到了罪证的所在。

四个男人并排坐在急救室门外的椅子上，都是满脸阴沉。冉斯年从瞿子冲的脸色中猜测着，瞿子冲到底是在展现精湛演技呢，还是真的以为寻找罪证无望了，是真的难过呢？

最后，冉斯年认定是后者，因为瞿子冲如果真的知道了罪证所在，现在也就没心情再在这里演戏，为胡大盛的死表演懊恼了不是吗？他应该不会放心让任何人去回收自己的罪证，这种事情，越少人知道越好，他一定会亲力亲为，亲自出马，去找到掌控自己生死的关键，然后亲自毁掉它！

很好，目前为止，瞿子冲什么都不知道，冉斯年在心里暗笑，自己占有绝对的上风。

冉斯年决定，自己也得暂时先按兵不动才行，现在这种时刻，要先稳住瞿子冲，绝对不能让瞿子冲怀疑到自己身上，否则，那真是前功尽弃了。越是到最后，就得越沉得住气才行！

虽然胡大盛的死让冉斯年有些惋惜，但是因为自认为已经洞悉了胡大盛临终遗言的深意，猜到了瞿子冲的罪证所在，冉斯年还是非常兴奋欣慰的。他从医院离开后，马上就去给胡超联系医院，然后又回去警局把被瞿子冲关押了三天的胡超接了出来，直接送往医院。

冉斯年暂时没有把胡大盛自杀的事情告诉胡超，他觉得现在不是时候。

胡超一直对冉斯年很顺从配合，驾车开往医院的途中，因为红灯正好停在了一家饭店门前，门外的大排档坐着不少喝酒吃串的食客。冉斯年看得出，胡超全身紧绷，努力克制自己，拳头攥得紧紧的。

"小超，我相信你一定行，"冉斯年盼望着红灯快点儿过去，担心胡超意志不够坚定，便鼓励道，"每次动摇的时候，想想你父亲，我相信你很快就能出院，过上你父亲期望的好日子。放心，有什么困难尽管找我，我会帮你的。"

胡超感激地嘴唇颤抖，鼻子一酸就要哭出来："冉大师，谢谢你，你真是好人，你帮了我这么大的忙，等我以后出来了，一定努力工作，赚钱还给你！"

冉斯年欣慰地笑笑，说："好啊，我等着你，为了我的钱不会打水漂，等你出来了，我还要帮你找一份工作。"

胡超用力点头，表决心似的："冉大师，我发誓，我绝对不会让你、让我爸失望的！从今天起，我要开始崭新的生活，告别以前浑浑噩噩行尸走肉一样的生活，像个人一样活在这个世界上！"

冉斯年给胡超交了一个疗程的费用，说实话，着实心疼，毕竟他自己现在也属于吃老本、没有固定收入的人，再加上家里还有一个跟他一样没有固定收入的饶佩儿，冉斯年感觉到压力倍增。

也许，是时候该好好为未来打算一下了，反正现在已经看到了胜利的曙光，只要扳倒瞿子冲，他和饶佩儿也等于开启了崭新的生活。冉斯年的计划和理想是，开一间属于自己的心理咨询机构，重拾老本行，当然，兼职还是要做个释梦神探。这两个行当他都喜欢，都能帮助有需要的人，并且让他充实有成就感。

折腾了一天，傍晚冉斯年才回到家。一进门，冉斯年就听到了饶佩儿和陶翠芬的说笑声，看来这母女俩心情不错。

"在聊什么？这么开心，是薛叔叔吗？"冉斯年坐到饶佩儿身边。

陶翠芬有些不好意思地低下头，面带微笑，却不回答。饶佩儿看母亲难得羞涩，更是开怀大笑，解释道："我妈对薛叔叔非常满意，薛叔叔还约她后天去打保龄球呢。"

三个人又聊了一会儿那个大学教授薛付，陶翠芬像是想起什么似的，对冉斯年说："对了，我听老薛提到了你叔叔的事情，他说你叔叔一直想要投资创立一家心理咨询机构，想请你这位行业翘楚坐镇主持大局呢。"

冉斯年的笑僵在了脸上几秒钟，他早就知道母亲和叔叔有这个打算，只是自己一直婉言谢绝，他不想接受叔叔的好意，再说当时他满心想的都是如何治好自己的脸盲症，还有查出爆炸案的真相，根本没心思创业。可现在呢，他的脸盲症正在急速好转，爆炸案的调查也已经有了突破性进展，只要找到了瞿子冲的罪证，就等于解决了自己的心结，了却心愿，也是时候该想想创立心理咨询机构的事情了。

陶翠芬似乎没注意到冉斯年的异样，继续兴致勃勃地说："老薛也很看好你，说也想要入股投资呢。"

饶佩儿也在畅想未来的美好场景，冉斯年不但可以做回他心爱的老本行，更可以一雪前耻，自己当老板，而她呢，自然就是老板娘……想着想着，饶佩儿已经乐出了声。

冉斯年看饶佩儿和陶翠芬都对自己充满期望，对未来满是憧憬，也不好打破这一切，说什么不想接受叔叔的资助这种话。他原本的计划是，卖掉这栋别墅，用这笔钱当作启动资金，先开一家小小的心理咨询室，至于工作人员，只有自己和助理饶佩儿。

"我会考虑的。"冉斯年不愿直接说出心里话，但也不想破坏气氛，只能笑着这么说。

晚饭后，冉斯年留陶翠芬留宿，陶翠芬自然是欣然答允，本来她还想拉着女儿唠家常，可薛付的短信发过来，说是要跟陶翠芬视频通话，陶翠芬便像个恋爱中的小女人一样，拿着手机去了楼上的客房。

冉斯年正愁没时间单独跟饶佩儿说话呢，这会儿他倒是打心底里感谢薛叔叔的及时出现。

"佩儿，来我房里好吗？我有很重要的事情要对你说。"冉斯年指了指楼上。

两人来到冉斯年的房间，坐在床沿。饶佩儿本来还沉浸在刚刚的气氛中，面带笑容，以为冉斯年要跟自己说薛付或者是创业的事情，可是看冉斯年一脸严肃，她也猜到了冉斯年要说的事情搞不好跟瞿子冲有关，便收起了笑容，紧张地问："斯年，你要说的，是不是瞿子冲的事？"

冉斯年点头："先不说瞿子冲，胡大盛死了，自杀。"

饶佩儿倒吸了一口冷气："天啊，他一定是不想让瞿子冲用胡超威胁他交出罪证，所以才……"

"是的，我在医院的时候看到瞿子冲也是一脸的懊恼，看样子，他是认为错失了一个可以拿回罪证的机会，"冉斯年说着，嘴角一挑，神秘地说，"但我却从范骁转述的胡大盛最近几天一直念叨的临终遗言里听出了一些门道。"

饶佩儿满怀期待地问："什么门道？是有关于瞿子冲罪证到底被他藏在什么地方吗？"

冉斯年先是点头，随即又摇头："的确是听出了一些有关罪证所在的门道，但是之前我一直都想错了一个问题，那就是这个关键的罪证，其实范铁芯并没有交给胡大盛保管。"

"什么？"饶佩儿惊异地抓住冉斯年的手，"怎么会？我们之前不是一直认定罪证在胡大盛手里吗？胡大盛不是范铁芯的朋友吗？范骁也说过他父亲临终前交代过他，如果瞿子冲不管他了，他可以去找另一个帮忙，那个人，咱们不就怀疑是胡大盛吗？难道不是？另有其人？"

"就是胡大盛，今天范骁已经跟我承认了他认识胡大盛，并且承认胡大盛是他父亲的朋友，"冉斯年解释，"但瞿子冲的罪证这么重要的东西，站在范铁芯的角度，交给胡大盛始终是不妥的，因为范铁芯会担心胡大盛藏不好，或者是胡大盛由于他个人的原因，导致他保管的罪证丢失。"

"我明白了，这种东西藏在家里始终不妥，而胡大盛又很穷，不会在什么银行有什么保险箱，他的确是没处安放这么重要的东西。"饶佩儿恍然大悟，设身处地地想，她要是胡大盛，也找不到任何绝对安全的地方存放。

　　"如果我是范铁芯的话，这么重要的东西，我不会交给胡大盛，我只会把我藏东西的地点告诉胡大盛，这样一来，一旦范骁遇到了什么麻烦，知道地点的胡大盛便可以去提取瞿子冲的罪证交给范骁，"冉斯年双眼放光，低声带着笑意说道，"而胡大盛临终的那些听似忏悔的话，其实就是指明罪证所在的关键。"

　　"胡大盛都说了什么？"饶佩儿心急地问。

　　"按照范骁的转述，胡大盛最近几天总是唠唠叨叨地说他是个无能的父亲，不能亲自照顾自己的儿子，只能把儿子托付给其他人照顾了。还说他是个坏人，是个罪人，害死了无辜的人，他心中有愧。"冉斯年一边说，一边期待地望着饶佩儿，期盼饶佩儿也能像他一样，从这话里听出玄机。

　　饶佩儿歪着头："我记得胡大盛在会议室里的时候，提及那个被他勒死的无名女尸，他表现得一点儿悔意都没有啊，甚至还认为那个女人像栾霞一样是个坏女人，该死。怎么这么几天的工夫，胡大盛就突然悔悟了？开始自责忏悔了？他说的害死了无辜的人，就是指那个女人吧？"

　　冉斯年笑着摇摇头，启发道："你把这些话换个主语，再试试看，能不能对应上。"

　　"主语？"饶佩儿嘴里念叨着，"换主语？"

　　"是的。"冉斯年倒是很有兴趣这样启发饶佩儿，他充满信心地等待着，相信饶佩儿这么聪明一定能想到答案。

　　"啊！"饶佩儿突然大叫一声，又马上捂住自己的嘴巴，瞪大眼睛，闷声说道，"换个主语，也就是把胡大盛换成范铁芯！这些话放在范铁芯身上，同样适用！"

　　冉斯年抓住饶佩儿的双手，开心地说："不愧是我冰雪聪明的佩儿！没错，我认为，胡大盛这最后反复重复的一段话，其实就是他给范骁留下的暗示，只不过，范骁这个傻小子，根本没听得出这暗示，毕竟，范骁不知道他父亲范铁芯曾经害死过一个无辜的人。只有前半句，把儿子托付给别人这句话，不足以引起范骁的注意。"

　　"是啊，范铁芯身患绝症，不能亲自照顾儿子，临死前把儿子托付给了瞿子冲；范铁芯心中有愧，因为他害死了一个无辜的女人，那个女人就是你的助理——贾若凡。两年多以前，范铁芯本来是想炸死你的，可是阴差阳错，你还活着，你的助理贾若凡却在那场爆炸中丧生。虽然最后启动炸弹的人是瞿子冲，并非范铁芯，可是范铁芯却是把炸弹送到你办公室的人，所以他才认定，贾若凡这个无辜女人的惨死是他造成的。"饶佩儿提到贾若凡，也不住地叹气，这个年轻的女助理，的确死得冤。

冉斯年的目光中透露着愤恨："害死若凡的罪魁祸首是瞿子冲，我必须为替我冤死的若凡报仇，把瞿子冲这个衣冠禽兽绳之以法！"

"可是，"饶佩儿恢复了平静，又满脑子问号，"斯年，我还是不明白，瞿子冲的罪证被范铁芯藏在哪里啊？"

冉斯年本来还攥紧拳头，一脸紧绷，一听饶佩儿问出这话，这才想起来自己还没有说出最关键的问题，他放松下来，笑着对饶佩儿解释："既然范铁芯临死前心怀对若凡的愧疚，而若凡又是他和瞿子冲一同害死的，那么可以扳倒瞿子冲的罪证，范铁芯最有可能放的地方就是——贾若凡那里！"

饶佩儿张大嘴巴，许久忘记合上，半晌才回过味来："是啊，我怎么没想到？的确很有这个可能！既然害死贾若凡的凶手是范铁芯和瞿子冲两个人，而心怀愧疚的范铁芯已经是癌症晚期，命不久矣，那么贾若凡的仇人就只剩下一个瞿子冲了，把瞿子冲的把柄放在贾若凡那里，的确符合范铁芯临死前的心态。但是问题是，贾若凡已经死了，罪证怎么放在她那里呢？放在她家里？她家人那里？还是放在了她的墓碑那里？"

"这就不得而知了，需要我们去调查，不过，不能操之过急，以免引起瞿子冲的怀疑，我们还得沉住气，等这阵子风头过去，瞿子冲暂时不去想罪证的事情之后再去贾若凡那边调查。不过好在现在有了个我很有信心的方向，也总好过大海捞针地寻找。"冉斯年深呼吸一口气，带着对未来的憧憬，一把抱住饶佩儿，在她耳边轻语，"佩儿，我有预感，我们会找到瞿子冲的罪证，彻底把他扳倒，送入监狱。等我解决了他这个大麻烦，再开启我的新事业，到那个时候，我也就有资格向你求婚了。"

饶佩儿也用力抱紧冉斯年，笑着说："那你就得祈祷我妈妈的感情生活能够顺利稳步前进啦，因为我妈妈不先解决终身大事，我可是没心思幸福出嫁的！"

梦 幻 地 狱

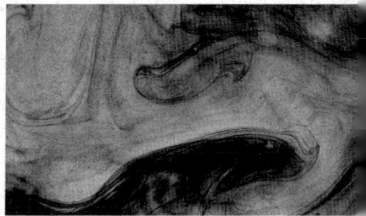

　　所有梦均为绝对的自我中心，每个梦均可找到所爱的自我，甚至可能是经过改装后的面目出现的。而梦中所达成的愿望都不外乎这个自我的愿望。表面上看起来"利他"的梦内容，其实都不过是"利己"的。

——弗洛伊德《梦的解析》

第二十六章

劲 敌 对 决

/ 1 /

不大的演播厅里，松江市某著名主持人，一位以大胆言论著称的、曾经的电视台主持人，松江市有名的钻石王老五，如今是网络金牌节目制作人的洪彦坐在舞台中央的欧式座椅上。

洪彦的两边，分别还有两个男人，看起来年龄都比四十岁的洪彦要年轻，其中一个目光炯炯、带着点儿玩味意味面向摄影机的帅气男人，正是冉斯年；而另一边，则是一个看起来也很年轻，从长相看，年纪跟冉斯年不相上下，但神色却更显老成和深不可测的男人。

主持人洪彦说话颇有深意，在节目开始前，还未介绍两位嘉宾之前，他先来了这么一句当作开场白，他说："大家好，我是洪彦，您现在正在收看的是由开诚网制作的访谈类节目《洪彦不吐不快》，今天我邀请来的二位嘉宾身份极为特殊。是怎么特殊呢？这样说吧，如果我此时仍然身在省电视台担任主持人，主持访谈节目的话，是无论如何也没法请来这二位上节目的。换言之，因为他们二位身份的特殊性，只能在这个平台跟我一起与大家见面，谈一谈在电视台里没法谈的话。"

冉斯年听洪彦这么说，不禁稍稍显露出一丝不屑的笑，因为台下的那近百个现场观众已经配合着摄影机露出了惊讶和好奇的神态。冉斯年觉得好笑，这些人来上节目之前就已经知道这期节目邀请的嘉宾是何方神圣了，居然还要在镜头前做样子。这大概就是所谓"节目"的本质吧。

"好，不卖关子，"洪彦给了台下观众一点儿猜测和好奇的时间，然后很快公布答案，"今天邀请来的两位嘉宾正是松江市，乃至本省，甚至全国范围内，梦学领域中的佼佼者，年轻有为的两位梦学专家。首先，我左手边的这位青年才俊，是擅长以弗洛伊德的名著《梦的解析》作为理论基础的释梦专家，曾经名噪一时的心理咨询师——冉斯年冉先生，他自创的释梦疗法曾经帮助不少人解除了心理困惑，疗愈内心创伤；而我右手边的这位沉稳自信的先生，也同样是在全国都屈指可数的梦学专家，他所精通的领域是备受众人瞩目且好奇追捧的——清明梦，这位袁孝生先生可谓是梦学导师，在他的指导下，勤加练习，便可以进入另一个梦幻奇特的平行空间成为那个世界的主宰，也就是做清明梦。"

台下响起了观众们的或大或小的感叹声和惊呼声，洪彦抬手示意大家安静，他继续说道："今天之所以把同一领域中的二位佼佼者同时请到演播厅，目的很简单，就是想要在观众面前展示二位的神通，并且借由此，来让观众们投票选出二位之中，谁才是更胜一筹的梦学大师。现场的观众也都是经过筛选的、松江市各行各业的佼佼者，其中不乏心理学专家，由他们来作为大众评委。每位评委手中有10张票，可根据二位的实时表现自主选择投票，截至节目结束的总票数来决定二位的胜负。我自作主张，举办了这么一场比赛，还请二位不要见怪。"

冉斯年这一次不屑的笑更加明显，他原本就不喜欢这个洪彦，当初冉斯年在省电视台主持新闻节目的时候，就不喜欢甚至是讨厌他。现在，洪彦又如此虚伪，说什么希望他不要见怪，而实际上，这话就是说给观众听的，他自己作为节目嘉宾之一，怎么可能不知道这档节目的意图安排？

事实上，在昨天，冉斯年接到电话——那个邀请他参加节目的电话时，他就已经知道主持人要在网络访谈节目里来一场对决，而在节目录制前，相关的宣传也早已经布满了整个开诚网，甚至以公开招募大众评委的形式出售高价入场票，谁会不知道这期节目是博人眼球的对决呢？

"主持人客气了，我自然不会见怪，"袁孝生客套地说，"说实话，我本人十分期待今天的节目，期待跟冉先生的对决。大家都知道，专门研究梦学的人很少，哦，当然，我所指的专门研究梦学的人不包括那些以《周公解梦》为教科书的研究者，要是算上这一类人的话，那么我的对手当然也会有很多。而事实上，跟我同一范畴、能够称得上是对手的人，恐怕全国也是少得可怜。这一次，能够有机会遇到这么合适又强大的对手，实在是幸事。我还要感谢主持人为我提供这样一个难得的机会。"

洪彦对袁孝生的说辞十分满意，他转向冉斯年，希望冉斯年也能够像袁孝生一样配合他，说一些冠冕堂皇的话。

而冉斯年却根本不接招，只是大大咧咧地耸耸肩，吐出几个字："无所谓，对决就对决吧。"

饶佩儿坐在观众席的第一排，她身边是网站的工作人员，工作人员面前的笔记本电脑上正在显示现场观众对冉斯年和袁孝生的投票票数变化，目前为止，袁孝生的票数远胜冉斯年。显然，观众对亲切善谈的袁孝生的最初印象更佳。这让饶佩儿有些不舒服，虽然她也跟冉斯年一样，对这个节目嗤之以鼻，但既然来了，还是希望能够胜出，尤其冉斯年的对手是那个该死的袁孝生，某种意义上，袁孝生算是冉斯年的徒弟。

洪彦面朝观众，眼神来回游移，说道："那么废话不多说，对决现在开始。下面由我来随机挑选一位观众讲述他的梦境，由两位梦学专家分别释梦解析，再由这位观众点评二位的解析。大众评委就是评判的判官，由投票来表示他们更加信服哪一位专家的言论。现在请最近做过印象深刻的梦的观众举手。"

台下将近百人，竟然有一大半举手，每一个人脸上都挂着跃跃欲试的兴奋神色。

洪彦很快便在举手的观众里挑选了一个坐在第二排的中年女性："这位女士，在您讲述梦境之前，还请您先做个自我介绍，介绍一下您的年龄、工作还有生活状态，因为这些都是释梦分析的前提。毕竟，我们的二位专家不是信奉《周公解梦》的神棍，需要综合这些信息，才能释梦分析。"

中年女人点头表示理解，大大方方地说："主持人好，二位专家好，我今年四十五岁，是国企财会，结婚二十年，有个十八岁的儿子，他在外地读大学。现在家里只有我跟爱人和婆婆，我们三个人一起生活。哦，对了，我爱人也是四十五岁，跟我在同一家国企工作，现在是个小领导。"说着，中年女人笑着望了一眼身边的中年男人。

"您身边的就是您爱人？"洪彦问道。

"是的，我爱人是陪我来的。"女人谈到爱人，脸上马上浮现出幸福满足又稍显害羞的神态，"我爱人不怎么相信释梦，认为梦就是梦，是毫无意义的，他只相信一句话，日有所思夜有所梦，所以今天，我带他来见识一下，希望他能跟我一样，重视梦，研究梦。"

洪彦点点头："说得好，那么请您讲讲您需要解读的梦境吧。"

女人垂眼思索了五秒钟，开口道："现在明明距离圣诞节还有好几个月，可是我最近却频繁梦到圣诞老人。我梦到圣诞老人，当然，就是穿着红色衣服、戴着红色和白色相间的帽子、留着白胡子的圣诞老人，他从我家的烟囱爬下来，趁我和我爱人熟睡的时候，往我们脱下的袜子里塞礼物。这个时候，我婆婆似乎是听到了我们房间里的声响，进屋来，看到了圣诞老人，可是她却对圣诞老人不怎么友好，像是赶贼一样想要赶走圣诞老人。最后，圣诞老人又从烟囱爬了出去，但袜子里的礼物还在。"

洪彦极为认真地倾听，女人讲述完后，他就马上来回望着冉斯年和袁孝生，想看看他们谁先发表见解。

冉斯年按兵不动，想要看看袁孝生接下来的反应，毕竟他来上这个节目不是为了出风头，他有他的目的，所以目前最好以不变应万变。

果然，袁孝生很快开口道："这位女士，我已经有了释梦结果，而且这个结果，恐怕跟冉先生的不谋而合，因为我对这个梦的解释，其实很有冉先生的风格。"

"哦？"洪彦好奇地问，"袁先生，你怎么知道你的释梦结果会跟冉先生相同呢？"

"因为我对这个梦的解读，也是往性的方向去分析的。"说着，袁孝生意味深长地望了冉斯年一眼。

冉斯年苦笑："你这么说，好像我释梦就只会往性的方面解释一样。"

袁孝生笑问："难道不是吗？据我所知，这正是冉先生的风格。"

冉斯年耸耸肩："但愿今天我能够打破这个风格。总之，还是先请袁先生释梦吧。"冉斯年虽然嘴巴里这么说，但是他也清楚，袁孝生顶多就是从自己这里学习了做清明梦的方法，对于释梦，他还只是个门外汉，顶多也就是像瞿子冲一样，学到一些皮毛而已。所以要是比释梦，冉斯年绝对有信心，他会胜出。

袁孝生自信一笑："没问题。首先，这位女士，我要告诉你一个不幸的消息，你的爱人有外遇，并且这一点，你婆婆也知道。"

"什么？"中年女人尖叫一声站了起来，然后马上回头去看自己身边坐着的老公。

中年男人满脸愕然，一时间忘记了摇头，只是呆愣愣地坐着。

"不可能，不可能，我们夫妻感情很好的，"女人有些不乐意了，带着点儿指责的意味反问，"你凭什么说我老公有外遇？"

袁孝生含笑望了一眼冉斯年，问道："怎么样，冉先生，您也这样认为吧，这位女士的爱人正在搞外遇，而这位女士对此潜意识里已经有了警觉，只是她自己还不知道而已。"

冉斯年不置可否："我与那位女士及她的爱人一样，愿闻其详。"

袁孝生自信地扬起下巴，面冲台下那个中年女人说："首先，你梦里的圣诞老人所代表的就是你老公的外遇对象，为什么这么说呢？原因在于'圣诞老人'出现的时间和地点，他在你们夫妻熟睡的夜晚出现，而且是出现在你们的卧室这种私密的地方，夜晚和卧室这两个因素都在暗示男女关系。而'圣诞老人'从天而降，是从烟囱进来的，也就意味着他介入到这个家庭的方式是偷偷摸摸的、不光彩的。"

中年女人瞠目结舌，反应过来以后马上出言辩驳："你这也太牵强了吧，圣诞老人不就是这样吗？晚上偷偷从烟囱进入房间，往袜子里塞礼物？"

袁孝生打了个响指："没错，袜子，其实这个袜子也是有所指的。就形状而言，它也像极了在男女关系中的某样物品，当然，是放大版的。"

冉斯年听到这里轻声冷笑，果然，这个袁孝生想要说的的确就是冉斯年在最初听完这个梦之后的所想。因为这个梦里的几个重要因素如果套用他之前一直屡试不爽的释梦套路的话，的确就会得出这样的结论。这一次，袁孝生抢在自己前面，说出了自己想要说的话，为的就是让自己再无所说，如果重复一遍袁孝生的理论，观众会觉得这是附和，如果从别的角度分析，仅仅根据那个中年女人提供的信息，又很难得出别的结论。袁孝生这一招先发制敌用得还真是不错。

洪彦尴尬地笑笑，说："幸好今天现场的观众没有未成年人。袁先生，你所

217

说的那样形似袜子似的东西，我们已经心知肚明了，请你继续。"

"好的，那么我就继续往下说，"袁孝生含笑瞥了沉默的冉斯年一眼，得意地说，"圣诞老人在袜子里塞礼物，代表着这个外遇对象在对'袜子'做手脚，进一步推理，这个梦很可能在暗示这个外遇对象已经怀孕，当然，袜子里所谓的礼物，就是这个外遇对象想让这对夫妻，尤其是这位女士得知的——孩子。"

"不可能不可能！你在胡说八道，"中年女人大叫着，一把揪住丈夫的衣领，"老公，你快说话啊！"

中年男人愣了一下，马上结结巴巴地说："你们太……太过……过分了，居然在这种场合对，对我……泼……对我泼这样的污水！"

袁孝生却无视那对中年夫妻的控诉与气愤，继续自顾自地说："值得一提的是，梦里的婆婆赶走了圣诞老人，这也就意味着，这位女士的婆婆对于儿子的外遇也是知情的，甚至知道情人怀有孩子。但无奈，这位婆婆并没有戳穿这一切，只是暗地里责怪儿子，反感情人，而对于情人怀的孩子，态度就更加暧昧了，梦里的婆婆只是赶走了圣诞老人，却没有把袜子里的礼物丢出去不是吗？也许，婆婆想要接受这个孩子也说不定。"

"胡说，胡说八道，血口喷人！"台下的男人站起身，冲着台上咆哮。两名保安马上出现，走到男人面前，拉着他准备离开演播厅。而那个中年女人则含泪坐在原地，遭受打击一般恍然。

饶佩儿又去看自己身旁的笔记本电脑，糟糕，观众的投票已经呈现了一边倒的状态，袁孝生的票数已经激增到了冉斯年票数的十倍！对于冉斯年的表现，饶佩儿扪心自问，要是自己只是一名普通观众，也会把票投给更加出风头的袁孝生。饶佩儿心想，那些投票给冉斯年的观众，估计都是看在冉斯年比袁孝生帅的面子上吧。

/ 2 /

"等一下，"冉斯年在观众的一片唏嘘声中，突然来了这么一句，"这位先生现在还不能退场，我还没有说出我的释梦结论不是吗？"

袁孝生和洪彦都有些吃惊，他们没想到冉斯年会一改之前的消极风格，准备迎战了。观众们也瞬间安静下来，想要听听这个冉斯年还能说出什么让他们惊掉下巴的言论。饶佩儿更是激动，冉斯年终于要反击了，太好了，他一定能让这个讨厌的袁孝生一败涂地！

冉斯年清了清喉咙，做了一个要那个中年男人回到位置的动作，然后说道："在我看来，这位女士的这个梦所暗示的并不是什么外遇之类的男女关系，它纯粹代表一次获得意外之财的经历。从天而降的圣诞老人不是什么小三儿，而是一个突如其来的绝好机会，一个能够轻松赚钱的绝好机会。当然，我赞同袁先生对烟囱的看法，这个绝好的赚钱机会不太光明正大，所以只能在暗地里偷偷降临。而梦里女士的先生一直在熟睡中，并没有注意到卧室里来了圣诞老人和女士的婆婆，这就说明，女士的这个不太光明正大的赚钱机会，她的爱人其实是不知情的。婆婆知情，当然，这个婆婆也有可能是女士的妈妈，总之是家里的长辈，这位长辈并不赞同女士接受这个赚钱的机会，所以赶走了前来送机会的圣诞老人，可是这位长辈却忽略了圣诞老人留在家里的礼物，这个礼物很可能就是这个人留下的联系方式，女士根据这个联系方式再次找到了所谓的圣诞老人，获得了这么一次赚外快的好机会。女士，我说的，应该没错吧？"

中年女人瞬间面如纸色，摄影机虽然只给了一秒钟女人的面部镜头，但是明眼人都能看得出，女人着实吃惊甚至惊恐，她的这个神态可是要比之前她的爱人被戳穿外遇后的表现更加真实，难以伪装，毕竟，变的是脸色，而不是神态。

女人的面色让冉斯年更加笃信自己的推测，他乘胜追击地说："这个绝佳的赚钱机会，不太光明正大的机会是什么呢？恐怕就是今天参加这个访谈节目吧，只要成为这个节目组的托儿，配合主持人和袁孝生的说法，表现出惊愕、被戳穿的尴尬和愤怒，就可以得到一笔酬金。女士，我想，当初节目组的人一定是提出了让你讲述一个梦的要求，于是你便很诚实地讲了一个让你印象深刻的梦，你丝毫不知道这个梦其实表现的就是你被找上当托儿的经历，于是便讲给了节目组的人听。而袁孝生袁先生在听闻这个梦之后，惊喜地发现，他都不用对你这个梦做出什么加工和改编，你的梦直接就可以拿来经过分析得出丈夫搞外遇的结论。"

冉斯年的这番话让全场寂静无声，连摄像大哥都傻了，一时间忘记了他的本职身份，完全把自己当成了一个旁听者，在冉斯年说到令那个中年女人、主持人和袁孝生尴尬的话的时候，他竟然也十分配合地把镜头转向他们，拍摄他们反应，还给了面部特写。

饶佩儿也着实吃惊，惊讶之余，她不忘去看笔记本上的投票情形。一看之下，饶佩儿吓了一跳，短短一分多钟的时间，冉斯年的票数竟然已经是袁孝生的两倍，而且，袁孝生的票数已经静止不动，而冉斯年的票数还在疯狂增长。显然，观众的眼睛是雪亮的，他们在冉斯年的点拨之下，已经看穿了这个中年女人托儿的身份。

"就是嘛，"冉斯年轻松地感慨，"试想，如果一个男人真的在大庭广众面前，在妻子面前，在毫无证据的情况下，被指出搞外遇，他要蠢到什么程度，才会表现得如此心虚？我只能说，这位先生的表演，真的是太过了，太明显了，导致根本不及格。"

洪彦干笑了一声，仿佛是捉到了冉斯年的把柄，沉默许久的他突然问道："冉先生，不对吧？你刚刚不是说，这位女士的先生对于当托儿的事情根本不知情吗？这会儿怎么又出尔反尔，说他表演得不及格呢？"

冉斯年摊开双手，云淡风轻地说："很简单，因为这位表演不及格的先生并不是这位女士的爱人啊，他只是另外一个托儿而已。感兴趣的观众可以人肉一下这二位，看看他们到底是不是夫妻，我敢打包票，他们绝不是夫妻。"

"你凭什么这么肯定？"洪彦掩饰不住难看的面色，冷冷地问。

"更简单，家丑不可外扬，如果是真夫妻，丈夫搞外遇的事情弄得尽人皆知，女人的脸上也挂不住吧？等到节目播出后，女人搞外遇的事情就等于昭告天下。网友们的力量是强大的，他们不同于认识女士和她真正丈夫的亲戚朋友同事们，知道这是一场戏。于是一传十、十传百，女士的名誉和家庭都会遭受不小的影响，网友们才不会去核实女士现实中的丈夫是不是节目上的这一位，因为这并不是重点，重点在于外遇。这也是女士知情的长辈不同意女士去赚这一笔意外之财的原因，可惜的是，女士为了钱，还是来冒险了。"冉斯年颇为同情地望着台下的一男一女两个托儿。

第二十七章

开 膛 手

　　"哈哈哈，"袁孝生在沉寂了片刻后，突然放声大笑，"不愧是冉斯年，没想到我还是小瞧你了，罢了，这一局算你赢。"

　　冉斯年冷哼了一声，直视袁孝生："你知道我这次来参加这个访谈节目的原因，我原本是不屑于这样的节目的，如果不是你说来了会有关于开膛手斯内克的爆炸性消息，我也不会来。现在，就请你进入正题吧，关于松江市的那个开膛手斯内克，你都知道些什么？"

　　洪彦抬手示意冉斯年和袁孝生先暂停他们之间的对话，他面冲摄影机的方向，刚刚的尴尬烟消云散，仍旧自信大方地主持节目："说到最近一个多月以来松江市出现的这位连环杀人狂魔——网友们称之为开膛手斯内克的变态杀人狂，这可是我们这期节目最劲爆的重头戏，也是袁先生来参与节目，以及我们这期节目举办的最核心原因。为了让大家对接下来袁孝生放出的猛料有更加清晰明了的认识理解，我们先播放一段有关开膛手斯内克的资料。"

　　舞台后方的大屏幕上马上呈现出几个血红的、流着鲜血的大字，写着：百余年后开膛手再现松江，嗜血狂魔身份成谜人心惶惶。

　　紧接着，屏幕上先后播出了四十天以来，松江市出现遇害者的三个地点的景象，这三个案发现场也是抛尸现场分别是森林公园距离入口处不远的地方，与幼儿园后门正对的偏僻街道的围墙下，大学附近网吧的门口。洪彦现场根据景象讲解，他总结性地讲解了有关神秘的开膛手斯内克的暴行。

"开膛手斯内克，顾名思义，就像是当年臭名昭著的开膛手杰克一样，他是个残忍至极的杀人恶魔。但至于说为什么大家送给了他一个名字斯内克，这个名字到底缘何而来，目前还不清楚。但有传言说，之所以要叫这个残忍的开膛破肚的凶手斯内克，是因为这名凶手是一个生活在中国松江市的外国人。先不论这个说法是否可靠，我个人也宁愿相信残忍杀害我们同胞的，不是自己人。"洪彦露出了悲痛的神色，一副悲天悯人的架势，"目前为止，警方并没有透露太多有关开膛手斯内克以及案件的细节，只是表明40天内先后出现了3名死者，凶手犯案时间极为精准，每隔12天出动杀害一人，死者均为男性，死法一致，被凶手以利刃剖开胸腔腹腔，凶手以死者的肠子缠绕死者的脖颈。警方目前可以肯定，凶手系一人，这是性质恶劣的连环凶杀案。"

听着洪彦介绍案情，目睹着三个案发现场隐约残留的红色血迹，冉斯年的神色瞬间紧张，一改之前的大大咧咧的态度，极为认真。毕竟，开膛手斯内克的案子就是他来参加这个节目的最终目的。

短片播放完毕，洪彦问袁孝生："袁先生，你这次来是带着有关开膛手斯内克的爆炸性消息线索的，没错吧？我们松江市，乃至全省全国的人都在关注这起恶劣恐怖的连环案，如果你能够提供线索帮助警方尽快查明开膛手的身份，抓捕到这个杀人恶魔，那么无疑，你将是整个松江市的英雄。"

袁孝生摆摆手："英雄不敢当，我只是想要把我知道的事情讲出来，我认为我有这个责任和义务。说实话，我也想过直接找警方说出我所知道的线索，可是一来，我掌握的案件线索是来源于我的一位顾客的梦中，警方不会相信；二来，我也必须履行我当初对我的顾客承诺的保密协议。对于我不能公开他的身份这点，还请大家理解。"

洪彦理解地点点头，迫不及待地问："听你的意思，是你的这位顾客的梦给了你提示？有关连环命案的提示？"

"是的，我的这位顾客就是第一起命案的目击者，"袁孝生郑重说道，"他的噩梦重复了第一起命案的全过程，我在听他详细讲述了他的噩梦后，十分肯定，这不是一个简单的噩梦，而是对现实中恐怖见闻的重现。"

"你为什么这么肯定呢？"洪彦问袁孝生。

"因为警方是在第一起命案发生后的第三天傍晚才发现了第一名死者的，"袁孝生言之凿凿地说，"因为第一起命案的抛尸现场地点比较特殊，在人烟稀少的森林公园内部，导致尸体经过了70多个小时才被发现。而我的这位顾客是在警方发现尸体的前一天，也就是命案发生后的第二天来找我帮他解决噩梦困扰的。他讲述的梦境里的案发现场，包括死者特征等等，都跟后来警方公布的一致。这说明，我的这位顾客，要么就是个目击者，要么就是凶手。而他绝对不可能是杀人凶手，所以，他就是第一起命案的目击者。"

冉斯年反问："你凭什么肯定他绝对不会是杀人凶手？"

袁孝生为难地沉思片刻，叹了口气说："看来为了澄清这一点，我就必须违反当初的承诺，透露一些这位客户的个人信息了。因为这位客户是位病入膏肓的老者，年逾七十的女性，身体状况极为糟糕的她能够独自一人驾驶汽车前往近郊的森林公园已经是奇迹，她根本没有能力去杀死一个壮年男人，并且用利刃对其开膛破肚。实不相瞒，这位老者去森林公园本来是想要在病魔夺去生命之前就自我了结，也就是去自杀的，可是在目睹了恐怖杀人画面之后，她惊吓过度，又独自驾车赶回了家中。回到家的她一整晚都被噩梦折磨，而我是一直负责对她进行心理疏导的咨询师，她便在第二天白天，把她已经分不清楚是梦境还是现实的恐怖记忆讲给了我。"

冉斯年不以为然："仅仅因为她是个女性，而且是个年老体弱的女性，就排除了她是凶手的可能性吗？袁先生，我想排除嫌疑这种事应该是警方的工作，由你来做，未免是越俎代庖了吧？"

袁孝生一副你根本不理解详情的架势，摆手说道："冉先生，请听我把话讲完。我的这位客户已经在目击第一起命案的10天后就撒手人寰，她不可能是凶手，不可能是那个开膛手斯内克，因为发生第二起和第三起命案的时候，她已经不在人世了。"

冉斯年不动声色地说："不错，这样一来就死无对证了。袁先生，我原本以为，你会故技重施，找个什么托儿来充当目击者博取网民的兴趣和眼球。但这一次，你精进了，不给自己留下任何把柄，以一个已故之人的名义和口吻来讲述这一切，我们没有办法证明，却也没有办法推翻，对吧？"

饶佩儿觉得有些不妙，她又看了看投票的情况，袁孝生的票数又起了变化，他的票数涨幅速度虽然仍旧落后于冉斯年，但是相比较刚刚的纹丝不动，已经是突飞猛进了。难道观众愿意相信袁孝生的一面之词吗？饶佩儿心想，与其说是观众相信，不如说是他们出于对开膛手斯内克的好奇，愿意去相信所谓目击者的故事吧。

洪彦见冉斯年对袁孝生有所质疑，马上转移话题，问道："袁先生，请问，这位目击者到底看到了什么？"

冉斯年不屑地白了洪彦一眼。这个洪彦跟袁孝生是一伙的，这一点再明显不过。这两人一唱一和，早就彩排了多少遍了。可是，洪彦为什么会跟袁孝生站在统一战线呢？一个是从电视台辞职的制作人和主持人，一个是从上次对峙之后就不知去向的清明梦老师袁孝生，他们怎么会达成联盟的呢？

"我听袁孝生和黄毛聊天的时候说过，说他即将给一个松江市的大老板工作，工作的内容是去制造另一种形式的清明梦，这项工作要比他现在从事的清明梦教学工作赚得多得多，而且，另一种学员们也不会像现在这些如此难以把控。大概就是这个意思，但是具体这个大老板是谁，他们没说。"

冉斯年的脑子里马上回响起了当初余雯对自己说的话，当时冉斯年便从这话里听出了玄机，另一种形式的清明梦，会赚很多钱，学员也更好把控，还有一个大老板，根据这些冉斯年得出的答案是——毒品。

当然，这也只是冉斯年的猜测，他并没有十足的把握。现在联想起来，大老板，大老板，洪彦现在任职的开诚网的老板，同时也是稳坐松江市文化娱乐界的第一把交椅的，不正是大老板庞礼仁吗？难道，袁孝生和洪彦都是这个庞礼仁的手下，甚至是心腹？难道，这个庞礼仁在表面上是个正当的文娱巨头，而实际上，他暗地里正是盘踞松江市已久的贩毒集团的大老板？

想到这里，冉斯年看了一眼台下的饶佩儿。难道这个庞礼仁的贩毒集团就是当年饶佩儿父亲饶星辉卧底打入内部的贩毒集团？

面对洪彦的提问，问及目击者到底看到了什么，这个关键的问题，袁孝生略显神秘地低声说道："当然，这位目击者的确看到了，看到了凶手，也就是开膛手斯内克的面目！这位目击者对凶手的描述也正好解释了，开膛手斯内克这个名字的由来。"

冉斯年一直沉浸在对于袁孝生和那个大老板是不是庞礼仁，以及庞礼仁会不会是贩毒集团头目的猜想之中，一听袁孝生这么说，马上清醒过来，集中精力去听袁孝生的解释。

袁孝生一看冉斯年感兴趣，反而卖关子："在我公布目击者的所见之前，我想先请冉先生给我们分析一下这个连环凶手开膛手斯内克的杀人动机。冉先生，对于这个开膛手斯内克，你有什么看法吗？"

冉斯年望了一眼台下，所有观众全都齐刷刷用期待的目光盯着自己，本来他是不想配合袁孝生的，可是他本身也不是喜欢扫兴的人，再加上，他担心不配合袁孝生的话，他还要继续卖关子不肯赶快说出所谓目击者的所见，于是，他便简单地概括说："关于开膛手斯内克，我认为他想要用杀人间隔时间以及尸体表达的内容是——咎由自取。"

"哦？此话怎讲？"洪彦好奇地问。

"用死者的肠子作为勒颈的绳子，意为凶器本身就是死者身体的一部分，如果从表面意思猜测的话，凶手想要表达的就是，死者的死，从更深层次意义来讲，并不是他的所为，而是死者自己自寻死路。"冉斯年苦笑说，"当然，这只是我个人的猜测而已，也许凶手另有所指。至于说凶手每隔十二天杀害一个被害者，我想，他想要表达的是一个轮回。值得一提的是，中国有十二生肖，十二年是某一个属相的轮回，佛教对于轮回的解释称作十二因缘论。凶手选定固定的时间间隔十二天来杀人，仿佛他在执行某种死亡仪式，他把自己放在了更高的位置，就像是执行仪式的死神。"

袁孝生似乎对冉斯年的说法很满意，他先是点头，而后摇头，补充道："冉先生的说法我还是比较赞同的，只是关于十二这个数字的说法，我觉得我非常有必要补充几句。十二这个数字比较特殊，不仅仅是在中国人看来，在佛教看来特殊，在西方人眼中也是一样特殊。在希腊神话中，进入万神殿的十二主神，称为'奥林匹斯十二主神'；传说曾统治世界的巨人族泰坦有十二位，他们是乌拉诺斯和大地女神盖娅的子女；希腊神话中最伟大的英雄之一海格力斯完成了十二项英雄伟绩；亚瑟王的传说中，他有十二位圆桌骑士；在基督教中，耶稣的十二个弟子称为耶稣十二门徒；传统上，圣诞节后的第十二个夜晚是主显节前夕，又叫作第十二夜；十二大瞻礼日是东正教非常重要的一个基督教节日；在传统的犹太教习俗中，女孩到了十二岁要举行成人礼。"

冉斯年蹙眉听完袁孝生这番似乎是跟主题毫无关联的言论，问道："你想表达什么？"

袁孝生自信一笑，说："我想说，这个开膛手斯内克之所以选择十二这个数字作为杀人间隔，也许不是因为中国有十二生肖，或者说是信徒有很多中国人的佛教的因缘轮回论，也很有可能是因为希腊神话和基督教对十二这个数字的青睐。"

冉斯年总算明白了袁孝生的意思，反问："你是想说，凶手，也就是这个被人们叫作开膛手斯内克的凶手有可能是个西方人？外国人？"

袁孝生郑重点头："不然他为什么会被大家一传十、十传百地称作斯内克呢？网上现在关于这个开膛手最多的问题不就是这个吗？网友们都在询问，为什么，又是谁，私自给凶手取了这样的名字？叫开膛手大家都理解，毕竟凶手犯案手段极为残忍，把三个被害者开膛破肚。可是为什么不是开膛手张三，不是开膛手李四，偏偏是个这么洋气的名字，开膛手斯内克？既然要洋气点儿，为什么不干脆直接就引用开膛手杰克的名号？"

冉斯年冷哼一声："开膛手张三李四？这当然不可能，既然是由开膛手杰克而来的名称，自然也要取一个洋气一些的名字应景啦。"

袁孝生摆手说："非也非也，原本我也十分好奇斯内克这个名字的由来，可自从听了那位目击者的描述之后，我大概猜到了，哦，不，是十分肯定这个名字是打哪里冒出来的了。"

"哪里？"洪彦焦急地问，"袁孝生，请不要再卖关子啦，你的那位目击者顾客跟斯内克这个名字的由来又有什么关系？"

袁孝生对洪彦做了个抱歉的表情，说道："斯内克是音译过来的，翻译回英语便是snake，也就是'蛇'。为什么这个连环凶手会跟蛇扯上关系呢？这一点只有我的那位顾客目击者和警方的人才知道答案。而我的那位顾客，年逾七十的老者，已经是病入膏肓，而且她因为神志不清，把那晚的目击当作了噩梦一场，她根本不可能在网上散布斯内克这个名字，所以按照排除法，斯内克这个名字，很可能是由警方内部的知情人散布出来的。也许，某个涉案的警察在私底下也是一个网虫，看到网上议论开膛手，就直接给开膛手取了个斯内克的名字，结果没想到，一传十、十传百，开膛手斯内克这个名字就成了连环凶手的代号。这也难怪，人们就是爱给各种网红或者带有代表性犯罪行为的罪犯取代号。还有一种可能，那就是这个名字是凶手自己给自己取的，这个凶手也是一个网虫，他希望自己能够臭名远扬，位列世界知名变态杀人狂之列，所以才要给自己取一个代号在网上扩散。"

冉斯年不以为然地问："到底凶手跟蛇有什么关联？"

袁孝生收敛笑意，严肃说道："我的目击者在目睹了凶手残忍地杀害了第一个受害者之后，清楚地看到凶手从口袋里掏出了一个小东西，按在了死者的手背上。凶手离开后，目击者走到了死者身前，看清楚了死者手背上的痕迹。那是被凶手印在死者手背上的印章，一个蛇的图案，准确来说，是一条自己吃了自己的贪吃蛇的图案！"

"自己吃了自己？"洪彦用手指在空中画了一个圈，"难道是蛇吃掉了自己的尾巴，身体变成了一个圆圈的形状？"

"没错，"袁孝生肯定地回答，"就是那样一个图案，我认为，这个印章也是凶手的标志性特征之一，就像是用死者的肠子缠绕死者脖颈，每隔12天犯案一次一样，我想，后面两个死者的手背上也一定都被凶手印下了这个图案才对。而这一点，只有那位七十多岁的目击者和警方，当然，还有凶手才知道。所以我才说，发明并散播出斯内克这个名字的人要么就是警方内部人员，要么就是凶手本身。"

冉斯年垂目沉思，自己吃掉自己的蛇，如果这是真的话，为什么瞿子冲没有对自己提及这一点呢？他为什么要对自己隐瞒这么重要的信息？甚至没有让自己看过那三具尸体，只是看了尸体局部的照片而已。话说回来，自己吃掉自己的蛇，这不也是咎由自取、自取灭亡的意思吗？这个凶手难道真的就是想要表达这个意思？

袁孝生抬手阻止下面观众的唏嘘声，又严肃地说道："回归正题，我的这位七十多岁的目击者还明确地告诉我，她看到了凶手的长相。这个凶手开膛手斯内克的长相十分显著，足以让一个七十多岁的老者在夜色中一眼就看得出这显著的特征。哦，当然，她也只是注意到了这个显著的特征，如果她还在世，警方找出几个拥有这种显著特征的人来让她指认，她也是认不出的。"

冉斯年已经明白了袁孝生的意思，说道："结合之前你说的那一堆西方人对十二这个数字的青睐，现在又说凶手具有面容上的显著特征，你是想说，开膛手斯内克，是个拥有西方面孔的外国人，没错吧？"

"Bingo！"袁孝生不合时宜地用英文回答了冉斯年，马上，他为自己脱口而出的英文感到后悔，因为他刚刚才说了，凶手是个外国人，他马上转移话锋，"我想，外国人凶手，在中国犯下如此罪行，这对于警方来说，是十分敏感的。而我，因为没有直接证据，就算对警方说出了这个线索，警方也不会采信。那么既然如此，我就在这里说出这个线索，如果大家愿意相信我，愿意提供身边可疑的外国面孔的人的线索，帮助早日破案，我，哦，不，而是整个松江市的市民，都会感谢他的贡献。"

冉斯年默默无语，他一时间不知道该反驳还是沉默。就在他犹豫该怎么接招应对的时候，主持人洪彦突然开始说告别词。这次的节目结束了，观众对冉斯年和袁孝生的投票通道也正式关闭，至于说结果，在大屏幕上是一目了然，也不用他多费口舌了。

饶佩儿斜眼看了一眼身边笔记本上的投票结果，袁孝生因为后面的那番有关开膛手斯内克的言论，票数以12票的微弱优势险胜冉斯年，也就是说，冉斯年输了，虽然饶佩儿知道冉斯年来这里不是为了输赢，可是输了，饶佩儿心里还是有些懊恼。

饶佩儿白了十二那个数字一眼，心想，这还真是个不吉利的数字呢。

第二十八章
危 险 秘 密

/ 1 /

四十二天前。

"啪"的一声，防盗门被从里面狠狠关上，冉斯年不由得被这猛烈的关门力道和声音惊得往后退了一步。这是他第三次被拒之门外了，而拒绝让他进家门，甚至拒绝跟他交谈的人，正是贾若凡的母亲，冉斯年称之为王阿姨的中年女人——王燕芝。

贾若凡曾经是冉斯年助理，是冉斯年的学妹，一个十分崇拜他的小姑娘，天真善良，美丽大方，甚至冉斯年知道，贾若凡在暗恋自己，只是当时自己已经有了苗玫，贾若凡一直没有表白，反而把苗玫也当成了崇拜的对象，她的善良之处就在于，她没有对苗玫表现出一丁点儿的反感和醋意。

想到那样一个天使一般纯净可爱的女孩儿，冉斯年就不由得心痛，因为这样一个青春、前途不可限量的年轻女孩儿，只是因为在错误的时间出现在了错误的地点，便代替自己遇难，到最后，连个全尸都没有。冉斯年对于贾若凡的愧疚是无法言喻的，而能够让他对抗这种愧疚的折磨的，只有为贾若凡复仇，把那个幕后主谋，也就是指使范铁芯送炸弹的瞿子冲绳之以法。

冉斯年要跟瞿子冲势不两立不单单是为了自己复仇，自己因为黎文慈的死丢了工作，甚至丢了他在业内的好名声，成了行业耻辱，这都不算什么。他是要为贾若凡复仇，为黎文慈复仇，因为这两个人全都是间接死在了瞿子冲的手里。

"唉，也难怪王阿姨会这样对你，王阿姨还算涵养不错了，要是我，我的女儿代替你被炸死，你还敢登门来道歉，我不打你就不错啦。"饶佩儿站在冉斯年身后，哀叹着感慨，"看来过了这么久，丧女之痛还在折磨着她啊。"

冉斯年重重地叹息，干脆坐在了王燕芝房门旁的楼梯上，大有王燕芝不开门自己就不走的架势，他准备隔半小时后再次敲门。他这样做不是为了求得王燕芝的原谅，事实上，他也不奢望王燕芝能够原谅他，他只是想跟她谈谈，想打探一下贾若凡过世之后，家里有没有多出来什么东西。

当然，这个多出来的东西，就是冉斯年一直在寻找的，也是他认定的，由范铁芯寄放在贾若凡这里的，指证杀害贾若凡幕后真凶的瞿子冲的罪证，能够把瞿子冲这个伪君子送入监狱的法宝。

现在距离上次的案子结束也有一个多月了，冉斯年本来是想再等待一个月的，可是他实在是等不及，只好告诉自己，努力沉住气，一个多月对报仇心切的他来说已经是极限了。过了一个多月，瞿子冲那边应该也不会把注意力放在寻找他的罪证上面，这个时候，也该是他出动的时候了。

冉斯年首先做的就是带着饶佩儿去墓地祭拜贾若凡，顺便在贾若凡的墓碑附近寻找了一番，结果不但没找到什么，就连晚上回家做梦，在梦里也没能找到什么。看来，范铁芯并没有把瞿子冲的罪证藏在贾若凡的墓碑附近。也对，这么重要的东西，要是想要藏在墓碑附近，除了骨灰盒里还算安全的地方，就没别处了。看来，这重要的罪证，应该是在贾若凡的家里，或者是学校，或者是她工作过的咨询中心。当然，也有可能是其他贾若凡待过的地方。

冉斯年决定把这些地方一一走遍，把贾若凡认识的人一一问遍，当然，这些行动不能集中进行，而是要不着痕迹地、有所间隔地进行，免得引起瞿子冲的注意。于是第二个寻找的场所，就是贾若凡的家。冉斯年觉得最好的结果就是王燕芝同意他去贾若凡的房间里扫荡一番，如果不行的话，他就只能趁王燕芝不在家的时候，偷偷潜入，快速扫荡之后，再由他和饶佩儿尽快把房间恢复原状。

"佩儿，要不这样吧，为了给咱们争取足够的时间，我打算找人冒充旅行社的人来通知王阿姨，她获得了免费三日游的大奖，这样才能让她离家三天，我们才能……"

冉斯年话还没说完，门又"砰"的一声打开了，王阿姨匆忙迈步出来，已经穿好了外套，提着挎包，一副要出门的样子。

冉斯年吓了一跳，还以为王燕芝听到了他刚刚的话，知道他要偷偷潜入她家，所以出来找自己理论的。可是看王燕芝的样子，却根本不想理会冉斯年，白了他一眼之后就往外走。

冉斯年用了五秒钟的时间决定是留下趁机潜入她家还是跟着她出去。五秒钟后，他决定跟出去，一来，现在偷偷撬锁进去，王燕芝看到家里变样肯定马上就知道是他干的好事，到时候一旦报警，就会惊动瞿子冲；二来，冉斯年看得出，王燕芝出门很急，好像是出了什么不好的事，她的脸色很难看。

拉着饶佩儿的手，一路跟上去，冉斯年在王燕芝身后关切地问："王阿姨，出了什么事吗？"

王燕芝头也不回地伸手打车："不关你的事，别跟着我。"

"王阿姨，你要去哪里啊？看起来很着急，这边好像不太好打车，我们送你吧，"饶佩儿仗着王燕芝对她还没有怎么不客气的面子上，硬着头皮凑过去，赔笑着说，"车子是我的，我来开，让他坐后面，行吧？"

王燕芝犹豫了一下，似乎是真的很着急，便干脆点点头。

饶佩儿马上拉着王燕芝走到路旁她的车子前，给她打开车门，毕恭毕敬地请她上车。

十几分钟后，车子停在了市中心的一栋高层写字楼楼下，这里12层的会计师事务所正是王燕芝的儿子，也就是贾若凡的哥哥贾梓煜的工作单位。贾梓煜跟冉斯年同岁，是个会计师，没有跟母亲住在一起，而是住在事务所附近的公寓里，跟两个同事合租的房子。这一点是冉斯年早就调查得知的。

"王阿姨，你找贾梓煜有急事？"冉斯年跟在匆忙行走的王燕芝身后，回头示意饶佩儿找个地方泊车，然后电话联系。没办法，王燕芝一下车就小跑着往写字楼赶去。

王燕芝没好气地回答说："哎呀，梓煜这两天一直没联系我，我以为他是工作忙，刚刚才接到他们事务所的电话，原来这两天他一直没来上班！"

冉斯年没有再多问，紧紧跟在王燕芝身后，一路跟到了12楼，找到了那两个跟贾梓煜合租同住的同事。

然而让王燕芝失望的是，这两个同事也说不出贾梓煜到底去了哪里，只是说贾梓煜最近神神秘秘的，总是神龙见首不见尾。前阵子也曾经有过几个晚上夜不归宿的，但是白天几乎不会旷工。

王燕芝急得直跺脚，不停自言自语地说："一定是出事了，一定！梓煜每天至少会给我发一条短信的，每天都会，这两天他没有联系我，肯定是出事儿了！"

"王阿姨，你先别急，梓煜失踪两天了，已经可以立案了，我陪你去报警吧。"这话一出口冉斯年就后悔了，他陪着去报警，万一让瞿子冲知道自己跟王燕芝有接触，会不会让他起疑呢？

王燕芝一把甩开冉斯年："不用你管！你就是个扫把星，我已经失去了若凡，不能再失去梓煜啦！你离我远点儿！"

冉斯年被王燕芝一把推开，他只好弱弱地说："王阿姨，我也很想帮忙，要不这样吧，你先去报警，我这边也帮着找人。我好歹也跟警方合作过，能帮上忙的，请不要在这件事上拒绝我。"

王燕芝急得没了主意，说了一句"随便你"就转身离去。

接下来的一个下午，冉斯年叫来了范骁，用他的证件身份打通了那两个跟贾梓煜合租的同事，进入了贾梓煜的出租房。到底最近一段时间贾梓煜为了什么事神神秘秘，冉斯年觉得，他的房间里会有线索。

首先，冉斯年打开了贾梓煜的笔记本电脑，查看上网的记录。这一看不要紧，一条条搜索和浏览的记录让冉斯年大跌眼镜。

"吸毒是什么感觉""戒毒期间的不良反应""吸毒的人什么样""复吸该怎么办""各种毒品的特征"等等，贾梓煜居然在关注有关毒品的事。这代表着什么？他在吸毒吗？难道同事们说的有几天夜不归宿，就是他在外吸毒？

冉斯年询问了两个同事贾梓煜最近的身体状况，听两个同事的回答，贾梓煜的身体一直强健，只不过最近一个月，他开始节食，说是要减肥，就连平时爱去的健身房也不去了。这样的说法让冉斯年更加怀疑，贾梓煜染上了毒瘾。他不禁为王燕芝感到哀痛，一个单亲母亲，女儿过世，儿子又这样，这叫王燕芝如何承受？不行，说什么他也得找到贾梓煜，挽救他！

冉斯年又从两个同事那里得知了，最近一周的时间里，贾梓煜除了有两个晚上夜不归宿之外，每晚晚归。他们还拿他打趣，以为他是有了女友，或者是去泡吧，或者去网吧。可是晚归的贾梓煜穿着邋遢，并且是完全摒弃以往的帅气打扮，故意邋遢，身上更没有女人的香水味、酒吧的酒味和网吧的烟味。同事们问他到底每晚忙些什么，他却只告诉他们一句，这是个秘密，不告诉他们是为了他们的安全着想。当然，同事们把贾梓煜这话当作了吹牛的笑话，笑骂他和平年代，装什么特工间谍。

与贾梓煜的两个同事聊了一会儿，又大致扫荡了一遍贾梓煜的房间，冉斯年突然冒出了一种不祥的预感，贾梓煜失踪要么是因为他堕落吸毒，要么就是因为他发现了藏在家里的某样多出来的东西。至于说他有没有发现这个东西里面蕴含的全部内容，以及他是如何处置这东西的，现在就不得而知了。

站在贾梓煜的角度，冉斯年心想，如果他是贾梓煜，如果他发现了瞿子冲的罪证，得知瞿子冲就是害死妹妹贾若凡的幕后真凶，他会怎么做呢？按照冉斯年的性格，自然是会报警，把证据交到警方手里，而且，自然是要越过瞿子冲，直接交到上一级机关的。可是，贾梓煜跟冉斯年是一类人吗？他会不会想要私下报仇？或者，或者更糟糕一点儿，他想要以此勒索瞿子冲？

回到家，这一晚冉斯年睡得很不踏实，梦境也变得模糊难懂。他总是看见贾若凡在他眼前晃呀晃的，断断续续地说着："我跟哥哥在一起，我跟哥哥在一起，我跟哥哥和爸爸在一起。"

冉斯年想要问，难道说贾梓煜已经遭遇不测？可是梦里他却无法开口说话。他没有运用梦里的意识突破这道障碍，去说话，问贾若凡什么，因为他知道，梦境这样安排自有它的深意，也许，潜意识只是要他安安静静地听。

"若凡，我总是听你提起你妈妈和哥哥，你父亲呢？"冉斯年接过贾若凡递过来的咖啡，坐在自己的老板椅上，示意贾若凡坐到沙发上跟他聊聊。他的梦带他走入了贾若凡还活着的时候，两个人曾经的一段谈话之中。

贾若凡本来还笑吟吟的，但是听冉斯年问及她的父亲，马上脸色一变，小声嘀咕："我没有爸爸。"

冉斯年当时就十分奇怪，第一个猜测就是贾若凡的父亲该不会是出轨抛弃了这个家？不然的话，为什么提及父亲的时候，贾若凡这样开朗爱笑的女孩儿会突然阴沉着一张脸？她的神态显示出了她对父亲的厌恶，甚至是恨。

"若凡，你应该知道我是什么身份，这里是什么地方。"冉斯年尽量和蔼地说，"近水楼台先得月，你有什么心理障碍，应该跟我谈谈不是吗？毕竟你以后也是要做咨询师的，如果自己都没法打开自己的心结，还怎么帮助别人呢？"

现在的冉斯年听到了从前自己说过的话只觉得好笑，当年他说这话的时候也觉得自嘲，他自己何尝不是怀着对亲人的心结呢？对于叔叔和母亲的婚姻，他始终无法释怀。

"我不想说，真的，有些事情我永远不想想起提起，抱歉，冉老师，"贾若凡有些歉然地摆摆手，"这就像是我心里的一座死火山，请不要激活它。"

冉斯年从不喜欢强人所难，他理解地放弃了追根究底。

如果说当年贾若凡还对父亲怀有恨意的话，为什么刚刚模模糊糊中，她说现在跟哥哥和爸爸在一起呢？而且提及爸爸的时候，语气里没有一丁点儿的厌恶？为什么她死了之后，对父亲的恨意似乎消失了呢？冉斯年觉得这个梦要给他的提示就是贾若凡的父亲。他绝对有必要让范骁暗中调查一下贾若凡的父亲。

/2/

一大早，冉斯年起床后就给范骁去了电话，要他私下调查贾若凡的父亲。范骁自然会问原因，冉斯年的解释是，他对贾若凡一直心怀愧疚，想要帮助贾若凡的家人，但是去了贾若凡家没见贾若凡的父亲，问贾若凡的母亲王燕芝，王燕芝也闭口不谈，这才让他产生了好奇。

上午，就在冉斯年和饶佩儿两人在贾梓煜的出租房附近转悠，拿着贾梓煜的照片询问路人是否见过贾梓煜的时候，冉斯年接到了范骁的电话。

"斯年哥，贾若凡的父亲我还没查到，但是我查到了贾若凡的哥哥贾梓煜，他失踪了！贾若凡的母亲昨天报案的！"范骁十分诚恳地说，"斯年哥，既然你这么想要帮助贾家，干脆贾梓煜的失踪案我就拜托瞿队接过来吧！"

"千万不要！"冉斯年急切地阻止，"小范，这件事千万不要让瞿队知道。"

"为什么啊？"范骁好奇地问。

冉斯年有些后悔自己刚刚的话，这实在有违他一向的风格，可是事到如今，他已经没有了回头路，索性故作神秘地说："小范，你相信我吗？"

"那当然啦，"范骁想也没想地说，"斯年哥，我对你那是绝对信任！"

"既然信任我，就先不要问那么多，照着我说的去做，等到水落石出的那一天，你自然会知道我的用意。"

范骁沉默了片刻，然后底气十足地回答："没问题，斯年哥，我都听你的。"

"贾梓煜这边，我和佩儿会帮着找人，你抓紧时间帮我调查贾若凡的父亲就可以了。"冉斯年吩咐。

范骁对于冉斯年对他的信任和交付任务十分兴奋，干劲儿十足，说了几句让冉斯年尽管放心的话，便挂断了电话。

中午，冉斯年和饶佩儿仍旧一无所获，却遇见了拿着传单赶来的王燕芝。王燕芝一见冉斯年和饶佩儿也在努力帮忙找人，对他们的态度有所缓和。

她主动问道："有什么收获吗？"

冉斯年抱歉地摇头，问："警方那边呢？有没有找到线索？"

王燕芝的眼睛瞬间湿润："没有，警察说，说……说梓煜很可能是躲到哪里吸毒去啦！可是……可是我发誓，梓煜是不会吸毒的，他绝对不会，绝对！就算世界上所有人都吸毒，梓煜也不会的！"

冉斯年理解地拍拍王燕芝的肩膀，心想一定是警察也看到了贾梓煜电脑里的那些搜索记录，怀疑贾梓煜是个瘾君子，这会儿正跟同道中人躲在什么地方在梦幻般的地狱中忘乎所以呢。而一个母亲，如此肯定自己的儿子绝对不会吸毒的原因其实也非常简单，那就是因为，她是个母亲。

三个人就像大海捞针一样，一面询问路人一面分发王燕芝印制的寻人启事，就这样，一直从中午忙碌到了傍晚。

冉斯年有两次差点儿就对王燕芝问了贾若凡父亲的事，但还是控制住了，毕竟王燕芝现在对自己的态度刚刚有所好转，他不想激怒她，而且，他觉得王燕芝也会像当年的贾若凡一样回避这个问题。

冉斯年请王燕芝在附近的餐馆吃了晚餐，三个人决定晚餐后就去加印传单，继续分发。餐馆里，王燕芝没吃几口，只是不停自言自语似的说她的儿子绝对不会吸毒，他失踪一定是出了什么意外。

冉斯年不忍心告诉王燕芝，甚至没有告诉饶佩儿，昨晚的梦已经给了他暗示，也可以说是他的预感，一向很准的预感，那就是贾梓煜已经死了，他身处另一个世界，跟他的父亲和妹妹在一起。

晚上十点钟，就在冉斯年劝说王燕芝回家，明天一早再过来的时候，王燕芝接到了电话。

只见王燕芝的脸色急剧变化，先是惊喜狂喜，冉斯年可以想象，那是因为电话那边告诉王燕芝，贾梓煜找到了；而后王燕芝又瞬间脸色煞白，面部肌肉僵硬抽搐，冉斯年可以想象，那是因为电话那边告诉王燕芝，找到的是贾梓煜的尸体。

见王燕芝已经石化，一个字都说不出，冉斯年拿下她的手机与对方对话。

果然，对方是负责失踪案的民警，他告诉冉斯年，刚刚他已经接到了消息，在城郊的森林公园里发现了一具男尸，初步看来，怀疑就是失踪的贾梓煜。

冉斯年挂了电话，马上准备赶往森林公园，他一边朝停车场跑一边指使饶佩儿送王燕芝回家。

王燕芝一听说要送她回家，马上回过神来，想要追上冉斯年，可是刚迈出去几步，便眩晕倒在地上。饶佩儿连忙搀扶王燕芝，看来她不是要送她回家，而是要送她去医院了。

城郊森林公园的大门口，冉斯年遇见了也是刚刚赶来的瞿子冲一行人。原来，因为案件恶劣，上级已经决定把这起案子交给目前松江市破案率最高、最受上级重视、前途无量的瞿子冲队长来接手。

瞿子冲对于冉斯年竟然也会在第一时间赶来这里十分惊讶，没办法，冉斯年只好一边跟在瞿子冲身边往森林公园里的树林里走，一边解释他赶来的原因。

"哦？对贾若凡心怀愧疚？"瞿子冲听了冉斯年的解释，反问道，"你怎么突然想起了贾若凡？"

冉斯年叹息着说："因为最近总是做噩梦，梦见贾若凡。我才想要去找贾若凡的母亲，想要看看能不能帮上什么忙，我还准备了一笔钱。唉，说不好听的，就是想要用钱来换取自己的心安吧。"

瞿子冲理解地点点头："于是你就听说了贾梓煜失踪的事？"

"是啊，刚刚我就跟王燕芝在一起，这才知道警方发现了男尸，怀疑是贾梓煜。只可惜，王燕芝不能亲自来认尸，她刚刚听到消息后就晕厥过去，这会儿应该被佩儿送去医院了。"

"我听说尸体极为惨烈，不让一位母亲看到这样的场景也对，就直接拿面部照片去给王燕芝确定死者身份吧。"瞿子冲说着，脸上露出了怪异的神色。

尸体极为惨烈？冉斯年当时还在想，会是怎么一个惨烈法，可是仅仅十分钟后，他便亲眼见识到了那惨烈的情形。的确，让一个母亲看到自己的儿子以如此方式惨死，恐怕这个母亲也活不成了。

冉斯年看到尸体的整体状态后，马上去看尸体的脸。没错，这就是贾梓煜，如假包换。冉斯年惊讶于自己居然如此笃定，看来他的面盲症已经有了突破性的好转，至少在以前，他从未如此肯定过。尽管如此，他还是掏出了刚刚用于寻人的贾梓煜的照片交给瞿子冲。瞿子冲看了照片后点点头，意思是，这具男尸就是贾梓煜无疑。

贾梓煜背靠着树干，胸腔和腹腔被利刃划开，鲜血淋漓中还能看得清人体脏器，最触目惊心的是，他的肠子被扯了出来，绕过了他的脖子，并且看样子还被勒得不轻。贾梓煜满脸骇然，死不瞑目，瞪着一双快要掉出来的眼珠子。

冉斯年只看了几秒钟便转头，他庆幸饶佩儿和王燕芝没有一起赶来。

"凶手是个嗜血狂魔，变态！"范骁在一旁，艰难地感叹着，然后就撒腿跑开，跑出了十几米之后，他扶着树呕吐。

将近午夜时，冉斯年跟着瞿子冲的队伍回到警局。瞿子冲分配任务给手下人，调查最后见到贾梓煜的人是谁，排查贾梓煜的社会关系，是否有仇家等等。还有最重要的，他们要等待尸检的结果，看看贾梓煜到底是不是个瘾君子。此外，还要把贾梓煜的所有个人物品带回来。这个任务是交给范骁的，这点正合冉斯年的意。他假装告辞，其实是先去了贾梓煜的出租房，在那里等待范骁。

冉斯年心想，瞿子冲果真没有怀疑他的罪证被放在了贾若凡那里，否则也不会派范骁去搜集贾梓煜的物品，而是应该亲自出马的。

凌晨两点，冉斯年在贾梓煜的出租屋门口等到了范骁，二人一起进去，把贾梓煜的个人物品装箱搬回了车上。接下来，二人便转战医院，打算从王燕芝那里拿到王燕芝家的钥匙，进去搜寻贾梓煜的个人物品。

联系了饶佩儿之后，冉斯年驾车前往医院。范骁刚刚配车，开车跟在冉斯年的车后面。他们赶到医院的时候，王燕芝还在昏睡，于是冉斯年做主，偷偷拿走王燕芝身上的家门钥匙。

三更半夜的，冉斯年也顾不得许多，如愿以偿地在王燕芝的家里来了一番

"土匪扫荡"，甚至惊动了邻居来查看情况，幸好有范骁的证件，否则邻居们一定会报警。

冉斯年望着一片狼藉的王燕芝的家，不免有些失落，至少他目前是没有发现存储瞿子冲罪证的U盘之类的东西，但愿他的梦能够给他什么提示吧。

眼看天色快要亮的时候，冉斯年已经帮范骁整理了贾梓煜的个人物品，打发范骁赶回警局。至于说像是遭过贼的王燕芝的家，冉斯年给饶佩儿打了个电话，要她赶来帮忙善后。

在等待饶佩儿赶来的空当，冉斯年躺在贾梓煜的单人床上短暂休息，他给自己下达了任务，要在梦里重新在这里寻找一遍，这个家里到底有没有藏有范铁芯放在这里的，存有瞿子冲罪证的存储设备。

一眨眼的工夫，冉斯年再次站在了贾梓煜的书架前，他手捧着一本影集，影集固定在翻开的一页上，时间似乎静止。

冉斯年在梦里固定了看到一张照片的那么一瞬间，但是他在这时间静止的梦境中，也有操控静态变为动态的能力，他低头凑近那张高中生的班级集体照，发现有四个男生被用淡淡的铅笔给圈住了。有人用铅笔圈画了这四个男生！

糟糕，因为照片不甚清晰，又是集体照，每个人的头部都很小，冉斯年根本无法辨认这四个被圈住的男生的样貌，但是可以肯定的是，他们四个中，没有一个是贾梓煜。

松江市第三十一中学2000届高三四班毕业照。难道这是贾梓煜的毕业照？冉斯年快速在毕业照上搜索贾梓煜的脸，但很快便以失败告终。一来，他的面盲症没有完全治愈；二来，就算是正常人，也很难在这么一张十几年前的毕业照上找出一个他根本不认识的，只是见过十几年后样貌照片的男人。

到底为什么要把这四个男生圈出来？是谁圈出来的？这四个男生有什么共同特征吗？

冉斯年再次努力去观察，这四个被圈住的男生还真的有点相似之处。他们要么是头发油腻，又长又乱，要么就是面部黢黑，要么就是校服上有污渍。冉斯年分析，这四个男生恐怕是整个班级里，家庭条件最差的学生。

冉斯年再次翻动影集，令他惊讶不已的是，除了这一张照片是第三十一中学的毕业照之外，还有几张毕业照，也是2000届，但拍照背景却跟第三十一中学完全不同，除了这一张之外的所有学生时代的照片拍摄地点都是在另一所中学——第一中学。

冉斯年在一张三人合影中认出了贾梓煜，根据贾梓煜当时的发型和眼镜，他又在毕业照的集体照中找到了贾梓煜。毋庸置疑，贾梓煜是第一中学的毕业生，可是，他的影集里怎么会有一张格格不入的第三十一中学的毕业照呢？而且上面还有四个男生被画了圈？

敲门声把冉斯年吵醒，他起床开门，果然，是饶佩儿赶来善后了。

冉斯年和饶佩儿一边忙活着收拾残局，冉斯年一边讲述刚刚梦里的收获。

"只可惜影集被范骁拿到警局去了，不然我还可以再仔细看看那四个被圈住的男生，我有预感，那四个被画圈的男生，跟贾梓煜的死有关，"冉斯年极为肯定地说，"收藏那张毕业照的人应该就是影集的主人贾梓煜，而在上面画圈的人，也是贾梓煜。"

饶佩儿一边忙活一边问："可是贾梓煜为什么要收藏一张没有他的集体照呢？贾梓煜是松江市的重点中学第一中学的毕业生，而三十一中正好相反，是有名的垃圾中学，只有成绩特别差或者是家境特别困难的孩子才会去的地方。难道，贾梓煜有朋友念三十一中？他的那个朋友就在那张集体照之中？该不会就是那四个画圈的男生吧？"

"现在线索太少，我也猜不到那张画圈的集体照跟贾梓煜的死有什么关联，总之先让范骁找到那张合照，把电子版发给我吧，放大调整清晰度之后，应该能看得清那四个男生的样貌。"

第二十九章
交 易 毒 品

/ 1 /

上午十点钟，累得全身无力的冉斯年和饶佩儿出门，打算赶回医院陪伴王燕芝。在路上，冉斯年接到了范骁的电话，原来范骁也在赶往医院的途中，他有一个算是好消息的消息待会儿要在王燕芝面前公布。

病房里，王燕芝似乎刚刚经历一场浩劫一样，眼神呆滞，嘴角还流着涎水。一旁的范骁也傻了，他手里握着那张贾梓煜的照片，一时间不知道该如何是好。

眼看冉斯年和饶佩儿进来，他马上解释说："斯年哥，瞿队让我把照片给她看一下，确认尸体身份，这是例行公事啊。"

冉斯年拍拍范骁的肩膀："不怪你，不怪你。"

饶佩儿走到床边，小声说道："王阿姨，还请你节哀顺变。贾梓煜的事情我们都很抱歉，当务之急是找到凶手啊。"

王燕芝呆滞的眼神似乎闪现了一丝亮光，她突然抓住饶佩儿的手，惊喜地叫道："若凡，若凡，妈妈好想你啊！"

饶佩儿的眼泪"唰"的一下便涌了出来，她一把抱住王燕芝，任凭王燕芝把她当成了贾若凡。

范骁一看王燕芝这个架势，马上出门去叫医生。

冉斯年心痛得无以复加，这位母亲实在是可怜至极，先是失去了女儿，而后又失去了儿子，只剩她一个人孤苦伶仃，她要怎么面对残酷的事实？

"梓煜，梓煜，"王燕芝又盯住了冉斯年，招手说，"梓煜，快过来，咱们一家团聚啦。"

冉斯年苦涩地笑笑，迈着颤抖的步子走到王燕芝身边，任凭王燕芝一只手搂着饶佩儿，一只手搂着他。

一个小时后，医生给出的答案是，患者因为遭受了强烈的刺激，精神上出现了一些问题，主要表现就是逃避现实。再这样下去，有可能会转变为精神分裂症。

"唉，他们家到底是做了什么孽啊？"饶佩儿坐在医院的走廊上，不住抹着眼泪。

冉斯年懊恼地一拳砸向墙面："是我害了若凡，又间接害了贾梓煜，然后又把王燕芝给害成了这样。"

饶佩儿马上握住冉斯年受伤的拳头，心疼地掏出纸巾擦拭血迹："不能这么说，他们家变成今天这样不是你害的！斯年，你绝对不可以这么想，害了他们一家的是瞿……"

冉斯年一把捂住了饶佩儿的嘴巴，微微点头："佩儿，放心，我会振作的。我现在能为他们做的，就是把凶手绳之以法。"

为王燕芝缴付了住院治疗的费用，办好手续之后，冉斯年心里稍稍踏实了一些。这笔表示愧疚的钱王燕芝还是收了，只不过没想到，是以这样的方式收的。

范骁把这边的情况打电话汇报给了瞿子冲，然后回来跟冉斯年告别。

"对了，小范，你刚刚跟我通电话的时候，你说有个好消息想要告诉王燕芝？"冉斯年突然想起了这茬。

范骁这才反应过来，这一次来医院最重要的任务他还没有完成，他鼻子一酸，苦着一张脸说道："糟糕，我还没来得及告诉王燕芝，尸检结果证明，贾梓煜根本没有吸毒，她就……她就神志不清了。"

没有吸毒！冉斯年也暗暗感到欣慰。可是问题也来了，如果贾梓煜没有吸毒，他为什么要搜索那些有关吸毒的事情？难道是有人用了他的电脑？不，不会，如果是室友用了他的电脑，一定会删除这些搜索记录的，如果没删，贾梓煜发现了也会删掉。而且贾梓煜的那两个室友都朝气蓬勃的，怎么看也不像是瘾君子。

四个被圈住的男生，搜索有关吸毒的事，最近一段时间下班后就行踪不明，甚至有过夜不归宿。贾梓煜到底在做些什么？冉斯年觉得，不管贾梓煜在做什么，一定是他在做的事情为他招来了杀身之祸。至于说，贾梓煜到底有没有得到瞿子冲的罪证，这点还不能确定。

范骁又向冉斯年汇报了尸检的其他结论和目前的侦办进度。

第一，案发现场就是抛尸现场，也就是森林公园的树林中；第二，死者的死亡时间被圈定在发现尸体的48小时至54小时，也就是说，贾梓煜的尸体在森林公园里足足待了有两天的时间才被发现，案发时间是距今为止三天前的晚上；第三，凶手行凶的凶器是个状似镰刀的弯弯的刀具，他下手极为娴熟，刀口整齐，如果不是专业医生或者屠夫的话，那么只能推断，这个凶手杀人经验丰富；第四，森林公园是开放式的，只有大门处有一个监控探头，所以并没有拍摄到凶手和死者进入的情形；第五，通过目前对贾梓煜的社会关系的排查，没有找到具有杀人动机的嫌疑人。

冉斯年沉思了片刻，又问："有关贾梓煜和贾若凡的父亲，你查到了什么？"

范骁回答："贾梓煜和贾若凡的父亲叫贾琛，生前是三十一中学的数学老师，十五年前过世。"

"三十一中学？"冉斯年双眼放光，"他是怎么过世的？"

范骁挠挠头："这点就很奇怪了，我能查到的就只有贾琛是自杀这一点，想要看详细的卷宗，我没有权限。贾琛的案子被封了起来。要不然，我找瞿队吧，他应该是有权限查看的。"

冉斯年摆摆手："先不要惊动瞿队，我这边先从三十一中查查看，如果实在查不到什么，再劳烦瞿队。"

最后，冉斯年又嘱咐范骁回去后从贾梓煜的物品中找到那张三十一中的合影，扫描后发到他的邮箱里。现在看来，贾梓煜最近行踪不定，在忙活的秘密，很可能与他父亲贾琛的死有关，跟三十一中学有关。

/ 2 /

接下来的十天里，冉斯年和饶佩儿去得最多的地方就是三十一中学，他们拿着那张毕业照，四处打探那四个被画圈的男生的去向。这么一忙活，就是十天。

第十一天的时候，他们已经查到了当年那四个男生——如今四个男人的去向和资料。他们四个人居然都有一个共同点，那就是身在单亲家庭，或者是寄养在亲戚家，监护人很不负责的那种。四个孩子当年等于是放养着成长的，而今，有两个孩子走上了正路，一个在街边卖煎饼，一个在搬家公司做苦力；另外两个就不那么幸运了，一个走上了犯罪道路，正在蹲监狱，另一个因为聚众斗殴，终身残疾，靠着微薄的救济苟延残喘。

冉斯年和饶佩儿站在街边一边吃着好吃又实惠的煎饼，一边跟卖煎饼的小贩包磊攀谈。

"贾琛？哦，我想起来了，他是我高中的数学老师啊，也是我们班主任。"包磊一边忙活着给别的客人摊煎饼一边头也不抬地说，"但是高三下学期，他就过世了，校长说他是病逝的，除此之外，我就什么都不知道了。"

病逝？自杀？冉斯年心想，校长跟警方那里的说法完全不同，这倒是更加凸显贾琛的案子另有内情了。也许贾琛真的是自杀，但是校长自然不能跟学生直说他们的老师自杀了，身为一个校长，必须以学校的名声为第一位，病故是最好的说辞。

"你认识贾梓煜吗？"冉斯年问，"也就是贾琛的儿子。"

"我听说过贾老师有个儿子，读重点高中，但是并不认识，怎么了？"包磊娴熟地忙活着，仍旧是头也不抬地问。

"没什么，"冉斯年转换方向，又问，"贾老师过世前的一段时间，他有没有表现出什么异样？你们班有没有发生什么让你印象深刻的事？"

包磊想了想，摇头说："没有，一切正常啊，要说令我印象深刻的嘛，就是贾老师那段时间总是占用下午的自习时间开班会，对我们进行思想教育。"

"哦？都是哪方面的思想教育呢？"饶佩儿问。

"我也记不得了，我那个时候总是睡觉，或者偷偷看小说，根本没听他唠叨。"包磊做了个鬼脸。

从包磊这里也得不到其他的情报，冉斯年只好失望而归。

饶佩儿提出了她的想法，认定贾琛的死可能跟这四个男生有关，她怀疑当年是这四个男生合力杀死了贾琛。而贾梓煜发现了这一点，他想要为父亲报仇，可是却事与愿违，在调查当年真相的过程中，又被当年的杀父仇人给杀害了。也就是说，除去坐牢和残疾的那两个男人，剩下的煎饼小贩和搬家公司的力工，这两个男人就是杀死贾梓煜的嫌疑人。

冉斯年却对饶佩儿的这种猜测并不认同："我认为事情没有这么简单。我想，是时候让范骁找瞿子冲帮忙，调阅贾琛案件的卷宗了。"

傍晚，冉斯年和饶佩儿赶到警局，想要找范骁或者瞿子冲，却扑了个空。

梁媛告诉冉斯年："不好了，又发现了一个被开膛破肚的死者，这一次更加过分，抛尸现场竟然在闹市中，在天才幼儿园后门对面的围墙下！瞿队他们已经赶赴现场了！唉，这次因为是在市中心地带，已经没法对媒体保密，听说记者把现场围了个水泄不通，这次麻烦大啦。"

冉斯年懒得跟梁媛废话，马上要了具体地址，驱车赶往现场。

等到冉斯年赶到天才幼儿园后门的时候，尸体已经被装进了尸袋，他没能一睹尸体的骇然，但是却在警戒带之外看到了不少呕吐物，那是想要围观尸体的人，也的确成功围观的人留下的。冉斯年不免觉得感慨，这些看客们如此好奇，非要看看被开膛的尸体什么样，看了之后又呕吐，往后一段时间内遭受心理困扰，噩梦不断，甚至留下终身的阴影，他们这样又是何苦？简直是咎由自取。

咎由自取！冉斯年的注意力集中在了这个词儿上面。凶手用死者的肠子缠绕死者的脖子，会不会就是想要表达这个意思呢？死者的死是他自己一手造成的，或者死者有过伤害自己身体的行为？

冉斯年找到了正要上车赶回去的瞿子冲，问道："跟上次一样？"

瞿子冲严肃地点头："是的，详细情况回去再说吧。这些记者都快疯了，叫着什么开膛手斯内克之类的称号，自己制造恐怖言论危言耸听，还要大肆渲染传播，一副唯恐天下不乱的架势。唉，他们不知道，可把我害惨了。"

冉斯年可想而知，来自上面的压力一定会让瞿子冲处境尴尬，他必须尽快破获这样恶劣的连环凶杀案才能保住饭碗，也就是说，瞿子冲这一次一定会请求他冉斯年这个以往破案率百分百的帮手帮忙。

"斯年，这次的案子特殊，上面的意思是，不允许编外人士参与。"刚一到警局，进入瞿子冲的办公室，瞿子冲就来了这么一句。

冉斯年彻底愣了，瞿子冲的反应跟他预料的正好相反。为什么？为什么不让他参与？真的是上面的意思？不，恐怕不是，上面早就对冉斯年这个编外人士睁一只眼闭一只眼了，甚至瞿子冲还对他转述过上面领导的原话，说不管是黑猫白猫，只要能抓住老鼠就是好猫。上面明明认为他冉斯年是个好猫啊。如今遇到如此棘手的案子，社会影响如此恶劣，上面应该是责令瞿子冲想尽一切办法以尽快破案为先才对，怎么会拒绝他这只好猫的帮助？

瞿子冲有阴谋！这是冉斯年得出的结论，也许，瞿子冲本身就跟这次的连环案有关系！看来，他暂时还不可以找瞿子冲要权限去查看有关贾琛当年的案子，以免打草惊蛇。

冉斯年不接茬，反而说："瞿队，我想看看尸体。"

瞿子冲一挥手，大有送客的意味："看尸体是不可能的，我说过了，上面的意思，你不能参与这次的调查。斯年，别让我为难，你的好意我心领了。现在是非常时期，我这里又要顶着媒体的压力，又要顶着上级的压力，已经快要炸锅了，我也没工夫招呼你们，还请理解。"

这么明显的逐客令，冉斯年自然不好意思赖着不走，他依旧友好地跟瞿子冲告别，预祝他早日破案，然后拉着饶佩儿的手走出瞿子冲的办公室。

走廊里，冉斯年与范骁擦肩而过的时候，对着范骁做了个打电话的手势，脚上却是一步没停。

/3/

第二天一大早，冉斯年接收到了范骁发来的一条短信，上面只有两个字——尹刚。可想而知，这个尹刚就是昨晚被发现陈尸在天才幼儿园后门围墙处的尸体。

只是，这个尹刚到底是谁呢？这点不用再劳烦已经忙得满负荷的范骁，冉斯年只需要借助媒体的力量就可以了。

冉斯年打开电脑，果然，网上关于第二个死者尹刚的身份介绍得十分详细。

尹刚，二十九岁，比贾梓煜小三岁，男，职业是汽车修理工。值得一提的是，尹刚四岁的独生女儿就在天才幼儿园就读！凶手选择在天才幼儿园后门杀人抛尸，恐怕不是巧合，他是故意要对尹刚的家人进行威吓。可是，为什么呢？杀了尹刚还不够，还要恐吓他的家人，难道这是凶手在暗示什么？

不得不说，媒体的力量是强大的，无孔不入的记者们很快便从汽车修理店里打探到了，这个尹刚很可能是个瘾君子，他的同事在他的更衣柜里发现了一些奇怪的粉末，被藏在了柜子的隔层里。根据这点，记者们马上分析出，尹刚是个瘾君子，并且推测，尹刚柜子里的粉末跟他的死绝对有关联。

最令冉斯年惊掉下巴的是，媒体竟然还挖出了贾梓煜的案子，并且知道了两次案件凶手的犯案手法一致，那就是开膛破肚。媒体给这个连环案的凶手取了一个极为洋气的名字——开膛手斯内克。开膛手好理解，是根据臭名昭著的开膛手杰克而来，至于说为什么是斯内克，媒体没有给出明确的答案。

媒体还提出了一个论调，虽然冉斯年很想否定，但是他的潜意识告诉他，这个说法很可能是真的。那就是开膛手斯内克不会就此停手，他会再次犯案，不断犯案，直到被警方抓到为止。记者提醒松江市的全体市民，警惕变态杀手，当代的开膛手狂魔。

难道这个凶手跟贾梓煜的父亲贾琛的死没有关联？他只是随机犯案，单纯就是个变态杀人狂？还是说，第二个死者尹刚跟贾梓煜有着什么共同的特征？

冉斯年觉得，虽然他们俩一个被证明没有吸食毒品，至少是临死前一段时间内没有，而另一个疑似吸食毒品，两个人都跟毒品有关联，恐怕毒品就是他们俩共同具备的特征。

而联想起咎由自取，也就是凶手制造的开膛破肚且用死者自己的肠子勒死者自己的颈的这种"尸体艺术"，也可以跟毒品联系起来，因为吸食毒品，就等于慢性自杀。当然，这种慢性自杀，跟所谓的吸烟等于慢性自杀比较起来，速度要快得多。

虽然不愿意，但冉斯年只能暂时先放下贾梓煜父亲贾琛的这条线，转而先去调查尹刚。当然，是在暗地里，不惊动瞿子冲的前提下调查。幸好冉斯年还有范骁这个帮手，实在需要帮助的时候，可以找他。

既然两个人的共同交集可以暂且定为毒品，那么冉斯年猜想，他想要寻找的嫌疑人就是一个极其憎恨毒品，也憎恨瘾君子的嫌疑人，而寻找这样一个人，恐怕就要深入瘾君子的群众中去了。冉斯年倒是知道松江市有个烂尾楼里经常会有嗨到或神志不清，或沉睡不醒的瘾君子，他现在没有瞿子冲的资源共享，想要调查案子，就只能到那里去碰碰运气了。可是如果是去那种地方，那是绝对不能带着饶佩儿的。

"什么？不带我？"饶佩儿马上就不干了，"斯年，咱们不是搭档吗？我不是你的助理吗？"

冉斯年拍拍饶佩儿的头，疼惜地说："于公而言，你是我的助理，就要听从我的指示；于私而言，你是我的未婚妻，我绝对舍不得你深入虎穴，去那种恐怖的地方。"

饶佩儿的脸"唰"地红了，她咬住嘴唇，足足沉默自我斗争了半分钟的时间，这才缓缓开口："斯年，有一件事我必须对你坦白，再对你隐瞒下去，我良心不安。你的秘密，包括你家里的事情我都已经知道了，可是我有一个秘密，你却不知道。"

"哦？"冉斯年一副饶有兴致的模样，"愿闻其详。"

饶佩儿看冉斯年一副不当回事的样子，更加羞愧难当。又踌躇了半分钟，她干脆一咬牙说道："其实……其实我知道你说的那个地方，是城南的那座被人叫作八层半的烂尾楼吧。那里……那里……其实我去过，而且，是一个人，而且，是……是在晚上。"

冉斯年当时就从沙发上弹跳了起来，猛然站起身俯视着饶佩儿，又是惊愕又是语无伦次地问："佩儿，你疯了吗？为什么？什么时候的事？他们……他们有没有把你怎样吧？你安然出来了吗？"

饶佩儿尴尬地搓着双手，像个犯错的孩子："是我认识你之前的事，就是最初咱们相识的导演常青的案子之前。你也知道，常青他逼我被他潜规则，还威胁我说，如果我敢拒绝，他就让我名誉扫地，而且永远别想走艺人这条路。当时我还有我妈要照顾，我恨死常青这个勒我们母女脖子的魔鬼了，我恨他恨到，恨到想要杀了他！"

冉斯年又坐下，一把揽住饶佩儿，疼惜地说："只可惜那个时候我还不认识你，佩儿，你受苦啦。"

饶佩儿苦笑着摇头："没什么，总算没让常青这个老流氓得逞。唉，当时我也是被逼得走投无路了，只能一直对常青使用缓兵之计，暗地里我就在想要怎么毁掉常青，让他自顾不暇，没工夫来勒我的脖子。想来想去，我就想到要给常青投毒，当然，我不是想要毒死他，而是想让他染上毒瘾，让他自己毒死自己。"

"可是你却不知道该去哪里弄到毒品，于是你就去了有名的八层半，想要到那里找个瘾君子给你介绍购买渠道？"冉斯年已经猜到了后文。

"是的，万幸的是，我偷偷进入八层半，第一个遇见的就是个刚刚嗨过的好心大姐，唉，称呼她为好心大姐也不合适。总之，我对她编了个谎话，说自己男友戒毒失败，这会儿毒瘾犯了，在家里'发疯'，我又不知道该去哪里给他弄药……"说到男友戒毒失败的时候，饶佩儿不好意思地偷眼看了冉斯年这个男友一眼。

"于是大姐就给你介绍了毒贩？"冉斯年顺着饶佩儿的思路往下猜。

"是的，那个大姐给我介绍的毒贩外号叫作麻子，是个三十出头的瘦男人，看得出，这个麻子也是吸毒成瘾的人，当时我见到他的时候，他就已经骨瘦如柴了，"饶佩儿叹了口气，"我在一间地下台球厅找到了麻子，跟他单独进办公室买了点海洛因。可是没想到，我买来的东西根本就没有用武之地，我只能把这罪恶的东西丢进马桶给冲走了。"

冉斯年松了一口气："还好，我还以为你把它当作礼物送给好心大姐了呢。"

"怎么可能？我送这种东西当礼物给好心大姐，那我不成了黑心小妹啦？"饶佩儿颇有些自豪地说，"后来，我又去过八层半找那个好心大姐，我打算告诉她我男友戒毒成功，这东西没那么难戒，想要劝她也戒的。可是，却没再看见她。再后来，瞿子冲突然找到了我，跟我说他知道我有常青遇害那天的不在场证明。我当时吓得出了一身冷汗啊，我问他都知道什么。他告诉我，他知道常青遇害的时间段我正在一家地下台球厅里，他也知道那家台球厅里有毒品交易，他的线人更是看到我跟麻子进了办公室。瞿子冲知道我买毒品的事情，便以此威胁我当他的间谍，否则，唉，这个老家伙就跟常青一样，威胁我要让我前途尽毁！"

冉斯年紧紧抱住饶佩儿，伏在她耳侧温柔地说："瑕不掩瑜，佩儿，这不算什么，你真的没必要瞒我这么久。我知道，你也是被逼急了，一时糊涂才会差点儿走上错路。我只怪自己没能早点儿认识你，帮你解决麻烦。"

饶佩儿的眼泪一下子涌出来，她也紧紧抱住冉斯年："斯年，你真好，我一直担心你知道这件事之后会跟我分手呢。"

冉斯年轻抚饶佩儿的后背，柔声说："怎么可能？佩儿，你能信任我，对我坦白，我真的很感动。现在，我们不用去什么恐怖的八层半了，我们直接去你去过的台球厅，去找那个麻子就可以。"

半个小时后，两人出发，直奔当年饶佩儿独自一人深入虎穴去的地下台球厅。出发前的半个小时，两人经过乔装打扮，他们不想让台球厅里的人记住他们的脸，毕竟他们要伪装成购买毒品的瘾君子。

像上次一样，饶佩儿直接跟台球厅的服务生说要找麻子，她是麻子的老客户，这次来是要介绍个新客户。

服务生却瞧也不瞧饶佩儿一眼，打发似的说："你们找麻子，我还找麻子呢。麻子这臭小子都失踪一周啦！"

"什么？"冉斯年顿感心一沉，他突然冒出了一个下意识的想法，那就是这个麻子，恐怕也是凶多吉少。那个所谓的开膛手斯内克憎恨的不只是吸毒的人和毒品，同样憎恨贩毒的人。

正当冉斯年觉得这个麻子凶多吉少的时候，服务生一边忙活一边小声嘀咕着自言自语："人家搞不好是去国外享福喽。"

冉斯年一愣："为什么这么说？麻子要出国？"冉斯年的第一个想法就是，麻子是要去国外联系什么毒品方面的业务，但是转念一想又不可能，麻子不过是个底层的小毒贩子，贩毒组织怎么可能派个喽啰去做这种事？

"可不就是嘛。"服务生看冉斯年十分好奇，就冲着他搓了搓手指，意思是要钱才肯继续往下配合冉斯年的问话。

冉斯年马上掏出了100元塞到服务生手里，问："麻子说他要出国吗？"

"不是，是我猜的。"服务生嫌钱少似的翻了个白眼儿，不耐烦地说，"一个月前有一天晚上我在街上看见麻子跟一个文质彬彬的小老外在一起，我就问他那是谁，他告诉我那是外教，教英语的。我不信，问麻子最近老是在晚上翘班到底干什么去了，麻子就告诉我，他参加了一个补习班，学英语，每天晚上上课。"

学英语？冉斯年跟那个服务生一样，都是一脸的不屑，他俩都认定麻子这种人绝对不可能牺牲晚上这样的大好时间不去做他的本职工作，赚钱的营生，而是跑去学什么英语。看来麻子有秘密。

"你在哪里看见麻子跟那个小老外的？"冉斯年又打算大海捞针似的去那附近蹲点儿了，没办法，没有了瞿子冲，也没有范骁，他就没有了警方那边的资源，凭借自己的力量，他也只能这样带着饶佩儿奔走辛苦。

服务生微微一笑，又搓了搓手指。

冉斯年只好再递上100元。

服务生说："你去鸿威大厦附近转悠转悠吧，说不定还能碰上麻子，我上次就是在那儿碰见他跟那个小老外的。"

第三十章

姐 弟 相 认

/ 1 /

离开了地下台球厅，冉斯年马上驱车前往鸿威大厦附近。他把车子停在了大厦下方的停车场，下车后却一丁点儿也没有进入大厦的意思。

饶佩儿见冉斯年在附近寻找不起眼的小巷子和小建筑，马上就明白过来："斯年，你是认为麻子不可能学什么英语，他总是在晚上翘班，其实是跟总在晚上不知所终的贾梓煜一样，搞不好尹刚也是一样，这三个人都身在同一个地方，搞不好，是参加了同一个组织。而且这个组织绝对是见不得光的，所以自然不可能租用鸿威大厦的某个房间，而应该是在更加隐蔽的地方。"

"没错，而且刚刚那个服务生说的小老外应该也是这个组织的成员之一。"冉斯年望着街道上来往匆匆的行人，那一张张在天色渐暗的背景下一闪而过的脸，幸好，他现在的脸盲症已经将近痊愈，哪怕是天色越来越暗，哪怕是一闪而过的脸，他也能够一眼就看得出是亚洲面孔还是欧美面孔。只是，这样在大街上找个小老外，真的无异于大海捞针，就算找到了，跟踪他，也可能是跟错了人。但有这么一条线索，总好过什么都没有强。

为了更好地在路人中找到一个小老外，冉斯年和饶佩儿在露天的大排档简单吃了顿晚餐，晚餐后，两人分头行动，由冉斯年继续在路上快速扫描经过的行人的脸，饶佩儿则是去附近的店铺买点东西，顺便跟店铺老板打听有没有见过一个小老外。

在一家便利店里，饶佩儿正在跟老板娘结账聊天。

老板娘"扑哧"一声笑出来，说："你说年轻的外国人？还文质彬彬像个外教？"

"对呀对呀，你见过这样的人吗？"饶佩儿满怀希望地问。

老板娘指了指饶佩儿的身后："你回头看看，是不是这样的？"

饶佩儿的心突然剧烈一颤，她马上回头，本以为会看见一幅画或者是电视上的什么画面，没想到，在她身后排队交款的那个人，就是一个年轻的欧美面孔。

那人看起来也就是不到二十岁的年龄，又瘦又高，棕色头发，眼窝有些深，高鼻梁，也是白皮肤，可是却似乎又有点亚洲血统，融合了欧美和亚洲相貌的优点于一身，总之就是两个字——好看。

不对，除了好看，饶佩儿还对这个大男孩有种别样的感觉，她努力琢磨这是一种什么样的感觉，但是一时之间却又想不起来。

老板娘突然从柜台后走了出来，到饶佩儿身边，凑近她的耳朵八卦地说："这小老外好像是看上你了，刚刚你在里面选东西的时候，我看见他一直偷偷看你来着。"

饶佩儿全身一抖，老板娘的话让她终于想起来了，想起了那种异样的感觉是什么，还有，这个小老外偷偷看自己的原因！饶佩儿在瞬间就已经百分百肯定了自己的想法。

突然地一个转身，饶佩儿把老板娘吓了一跳，她一把抓住身后的大男孩，把他拉到了角落里，根本不顾老板娘和那个大男孩的错愕。

"你怎么会来中国？来松江？"饶佩儿紧紧抓住大男孩的衣袖，仰着头紧张地问。

大男孩讶异地、用一口流利的中文反问："我趁暑假来松江旅游的，小姐，你……你是不是认错人了？"

饶佩儿白了大男孩一眼，甩开他的衣袖："不要再演啦，我在我奶奶的葬礼上见过你。哦，不，应该说，我在咱奶奶的葬礼上，见过你。只不过当时，我没有见到爸……爸爸，还有……还有你的……你的母亲。"

男孩脸色一变，叹了口气，低沉地小声说："我叫里欧，里欧·斯科特。我们的父亲现在的姓氏是斯科特。"

两人这么一对话，彼此都知晓对方已经知道了自己的身份，以及两人是同父异母的姐弟关系，还有饶佩儿知道父亲没死，而在美国娶妻生子的事实。

"姐，我可以这么叫你吗？"里欧试探性地问，他战战兢兢，一副生怕饶佩儿不肯认他的可怜相。

饶佩儿拿这样的里欧没办法，她狠不下心去恨里欧，狠不下心去怨他们共同的父亲，甚至不反感那个抢了母亲丈夫的美国女人。她只是心酸，为这无奈而又可悲的现实而感到心酸。如果父亲不是卧底，不是警察该有多好？她就能拥有一个正常完整的家庭，而不必要在谎言里成长。如果松江市没有那个该死的贩毒集团该有多好，那样父亲也不必诈死逃到国外去。

"你还是叫我的名字吧，这样明目张胆地叫我'姐'很危险。"饶佩儿往后退了两步，与里欧保持距离。

里欧有些受宠若惊，小声叫了声："花花，我这样叫你可以吧，爸爸就是这样叫你的，他总是提起你，给我们讲你小时候的事情。他回中国来见你之后，也会给我们带回去你的照片。所以对于我来说，我好像已经认识你好久了。"

饶佩儿别扭地撇撇嘴："你这样叫我怪怪的，而且会引起怀疑，你还是叫我饶佩……"

没等饶佩儿说完，里欧已经一把抱住了她，激动得热泪盈眶。

柜台那边的老板娘咋舌地感叹："外国人就是奔放，这么快就抱上了。"

老板娘说话的同时，另一个高高帅帅的男人进门，听到了老板娘刚刚说到了什么"外国人"，刚要惊喜地问她什么外国人，却见老板娘一副怪异表情看着角落，于是也循着她的视线望过去。

紧接着，就听几步急促的脚步声，然后是货架上的商品掉落一地的声音、男人小声的惊呼声，最后是货架倒地的声音。

冉斯年哪里看得一个陌生男人抱住他的饶佩儿？他大脑一片空白，想也没想便冲了过去，一把推开对方，把他甩在了货架上。

里欧摔得不轻，吃痛地叫出声，身体被一包包的女性用品包围和覆盖，好在有这些柔软的东西垫底，否则的话，他搞不好会去医院。

"斯年，"饶佩儿望着眼前的一片狼藉，以及老板娘那既愤怒又怪异的眼光，她只想用最快的速度解释清楚，便用一句话概括，"斯年，里欧是我的……我的……我的亲人！"

　　尽管饶佩儿没有说"弟弟"这个词，但冉斯年是知道饶佩儿的家庭情况的，他马上反应过来，惊诧地望着吃痛叫唤的里欧。

　　冉斯年和饶佩儿一起扶起里欧，冉斯年塞给了老板娘500元，表示歉意之后，便搀扶着里欧出了便利店。

　　车上，冉斯年坐在驾驶座上，饶佩儿坐在副驾驶上，里欧一个人半躺在后座，揉着后腰。

　　"里欧，为什么来松江？你来这里，你爸爸知道吗？"总算到了一个私密一些的环境，冉斯年这才放心问道。

　　"我回来就是想见花花，我的姐姐，"里欧有些没底气，"爸爸不知道我回来了，他以为我在欧洲旅行。对了，你是花花的男友？"

　　冉斯年回答："我是你的准姐夫，佩儿的未婚夫。"

　　里欧突然爽朗地笑起来："准姐夫，不错，我喜欢你，爸爸也一定会喜欢你。"

　　饶佩儿哼了一声："我又不需要你们喜欢他。"

　　冉斯年突然回过神来，问里欧："里欧，你知道麻子吗？"

　　饶佩儿也马上反应过来，想起了他们今天来是为了寻找一个认识麻子的小老外的，而她的弟弟里欧不正是一个小老外吗？

　　"你是说麻喻强？"里欧说着便不住摇头，"这家伙已经消失大概一周时间了吧。"

　　饶佩儿忙解释："没错，麻子的全名就叫麻喻强。"

　　冉斯年问："里欧，你是怎么认识麻喻强的？别告诉我你是教英语的外教，麻喻强是你的学生。"

　　里欧略显为难地犹豫了一会儿："好吧，跟你们也没有什么可隐瞒的。花花，我可以实话实说，但你得保证不告诉爸爸。"

　　"废话！"饶佩儿冷哼了一声说，"我也得能告诉得着啊。"

　　里欧意识到自己刚刚说错了话，饶佩儿根本没法联系上他们远在美国的父亲，这才放心地说："其实我这次偷偷回来，就是为了咱们一家人能够早日团聚。我看得出爸爸非常思念你，非常想要回国、回家，可是因为松江市的贩毒集团，他为了自己和咱们一家人的安全，又不能贸然回来与你相认。我这次回来就是为了解除他的后顾之忧，完成他当年没有完成的任务———一举捣毁这个罪恶的组织！"

饶佩儿听后差点儿没笑出声来："你有没有搞错？你还是个孩子啊！真是异想天开，爸爸要是知道一定被你气个半死！"

"你可别小看我啊，我还是有所收获的，"里欧不甘心被看扁，仰着头充满自信地说，"我已经打探到了，这个贩毒集团的首脑是个松江市的商人，成功企业家。"

"你从哪里打探到的？"冉斯年问，"该不会是麻喻强那里？你知不知道麻喻强是什么人？"

里欧颇为自豪地说："我成立了一个戒除毒瘾的互助会，这种互助会在美国是很普遍的。我是想用这种方式帮助那些有意愿和意念的人，同时把这些人集中起来，我也可以通过与他们的接触和交谈中打探松江市毒品网络的消息。结果，真的被我打听到了，贩毒集团的首脑就是松江本土的一个企业家，他表面上是个经商的成功人士，背地里却是个肮脏的败类，他的钱都是用这些人的后半生或者是生命换来的！"

面对里欧的慷慨激昂，冉斯年倒是冷静得多，他再次问道："你知道麻喻强是什么人吗？"

里欧颇为感怀地说："他是个瘾君子，而且是戒毒瘾很难的那种。我想，他一定是放弃了，所以这一周也没来过互助会。就在他离开之前，我们还吵了一架，他骂我别有用心，我骂他没毅力没胆量。"

冉斯年和饶佩儿一同摇头叹息，饶佩儿说："傻瓜，麻喻强才不是去戒毒的，他本身就是个毒贩子！我想，他参与你那个互助会，恐怕就是为了去调查你的，所以他才会说你是别有用心！"

冉斯年紧张地说："没错，也许是你的举动已经惊动了他们组织的高层，麻喻强这个小喽啰只不过是他们派来调查你的底层调查员。里欧，你现在很危险，现在也顾不了那么多，你还是跟我们回去吧。"

"这怎么行？我还要继续经营我的互助会的，我相信再用不了多久，我一定能够打探到更多有关集团的讯息，说不定还可以打入到他们内部……"

"你这孩子！"饶佩儿打断里欧，"不要太天真啦！你这等于是玩命，我现在以姐姐的身份命令你，马上收手！否则我会想尽一切办法联系上你……你……咱们的父亲，别以为我没办法，我已经找到了爸爸的老朋友，这种事他一定会想办法转达的。趁他知道前，你赶快给我回美国去。"

"没错，你马上订机票回去。"冉斯年也不容拒绝地说。

里欧不服气地昂着头："我不回去，我不能半途而废。"

冉斯年叹了口气，他深知道这个年纪的男孩有多固执，有多么不知道天高地厚，只好商量地说："要不这样吧，你把你互助会成员的资料交给我，由我来接手你的互助会继续调查，你看怎么样？你这个外国面孔实在是太扎眼了，很容易引起别人的怀疑。相信我，我一定会为了花花一家团聚，用尽全力去调查，最终捣毁这个罪恶的组织的。"

里欧明显动摇了："真的？你发誓？"

冉斯年十分郑重地转过头，面对里欧真诚发誓："是的，我发誓，佩儿的事就是我的事，为了佩儿能够跟父亲团聚，我会拼尽全力。"

"那……那好吧，那咱们现在就去互助会，我把你介绍给大家认识。"里欧指了指车窗外的一个方向，"那里有个小巷子，我在里面租了一间地下室，我的互助会名字就叫作'梦幻地狱'。"

饶佩儿"扑哧"一声笑出来："你这是什么名字啊？地狱，谁还敢去啊？"

"不是的，我这个名字是有深意的，"里欧一本正经地解释，"梦幻是指吸食毒品后达到的状态，也就是所谓的嗨，他们以为自己身在梦幻般的天堂，而实际上，剥去梦幻的伪装，他们是身在地狱之中。我取这个名字作为互助会的名称为的就是给这些人警示，以免他们意志不够坚定，再次回归到地狱之中。"

饶佩儿和冉斯年听里欧这么一解释，也都觉得这个名字取得真是不错。

/2/

晚上十点钟，里欧带领着冉斯年和饶佩儿走进了隐蔽巷子里的一个不起眼的半地下的铁门，走过一条晦暗又窄窄的走廊之后，他们来到了一扇锈迹斑斑的黑色铁门前。

"奇怪了，今天他们怎么这么安静？"里欧自言自语了一句，又转身嘱咐冉斯年，"记住啊，你是个成功戒除毒瘾八年的前辈，也是帮助我戒除毒瘾的老师，只有这样说才能让他们更加信服你。"

冉斯年敷衍地点头，他当然会记得跟里欧统一口径，此时他更加在意的是，这扇门后面真的十分安静，就好像里面一个人也没有。

"我觉得不对劲，咱们还是先离开这里，再从长计议。"冉斯年说着便拉着饶佩儿转身，边走边说，"里欧，我觉得今天很不对劲，按照你的说法，互助会有二十几个人，今天又是每周活动的日子，也过了九点半开始的时间，里面不可能如此安静。"

里欧跟在冉斯年身后，也觉得不对劲，小声嘀咕："没错，以往在我主持之前，他们都是三两结伴聊天的。"

眼看三个人走回了大门前，只要推门就能够走出这栋建筑，眼前的大门却被人从外面打开，同时，他们的身后也传来了两三个人的急促脚步声。

冉斯年知道他们被前后包围了，惊吓了两秒钟，他惊讶地看到了眼前门口站着的人，不是别人，正是瞿子冲。

幸好，包围他们的不是贩毒集团的人，也不是想要伤害里欧的麻子之类的人，更加不是什么开膛手斯内克。冉斯年松了一口气，问道："瞿队，你们怎么会找来这里？"

瞿子冲定睛一看，也看清楚了晦暗走廊里的人三个中有两个是他认识的人，一个是冉斯年，另一个是饶佩儿，也惊奇地问："斯年？你们怎么会在这里？你们……你们认识这个里欧？"

五分钟后，在半地下铁门外，几辆后来驶过来的警车旁边，瞿子冲对冉斯年道出了他们之所以会出现在这里，并且提前埋伏的原因。

原来瞿子冲通过对第二个死者尹刚前妻的调查，得知了尹刚参加了互助会的事，根据尹刚前妻的描述，他们找来了这里，通过跟互助会成员的谈话，瞿子冲得知原来贾梓煜也是这个梦幻地狱互助会的成员，死于开膛手斯内克手下的两个死者都身处一个互助会，这个互助会的开办者，他们警方是一定要仔细调查，并且请回警局好好谈谈的。可是没想到，本应该九点半就前来的主持里欧却破天荒迟到了半小时，瞿子冲还以为里欧发现了警方在此蹲点儿所以逃了，他认为这个逃走的里欧绝对有重大的嫌疑。

最后，瞿子冲还是等来的里欧，只不过没想到，里欧身边还有冉斯年和饶佩儿。

"好了，现在该轮到你告诉我，你和饶小姐怎么会跟里欧在一起，一起来这里，你们跟他是什么关系。"瞿子冲解释完后，严肃地问冉斯年。

冉斯年抱歉地笑笑："不好意思，虽然你不允许我参与调查，但我个人对开膛手的案子非常感兴趣，所以打算以个人名义私下调查。我不知道从何查起，就去了有名的八层半，跟那里的人打听到了有个最近一段时间兴起的互助会，还是个小老外开办的，我觉得很可疑，就找了过来。"

瞿子冲半信半疑地问："那你们是怎么认识里欧的？怎么会跟他一起过来？"

"佩儿在这附近的一家便利店见到了里欧，意识到他可能就是我们要找的人，所以就主动跟他搭讪，说想要加入他的互助会。这小子，在便利店里趁我不在，还吃了佩儿的豆腐呢。"冉斯年之所以会这么说，就是担心瞿子冲会去便利店核实他的说法，正好，老板娘看见了他们三个又是拥抱又是推倒货架的那出闹剧，老板娘的说法正好可以吻合他现在的说辞，让瞿子冲打消疑虑。

瞿子冲点点头，说："原来如此。现在这个里欧是我们的首要嫌疑人，我们得带他回去问话。抱歉，斯年，你还是不能够参与，我劝你还是放弃这件案子。天也不早了，你们也快回去吧。"

冉斯年只好顺从地点头，临走前，他望了里欧一眼，虽然担心，却尽量不表现出来，他固执地对瞿子冲说："瞿队，你是知道我的，这案子正好对我的胃口，我是不会放弃的。"

瞿子冲无奈地叹了口气："唉，随你吧。"

回到家，饶佩儿坐立不安，心浮气躁地来回踱步。冉斯年看得出她是在担心里欧这个同父异母的弟弟。

"放心，警方现在也没有明确的证据能把里欧怎么样，明天一早我就给范骁打个电话问问那边的情况。"冉斯年安慰说，"我相信里欧绝对不会是那个开膛手斯内克，我会全力帮助他的。"

饶佩儿这才放松了一些，但好不容易舒缓的表情马上又紧绷起来："里欧说什么希望父亲能回国，跟我一家团聚，哼，怎么一家团聚？我妈妈要是知道了真相，看见已经死了二十年的老公又回来了，还变了模样，带着外国妻子和儿子，她一定会崩溃的。不行，为了我妈妈，绝对不能让真相公开。"

"你先别这么悲观，陶阿姨跟薛叔叔进展得不是不错吗？也许她并没有你想象中的那么脆弱，崩溃，不至于。"冉斯年一把揽过饶佩儿，轻抚她的肩膀。

饶佩儿想想也是，现在想这些还都为时过早："唉，我还是担心里欧会被瞿子冲当作替罪羊。咱们必须尽早找到真凶，这样才能解救里欧。"

/3/

第二天一大早，冉斯年给范骁发了一条短信，要他有空马上电话联系自己。

上午十点钟，范骁回了一条短信，加班一夜后，瞿子冲暂时放手下人回去休息，傍晚再回警局报到。范骁没有回家休息，而是要直接来冉斯年这里汇报情况。

十点半多，范骁风尘仆仆地赶来，进门后便开始边走边说："瞿队认定里欧是目前的第一嫌疑人。我们也把互助会的那些个成员都带回去审问了，结果除了麻喻强之外，还有一个叫尤倾的二十岁的男性成员目前也是失踪状态。事情真是越来越麻烦了。"

冉斯年给范骁递上一杯水，让他坐下："别急，慢慢说。先说说里欧的情况，瞿队觉得他哪里可疑？"

"瞿队觉得他哪里都可疑，首先，里欧成立这个互助会的动机可疑，毕竟他只是个外国游客，实在没必要在异乡搞出这么一个组织；其次，有成员看见里欧跟失踪的麻喻强发生争执，瞿队怀疑失踪的麻喻强也已经被开膛手斯内克给杀害，只不过尸体还没有被发现而已；再次，就在昨晚里欧和你们出现在地下室之前，他刚刚打电话预订了回美国的机票，瞿队怀疑他要潜逃。"

冉斯年苦笑，打电话预订机票是他要求的啊，没想到这点也成了瞿子冲怀疑里欧的原因。

"麻喻强失踪了，还有一个成员尤倾也失踪了，"冉斯年犹豫着说，"说不定这两个也是凶多吉少。除了他们都跟梦幻地狱互助会有关，你们有没有找到这四个人的其他共同点？"

范骁故作神秘地说："表面看来，他们四个似乎完全不同。首先，第一个死者贾梓煜似乎从未有过吸毒的历史，第二个死者尹刚是最近刚刚染上毒瘾，第三个失踪的麻喻强根本就是个毒贩子，第四个失踪的尤倾才刚刚二十岁，还在读大学，我们联系了他的学校，他也是个三好学生，他的老师和同学都信誓旦旦地表示他绝对跟毒品沾不上边。这几个人之中，毒贩子加入互助会可能是想要捣乱，搅黄这个影响他生意的'敌对'组织，剩下的人之中除了尹刚有必要加入，上班族贾梓煜和大学生尤倾根本没必要参与不是吗？"

冉斯年冷哼一声，说："这四个人加入互助会恐怕都是别有用心的，除了麻喻强的目的目前看来很可能是为了其自身的'生意'需要之外，其余三个人一定有什么共同点。"

"是的，我们大致上调查了一下几个人的基本信息，发现其实除了麻喻强，这三个人还真的有一个共同特征。这也是我一定要亲自过来告诉你的重要消息。"范骁脸上神秘兴奋的表情更甚。

"什么特征？你别告诉我，他们三个都是男的，"饶佩儿歪头想了一下，"不对啊，要是这个特征，也可以把麻喻强算上的。"

范骁摆手，郑重地说："不是性别的问题，是除了麻喻强是个孤儿之外，其余三个人，也就是贾梓煜、尹刚和尤倾，都是单亲家庭的孩子，其中贾梓煜和尹刚是父亲过世，尤倾则是母亲过世。更加奇特的是，他们三个人的至亲都是在同一年的同一天过世的，都是在十六年前的8月20日。十六年前，贾梓煜十六岁，读高一，尹刚十三岁，读初一，最小的尤倾才四岁，还在幼儿园。"

冉斯年一惊，马上想起了贾琛，也就是贾梓煜的父亲，忙问道："关于这三个父亲和母亲，你们还查到了什么？之前你说贾琛是自杀的，但是案卷没法打开，这会儿是不是瞿队要亲自查阅当年的卷宗了呢？"

"我也是这么跟瞿队说的，我说这三个人的三个至亲死于同一年的同一天，这里面绝对有蹊跷，很可能跟开膛手的案子有关。"范骁撇撇嘴，摆出一副不服气的样子，"瞿队也去查看了，可是他却告诉我们，当年三个人的死跟眼下的案子没有绝对的联系，因为当年的案子恶劣，上面的说法是不到必要的时刻，不要翻出来搅得浑水更浑，毕竟我们警方现在面临的压力已经够大了。关于当年三个人的死，他们好像都是讳莫如深，我隐约听到瞿队和马局的对话，他们好像说当年的案子是什么丑闻。"

冉斯年惋惜地叹了口气："瞿队也是没办法，毕竟他不能违抗上面的意思。"

范骁不屑地哼了一声："当警察不就是为了除恶扬善吗？没想到还要顾及这么多其他因素。明明突破口就在眼前了，却不让碰。"

冉斯年抬眼看着范骁："小范，你不要生气。我也可以理解一些上面的想法，毕竟还有一个麻喻强掺和在这三个人之间，也许这个开膛手选定他们真的是因为他们四个人都是梦幻地狱的成员，而跟当年的丑闻无关。这个时候贸然旧事重提，的确是会引起社会舆论更大的动荡。所以站在瞿队的角度，他一定更加希望凶手就是里欧，而不是跟十六年前丑闻有关的什么人。"

范骁还是不以为然："这都多明显的事情啦，一定跟当年的丑闻有关！唉，不提了，越说越来气，我先回去了。斯年哥你放心，有什么最新进展我会马上通知你的。"

饶佩儿看范骁这就要走，马上拦住他问："那个……里欧还要被关多久？"

"瞿队说大概三天吧，毕竟没有实质性证据，我们也不好关押太久。"范骁丝毫没注意到饶佩儿对里欧的关切，"不过瞿队说了，就算把里欧放了，也不允许他回美国，要留在松江随时配合我们。他是真的希望里欧就是凶手啊，这样也就可以继续封存当年的那个丑闻啦。"

范骁离开后，饶佩儿长吁短叹："真是麻烦的案子，不但跟多年前的丑闻有关，偏偏还牵扯进了里欧。"

冉斯年也叹了口气："是啊，其实明眼人一眼就能够看出开膛手的案子跟当年的案子有关，这不可能是巧合。可瞿子冲这次真的很奇怪，非常反常。我想，这案子恐怕是牵扯到他的一些利益了，所以往日那个以破案为重的队长，这次也起了私心。"

饶佩儿觉得冉斯年话里有话："斯年，你什么意思？"

"我也说不上来，就是觉得瞿子冲反常。"冉斯年微微摇头，"目前掌握的信息太少，咱们只能先从十六年前的丑闻开始查起了。虽然是丑闻，当年肯定没有被公开，但是也不是无迹可寻。"

"怎么查呢？"饶佩儿托着下巴，眼巴巴地等着冉斯年给出一个答案。

"关键点就在于8月20日，"冉斯年颇有深意地说，"我还记得在贾梓煜家里发现的那张三十一中学的毕业合影，背景的教学楼上三十一中的校徽，圆形的校徽最外面的一圈字就是'1959年8月20日建校'。"

"你怀疑这不是凑巧？丑闻和涉及三个人的命案就是在三十一中建校纪念日当天发生的？"饶佩儿马上猜到了冉斯年心中所想，要说这两个日子是巧合，那也太巧合了。

"没错，贾梓煜的父亲是三十一中的老师，其余两个人，也就是尹刚的父亲和尤倾的母亲，搞不好也跟三十一中有关，总之咱们是必须走一趟，哦，不，也许是很多趟三十一中了。毕竟当年的事情被称为丑闻，他们是不会轻易吐露的。"冉斯年知道，接下来的几天，他们将会跟三十一中较劲。他想，直接去问校长那是绝对问不到什么的，最好的办法就是打入到其内部。

饶佩儿点头："好在咱们还有煎饼摊的包磊同学，他当年就是三十一中的学生，也许他能知道一些内幕呢。"

第三十一章

借 机 铲 除

/ 1 /

　　三天后，里欧被释放，因为不能够离开松江市，他只好继续住在宾馆里。饶佩儿因为怕引起怀疑，虽然很想去看看他，但也忍住了，只是给他去了一个电话，嘱咐他万事小心，没有必要不要离开宾馆。

　　接下来的一周时间，冉斯年和饶佩儿先后去拜访了王燕芝、尹刚的前妻，也给身在国外的尤倾的父亲去了电话。只可惜，王燕芝已经近乎疯疯癫癫，再次把冉斯年当成了儿子贾梓煜，把饶佩儿当成了女儿贾若凡，对于十六年前贾琛的事情，根本一个字都不回应；尹刚的前妻对早年过世的公公更是一无所知；身在国外的尤倾的父亲对于尤倾是否失踪根本不在意，他在尤倾母亲去世的第二年便出国，在国外组建了新的家庭，尤倾是被姥姥带大的，可尤倾的姥姥也在三年前病逝了。

　　饶佩儿在电话里指责尤倾的父亲冷血，得知自己儿子失踪竟然不为所动，对方安静地听完了饶佩儿慷慨激昂的指责，最后只说了一段话便挂断了电话，他说："尤倾母亲的事我不想再提，死者为大，我不想再说她的坏话，她发生那种事后，我备受打击，所以才逃离这个伤心地。还有，我临走前跟尤倾做过亲子鉴定，结果嘛，你们可想而知。总之以后尤倾的事情请不要再找我，请不要打扰我现在幸福的生活。谢谢。"

"这什么父亲吗？"饶佩儿感同身受，为尤倾不值得，"就算尤倾不是他亲生的，可是好歹他跟尤倾也有过四年多的父子情，怎么这么冷血？相比较而言，我父亲，还算可以的了。"

冉斯年握住饶佩儿的手，强调说："那是自然，你父亲为了看你，多次冒险回国，还把你托付给了老朋友，他一直掌握着你的消息。里欧不也说了吗，他总是提起你，所以里欧才会对你这个第二次见面的姐姐有亲切感啊。"

饶佩儿苦笑着耸耸肩："不说我的事了，现在咱们还是专攻那个包磊介绍的贪财的张老师吧，相信金钱攻势应该能让他开口的。"

冉斯年和饶佩儿第二次去拜访张老师。这位张静老师是个年过半百的中年物理老师，也是当年贾琛的同事，是个从当年一直到现在都十分喜欢补课赚外快的老师。现在学校不允许老师私自在外补课，张老师就偷偷在离家不远的地方租了一间民房，偷偷补课，并且威胁学生不许告诉学校。

冉斯年和饶佩儿第一次是去的学校找张静老师，本来是以补课机构的身份想要聘请张老师的，可是在学校，他们被张老师当着众人的面严词拒绝了。这一次，他们打听到了张老师补课的地方，打算直接过去，用钞票撬开她的嘴。

补课时间过后，两个人再次以补习班的老板的身份见到了张老师，在那间又小又潮湿的"教室"里，冉斯年面对张静老师坐着，开口前先在桌子上拍了1000元。

张静还以为这是对方预付的工资，便欣喜地准备跟冉斯年议价。不料冉斯年的第一句话，就把她吓得一个字都说不出来。

"张老师，我们今天来实际上是想打听贾琛老师当年的事，我们想知道，当年贾琛老师是怎么死的。另外，你有没有听说过尹岳峰和顾秀珍这两个名字？"

张静把桌子上的钱一推，下了逐客令："你们走吧，我不知道你们在说什么！"

冉斯年只好又掏出1000元的现金："你知道，你绝对知道。我们也不是什么八卦记者非要挖出什么丑闻，实在是因为十六年前的事牵扯到了最近发生的命案，三个人的后代，死了两个，失踪一个，我们必须找出真凶，只要时间来得及，也许那个失踪的孩子还能得救。张老师，你放心，我们绝对不会出卖你，不会有人知道你告诉了我们什么。"

"拜托啦，张老师，我们现在只有求助你啦，相信我们，你只要说出当年的事，就是帮了我们，哦不，是帮了整个松江市，您不希望我们早日抓到那个可怕的开膛手吗？"饶佩儿诚恳地一把拉住张静的手，苦口婆心。

"你们是说那个开膛手斯内克跟当年贾老师他们的事有关？"张静张大嘴巴，显然在努力思考，"这怎么可能？当年他们三个人的死怪不得任何人啊。"

"是吗？当年他们三个是怎么死的？"饶佩儿迫切地问。

张静又闭口不言。

冉斯年清了清嗓咙："张老师，开膛手弄得松江市人心惶惶。你这里补课一般都是在晚上放学后和周末吧？要是家长们因为担心孩子们的安全，不允许孩子们放学后补课的话……"

张静显然被冉斯年的这话给触动："你们到底是谁，为什么要查案？"

"我是个私家侦探，查开膛手的案子一来是为了让自己声名鹊起，以后更多的生意上门；二来，也是为了我一个朋友，他现在被当成了嫌疑人，我得帮他洗脱嫌疑才行。"

张静的脸色缓和下来，目光又转移到了桌子上的钞票上："这个嘛，我也不是绝对不能说，只要你们不要让校长知道是我说的就行，要是校长知道了，我这铁饭碗也就碎了。"

冉斯年和饶佩儿忙不迭点头发誓赌咒绝对不会出卖张静。

两方面又相互试探了一番，最后达成共识，冉斯年再出1000元，一共凑成3000元，张静才肯道出当年她知道的部分真相。

冉斯年虽然不富裕，但是这种时候根本顾不得钱财，他痛快地掏钱，然后洗耳恭听。

"其实，当年贾琛是三（4）班的数学老师，顾秀珍是学校唯一的心理健康老师，而尹岳峰则是当时的副校长。当时学校的老校长马上就要退休，他有意提拔尹岳峰接替他成为校长的，可是没想到尹岳峰出了那种事，于是他的竞争对手，另一位副校长就成了现在的校长。现在的蔡校长当年刚一上任便召开全校会议，明令禁止学校的上到领导，中到教职工，下到守门的保安都不许谈论他们三个人一个字。他们三个人的丑闻就是三十一中的禁忌，永远的禁忌，一旦传播开来，这个中学就完了，在这里就读的学生们的名声也会被败坏。当时蔡校长说了，一旦有谁说漏了嘴，就等于是毁了整个学校，毁了整个学校的学生。如果谁敢说出去，他会追究泄密者的刑事责任的，让他一辈子不好过。"

冉斯年心想，看来这真的是只有他们内部人才知道的丑闻。丑闻的主人公是两男一女，难道是三角恋？外遇？情杀？为人师表的，闹出这样的事也算是丑闻，但是，不至于毁掉一所学校吧？

"到底是什么丑闻？"饶佩儿好奇地问。

张静咋舌："还能是什么，不就是顾秀珍勾引了当时的副校长尹岳峰和数学老师贾琛吗？她是同时勾引的，同时跟两个男人保持那种关系，后来东窗事发，三人对峙，结果三个人打在一起，全都死了。哦，对了，听说顾秀珍的儿子也不是她和她老公亲生的，孩子的父亲不是尹岳峰就是贾琛。"

冉斯年掩饰不住失望的神态："就只是婚外恋三角恋这样？"

张静颇为为难地说："其实……其实我听说，当时他们三个死的时候，都……都……都光着身子呢。简直是丢死人了。"

"还有呢？他们三个死在哪里？是怎么死的？自杀还是相互杀害，还是同归于尽？"冉斯年刨根问底。

张静撇着嘴摇头："这我怎么知道啊？这里面的详细情况只有蔡校长最清楚。"

两人从张静老师那里离开，这一趟算是有点儿收获，但冉斯年还是觉得无从下手。

回家的路上，冉斯年接到了范骁的电话，范骁在那头小声偷偷汇报着："斯年哥，我们发现了麻喻强的尸体，就在大学城一家网吧的门口，他也被开膛破肚啦。不说了，瞿队叫我呢。"

冉斯年挂上电话，马上掉转车头往大学城驶去："佩儿，麻子死了，就在大学城附近，咱们如果赶得及也找得到的话，还能看到尸体。"

饶佩儿一想，怪不得冉斯年如此着急赶过去，之前的贾梓煜和尹刚的尸体，冉斯年都没看到，他是想要哪怕看一眼尸体也好，梦里也许可以重新仔细观察尸体，能够从尸体上找到更多线索。

冉斯年通过手机微信定位找到了范骁的所在，便直接往目的地驶去。只可惜，因为要过江，路途遥远，冉斯年还是迟到了，他赶到的时候正好赶上瞿子冲收队。冉斯年也就没有上前打招呼，他觉得就算他过去了，要求看尸体，瞿子冲也会拒绝。那么还不如不让瞿子冲知道自己来过。

冉斯年算了算日子，不禁诧异。贾梓煜是在24天前遇害的，尹刚则是在12天前，今天，麻喻强又以同样的手法死于开膛手斯内克手中，难道这个开膛手斯内克是以12天为间隔在杀人吗？他为什么要这么做？

冉斯年的这一趟算是无功而返，他跟在警队的后面，开车过江，回到市区。

回到家已经是晚上十一点多，冉斯年本想洗洗就睡，看看梦能不能给他什么提示，可是刚刚躺下的他又因为一通电话而猛地起身，神经紧绷。

"喂，冉老师吗？"对方是个男人，礼貌而客气地问道。

冉斯年正在好奇，难道是哪个客户介绍的潜在客户，想要找他释梦的？一般只有这样的人才会称呼他为冉大师或者是冉老师。

"你是哪位？"冉斯年问。

对方似乎是在窃笑，然后努力掩饰笑意，缓缓说道："才相隔多久啊，你就把我给忘了？我是你的得意门生啊。"

冉斯年的脑子"嗡"的一声，他听出来了，不但是从得意门生这个词知晓了对方的身份，也是因为他想起了这个熟悉的声音。

"你是……是袁孝生？"冉斯年厉声问。

"终于想起来了啊，看来我果然是你最得意的门生啊。"袁孝生爽快地笑着，"冉老师别来无恙啊？"

冉斯年让自己冷静下来，冷冰冰地问："找我什么事？你又有什么阴谋？"

"别这么说嘛，我能有什么阴谋呢？我找你是想邀请你参加一个访谈节目。"

冉斯年想也没想便说："没兴趣。"

袁孝生像是早就预料到冉斯年会拒绝，不紧不慢自顾自地说："你不想知道是什么节目吗？冉老师，你先别急，听我说完再拒绝不迟。相信我，你听了我的介绍之后一定会答应参与的。"

接下来，袁孝生便简单介绍了节目的主题，也就是最近闹得半个松江市不得安生的开膛手斯内克的连环命案；又介绍了节目的主持人以及嘉宾，嘉宾自然就是袁孝生和冉斯年；最后，袁孝生抛出了一个重磅炸弹，他说："我手里可是有开膛手斯内克重要的线索。警方现在只能眼睁睁地看着死者连续出现，根本毫无头绪。我才是拯救松江的关键人物，如果我不公开这个线索，不知道开膛手斯内克手下的亡魂还会有多少。"

冉斯年冷哼一声："你有线索大可以直接告诉警方，或者自己在节目里公开，为什么一定要拖我下水？"

"哎呀，什么下水，别说得这么难听嘛。"袁孝生嘻嘻哈哈地说，"我只是觉得节目以开膛手斯内克为主题，有了这个重磅炸弹的线索，再加上咱们俩作为嘉宾，一定会非常有看头。而且，我也好久没见冉老师，甚是想念，趁此机会咱们叙叙旧不是正合适吗？"

"哦？你什么时候热衷于抛头露面了？不但要参加网络访谈节目，还关心起节目的精彩程度了？"冉斯年嘲讽地反问。

"实不相瞒，一来，我是想给自己打个广告，所以必须关心节目的精彩程度和关注度；二来，这个节目的制作人和主持人是我的朋友，朋友开口，我不好意思不帮忙。如果节目只有我一个嘉宾，那真的没什么看头，有咱们两个看似对头的嘉宾唇枪舌剑地来一场比试，这样节目才有看点嘛。怎么样，冉老师，考虑一下？不过你可要记得，如果你不参与这个节目，我也是不会参加的，那么我掌握的那个线索，就只能让它永远沉默下去啦。"

"我考虑一下。"冉斯年也懒得跟袁孝生多说，他十分反感别人用什么事情要挟他去做他不愿意做的事情，尤其这个人还是他打从心底里痛恨的袁孝生。

想起袁孝生，冉斯年就会想起当年的那一段往事，想起那个被袁孝生害死的无辜的流浪汉。冉斯年责怪自己当年没有看穿袁孝生的诡计，看穿那个男人根本不是什么袁孝生的父亲，看穿袁孝生根本不是什么大孝子，而是个心狠手辣的阴谋家。这一次，冉斯年下定决心，绝对不会再让袁孝生得逞，不管他这次有什么阴谋，他都必须阻止。他必须把袁孝生这个杀人犯绳之以法！

/ 2 /

于是两天后，冉斯年坐在了演播厅里，跟两个他十分反感的男人坐在一起面对摄像机，一个是冉斯年"厌屋及乌"的主持人洪彦，一个是冉斯年一手造就的最大的耻辱——袁孝生。

先是经过了一番比试，冉斯年的投票票数遥遥领先，后来袁孝生又爆料说他有个目击者，可惜是已经去世的目击者，可尽管如此，因为他讲出了斯内克这个名字的由来，导致他的票数后来居上。

节目结束，观众纷纷退场。冉斯年和饶佩儿默默无语地离开演播厅，上车之前，他们在停车场遭遇了也正要回去的袁孝生。袁孝生冲他们十分友好甚至夸张友好地招手打招呼。饶佩儿回敬给他的是一个十分用力的白眼儿。

待两人上车后，饶佩儿气愤地拍了一下大腿："哼，闹了半天，所谓的什么重要线索就是外国人，好端端的怎么会突然冒出来一个目击者，而且还是个不在世的目击者，说什么看见了外国人，这根本就是死无对证嘛！说到底，就是想要嫁祸给里欧！里欧哪里招惹这个袁孝生了啊？"

冉斯年意味深长地说："你别忘了，里欧创立这个互助会的目的，还有麻喻强加入互助会的目的。我想，里欧的举动一定是惊动了贩毒集团的人，他们对里欧这个凭空冒出来的外国人一定是提起了警惕，如果麻喻强在互助会卧底期间真的发现了里欧在打探他们的事，并把这个消息反馈了回去，那么贩毒集团的人就绝对有必要铲除里欧这个可疑的对头。而袁孝生，我怀疑他已经加入了那个罪恶的组织，他在为他的老板做事。"

饶佩儿听得云里雾里，问："斯年，袁孝生有老板？"

冉斯年便把之前清明梦案子里姚叶转述袁孝生的话讲给了饶佩儿："另一种形式的清明梦，我觉得他们说的就是在毒品的作用下进入的梦幻一般的状态。我严重怀疑袁孝生加入了贩毒组织，他所效力的大老板就是松江市盘踞已久的、你父亲曾经卧底的贩毒集团。"

饶佩儿捂住嘴巴："天啊，是他们想要借诬陷里欧的方式铲除他？不会吧？难道他们通过里欧识破了我父亲的诈死？"

"应该不至于识破你父亲的诈死，但是借此铲除里欧，我觉得可能性不小。"冉斯年觉得情势不容乐观，"依我看来，那个袁孝生所谓的目击者，已故的目击者根本就不存在。或者可以这么说，的确有这么一个老太太刚刚寿终正寝，但是这个老太太却根本没有目击过什么。"

饶佩儿歪着头问："不对吧？如果没有目击者，那么袁孝生又是怎么知道三具尸体上都有贪吃蛇形状的印记呢？还是说，有关这一点，也是他胡说八道？"

冉斯年叹了口气："恐怕这一点并不是袁孝生凭空捏造的，因为三具尸体上到底有没有印记，警方最清楚。如果他关于印记的事情是凭空捏造的话，警方根本不会相信他所说的什么目击证人的事情，也就不会进一步锁定里欧作为嫌疑人。我想，袁孝生说的这个关于贪吃蛇形状印记的事情，应该是真的。"

"那我就不懂了，关于这个贪吃蛇印记这么重要的事情，为什么不光瞿子冲没告诉你，就连范骁都没跟你说过呢？"饶佩儿满心疑惑，并开始猜想各种可能性。

"首先，关于这个贪吃蛇的问题，瞿子冲肯定是有意要瞒着我的，他不肯让我看尸体，把我驱逐出这个案子，不允许我参与调查。至于说他为什么会特别在意我知道贪吃蛇的问题，目前还没有解释；其次，范骁没有告诉我贪吃蛇的细节，那恐怕是因为范骁也没有仔细看过尸体或者是尸检报告，这小子看见尸体就会恶心，看见被开膛的尸体一定是呕吐不止，他根本就没有那个能力去观察尸体。"冉斯年一边说一边思考，到底为什么瞿子冲要对自己隐瞒贪吃蛇印记的细节，为什么要拒绝自己的帮助。

饶佩儿点点头，也觉得瞿子冲这次的举动反常，突然，她又想到了什么，问道："那么问题来了，如果根本就没有什么目击者，袁孝生又是怎么知道三具尸体都印有贪吃蛇的印记呢？难道，难道……"

冉斯年微微一笑，凝视着饶佩儿："你跟我想到一块去了，袁孝生之所以知道这样的细节，排除掉他真的有老太太目击者的可能性之外，只有三个可能性的方向：第一个方向，袁孝生本人就是开膛手斯内克，或者说他认识开膛手斯内克，知道他的犯案细节；第二个方向，警方内部有人对袁孝生泄露了消息；第三个方向，袁孝生本人就是目击凶案的目击者。"

饶佩儿攥紧拳头，因为对袁孝生针对里欧的憎恨，她发表个人见解猜想："我觉得袁孝生就是开膛手斯内克！"

然而饶佩儿的猜想很快就被否决了。

第一次案发，也就是贾梓煜遇害的时间段里，袁孝生正在召开他开设的心理工作室的新闻发布会。这一点是冉斯年上网调查到的，网上甚至有新闻发布会的现场视频，好几家电视台和网站都上传了他们拍摄的视频。

冉斯年对此颇为不屑，自己的工作室八字还没有一撇，这个杀人凶手倒是有钱开了一家工作室，居然还搞出一个小型的新闻发布会。这个袁孝生如此大手笔，背后一定有财阀撑腰，冉斯年心想，说不定就是主持人洪彦效力的开诚网背后的集团老总庞礼仁。

第二次案发时间，这个袁孝生居然也有不在场证明，这一点是冉斯年拜托范骁调查，范骁汇报的成果。尹刚死掉的那一晚，袁孝生在酒吧引发了一起打架斗殴的案件，因为袁孝生看中了酒吧里的一个女孩，对人家动手动脚，女孩的男友也是喝大了，直接就跟袁孝生和他的两个保镖打了起来。最后酒吧工作人员报警，袁孝生和女孩男友都被叫到了派出所，不在场证明十分明确。

第三次案发时间，这个可恶的袁孝生居然还是有不在场证明。麻喻强遇害的晚上，袁孝生跟主持人洪彦正在洪彦的办公室里商谈访谈节目的事情，大厦的监控和洪彦的助理都能够证明。

如果排除了袁孝生是开膛手的可能性，那么剩下的几种可能性里，冉斯年和饶佩儿更加愿意相信袁孝生认识这个开膛手，并且知晓开膛手的犯案计划这一种可能性。

第三十二章
模 仿 作 案

这一晚，冉斯年直到后半夜才入睡，主要是为了安慰饶佩儿。因为范骁反馈回来的消息是，瞿子冲也派手下去现场看了节目，节目还没结束，他就得到手下反馈的有关外国人的消息，于是派邓磊去把里欧又给带了回来，说是要重新对里欧进行更加细致的盘问和调查。

饶佩儿得知后一直忧心忡忡，她担心瞿子冲因为上面的压力，也要把里欧当作替罪羊，草草结案。

梦中，冉斯年置身在一间阴暗潮湿的地下室之中，一开始，他还以为是里欧租的地下室，互助会的集会场所，可是后来仔细观察周围的环境，竟然是之前他和饶佩儿去过的张静老师私下补课的地下室。

冉斯年看到狭小的环境里摆着几张破旧的桌椅，房间的最前方是个看起来有年头的破黑板。他不明白，梦把他带到这里来有什么意图，难道张静老师，看似跟案件完全无关的张静老师身上有什么线索？还是说这间简陋的补课教室有什么蹊跷？

突然，冉斯年似乎闻到了一股淡淡的香味，是饭菜香。他这才回想起来，上一次跟饶佩儿去拜访张静的时候，的确就闻到了一股淡淡的饭菜香味。难道是有学生放学后带着晚饭来这里补课？还是这里有单独的厨房，张静会在这里下厨给自己做点吃的？或者是她负责给前来补课的学生买盒饭？然后再从盒饭里抽成赚一笔？毕竟张静可是个有名的爱财的人啊。

凌晨三点，冉斯年的梦回补课地下室被电话铃声打断，来电的是范骁。

冉斯年赶忙接听电话，他丝毫不责怪范骁扰了他重要的梦境，他知道这个时间范骁打电话给自己，很可能又是趁有空偷偷给自己汇报瞿子冲那边的情况的。

"喂，小范，这么晚了还没回家休息吗？"冉斯年关切地问。

范骁却精神十足地说："斯年哥，瞿队似乎认定了里欧是那个开膛手斯内克，正组织大家对他施行车轮战审讯呢。"

冉斯年的心一沉，果然，瞿子冲果然抓住了里欧不放："瞿队找到了什么对里欧不利的证据吗？"

"没有，"范骁犹豫了一下，还是坦白，"我觉得瞿队很不对劲儿，他已经被开膛手的案子折磨得整个人都变了。可能是上面压力太大了吧，他好像非常希望里欧是凶手，想要赶快给他定罪呢。另外，瞿队还犯了一个错误。"

"哦？"冉斯年听得出范骁其实有些不情愿跟自己说瞿子冲的不是，但是因为亲疏关系，也就是跟自己比较亲，跟瞿子冲已经渐渐疏远，再加上他对瞿子冲的怀疑，他还是决定把警方那边的内幕消息报告给自己。

"瞿队污染了证据，"范骁颇为尴尬地说，"麻喻强刚刚被运送到验尸房，瞿队本来是想要看看尸体，结果脚下一滑，竟然扑倒在麻喻强的尸体上。哎呀，那画面啊，我都……我都……"

冉斯年了然地一笑："你看到瞿队扑到了那么恶心的尸体上，跟被开膛破肚的尸体来了个亲密接触，你就吐了？"

范骁马上澄清："我吐是吐了，可我是忍到了走廊里才吐出来的。虽然我也很不专业，但是总比瞿队强，我没有污染尸体和证据啊。后来法医和技术队的同事在麻喻强的尸体上还提取到了瞿队的毛发和皮屑呢，瞿队这次是真的污染了证据。不过，我们也都理解他，最近几天他根本没怎么休息，压力太大，难免出纰漏，关于污染证据这件事，大家都有心替他求情。"

污染证据？扑倒在那样恶心的尸体上？冉斯年脑子里灵光一闪，挑起嘴角了然一笑："是嘛，替他求情啊，也对，瞿队这几天的确是太忙了。对了，三具尸体上真的都有那个贪吃蛇的印记吗？"

范骁叹了口气："可不是嘛，我也是才知道的，之前一直没敢仔细去看尸体，瞿队也不让我负责有关尸体的事情。我们现在正在调查这个图案的来源呢。"

"小范，我想看看三具尸体上的这个图案，你能想办法帮我弄到吗？因为我自始至终也没好好看过尸体。"冉斯年充满期待地问，他的这种语气就是不容范骁拒绝的口吻。

范骁一咬牙："没问题，我可以找到验尸报告，偷偷用手机拍一张尸体上的贪吃蛇发给你。"

"不，不是一张，是三张，"冉斯年着重说道，"小范，你一定要把三具尸体上的三个图案都拍摄下来发给我，而且，必须足够清晰，有相同的参照物参照大小尺寸。"

"啊？为什么啊？"范骁紧张地问，因为让他偷偷潜入瞿子冲的办公室，拍一张已经有些费力了，偷拍三张还得找到三份验尸报告才行。

冉斯年郑重说道："原因以后再跟你解释，总之这是很重要的事情，小范，你只需要百分百信任我就可以了。斯年哥什么时候让你失望过？"

小范马上笑着应承："没错，斯年哥每次都能正中标的，解决疑难案件，我绝对无条件信任你。"

挂上电话，冉斯年深深呼出一口气，心里默想，范骁啊范骁，这次我恐怕就是要让你失望了。

清晨五点半，冉斯年的邮箱里收到了三张图片。书房的电脑前，冉斯年和饶佩儿一起打开邮件，一起观察范骁发过来的三张贪吃蛇图案的特写。

"看起来是一样的嘛，"饶佩儿来回观察三个同时打开的图片，"应该是印章粘着血印在皮肤上的吧，虽然有点儿模糊，但是可以看清应该就是贪吃蛇的图案。"

冉斯年定睛看了半分钟，冷笑一声，"果然，果然如此。"

饶佩儿一把抓住冉斯年的手，好奇地问："果然什么？"

"果然这三个图案有细微的差别，"冉斯年松了一口气似的说，"怪不得，怪不得瞿子冲不让我看尸体，他就是担心以我的眼力会看出三个图案有所差别，哪怕是最细微的差别。他担心我在匆匆扫过一眼之后，在梦里把三个图案的差别放大百倍。"

饶佩儿又凑近电脑屏幕盯了一会儿图片："我还是没看出有什么差别。"

冉斯年解释："前两个图案是一致的，大小和细节都一样，而且有很自然的

273

血迹刮蹭的痕迹，重点看第三个，也就是麻喻强手背上的痕迹，很清晰，像是小心翼翼地印上去的，而且麻喻强的手部应该是被刻意保护起来的，凶手担心弄花了这个印记。佩儿，你仔细看，贪吃蛇吃掉自己尾巴，把身体绕成一个圆形的弧度，前两个是有些椭圆的，第三个比前两个更圆，而且贪吃蛇嘴巴张开的幅度也比之前两个更大。"

饶佩儿按照冉斯年的提示观察，果然发现了细微差别："这是怎么回事啊？是凶手更换了他的印章？"

"不，是有人模仿了凶手的印章，"冉斯年小声说道，"也就是说，麻喻强的死跟前面的贾梓煜和尹刚，不但杀人动机不同，凶手，也是不同的。换句话说，麻喻强的案子是模仿作案，凶手希望掩藏自己的身份，把麻喻强的死算到开膛手斯内克的身上。"

"模仿作案？"饶佩儿低头沉思了片刻后说，"不对吧？麻喻强的死也是跟上一个死者尹刚相隔12天啊，如果说麻喻强的死是有人模仿了开膛手斯内克作案的话，那么开膛手斯内克呢？我是说，他也应该在麻喻强遇害的当天再杀死一个人不是吗？应该有两个死者啊。那个目前也是失踪状态的尤倾很可能就是开膛手斯内克的第三个目标吧，毕竟尤倾的母亲顾秀珍也是十六年前跟贾梓煜和尹刚的父亲一起过世的老师之一。"

"有三种可能性，第一，开膛手斯内克在杀死了贾梓煜和尹刚之后就打算收手了，他并不想杀死尤倾，哼，有可能这个开膛手斯内克就是尤倾也说不定，尤倾杀人的动机就掩藏在十六年前的真相里，他是想为母亲复仇，所以就杀死其余两个死者的后代；第二，尤倾也已经死在了开膛手斯内克的手下，也是相隔十二天，也就是说尤倾跟麻喻强死于同一天，只是凶手不同而已，只不过尸体被藏得太过隐蔽，至今还没有被发现；第三，开膛手斯内克和模仿作案的凶手是相识的人，开膛手斯内克愿意模仿作案的凶手把麻喻强的死算在自己头上，为了配合模仿作案的凶手，他愿意推迟12天再去解决尤倾。"冉斯年摸着下巴分析道。

饶佩儿叹息着说："我可真不希望尤倾是那个开膛手斯内克，毕竟他还那么年轻，前途无量的，也不希望他已经死了，尸体不知道被放在哪里到现在都没发现。唉，到底十六年前三个老师和校长发生了什么事啊，我觉得只要搞清楚十六年前的事，就可以找到这个开膛手斯内克的真身了。"

冉斯年想起了昨晚的梦，便说道："佩儿，咱们今天还得再去一趟张静老师那里，我昨晚梦见了她补课的地下室，恐怕那里会有一些线索。而且，咱们想要知道十六年前到底发生了什么，也只能从她那里下手了。"

"没问题，"饶佩儿说着便起身准备出门，可她马上又坐下了，"今天不是周末，现在是学校上课时间，张静不可能在补课的地下室的。"

冉斯年歪嘴一笑，"就是要趁她不在的时候先进去看一看嘛，等她来了，再找她聊聊。"

饶佩儿撇撇嘴，冉斯年这是要非法闯入啊。不过现在是非常时期，为了早日找到残忍的开膛手，也就不能计较这些细节了。

开往张静补课地下室的路上，饶佩儿才想起来她还有一个疑问没有来得及问："斯年，说到那个模仿作案的凶手，看你的样子，好像是已经知道他是谁了呢，是吗？"

冉斯年冷笑一声："知道，不但知道了他的身份，连他的杀人动机我也能猜到一二。"

"是谁呢？"饶佩儿好奇地问。

冉斯年便把范骁在电话里讲的瞿子冲跟麻喻强的尸体来了个"亲密接触"的事情讲给了饶佩儿听。

饶佩儿听后反应了三秒钟，然后马上惊讶地捂住嘴巴，瓮声瓮气地说："天啊，模仿作案的凶手竟然是，是……是他！"

"是啊，他利用了职务的便利，用不小心扑在尸体上的方式去掩饰自己在犯案时候可能留在尸体上的证据。并且，只有警方内部的人才可能有机会去模仿前两个死者手背上的贪吃蛇印章的细节，他伪造了开膛手斯内克的标志性印章，为的就是要把自己的杀人罪行也算到开膛手身上。恐怕他对麻喻强的杀机是由来已久了。"冉斯年颇为兴奋地说。

饶佩儿理解冉斯年的兴奋，因为这是冉斯年扳倒瞿子冲的另一个契机，瞿子冲身上背负的人命增加，他可以找到证据的机会也就增加。

"怪不得，怪不得他不让你看尸体，从第一具尸体出现以后，他就不让你看尸体，还不让你参与调查，因为他知道，一旦你参与其中，就很可能查出真相。原来他从那个时候开始就已经有了想法，想要杀死麻喻强，再把罪名嫁祸到开膛手身上啦。"饶佩儿唏嘘不已，"瞿子冲这个刑警队长还真是满身的罪恶，表面上装得像个正义爆棚的正面人物，私底下却是个双手沾满鲜血的阴谋家！"

冉斯年叹了口气："倒也不是，我觉得瞿子冲应该是想要做个好人，就像电影《无间道》里面一样，瞿子冲也想要当个好警察，除恶扬善。当年的瞿子冲从孤儿院出来，也曾跟一群流氓混混混迹过，跟范铁芯一起入室抢劫杀人，杀死了黎文慈的亲生父母，这样一个人居然也弃恶从善当上了警察，可见他是真的想要走上正路。之前的合作经历中，我也看得出，他的确是真心想要破案，不是为了升职加薪，只是喜欢破案子、抓坏人，否则也不会跟我这样的编外人士合作，因为很多案子借助了我的帮助，上面也对他很不满，他错过了好几次升职的机会。唉，只可惜，他的过去不肯放过他。"

饶佩儿回想之前跟瞿子冲的接触，的确，瞿子冲在工作上还是非常尽职尽责的，好几次他表现出的对凶手的憎恨和对受害者的同情也都不像是伪装。饶佩儿感叹着说："是啊，可是他的过去不肯放过他，他是一步错步步错。当年要不是他跟范铁芯那种混混在一起，入室抢劫杀人，也就不用担心黎文慈会想起婴儿时期的事情，指控他是当年的凶手之一。他为了保住自己的名誉和前程，不得不杀死黎文慈，而因为黎文慈来找你帮忙回忆当年的事情，因为担心你也知道了黎文慈当年记起的真相，他连你都想要炸死，最后却误杀了你的助理贾若凡。"

"是啊，现在又轮到了麻喻强，"冉斯年很有把握地说，"我觉得瞿子冲杀麻喻强的动机也是为了自保，掩饰他当年犯下的罪行。"

"啊？为什么这么说？"饶佩儿惊讶地问。

"记得咱们最初相识的那件案子吧，瞿子冲用你购买氰化钾的事情要挟你到我身边来当间谍，他跟你说是他的线人看到了你购买氰化钾，而且还清楚地记得就是在案发时间里。而你当初正是从麻喻强手里，在他的办公室里单独跟他购买的。"冉斯年瞧了饶佩儿一眼，给她提示。

"你是说，瞿子冲跟麻喻强认识？麻喻强就是瞿子冲所说的那个线人？"饶佩儿恍然大悟，"可是……可是他们又是怎么认识的呢？瞿子冲又为什么要杀死麻喻强？"

"麻喻强是毒贩子，是贩毒集团的成员，他如果只是瞿子冲的线人那么简单，瞿子冲不会想要杀死他，很可能是他知道瞿子冲过去的秘密，比如知道瞿子冲曾经跟范铁芯有过密切联系，知道瞿子冲当年跟范铁芯一同犯下的罪行，搞不好，还知道瞿子冲在当警察之前也曾经是贩毒集团的成员之一等等。麻喻强以此要挟瞿子冲持续不断地给他上供，否则就公开瞿子冲的过去……"

还没等冉斯年说完，饶佩儿便打断他："你是说瞿子冲受麻喻强要挟已久？瞿子冲早就想要铲除麻喻强这个吸血的虫子了？"

"没错，我认为这种可能性极大。麻喻强本身就是个瘾君子，虽然他也贩售毒品，但他毕竟只是个销售终端的小喽啰，他也需要钱，没钱，他也没有源源不断的毒品不是吗？一个瘾君子对能够换取毒品的金钱的渴求程度，是咱们普通人无法理解的，他们为了毒品，为了钱，还有什么不能做？威胁瞿子冲，把他当成提款机当然也不在话下。"

冉斯年几乎认定了自己的这种想法，瞿子冲一定就是模仿作案的凶手，他的杀人动机一定就是这样。至于说怎么样才能证明他是凶手，冉斯年没有直接的办法，只能是先把开膛手斯内克给找到，再由这个开膛手否认自己杀死麻喻强的供词，加上他适时地抛出瞿子冲的杀人动机以及他跟尸体"亲密接触"的事实，然后才能让警方针对瞿子冲进行更加进一步的审讯，还有对麻喻强尸体上瞿子冲留下的证据的进一步分析，最后才能给瞿子冲定罪。

正想着，冉斯年已经看到了张静补课的地下室所在的破旧小区的大门。

第三十三章
丑闻真相

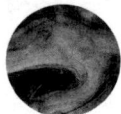

很快，两人来到了那间地下室的门口。敲了半分钟的门，没人回应之后，冉斯年掏出了两根曲别针，在简易破旧的门锁上进行他的开锁工作。

饶佩儿站在几步远的距离，往外看着，给冉斯年放风。

很快，门锁发出"咔嗒"一声。冉斯年已经成功地开了门。

门一开，冉斯年便用力地去嗅，果然，屋子里弥漫着一股淡淡的饭菜香味。冉斯年看了看时间，现在刚好是中午过后。有人在这里吃了午饭！冉斯年环顾四周，冲饶佩儿做了一个噤声的手势，然后便开始仔细聆听，警惕地观察，他怀疑这房间里还有一个人，应该说是还藏着一个人！

两个人在摆着几张课桌椅的小教室里转了两圈，又检查了厨房和卫生间，这里的确有人生活过的痕迹，厨房的垃圾桶显示，刚刚有人在这里做过饭。

冉斯年用眼神示意饶佩儿看厨房后面的一扇门，那扇门紧紧关着，就像是一个人紧紧咬住的牙关。冉斯年记得上次来他也注意到了这扇门，当时他并没有在意，以为那是张静用来堆放杂物的地方。现在看来，这扇门后面别有洞天。

"当当当"冉斯年敲了敲那扇门，小心地问道："尤倾，你在里面吗？"

饶佩儿被冉斯年这话惊得瞪大了眼，却不敢出声，她在用眼神问冉斯年，他为什么会觉得尤倾在这扇门后面。

两个人沉默地等了一会儿，冉斯年又说："尤倾，我知道你在里面。你好，我叫冉斯年，我是来帮助你的，绝对没有恶意。"

饶佩儿心想，难道尤倾真的在这里躲着？这个尤倾要么就是开膛手斯内克，为了避人耳目躲在这里，要么就是开膛手斯内克的目标，为了躲避这个可怕的杀手而藏身于此。但不管是哪种可能，这里的主人张静老师绝对是知情的，也就是说，张静和尤倾关系不一般。当然，这一切的前提是，里面真的有人，而且是尤倾。

"尤倾，我现在正在调查开膛手斯内克的案子，我知道你和贾梓煜还有尹刚一样，都是开膛手猎杀的目标，我也知道他之所以要杀死你们三个是缘于十六年前你们父母的死，那所谓的丑闻。"冉斯年继续说着，好像十分笃定尤倾在里面。

果然，房间里传出一声轻轻的叹气声，紧接着，一个沙哑而又警惕，略带恐惧颤抖的声音传来："你们到底是谁？怎么知道我在这里的？"

冉斯年一愣，这声音比他想象中的要老一些，但也可能是过度恐惧导致的吧，毕竟这个尤倾在躲避的是一个死神一般的杀手。冉斯年说道："我可以算是一个私家侦探吧，我和我的助理一起调查开膛手的案子。"紧接着，冉斯年便大致上讲述了一遍自己之前跟警方合作的经历，还有这一次被警方排除在外，于是想要自己调查破案的意图。

"你怎么知道我在这里的？"尤倾的声音更加低哑，仍旧是带着浓浓的警惕意味。

"是这房间里的味道让我怀疑这里有人居住的，上一次我们是在补课前大概二十分钟的时候来拜访的，当时张老师正在做补课的准备，应该是没时间做饭才对，所以我便想，应该是这里还住着另外一个人。这个人应该是在这里住了很久了，因为要是短时间的话，面包之类的东西就可以暂时充饥，用不着开火做饭。"冉斯年自嘲地笑笑，"鉴于开膛手的案子里目前只有一个人失踪，并且这个人失踪有一段时间了，这个人又需要找个隐蔽的地方藏身，所以我就猜想，说不定你就躲在这里。当然，我也仅仅是猜想，刚刚也就是抱着饶幸的心理叫了你的名字，没想到真的猜中了。"

对方似乎挺懊恼，喘着粗气沉默了片刻。

冉斯年问道："尤倾，相信我，我绝对没有恶意，真的只想早日找到凶手，只要开膛手被逮捕，你也不用躲躲藏藏不是吗？告诉我，告诉我开膛手到底是谁，你应该是知道他的身份的吧？十六年前你们三个人的父母到底是怎么死的，他们的死跟现在的案子有什么关联？"

面对冉斯年一系列的问题，尤倾只是回了一句话："哼，现在对我来说，这个世界上除了我最信任的张老师，任何人都有可能是开膛手斯内克，我凭什么相信你？"

"那你要怎样才肯相信我？我要是斯内克的话，早就破门而入杀了你了不是吗？"冉斯年带着笑意说，尽量让尤倾放松。

尤倾冷笑说："现在还没有到12天的间隔，你是不会杀我的。我根本就不知道开膛手斯内克是谁，更加不知道他为什么要杀我！你必须向我证明你不是开膛手斯内克，我才能告诉你当年的真相。"

冉斯年笑着说："我没法证明我不是开膛手斯内克，我倒是怀疑你就是开膛手斯内克，是你杀死了贾梓煜和尹刚，躲在这里装无辜。你也有必要向我证明你不是开膛手斯内克不是吗？"

尤倾在门那边气愤地说："我没法证明！"

"既然如此，我们谁都不要证明了。于我而言有两种可能，第一，我不是开膛手，只是个想要揪出开膛手的侦探，你把十六年前的事情告诉我，有助于我抓到那个开膛手；第二，我是开膛手，既然我是开膛手，你说或者是不说，都改变不了我要杀你的现实。如果我是你的话，我就会赌一把，说出当年的真相。怎么样，你考虑一下？"

对方沉默了良久，这才犹犹豫豫地出声："好吧，我赌一把。"

冉斯年和饶佩儿马上洗耳恭听，把耳朵又凑近了那扇门，对于他们万分好奇的十六年前的事情，所谓的丑闻，终于要有一个结果了。

尤倾的讲述概括而言是这样的：十六年前，尤倾才不过四岁。四岁的他只是听大人们说妈妈去了很远的地方，一直到几年以后，长大一些的他才知道母亲顾秀珍已经过世，但是具体是怎么过世的，大人们一直没有给他一个明确的答复。母亲顾秀珍离开不久后，也就是尤倾六岁多的时候，父亲也离他而去，那时候的他也不知道父亲为什么会丢下他。

尤倾跟着外婆一起生活，外婆禁止他跟奶奶家那边的亲戚来往。后来上了高中，他才从外婆家的亲属嘴里得知了真相，原来自己并非父亲的亲生儿子，而是母亲的私生子，所以父亲才会抛下自己去了国外，奶奶一家人也再没有找过自己。

就在不久前，尤倾在大学里无忧无虑地学习生活的时候，有两个人找上了他，说是要告诉他当年他母亲顾秀珍之死的真相。这两个人就是贾梓煜和尹刚。其中的尹刚说，他也是被贾梓煜找上的。

按照贾梓煜的说法，其实他从一开始，从十六年前，三个老师出事之前就知道他们三个的秘密。

那年贾梓煜十六岁，在重点高中读书，他的父亲贾琛在口碑声誉都不太好的三十一中教书。虽然学校不怎样，但是贾琛是个称职的老师，不单单贾琛称职，还有顾秀珍这个心理健康老师和尹岳峰这个副校长，都是担当得起"灵魂工程师"称号的好老师。

事情的开端是从贾琛发现班上一个男生的异样开始的，贾琛发现这个男生上课昏昏欲睡，面色很差。进一步观察后，贾琛怀疑这个男生吸食了毒品！

当然，这种事贾琛不敢一个人就下定论，他把他的怀疑告诉给了当时的副校长尹岳峰。尹岳峰通过观察，也觉得这个男生很可疑。两个大男人担心贸然找这个孩子问这件事不妥，如果男生没有吸食毒品，两个老师的怀疑很可能会伤及孩子的自尊心。于是尹岳峰就找来了学校的心理健康老师顾秀珍，要顾秀珍单独找男生谈谈，因为顾秀珍毕竟比他们专业，懂得谈话技巧。

然而顾秀珍跟男生的谈话结果基本上可以确定了男生的确在吸食毒品，然而男生是从哪里搞来毒品，是不是认识了一些坏人之类的事情，男生却死活不肯说。

尹岳峰认为，这件事绝对不能声张，一来对孩子的名声是致命的打击，二来，对学校也会产生不良影响，这件事必须暗地里解决。家访是一定的了，这种事情必须让男生的家长知道。于是便由贾琛担任代表找上了男生的家门。可惜的是，贾琛并没有见到孩子的家长。后来顾秀珍和尹岳峰也分别去找过孩子的家长，都是无功而返。

原来男生是单亲家庭的孩子，他的单亲家长几乎不管教孩子，也很少回家，三个老师几次登门都扑了个空。

那阵子，贾梓煜注意到了父亲贾琛的异样，贾琛忧心忡忡，曾经无意中跟贾梓煜提起过他最近经常会举办班会，给学生进行思想教育，普法教育，道德教育，还有就是毒品危害的教育。

贾梓煜担心父亲，便一直追问父亲到底发生了什么事。贾琛看实在瞒不过儿子，就把这件事告诉给了贾梓煜，但是那个吸食毒品的男生的身份他却怎么都不肯说，他说这是人家男生的隐私，他作为老师，有责任保密，他不想毁了孩子的名誉。

贾梓煜理解父亲对自己的有所保留，他当时也一直担心着这件事，每天都会询问父亲贾琛有没有找到男生的家长，父亲只是告诉贾梓煜，他们打算找到那个给男生毒品的家伙，把他送入监狱，让他远离那个男生。

没想到在贾琛发现男生吸食毒品后的第七天，便出了事。

有一天，警察找上了门，要跟贾梓煜的母亲王燕芝单独谈谈。贾梓煜被关进了卧室，他只记得突然听到母亲的号啕大哭，他冲出来问警察到底出了什么事，这才得知自己的父亲死了。

那之后，虽然警察和母亲都有心隐瞒贾琛的案子，但是十六岁的贾梓煜还是十分敏锐地捕捉到了一些信息。他得知，父亲并不是唯一的死者，还有父亲学校的副校长尹岳峰和心理健康老师顾秀珍。他们三个人一同死在了学校附近的一处报废的工厂里。并且死的时候，三个人都赤身裸体，三个人的死状是保持着一种令人无法直视、难堪作呕，甚至挑战视觉极限的动作姿势，也正是这个死状让警方马上就下了定论，这两男一女之间一直保持着见不得人的混乱肉体关系，并且每次幽会都是三个人一起，他们临死前也是约好三个人一起在这个避人耳目的地方幽会的，只不过，出了意外，三人毙命。

所谓的意外竟然是——三个人初次吸食大量毒品，因为是初次，所以不懂，不会控制剂量，本来是想要助兴三个人共同的某种运动，结果却导致猝死！

贾梓煜虽然只有十六岁，但他也清楚这代表着什么，这说明父亲贾琛不仅仅是出轨对不起母亲这么简单，他还是个变态！

可是贾梓煜也清楚，父亲绝对不会是那样的人！哪怕是警方已经下了定论，并且结案，他都无法相信父亲会做出这样耻辱的事情，他相信父亲绝对不下流，更相信父亲绝对不会吸毒。

这其中有阴谋，绝对有阴谋！贾梓煜认定父亲贾琛的死绝不是什么吸毒猝死，警方给出的结论根本就是胡说八道，为了缩小影响，为了尽快结案的敷衍。他知道，那是因为当时的公安局的某个领导跟三十一中的某个副校长关系密切，为了学校的声誉所以才草草结案，并且对外保密的。

贾梓煜不傻，父亲以及另外两个老师，刚刚发现了班上有个男生吸毒，刚刚说要找出那个给男生毒品的毒贩便遭遇不测，而且三个人还死于吸毒后的猝死，这怎么说也不会是巧合！一定是他们查到了那个毒贩，一定是他们的调查被对方得知，所以才死于那个毒贩之手！

　　贾梓煜把他的猜想告诉给了母亲王燕芝，可王燕芝根本不信。他们夫妻俩感情本来就一般，王燕芝曾一度怀疑贾琛在外面有情人，她更加愿意相信警方的说法，而不是一个敬仰父亲，受到刺激的孩子的说法。她认定这件事是他们一家人的丑闻，不允许贾梓煜再提起，一旦贾梓煜提及父亲是无辜的，这个悲伤愤怒的女人要么就是咆哮，要么就是哭泣。

　　没办法，贾梓煜只好瞒住母亲，打算自己调查父亲的死。君子报仇十年不晚，贾梓煜一边努力学习一边托三十一中认识的人打听父亲贾琛班上有哪些男生在父亲出事前后表现异常的，有哪些男生是单亲家庭的孩子。只可惜，他在三十一中就读的初中同学并没有帮他打探出什么消息，贾琛的班上没有哪个男生表现异常，至于说单亲家庭的孩子，他们班上倒是有几个，其中有四个是男生。

　　贾梓煜利用寒暑假时间偷偷跟踪观察那四个男生，高中三年，他的假期除了学习就是化身小侦探搞跟踪调查。只可惜，将近三年过去，贾梓煜并没有发现这四个男生有什么异常，顶多就是不学无术而已。

　　高三毕业那年，贾梓煜托三十一中的同学要来了贾琛班级的毕业照，他在那张毕业照上圈画出了那四个男生，他打算读大学期间继续调查这四个男生，他认定了当年父亲想要拯救的那个吸毒的男生就在他们四个人之中，只不过这个男生掩饰得非常成功，而且也成功戒除了毒瘾而已。他如此笃定的原因在于父亲明确告诉过他，那是一个他们班上单亲家庭的男生。

　　然而这么多年过去了，贾梓煜依旧一无所获，就在十年前，他放弃了调查那四个男生。毕竟他的生活中还有很多别的事情要忙碌，手上又没有什么别的线索可查。哪知道又过了十年，就在他的父亲贾琛过世后的第十六年，他意外获得了一个U盘，一个他追查父亲惨死真相的另一条线索。

　　贾梓煜是在妹妹贾若凡的遗物中发现这个U盘的。贾梓煜一直很疼爱妹妹，他把妹妹的心爱之物都锁在了一个精美的箱子里，妹妹的祭日和生日，他都会打开箱子独自翻看妹妹的遗物凭吊一番。

就在今年妹妹的生日那天，贾梓煜竟然在锁着的箱子里发现了一个小小的U盘，而这东西他以前从未见过。

打开U盘，里面的内容更是让贾梓煜瞠目结舌。U盘里有一段录像，录像里面是一个面黄肌瘦的老头儿跟一个中年男人的对话，看得出，视频是偷拍的。

老头儿跟中年男人的对话显示，中年男人是个警察，而且还是个刑警队长，老头儿跟他似乎是老相识。两人在很多年前的一次入室抢劫中杀死了一对夫妻，当时那个中年男人还只是个孩子。后来，中年男人还机缘巧合地娶了那对夫妻的女儿，可是他的妻子似乎怀疑他就是当年的凶手之一。为了自保，中年男人找了一个梦学大师，利用清明梦让他的妻子跳楼，又要求老头儿替他杀死那一个可能知情的心理医生，他要求那个老头儿给那个心理医生送去一枚炸弹。

贾梓煜简直不敢相信眼前的视频，更加搞不清楚这种东西怎么会在妹妹的遗物之中，但他心里十分清楚，他的妹妹贾若凡就是被炸死的，而且她生前就是一个心理医生的助理，被炸死在那个心理医生的办公室里。

毋庸置疑，视频中的中年男人就是杀害贾若凡的幕后真凶，而那个老头儿就是送去炸弹的直接凶手。贾梓煜只要凭借这段视频就可以替妹妹报仇！

但贾梓煜没有这样做，因为替妹妹报仇是迟早的事情，只要持有这段视频就可以轻松报仇，可是为父亲报仇这件事却是他心里永远的一根刺，如果父亲不能沉冤得雪，他恐怕会死不瞑目。

视频的后半部分对话就是贾梓煜更加在意的关键，两人的对话中显示老头儿和中年男人都曾经是松江市一个支系庞大的贩毒集团的成员，只不过后来老头儿因病退出，中年男人也在十几岁的时候及早退出，考上了警校，进而成了一名警察。

只不过这个警察还有一个当年的老相识，现在还在贩毒集团中的人，外号麻子。据这个警察说，麻子一直在敲诈勒索他，要他持续不断地为其提供毒资，否则就会揭发这个警察曾经不光彩的过去。中年警察说麻子还曾恐吓过他，说叫他不要耍花招，他们如果想让什么人在这个世界上消失，哪怕对方是位高权重的人也一样，都能够做到不留痕迹。曾经就有三个人，因为妄图撼动他们的组织，死得很惨，并且身败名裂。

贾梓煜听到这里马上联想到了十六年前的父亲和另外两个老师，他们不就是身败名裂死得很惨吗？果然，他们三个人都是被贩毒集团的人给杀害的，那个人还制造了那样的假象，让他们三个不但惨死，而且声名狼藉。

找到麻子，进而找到当年的凶手！这是贾梓煜唯一的想法，至于说为妹妹报仇，他必须放在父亲的事的后面。因为一旦先揭发了那个警察，再去一点点地挖出贩毒集团，再找到当年的凶手，恐怕机会渺茫，没人会愿意为当年的事情埋单，警方那边也不会积极去推翻当年他们的结案结论。那么还不如先打入敌人内部，掌握了杀害父亲他们三人的凶手的身份，甚至是录下凶手承认罪行的视频，掌握了证据，再一起公开视频，同时为父亲和妹妹报仇，那才是最好的结果。

抱着这样的想法，贾梓煜辗转找到了当年其余两个遇害的老师的后代，也就是尹岳峰的儿子尹刚，还有顾秀珍的儿子尤倾。贾梓煜告诉他们，他们的父母并不是那么不堪，他们是被陷害的，他们背负着如此冤屈，死不瞑目！

于是三个人结成了联盟，他们打算由这个麻子着手调查，因为视频里显示，麻子是知情人，他说不定知道当年的凶手到底是组织里的哪个成员。

三个人各自利用自己的人脉和能力分别打探到了麻子的全名、职业以及栖身的场所。他们本来是想伪装成买家，分别去地下台球厅跟麻子套近乎的，可是三个人全都扑了个空，麻子最近神神秘秘，总是不在"本职岗位"上老实待着。

又是一番打探，他们才知道，原来麻子参加了一个戒除毒瘾的互助会。不用说，麻子加入这种组织肯定是有目的的，但不管怎么样，这个组织也给三个人提供了另一个接近麻子的途径。于是三个人假装不认识，先后也都加入了互助会，分别去跟麻子接触，在不打草惊蛇，不引起麻子怀疑的情况下跟麻子聊天。

尤倾重重叹了口气，说："谁能想到，还没等我们打探到什么消息，父母的大仇未报，贾梓煜就……就……不用说，这个开膛手斯内克，杀死贾梓煜和尹刚的凶手，下一个目标就是我！他一定是发现了我们三个在调查当年的真相！搞不好，搞不好开膛手斯内克就是当年杀死我们三个父母的那个凶手！"

冉斯年点点头，小声说："原来如此，所以凶手想要用尸体表现的主题是咎由自取，他认为你们三个非要调查当年的真相是在自寻死路。"

饶佩儿唏嘘不已："这个可恶的凶手杀人居然还要玩什么行为艺术，还有主题！他难道真的想要比肩世界几大臭名昭著的变态杀人魔？想要遗臭万年载入史册？"

尤倾那边的呼吸颤抖："他是个变态，否则当年也不会那样害死三个老师！"

冉斯年肯定地说："没错，凶手的心理一定是畸形的病态的。尤倾，我有一个最重要的问题要问你，贾梓煜有没有告诉你，他把那个U盘藏在了哪里。"

尤倾也略微失望地回答："没有，要是我知道那东西在哪里就好了，也不用躲在这里，干脆拿着那证据去公安局赌一把了。现在我没有证据，光凭我一张嘴，谁会信我？"

饶佩儿马上表态："我们信你！"

尤倾苦笑："你们信又有什么用？"

"放心，我们一定会帮你的，"冉斯年言之凿凿地说，"虽然现在我们对开膛手斯内克的调查没什么进展，但是我们可以从十六年前开始查起，如果能够找到当年三位老师想要拯救的吸毒的学生，说不定可以从他那里得知一些信息。"

尤倾重重叹气："是啊，我们也一直怀疑是给男生贩毒的人杀死了他们三个，因为他们三个当时就是打算找到直接贩毒给男生的毒贩，凶手就算不是这个毒贩，也会是他的上家，总之这是一条线索。可是，可是贾梓煜说他查过当年贾琛班上的单亲家庭的男生，有四个符合条件，可一番调查下来，当年他们四个都没什么可疑。"

冉斯年颇有深意地一笑："那是自然，因为十六年前那个吸毒的学生并不在这四个男生之中。贾梓煜是查错了人，定错了范围。"

"你怎么知道？"尤倾惊讶之余颤声问道，"你……难道你知道那个男生是谁？"

冉斯年否认："我当然不知道是谁，但是我已经有了一些想法，关于贾琛口中的那个单亲家庭的男生。具体是怎样的想法，我暂时还不能说，以免你一时激动想要自己出去找人。尤倾，在开膛手斯内克没有落网之前，你还是不要现身为好。最好换个躲藏的地方，更加隐蔽的地方。至于说调查当年三位老师的案子，还有现在开膛手斯内克的案子，就交给我们。"

"不用换地方，这里挺不错的，张老师是个好人，现在这个世界上愿意冒险收留我的就只有她了。"尤倾哑着嗓子落寞地说，"希望你们快一些找到那个凶手，这样躲躲藏藏提心吊胆的日子我真的是受够了。"

冉斯年郑重说道："放心，我们一定竭尽所能。"

第三十四章

学 霸 学 渣

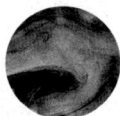

冉斯年和饶佩儿离开的时候，张静还没有回来，他们安安静静地离开，把门锁锁好，开车离去。

车上，饶佩儿感慨："我原本以为这个张静老师是个补课狂，眼里只有钱，没想到她居然愿意保护尤倾，一个被残忍开膛手盯住的猎物。我想，张老师还是个好老师，绝对不会是因为尤倾给了她多少钱。"

"是啊，张老师是个好老师，一个会隐瞒会撒谎的好老师，就像是当年的贾琛一样。"冉斯年自顾自地小声说。

"会隐瞒会撒谎的好老师？你这是什么意思？"饶佩儿的脑子里好像闪过了一道明光，品出了一点儿冉斯年的深意，可是一时间又没法完全搞清楚。

冉斯年循循善诱地说："站在当年贾琛老师的角度，如果真的想要保密，不想把事情闹得沸沸扬扬，想要保护那个误入歧途的学生的隐私和前途，他会把这个学生的特征告诉给他的儿子贾梓煜吗？他就不担心儿子贾梓煜会声张出去？"

饶佩儿拍了一下脑袋，恍然大悟道："是啊，站在贾梓煜的角度，当年的他还是个十六岁的少年，完全没有站在父亲的角度去考虑，只是无条件地相信父亲的话；可是站在贾琛的角度，一个教师的角度，他如果真的想要替那个学生保密的话，是不会把他的身份信息透露给只有十六岁的儿子的。也就是说，当年贾琛所说的，那个男生是单亲家庭的孩子，完全是敷衍和欺骗贾梓煜的？"

"是啊，贾琛班上单亲家庭的男生只有四个，他这样告诉贾梓煜不等于直接把这个男生的身份给贾梓煜公开了吗？所以我觉得贾琛当年很可能是对贾梓煜撒了谎，而他之所以要撒谎说那个男生是单亲家庭的孩子，是因为如果对方的家庭完整，父母负责的话，这件事就非常容易解决，只要把孩子堕落的事情告诉给父母，老师的责任也就算尽到了，接下来就是家长做主把孩子送去哪里戒除毒瘾的问题了，"冉斯年说着，微微摇头，"可现实是，事情远没有那么简单，三个老师本来是想要把孩子堕落的事情直接汇报给家长的，可是就是这个程序出了问题。问题卡在了这个环节上，无法解决，停滞不前，所以贾琛才陷入了困难和麻烦之中。贾梓煜很可能是看出了贾琛的为难，这才询问贾琛出了什么事，贾琛也许是出于趁机想要给儿子警示和利用反面典型进行思想教育的原因吧，没有完全隐瞒，而是稍做加工，把班上有学生吸毒的事情告诉给了贾梓煜。"

　　饶佩儿附和道："对呀对呀，刚刚我也奇怪呢，这三个老师为什么不去找男生的家长，而是要去找什么毒贩，这种做法很反常不是吗？原来是在找家长的过程中遇到了麻烦，导致他们没法去找男生的家长。可是，是什么麻烦呢？"

　　冉斯年意味深长地说："不是没法去找学生的家长，也不是三个老师多管闲事，替警察做事，去找什么毒贩。事实上，他们三个人说是在寻找给那个学生毒品的毒贩，而实际上，他们在寻找的，还是学生的家长。"

　　"什么啊，跟绕口令似的，"饶佩儿抱怨着，突然，她反应过来，"你是说，给那个男生毒品的就是男生的家长？天啊，怎么会？怎么会有那样的家长？"

　　"也许不是家长主动给的，而是那个学生从家长那里偷来的，总之毒品的来源就是那个学生的家里，来自他的家长。"冉斯年依旧自信满满。

　　饶佩儿本来还在感慨这个猜想，突然意识到了什么，疑惑地问："斯年，我才注意到一个细节，从张老师那里出来，你再提及那个十六年前吸毒的学生的时候，都不再叫他为男生，而是学生。你该不会是认为贾琛当年就这个学生的性别也撒谎了吧？这个学生，难道是，是个女生？"

　　冉斯年惊喜地望着饶佩儿："真不愧是我的佩儿，没错，我就是这个意思。也许贾梓煜和我们一开始都找错了方向，所以这么多年贾梓煜仍然查不到当年那个害贾琛卷入危险的始作俑者。当年的那个学生不但不是单亲家庭的孩子，甚至不是个男生。所以贾梓煜拜托身在三十一中的初中同学打听贾琛死之前，他们班上有没有哪个男生最近一段时间表现异常的时候，得不到任何消息，因为当初他们班上根本没有哪个男生表现异常，有类似吸毒的表现，因为当年吸毒的，根本不是男生，而是女生！"

"原来如此，因为是女生，所以三个老师才会更加小心翼翼，甚至两个男性老师都不敢直接跟女生谈论这件事，而是找到了心理健康老师，女老师顾秀珍去跟那个女生了解情况，"饶佩儿跃跃欲试地说，"这么说来，这个女生也在那张被画了四个圈的毕业照上喽。斯年，你赶快回想一下，那张照片上有没有哪个女生可疑？"

冉斯年笑着摆手："现在恐怕不行，咱们还是回去看看范骁发过来的照片扫描版吧，虽然不太清晰，但是还可以看个轮廓。"

两个人回到家，马上就换了鞋上楼，去到书房里看范骁发过来的毕业照扫描版。

扫描进电脑的照片不甚清晰，一张张小脸对于冉斯年来说绝对是个考验脸盲症恢复情况的挑战，于是冉斯年便把注意力放在了女生们的穿着上，他认为这个女生一定是家境殷实的，她的家长靠着贩毒一定没少赚黑心钱。

还没等冉斯年看完第一排的女生，饶佩儿那边已经发出了一声冷笑。

"怎么了？"冉斯年转头望向饶佩儿。只见饶佩儿一脸的自信得意，显然是看出了什么名堂。

"斯年，这次我可是完胜你哦，我已经知道了十六年前吸毒的女生是谁了。"饶佩儿目光炯炯有神，嘴角微翘，颇有些优越感地说。

冉斯年怎么也没想到饶佩儿会仅凭这么一张毕业合照就看出了端倪，甚至突然说知道当年那个吸毒的女生的身份，他惊喜地问："佩儿，你看出了什么？"

"我看到了一个熟人，"饶佩儿指了指毕业照上第二排最中央的一个女生，"虽然照片不是很清楚，但是我却有八成的把握我没有看错人。这个女人，我怎么也不会忘记她那张脸，哪怕是时间倒退十六年！"

冉斯年看饶佩儿居然一副咬牙切齿的模样，紧张地问："佩儿，她对你做了什么吗？你好像很恨她，她到底是谁？"

饶佩儿用食指用力敲了敲屏幕上那个女生的脸，有点泄愤的意味："哼，她就是庞嘉馨，庞大小姐啊。两年前我在她担任女一号的剧组里打酱油，也是她打发无聊喜欢刁难的人之一，大半夜让我去给她买夜宵，对服装不满意指定要我为她改衣服这种事她都做过。当年我是人在屋檐下不得不低头，只能任凭她折磨，现在好了，轮到她栽跟头了！"

"庞嘉馨是谁？"冉斯年摸不着头脑，"是很有名的艺人？"

饶佩儿哭笑不得："看来你是真的不关心娱乐圈的事情啊，庞嘉馨就是松江文娱巨头庞礼仁的独生爱女，嚣张跋扈的大小姐，只靠父亲和炒作红起来，每天都喜欢炫富的花瓶明星啊。而且最重要的一点，前些年就有人在网上匿名爆料，说庞嘉馨染上了毒瘾，虽然当时这件事不了了之，但现在想来，一定是庞礼仁在其中运作才让事情如此之快地平息。原来这个庞嘉馨不是在前几年，而是从十六年前就染上了毒瘾啊！"

"庞礼仁的女儿？"冉斯年冷哼了一声，"果然是这样，我之前就怀疑袁孝生所谓的跟随效力的大老板就是这个庞礼仁，他所谓的另一种形式的清明梦很可能就是毒品交易。也就是说，庞礼仁极有可能就是盘踞松江已久的贩毒集团的头目。如果真的是这样的话，那么十六年前三个老师的调查和拯救女生的行动，危及的就不是一个贩毒集团里小喽啰的地位。他们三个如果把那个女生的事情捅破的话，危及的可是当年就位高权重的庞礼仁啊。怪不得，三位老师会死得那么惨。"

饶佩儿兴奋的神情渐渐散去，忧心忡忡地说："就算我们现在知道了十六年前的真相，知道当年三个老师发现的吸毒的女生就是庞嘉馨，甚至心知肚明是庞礼仁派出了手下人制造了三位老师不堪的死亡假象，我们又能拿他们怎么样呢？我们又没有证据指证他们。"

冉斯年无奈地耸肩承认这个事实："的确，我们现在明知道麻喻强是瞿子冲杀死的，当年三位老师是庞礼仁的手下杀人灭口的，而今的贾梓煜和尹刚也很可能是死于当年的那个凶手，可我们没有证据。我们手上唯一的砝码只有一个。"

饶佩儿本来也是越听越沮丧，但听到冉斯年说他们手上还有一个唯一的砝码，马上重燃希望："斯年，你说的这个砝码，该不会是开膛手的目标，现在还活着的、可以当作诱饵引出凶手的——尤倾？"

"是的，距离下一个12天的周期到来还有几天的时间，我们必须趁这段时间从长计议，拟订一个能够引凶手上钩，让他自己主动奉上铁证的计划。"

饶佩儿兴奋地问："斯年，你是不是已经有了这个计划的雏形？"

冉斯年略微抱歉地笑道："佩儿，让你失望了，我现在毫无头绪。不过我想，也许我的梦能帮我想到什么办法。"

"一定能的，斯年，你的梦从没让我们失望过，你可是国宝级的稀有物种，释梦神探啊。我们现在等于已经成功了大半，已经知晓了全部内情，只差证据！"饶佩儿信心十足，一副跃跃欲试的架势鼓励冉斯年。

冉斯年一把揽过饶佩儿，感动地说："佩儿，谢谢你，总是这么信任我，但愿我这一次也不会让你失望。"

晚间十点钟，冉斯年十分郑重地躺在床上，准备进入梦乡。临睡前，他依旧冷静沉着，默默思考着怎样让真凶自己主动送上门。他并不着急，毕竟眼下距离下一个第十二天还有很多天的时间，而且他的潜意识也在告诉他，一定有办法，这一次，他冉斯年也会像以往很多次一样过关斩将完美收官。

朦胧中，冉斯年进入了一个嘈杂的环境中，周遭的声音吵闹而又稚嫩，而他自己正坐在一个稍显狭小的空间里，面前有红色的线条渐渐闪现。

冉斯年，49分！

红色的线条竟然是试卷上一个红红的数字，居然是49分！

从小到大他冉斯年什么时候考过这个分数？冉斯年的意识瞬间恢复，他知道自己置身梦中，置身于梦里的教室中，身边都是十六七岁年纪的高中生，大家聒噪不停是因为眼下正是台上的老师发试卷的时间。而台上站着的老师不是别人，正是张静。

"尤倩，87分。"张静念了一个分数，把试卷放到讲台上的另一侧。

台下，一个身影站了起来，冉斯年歪头去看，隐约认出这个人就是尤倩，他在范骁那里见过尤倩的照片。很好，他在梦里也已经恢复了正常，不再脸盲。

"里欧，69分……贾梓煜，88分……尹刚，9分……麻喻强，太不像话了，9分！瞿子冲，95分。"张静老师分别念出了几个冉斯年最近再熟悉不过的名字和分数。

冉斯年知道，这些人都是最近案件的相关人员，就连瞿子冲也是，因为他就是杀害麻喻强的真凶。一定是最近这段时间里这几个人的名字总是在脑际徘徊，所以梦里他们才会全体出现，跟自己一样扮演梦里的学生。案子里，冉斯年见过的唯一一个老师就是张静，所以梦里张静就还是担任老师的角色。只不过，这个重回学生时代的梦，到底想要给冉斯年什么提示呢？

"袁孝生，100分，满分！"张静老师声音高亢，似乎在代替满分的袁孝生自豪。

台下，袁孝生站起身，挺胸抬头，像是无限荣光集于一身的英雄，一路接受众人膜拜的目光一般走向讲台。拿到他光荣的奖状，袁孝生迫不及待地把那张满分试卷变换角度展览一样展示给全班同学看。

袁孝生一路走一路展示试卷，走到冉斯年身前的时候，却故意一闪而过，像是不想让冉斯年看到试卷。

冉斯年捕捉到了袁孝生的古怪，他伸着脖子费力地去看袁孝生的试卷，结果真的被他瞥到了几个字。

这是一张英语试卷，冉斯年瞥到的部分正是最后的作文，他清楚地记得，那是他写的作文！无论是那句开头的句子还是英文的字体，都是出自他手。

冉斯年忙低头去看自己的试卷，那张写着他的大名，却是49分的试卷。这一看不要紧，冉斯年只感觉一股怒火蹿上了脑袋——这分明不是他的试卷！他根本写不出这么难看的英文，也写不出这么蹩脚的作文！

袁孝生竟然更换了他的试卷，来了个偷梁换柱，让他冉斯年替他背负49分的耻辱，袁孝生这个学渣反而成了满分英雄！真是岂有此理！

冉斯年一拍桌子，猛地跳了起来，用尽全身力气大叫："老师，袁孝生偷换了我的试卷！"

张静愣住了，刚想要问冉斯年到底怎么回事，袁孝生也冲过来跟冉斯年对峙："你胡说，你有什么证据？凭什么说我换了你的试卷？"

冉斯年得意一笑："如果这张满分试卷真的是你的，那么你把作文背诵一遍，如果这作文是你写的，不说背诵得一字不落，背个大概应该不成问题吧？"

袁孝生的脸瞬间红了，他结结巴巴地说："凭什么？你说背就背？你算老几，凭什么命令我？"

冉斯年气得直跺脚，被抢走荣誉本来就让他气愤难当了，现在对方又死不承认耍赖，他真是恨不得直接抡拳头，打到袁孝生同学说实话。

"背不出来吧？这就证明试卷不是你的，是我的！"冉斯年挺着胸脯，一副年轻气盛的模样。

袁孝生哽了片刻，低头偷瞄试卷的作文部分，可是尽管他能够看到，却连照着念都念不出来。最后，袁孝生破釜沉舟似的说："你说作文是你写的，那你背诵一遍给我听听，要一字不落的！"

冉斯年得意地仰着头，张开嘴巴，刚要读出第一个单词的时候，他突然间僵住。怎么回事？刚刚还在脑子里的英语作文怎么突然不见了？刚刚还可以一字不落，刻在脑子里的那些单词和句子，突然间都蒸发掉了！

"哈哈，你也背不出来吧？"袁孝生放肆地大笑，"老师，冉斯年是嫉妒我得了满分，他得了49分，所以才闹这么一出的！"

一时间，全班同学开始纷纷嘲笑冉斯年。冉斯年明明知道自己是被冤枉的，真正偷换试卷的人就是袁孝生，可是却有苦说不出，只能默默接受大家的嘲笑和讽刺，甚至是老师张静那刀子一般割人的眼神。

放学后，冉斯年冒出了一个想法，他要毁掉那张满分试卷，这是他现在唯一能够做的事情，只有毁掉袁孝生偷来的荣誉，才算是给自己这个被冤枉的受气学霸出一口恶气。

一觉醒来，冉斯年有种豁然开朗的畅快淋漓感。躺在床上回想梦境的内容，细细分析梦境的寓意，他最后露出了欣慰的微笑。这个梦看似是袁孝生获得了胜利，而实际上，获得胜利，或者说达成愿望，获得启发的赢家，是他冉斯年。果然，他的梦没有让他失望，他的潜意识已经看穿了真凶的心思，为他拟订了一个孤注一掷的计划。

早餐过后，冉斯年找到了上一次袁孝生拨过来的电话号码，主动把电话给袁孝生拨了回去。

"喂，是我，冉斯年，"冉斯年带着一丝不服气的倔强说道，"袁孝生，我想要跟你再来一场比试。"

第三十五章

再 次 对 决

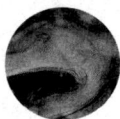

/ 1 /

上一次的节目经过后期剪辑加工播出后，反响热烈。洪彦这个主持人兼制片人毋庸置疑跟袁孝生是一丘之貉，节目被剪辑得面目全非：袁孝生雇佣托儿被冉斯年戳穿的部分全被删去，冉斯年的各种见解看法被一笔带过，他桀骜不驯的镜头被重复穿插播放；袁孝生的得体谈吐，自信发言成了浓墨重彩。本是势均力敌的对决，最后却成了压倒式的悬殊。

饶佩儿对此气愤不已，倒是冉斯年不以为意，他告诉饶佩儿这一次他绝对会一雪前耻，哪怕节目后期剪辑再怎么鬼斧神工、无中生有，都奈何不了他。因为这一次的节目根本不会有机会播出。

又是一个周六的傍晚，冉斯年身着盛装，还让饶佩儿给他化了一个淡妆，身边挎着同样是靓丽华服、精致妆容的饶佩儿，两人借来了一辆豪车和豪车司机，像是两个光鲜靓丽的明星要去走红毯一般，风风光光地、再一次来到了开诚网所在的写字楼，网络脱口秀节目《洪彦不吐不快》的演播厅。

舞台上，仍旧是三把椅子，主持人洪彦的椅子在中央，左右两边分别是此次节目的两个对决嘉宾袁孝生和冉斯年的位置。

舞台下，节目组特意扩展了观众席的范围，这一次现场的观众足足比上一次多了一倍，就连走道上都坐了人。也难怪，这次节目放出的噱头仍旧是开膛手斯内克的案件最新内幕，松江市的两个梦学大师再次对决。

尤其值得一提的是，这一次冉斯年直接放出了爆炸性的消息，他将在这一次的节目中揪出那个臭名昭著的开膛手斯内克，他有绝对的信心，那个一直躲藏在暗处的残忍杀手绝对会出现在演播厅，参加现场的节目。冉斯年表示，就算他不想来，听到冉斯年这样的"邀请"也一定会现身。

晚上七点三十分，距离节目正式开始还有半个小时的准备时间，主持人洪彦颇为兴奋，他把袁孝生和冉斯年叫到台上，私下问及两个人待会儿的安排，他这个主持人必须事先心里有数才行。

洪彦扫了一眼台下，节目还有半个小时才正式开始，可是观众们热情高涨，现在已经是座无虚席，他好奇地问："冉先生，你真的有把握那个开膛手斯内克会来这里？他现在就在下面吗？"

冉斯年也扫视了一下台下，似乎是在找某个人。很快，他像是看到了目标，心满意足地翘起嘴角，振振有词地说："当然，我已经看到他了，他就在现场！"

袁孝生冷哼一声："冉先生，我真的没想到，原来你的好胜心这么强，看来上一次的失败对你来说打击不小呢。你为了这次能够扳回一局，为了能挽回面子，真是不择手段啊。"

冉斯年白了袁孝生一眼："那是自然，我不可能甘心屈居于你之下，你是什么来头，你我心里清楚。上一次节目不算，我们之前在你开设的'梦乡'的对弈中，也是你险胜，再往前，你我最初相识的时候，你也摆了我一道。我不可能让你继续嚣张下去，所以这一次，我必须赢。咱们俩之间必须有个了断。至于你说什么不择手段，哼，这个词恐怕不太合适，应该说是我技高一筹，已经率先找到了真凶，解决了开膛手这个棘手得连警方也束手无策的案子。再有半个小时，我，冉斯年，将会成为这个城市的英雄。"

袁孝生不屑地干笑了两声："别以为我不知道你的如意算盘，你是看我创立了自己的工作室眼红了吧？身为行业耻辱的冉先生，也想要咸鱼翻身，最近一段时间也在积极地找房子申请贷款，想要自立门户。"

"没错，没什么好隐瞒的，"冉斯年大方地承认，"还是你上次提醒了我，参与这样的节目是给自己打广告的绝佳机会，还要谢谢你启发了我，而且这一次愿意配合我，甘当绿叶，给我和我未来的工作室做陪衬。"

袁孝生放声大笑："好啊，我倒是要见识一下你冉斯年的能耐，更要见识一下开膛手斯内克到底是谁，但愿你别让我失望，别让我当着这么多观众的面指出你的错误。那样一来，你冉斯年恐怕要再一次颜面无存，名声扫地，再无翻身之日了！"

冉斯年看了看时间，挥挥手表示懒得跟袁孝生废话，兀自走下台，去跟第一排观众席上的饶佩儿聊天。

台上，袁孝生和洪彦面面相觑。洪彦安抚袁孝生："你别激动，咱们就等着看他的笑话，然后见机行事。我就不信，他真的能揪出开膛手斯内克。"

袁孝生白了洪彦一眼，这才表露出不安的神态："我总有种不好的预感，你不知道，这个冉斯年绝对不容小觑。"

七点五十分，瞿子冲艰难地步入了演播厅，他放眼望了一眼密密麻麻的观众席，挤了挤身边挤在门口的观众，这才想到身后还跟着一个范骁，回头寻找被人群挤散了的范骁。

两分钟后，瞿子冲和范骁茫然地站在门口的位置，眺望舞台那边的冉斯年和饶佩儿。正当两人等着冉斯年或者饶佩儿来接他们的时候，一个工作人员走过来说："二位是瞿队长和范骁吧，冉先生要我来接二位，他已经在前排给二位预留了位置。"

就这样，瞿子冲和范骁跟着这个工作人员出了演播厅，从后面绕路直接到了前排，坐在了饶佩儿的身边。

"饶小姐，你今天可真漂亮啊。"范骁紧挨着饶佩儿坐下，打量了饶佩儿之后由衷地感叹。

饶佩儿有些不好意思地笑笑，用眼神示意他们去看正在跟导演组说话的冉斯年："斯年今天也是盛装出席呢，我们可就要靠今天打翻身仗了，当然要注重形象。"

瞿子冲咳了一声："怎么，斯年这次是认真的？我记得以前他可没有这么强的好胜心啊，更加讨厌这种抛头露面的活动。"

饶佩儿羞红了脸，解释说："今时不同往日，斯年可不能像以前那么懒散了，我妈说了，斯年必须有自己的事业，当然，不能是天天在家给人释梦，也不能是义务帮助警方探案的那种工作，他必须有了属于自己的事业和经济实力，我妈才同意我们的婚事。斯年也是为了我，所以才积极筹备创立他自己的心理工作室，为了工作室能尽快盈利，他才不得不利用这个节目给自己造声势打广告。唉，为了我，真是为难斯年了。"

瞿子冲理解地微笑："这真是英雄难过美人关啊，不过话说回来，我还要感谢你饶小姐，要不是有你作为斯年的动力，他又怎么可能这么快就查到了开膛手斯内克的真实身份？我是绝对信任斯年的，待会儿只要他指出了开膛手的身份，我就马上把这个嫌疑人带回警局严加审问。"

"没错，手铐我们都带着呢，我们绝对相信斯年哥的结论，就等着抓人啦。"范骁跃跃欲试，拍了拍腰间。

/2/

很快，节目正式开始的倒计时声响起，《洪彦不吐不快》在一片热烈的掌声中正式开始。

"大家好，这里是由洪彦为您主持的大型网络脱口秀节目《洪彦不吐不快》。"主持人洪彦声音洪亮地讲出开场白，"关于这次节目的主题，相信不必我多说，现场观众满怀期待的炽烈眼神已经说明了一切，现在请大家一起告诉我，幸运的现场观众，你们今天来到这里，是为了什么？"

"开膛手斯内克！"台下的观众大叫起来，夹杂着起哄声。

洪彦似乎对此十分满意，他让这声音持续了有十几秒钟，这才抬手示意大家安静。

"没错，今天的主角毋庸置疑，是大名鼎鼎的杀人狂——开膛手斯内克，堪比史上那些臭名昭著遗臭万年的杀人狂魔的、连环凶案的真凶。这个开膛手不同于以往那些距离我们十分遥远的杀人狂，他就在我们身边。没错，按照冉先生的理论，这位开膛手此时就身处于我们的演播厅之中。他也许就坐在你的旁边，是个斯斯文文的眼镜男，是个文文弱弱的上班族，或者是个满脸堆笑的和蔼大叔，再或者，他此时戴着一顶压得低低的帽子，把他的脸掩藏在聚光灯下的阴影中。现在，请大家看看自己的周围，有没有哪个人很可疑？"

台下又是一阵骚动，几个女生尖叫着大喊她们身边的男人一定就是开膛手。

洪彦很会营造气氛，几句话就让现场气氛达到了顶峰，他又让台下的骚动持续了十几秒钟，才缓缓抬手示意大家安静。

"如我所说，今天节目的主角不是我，也不是我身边这两位大家已经很熟悉的业界翘楚，今天的主角绝对就是开膛手斯内克。可是这个斯内克到底是谁，还得请冉先生为我们娓娓道来。"洪彦转向冉斯年，"冉先生，请先跟大家打个招呼，然后告诉我们，开膛手到底是谁，他为什么杀人，你又是怎么知道这一切的？"

冉斯年面冲镜头，充分展现他的帅气沉稳，自信魅力，他微微一笑，用富有磁性的男中音说道："大家好，我是冉斯年。首先，感谢大家能够带着或者是对我言论的好奇，或者是对开膛手身份的好奇来观看这个节目；其次，我必须纠正刚刚主持人的一个观点，那就是有关这期节目的主角问题。我认为这期节目的主角，开膛手绝对不是当之无愧，他是一个杀人狂，剥夺生命的刽子手，应该是世人唾骂的人间败类，他是一个罪犯，即将面临法律的严惩，他一定是一个现实生活中不得志的人，是个小人，所以才会用惹人眼球的方式杀人寻求大家对他的关注。从这一点而言，如果我们把他当成了整个节目的中心人物，对他足够的关注，也等同于替他实现了心愿。在场各位有人愿意替这样一个残忍杀人魔实现心愿吗？如果没有，请大家不要认定开膛手是这期节目的主角。这期节目的主角绝对不是开膛手，而应该是那个揪出开膛手、揭露案件真相、结束一切梦魇般的威胁、拯救整个松江市市民的人，也就是——我！"

台下一片哗然，显然，大家对冉斯年的大言不惭表示不屑。冉斯年却毫不在意大家的反应，依旧自信微笑，波澜不惊地说："本来我这个人一向喜欢卖关子，以往跟警察的合作中，我推理案情往往是在最后才指出真凶，这一点，台下那位跟我合作密切的刑警队长瞿队长应该清楚。"

说着，冉斯年指了指台下的瞿子冲，摄像大哥很合作地把镜头转向了瞿子冲。瞿子冲颇有些尴尬，对着镜头面容僵硬。

袁孝生趁冉斯年说话的空当，冷冷地接茬："那么这一次呢？冉先生这次是不打算卖关子，打算在节目一开始就直接为大家指出开膛手吗？"

"是的，"冉斯年转向袁孝生，含笑说，"我今天之所以能够在此揭示开膛手斯内克的真身，说来还要感谢袁先生的提示。正如上期节目袁先生曾经说过的，你有目击证人指出开膛手是个外国人，我顺着这条线索一路追查，果然让我找到了一个极为可疑的外国人。"

袁先生有些发愣，他突然明白了冉斯年的意思，怪不得冉斯年今天这么自信，原来他是顺着袁孝生上一次的思路往下分析，这样一来，袁孝生也就不能轻易推翻他的理论，因为袁孝生如果推翻冉斯年的理论，说冉斯年说得不对，就等于是推翻了上一次的自己。

瞿子冲悬着的心总算稍稍放松，他听冉斯年这样说，已经可以肯定，冉斯年所说的外国人凶手，跟他们警方锁定的外国人嫌疑人是同一个人，也就是——里欧。

冉斯年等现场安静后，冲台前的摄像大哥使了个眼色，于是按照他们之前说好的，摄像大哥的镜头开始迅速地扫过观众席上的人。半分钟后，镜头和灯光都骤停在了一个人的身上，通过台上的大屏幕，众人都看得清楚，那个人果真是一个外国人，金发碧眼，年纪轻轻，是个美少年。

冉斯年抬手指着那个万众瞩目的外国美少年，一字一顿地说："没错，你，里欧·斯科特，就是开膛手斯内克！"

一时间现场唏嘘声此起彼伏，里欧身边的观众瞬间便像是见了老虎的兔子，几乎是弹跳着后退，哪怕躺倒在身后观众的身上，也不顾一切地远离这个金发碧眼的美少年。

里欧耸耸肩，一副无所谓的模样，因为他没有麦克风，所以就用手指了指自己，又指了指舞台，意思是说他想要上台说话。

"很好，这位年轻的外国小哥似乎想要上来跟冉先生对质呢。"洪彦冲一旁的工作人员示意，"请把这位外国小哥带上舞台，到底他是不是开膛手，马上就会有结论。"

里欧被工作人员带上舞台，那位工作人员路过舞台台阶的时候，另一个工作人员递了一把椅子给他，那椅子是为了开膛手，或者说是被误认为开膛手的人准备的。

很快，里欧坐在了洪彦和冉斯年之间，任凭工作人员给他佩戴上了便携式的麦克风。

"大家好，我叫里欧·斯科特，我来自美国，"里欧落落大方地自我介绍，"但我绝对不是什么开膛手斯内克，这位冉先生显然是搞错了。"

洪彦马上转向冉斯年，等着冉斯年的反驳和解释。可冉斯年接下来的一句话却让洪彦和所有在场观众彻底跌破了眼镜。

冉斯年不紧不慢地说："抱歉，既然这位斯科特先生否认他是开膛手斯内克，看来，这次真的是我搞错了。抱歉，斯科特先生，你可以离开了。工作人员，麻烦你再上来，带这位外国友人离开演播厅。斯科特先生，给你造成了困扰，是我的失误，抱歉了。"

工作人员呆愣愣地站在台下，不知道是该上台来再把刚刚坐稳椅子的里欧给带下去，还是按兵不动。因为冉斯年的这些话，让整个舞台像是在上演一出闹剧。

里欧也是一脸疑惑不解，他尴尬地笑笑，说："就是这样？我可以走了？"

"是啊，既然你说你不是开膛手，你当然可以离开了。"冉斯年极为友好地做了一个"请"的手势。

里欧缓缓起身，仿佛有些不舍似的，就像是刚刚铆足了劲儿打算大展身手的演员，突然被导演通知可以下去领盒饭了，镜头和片场都不再需要你了的那种落差感。里欧的双脚已经出卖了他的话，他嘴里明明说自己不是开膛手，可是双脚却像是粘在了原地，不愿离开。

"冉先生，你这唱的是哪一出？"洪彦发出不屑的笑声，冷冷地问。

冉斯年做了个抱歉的手势，先是对着洪彦，而后又面向观众："再次抱歉，看来这次是我搞错了，让大家失望是我的不是，抱歉抱歉。"

袁孝生狐疑地问："冉斯年，你心里清楚，我们大家奇怪的是，你怎么能仅凭对方的否认就认定了他不是开膛手呢？哪个凶手会蠢到自己承认自己的罪行呢？不都是自称无辜吗？要是都像你这样，嫌疑人说什么就是什么，这个世界上就没有坏人了不是吗？你到底有没有掌握他就是开膛手的证据？"

冉斯年茫然地摇头："没有证据，应该说目前来说没有证据，我这个人的风格就是一向找不到证据，只有依据。我之前之所以推断这位斯科特先生就是开膛手，依据就是你上一次在节目中的爆料啊，不是你说的，开膛手是个外国人吗？"

袁孝生像是看笑话一样看着冉斯年："没错，我是这么说过，但松江市的外国人绝对不止里欧一个人，你又凭什么说他就是开膛手？"

"因为他来了啊，我在开场前就仔细观察过台下的观众，外国人，只有他一个。"冉斯年像是在说一件再显而易见不过的事情，一本正经地说，"我分析了开膛手的心理，根据他的犯案特征，可以推断出他是一个表现欲极强的人，渴望被关注，喜欢跟警方和侦探周旋，收集有关他的消息。所以这档脱口秀节目，他也是一定会关注的。我之前在网上散布消息说我知道他是谁，说他一定会来参与这期节目，就是对他的邀请。以他的心态，绝对会来赴约，这就像是强迫症一样，就算他不想来，也控制不住自己，最终一定会来。"

现场因为冉斯年令人大跌眼镜的言论陷入了短暂的尴尬，观众们发出了唏嘘的声音。可冉斯年却全然不当回事，目光扫过身边的里欧，突然惊讶地说："斯科特先生，你怎么还在台上？工作人员呢？怎么还不把他带下去？快把他带下去，带离现场，我好及时纠正错误，在台下寻找另一个外国人，这个人一定是隐藏得更加隐蔽，搞不好还化了妆。"

工作人员可算是上台来，把极为不情愿的里欧拉下了舞台。

目送里欧出了演播厅，冉斯年自信一笑，对主持人洪彦说："主持人，请给我五分钟的时间，我将会在这五分钟的时间里找出开膛手的真身。如果五分钟过去，我仍旧没有找到人，那么算我输，我彻底认输，从此退出心理学的行当，一辈子不再踏足这个领域。"

台下唏嘘声更甚，第一排的饶佩儿急得差点儿站起来，还是瞿子冲安慰她说："放心，我了解斯年，他既然这么说了，就是有十足的把握。"

洪彦自然是给了冉斯年这五分钟的时间。时间一分一秒地过去，很快就到了第五分钟。导演在舞台的大屏幕上弄了一个极为夸张的倒计时：十，九，八，七……

倒数计时计数到三的时候，冉斯年泰然自若的脸上突然显现出一丝笑容，他抬手指向观众席的出入口，说："我找到了，他……就是开膛手斯内克！"

第三十六章

节 目 叫 停

众人的目光瞬间全部集中于冉斯年手指的方向，灯光师也及时把强光打在了门口的方向，只见在众人瞩目的亮眼光圈里站着一个外国面孔的年轻男孩，他金发碧眼，是个美少年。没错，这个人还是里欧，是去而复返的里欧·斯科特。

现场掀起了又一次高潮，观众的各种声音像是沸腾的水，一时间没法平息。

洪彦好几次苦口婆心地请大家安静，观众这才渐渐平静下来。

洪彦问道："怎么回事？冉先生，你必须给我们一个明确的解释，为什么你又认定里欧是开膛手了呢？而且……而且这个里欧，他怎么又回来了？"

冉斯年笑着冲里欧招了招手，不回答洪彦，反而是对里欧说："斯科特先生，既然你已经回来了，请你再回到舞台上参与节目吧，我想，这也正是你所希望的不是吗？"

里欧抬头挺胸，随着灯光的移动，在众目睽睽下，像是明星走红毯一般走上了舞台，他的步伐稳健而自信，非常享受这个过程。

工作人员再次把刚刚搬下去的椅子给里欧搬了回来。里欧这一次稳稳当当地坐在了椅子上，这一次似乎有不会轻易起身离开的架势。

洪彦见冉斯年不理会自己，干脆问里欧："斯科特先生，你为什么又回来了呢？对于冉先生再次指控你就是开膛手斯科特，你有什么想说的吗？"

里欧耸耸肩，笑眯眯地说："对于冉先生的指控，我不予表态。我回来只是想要听听冉先生指控我的理由。"

冉斯年听里欧这么说，做了一个可惜遗憾的神态，又招手让工作人员上台来："不好意思，工作人员，请你再把椅子搬下去，请这位斯科特先生离开。"

这一次，全场的人，包括舞台上的主持人洪彦、嘉宾之一的袁孝生，以及去而复返的里欧全都张大了嘴巴，发出嘘声。大家都在想，这个冉斯年会不会是精神上有什么问题，如此出尔反尔。

冉斯年仍旧耐心，解释道："既然斯科特先生不愿意承认他就是开膛手，那么他就是跟在场的其他观众一样，是个对开膛手案件好奇的普通观众。相信在场的观众，有相当一部分人想要踏上这个舞台，跟我们三个人交流关于开膛手的看法。可是我们的节目当然不可能满足那么多人的愿望，逐一让大家上台来提问发表见解。既然节目是公平的，那么斯科特先生也就不能享有特权，所以我必须再次请他离开。除非……除非……"

"除非斯科特先生承认他是开膛手斯内克？"袁孝生在一旁，最先洞悉了冉斯年的意图，冉斯年这是想要利用里欧想要参与其中，不愿就此离开的好奇心和表现欲来逼里欧就范，承认他就是开膛手斯内克。

"没错，"冉斯年干脆承认，"老实说，除了袁先生之前提过的目击证人见过开膛手斯内克，能够辨别出他是个外国人，以及警方也初步怀疑牵涉案件中的里欧·斯科特先生有一定的嫌疑之外，我这边没有任何证据能够证明里欧就是开膛手斯内克。但是我却通过开膛手的犯案行为特点掌握了开膛手斯内克的心理，那就是开膛手斯内克极富表现欲，他渴望观众的瞩目，他把自己当作了惩戒具有某种特征人群的审判者，用残忍至极的手段去吸引眼球，造成大范围的影响。表现'咎由自取'的主题，以及每隔12天犯案，杀害的三个被害者都是'梦幻地狱'互助会成员，这几点都可以证明开膛手想要让自己'成名'且'大放光彩'的心态。所以我之前才会如此笃定，开膛手斯内克一定会前来参加这个以他为主题的脱口秀节目。节目开始之前，我自己，还有我的未婚妻都曾在现场寻找过外国面孔的观众，而经过我们俩的仔细观察，现场的外国人真的就只有这位斯科特先生一人。因此，我可以断定，开膛手斯内克，就是里欧·斯科特！"

冉斯年的这番说辞不免让观众有些失望，他们还以为冉斯年会有十足的证据，节目还没结束就可以让警方把开膛手逮捕带走呢。结果冉斯年却只是根据他对开膛手的心理分析断定里欧这样一个年纪轻轻的外国人是开膛手斯内克，别说人家里欧不承认了，就算是他承认了他就是开膛手斯内克，警方也没法拿他怎么样，因为里欧下了节目后可以解释称他撒了谎，只是为了能够参与节目而已。

现场再次陷入混乱，甚至有前排观众朝让他们失望的冉斯年丢了一个橘子。橘子打在了冉斯年的脚上，冉斯年却丝毫不觉得尴尬，他捡起橘子，冲那个丢橘子的男人笑道："谢谢啦，幸好您没有带生鸡蛋当作观看节目的零食。"

饶佩儿侧头白了那个丢橘子的男人一眼，小声嘀咕："太过分了，怎么可以这样？斯年已经很了不起了，至少他分析出了开膛手的心理，并且更加确定里欧是嫌疑人啊。"

瞿子冲也帮腔说道："没错，我也觉得这个里欧嫌疑最大，毕竟他是开创'梦幻地狱'互助会的人，跟三个死者都有联系，又没有案发时间的不在场证明。再加上如果袁孝生所说属实，真的有个目击证人看到了开膛手是个外国人，那么有八成的可能性，里欧就是开膛手！"

"一定没错的，我觉得袁孝生没有撒谎，毕竟目击者还看到了凶手在死者手背上印贪吃蛇的印章呢。而且斯年分析开膛手的心理，觉得他今天一定会来，里欧就真的来了。我觉得已经有九成九的把握，里欧就是开膛手斯内克！"饶佩儿尽全力声援冉斯年。

台上，洪彦正在尽力维持现场秩序，想让台下的观众安静下来，可惜无果，观众似乎已经脱离了他的控制。最后还是台上的里欧缓缓抬起了手，用肢体动作示意大家安静，他有话要说。

等现场恢复安静之后，里欧不紧不慢地说："好吧，我承认，我就是开膛手斯内克。"

一石激起千层浪，刚刚安静下来的演播厅再次沸腾。

袁孝生无奈地摇头，等到现场稍稍平静之后，他问冉斯年："冉先生，你早就预料到里欧会承认他就是开膛手斯内克吧？可你也清楚，就算他当众承认，警方也无法因为他在网络节目上承认罪行而以谋杀罪名逮捕他，没错吧？"

冉斯年遗憾地点头："是的，我只是个心理学工作者，我不是警察，找到证据逮捕凶手的，应该是警察。我只能利用凶手的心理特征，让他在大庭广众面前承认罪行。"

主持人有些始料未及这种情形。一向以主持风格稳健处变不惊自信成熟著称的洪彦有些乱了阵脚，他顿了一下，问里欧："既然你承认你是开膛手斯内克，那么你的杀人动机是什么？"

里欧找准摄像头，落落大方地回答："很简单，我憎恨那些吸毒的人，尤其是那些曾经吸毒，又虚伪地想要戒除毒瘾、在复吸和戒毒之间摇摆不定的懦夫。所以我才会创立了'梦幻地狱'这个戒除毒瘾的互助会，为的就是寻找这样的人。根据我的观察，贾梓煜、尹刚和麻喻强都是我最厌恶的那种类型，所以我要杀了他们，给世人以警示！"

袁孝生刚刚经历了一场心理战，他这次来本来是想要跟冉斯年作对的，可是没想到冉斯年居然会顺着他的思路，认定里欧这个外国人是开膛手。这种时候如果他再跟冉斯年作对，就是自己打脸。所以虽然不情愿，他还是转移阵线，站到了冉斯年那边。他说："这么说，你果真是把自己当成了惩戒他们的审判者？你真的是个心理变态的杀人狂！"

里欧哈哈大笑，刚想开口说点儿什么，又一个橘子飞上了台，直接砸在了他的额头上。里欧愣了一下，一只手揉着额头，一只手捡起橘子，干脆剥皮吃了，边吃边说："但愿这橘子里没有剧毒，否则丢橘子的人可是在众目睽睽之下杀人了。那位丢橘子的朋友，杀死开膛手斯内克并不意味着你可以免除法律的制裁哦。还有，袁孝生，我必须纠正一下你的说法，我并没有把自己当成什么审判者，审判者这个词没什么分量，我不喜欢。我不是什么审判者，而是来自另一个世界的来客，对于那三个死者而言，我是——死神塔纳托斯。"

洪彦一时没听清楚，问："什么什么？什么托斯？"

"塔纳托斯，"里欧耐心又自豪地讲解，"他是古希腊神话中的死神，是睡神修普诺斯的孪生兄弟，母亲为黑夜女神倪克斯。塔纳托斯是个美少年，住在冥界，手执宝剑，银色的长发，身穿黑斗篷，有一对发出寒气的黑色大翅膀。古希腊神话中，他会飞到快要死亡的人的床头，用剑割下一缕那人的头发，那人的灵魂就会被摄走。"

冉斯年哭笑不得地反问："你该不会真的以为自己是死神塔纳托斯吧？除了美少年这点还能靠点边之外，我没见你手执宝剑，还有你的头发是棕色短发，并不是银色长发，黑斗篷和发出寒气的大翅膀，你都没有不是吗？"

里欧像是看小孩子一样盯着冉斯年，笑着说："怎么？你还真的把我当成神经病了吗？我当然不是神话虚构的人物，我只是把塔纳托斯当作了自己的偶像，想要向他看齐而已。至于说银色长发和黑斗篷，我的确没有，可是黑色翅膀嘛，我却是有的，而且，我把它留在了三具尸体中的其中一具上，就跟我的贪吃蛇印章一样，是我的标志。不知道警察们有没有发现它。"

　　台下，饶佩儿和范骁一起去看身边的瞿子冲，虽然嘴里没问，但是眼神已经提出了疑问，他们都在问，三具尸体上有没有哪具尸体上有什么黑色翅膀，警方真的没有发现这个印记吗？

　　瞿子冲一脸凝重，却并不回应满脸问号的饶佩儿和范骁，他死死地盯住台上的里欧，面无表情，让人看不透他在想什么。

　　"不过我想，警方根本就没有找到我留下的那个黑色翅膀的印记。"里欧突然话锋一转，带着点儿挑衅和得意说，"前阵子我也在警局待过，有幸享受过车轮战的审讯，警察们问来问去，从未提过什么黑色翅膀。看来，他们是根本就没有注意到我的用心良苦啊。也难怪，要是他们真的足够尽职尽责，工作细致入微，也不可能到现在还是一无所获，拿我根本没办法，只能乖乖把我放回去。"

　　饶佩儿听到了瞿子冲攥拳头的"咯咯"声，侧眼去看，瞿子冲的额际青筋暴起。看得出，瞿子冲是真的很生气。也难怪，里欧摆明了就是当众挑衅警方。

　　里欧却得意地仰起头，目光直指台下的瞿子冲，继续嚣张地说："既然警方如此无能，我不妨再给出一个提示，我的那个黑色印记，并不是跟贪吃蛇印章一样印在尸体上。我留下的其实是一枚印有黑色翅膀的树脂纽扣。看来警方是在抬尸体运送尸体的过程中把它给弄丢了。唉，真是可惜，可惜了我一番部署，给警方留下的线索，他们却因为工作的疏失，浪费了我的一片苦心和提示。"

　　冉斯年白了里欧一眼，望着台下的瞿子冲，说："我知道今天的观众之中就有负责开膛手案件的刑警，在此我想跟这位刑警确认一下，警方真的没有在三具尸体中发现什么黑色翅膀的纽扣吗？当然，我这个问题可能不妥，因为这毕竟是警方的工作，有必要向大众保密，可是出于对里欧的个人情感色彩，说白了，也就是对他的憎恶，我还是想问问，警方真的是拿他没办法吗？"

　　面对冉斯年的提问，瞿子冲没有马上回答，他只是来回望着冉斯年和正对自己的摄影机。这个摄像师居然知道他就是冉斯年口中的刑警！一定是冉斯年事先就跟摄像师打好了招呼吧，冉斯年这是刻意要让他难看吗？瞿子冲似乎是没有选择的余地，他只能选择模糊作答。

"好吧，既然大家都对这个问题如此好奇，"瞿子冲犹豫了片刻，还是决定给出一个模糊的答案，"那么我就自作主张，为大家透露一些案件的内幕。没错，警方在三具尸体上都发现了手背上贪吃蛇的印记，但是黑色翅膀的纽扣，至少前两具尸体上没有发现。"

"至少前两具尸体？"洪彦马上捕捉到了瞿子冲话里的深意，"你的意思是，第三具尸体上发现了黑色翅膀的纽扣？"

瞿子冲摇头："目前来说，没有。但是第三具尸体比较例外，尸体受到了一定程度的污染，有可能在这个过程中，黑色翅膀的纽扣掉落或者转移了。"

"怎么会这么不小心啊？"里欧一副努力忍住笑意的嚣张模样，万分遗憾地说，"是谁工作上出了这么大的纰漏啊，该不会是哪个菜鸟小警员，看到我的杰作之后呕吐，污染了尸体吧？"

瞿子冲双眼冒火一般瞪着里欧："这点不方便透露！"

摄像大哥不再把镜头对准瞿子冲，而是再次聚焦台上的三个人。三个人也转换了话题，从黑色翅膀的纽扣问题，又转回了里欧，也就是开膛手的表现欲上。

里欧大方承认他从一开始就没有想过要一直隐藏在暗处，他不想一直做"无名英雄"。只是他也没想过才完成了三个作品，自己就要暴露身份，虽然参加这次节目后，警方没有证据仍旧不能把他怎么样，但是被跟踪监视那是肯定的了，他也就没有了机会继续去创造他的行为艺术，这一点，他是十分遗憾的。而且他以后恐怕也不能出门了，否则容易成为众矢之的，被激愤的市民殴打，但好在他身边有跟踪监视的警察，这些警察如果能够尽职尽责的话，是一定会出面阻止，某种程度上，也是对他的保护吧。但警方没有证据，也就不能阻止他回国，回到美国去。里欧称，他计划下个月月初回美国，到那个时候，松江市的开膛手风波也就可以彻底过去。

就在里欧侃侃而谈所谓的"行为艺术"时，台下的瞿子冲起身离开，弯腰，尽量不引人注意地走到观众席的侧面。范骁看瞿子冲离开，自己也跟着过去。

"小范，这种场合简直就是闹剧，我要先回去了。"瞿子冲小声对范骁说。

"那我也跟你回去。"范骁虽然有些不舍，但是顶头上司都对节目表示不满了，他也不能因为好奇想要凑热闹继续留下来观看。

瞿子冲板着面孔："我要回家休息，你跟我回去？"

"啊？回家休息啊，我还以为是回警局加班呢。"范骁挠挠头，不好意思地说，"那……那我就再在这里看一会儿，看看这个里欧会不会露出什么马脚。"

瞿子冲点点头，转身穿过侧面台阶上的人群，朝出口艰难地走去。

台上，冉斯年看到了瞿子冲中途的离席，甚至没有显露出任何微妙表情。

节目进行了一半，到了休息时间。

后台，袁孝生和冉斯年以及里欧一起在休息室里休整。洪彦则接到了一通领导的电话，到走廊里通话。

袁孝生喝了一口水，带着玩味的笑意对里欧说："你这个年轻人，很有意思。你就真的那么渴望出名？居然会自投罗网，主动承认。"

里欧耸耸肩："那又怎样？你们能把我怎样？下个月我就回国了，没有证据，你们谁也留不住我。来一趟松江，痛快玩一场，回去继续当我的好学生，我也算是值了。"

冉斯年冷笑道："哼，能回得去再说吧，我劝你不要高兴得太早。"

袁孝生阴阳怪气地说："冉老师，真没想到，咱们俩能够站在同一战线啊。"

冉斯年苦笑说："是啊，看来在认定里欧就是开膛手这点上，咱们俩意见相同，就是不知道主持人洪彦对此怎么看，刚刚我看他并没有明确表态呢。"

袁孝生摇摇头："怎么会？洪彦一定也跟我一样，认定了里欧就是开膛手斯内克。"

袁孝生话音刚落，洪彦走进来，说："未必，袁孝生，说实话，这一次你真的想错了，我并不认为里欧是开膛手，这小子只不过是想要玩，想要表现想要出名而已，反正他在松江也待不了多久，马上就要离开，警方也没法根据咱们的节目给他定罪，他就是想要过把瘾而已。我认为，他并不是开膛手斯内克。开膛手斯内克心思缜密，心狠手辣，怎么看都像是个有专业生理知识，更加沉稳内敛的中年男人，而不是个爱表现的嚣张毛头小子。"

冉斯年不以为然："不，我不会错，里欧就是开膛手，他所有特征都符合我对开膛手心理的分析。洪先生，人不可貌相，你可不要小看了里欧，高看了开膛手。"

洪彦无所谓地耸耸肩："不管里欧是不是开膛手，咱们今天晚上的这场戏都必须落幕了。"

　　袁孝生站起来："怎么回事？这不是中场休息，还有下半段不是吗？"

　　"没有了，上面领导刚刚给我打电话，说是没想到真的会有人在节目上承认自己是凶手，这期节目不但不会播出，连录制也必须中止，观众那边他会想办法解释并且嘱咐他们对今天的节目保密。他让我马上暂停节目，后半段就不继续了，"洪彦也十分遗憾，"待会儿你们就不用上台了，我自己上去解释一下，节目就算结束了。"

　　冉斯年只好无奈地起身："既然这样，我看我就先回去了，我的未婚妻还在外面等我。至于说里欧，我劝你还是偷偷离开的好，毕竟现在可没有警方负责'保护'你，我担心你还没走出这栋写字楼，就会被暴打，毕竟，今天的观众里肯定会有三个死者的亲朋好友。当然，不负责任地说实话，这倒正是我希望的。"

　　洪彦为冉斯年打开房门："放心，待会儿散场后，我会安排人从后门送里欧出去的，毕竟说句负责任的实话，我认为里欧只是个嚣张无知的孩子，并不是开膛手，我不希望他因为他的愚蠢无知受到伤害。"

第三十七章

心 理 战

冉斯年出了休息室后，便给饶佩儿打电话，约她在写字楼的地下停车场见面。

因为节目还没有散场，观众们还都等在演播厅里，所以地下停车场显得十分寂静，除了冉斯年，就只有跟饶佩儿一同赶来的范骁。

"斯年哥，"范骁坐到了车子后排，"瞿队说对节目没兴趣，所以先回家了，我一个人也不知道去哪里，就跟饶小姐一起过来了。怎么？听说节目不录了？"

冉斯年透过后视镜冷冷地瞪着范骁，把车门锁好，像是一下子变脸一样，淡淡地说："小范，你父亲范铁芯的事，我都已经知道了。"

范骁整个人像是遭雷劈一样，剧烈抖动着，张着颤抖的嘴巴，一时间不知道该说什么。他脸色惨白，双眼中尽是惊恐。

饶佩儿从背包里掏出平板电脑，递给冉斯年。冉斯年干脆把平板立着放在车前，让后排的范骁也能看到。

"别怕，我没有恶意，我只是想要告诉你，我早就知道你父亲范铁芯生前是身负三条人命的杀人犯，并且跟瞿子冲是朋友。因为你父亲跟瞿子冲的关系，也因为你从小便立志做警察，所以你父亲临死前把你托付给了瞿子冲。"冉斯年言简意赅地解释，告诉范骁，其实他什么都知道。

"斯年哥，"范骁的眼泪就在眼眶里打转，"我知道我父亲犯过太多过错，但我想要跟我爸走完全不同的路，我想要当个好人，我想要当个好警察！"

"这么说，你是知道你父亲都做了什么的？"冉斯年以前一直在怀疑，到底范骁知道多少，他是否知道多年前他的父亲杀死了黎文慈的亲生父母，是否知道两年前他的父亲又送去了炸弹，错杀了他的助理贾若凡。

　　范骁的眼泪流了下来，他咬住嘴唇点点头："我也是在我爸弥留之际才知道这一切的，我爸临死前才把他的种种罪行全部告诉我。我爸死后，我也想过站出来公开他的罪行。可……可他人已经死了，而且，如果我爸的罪行被公告天下，按照政策，我也是当不了警察的。"

　　"你想要当警察，走正道，这点值得肯定，"冉斯年苦口婆心地说，"但是你明知道范铁芯和瞿子冲的罪行，却知情不报，这绝对是错误的。"

　　范骁好像没听懂冉斯年的话一样，歪着头诧异地问："斯年哥，你说什么？我父亲的确是杀人犯，可这又跟瞿队有什么关系呢？难道，他跟我一样，也知道实情，却没有举报？"

　　冉斯年叹了口气，看来范骁是真的不知道他一直以来尊敬的瞿子冲也是杀人共犯。站在范铁芯的角度考虑，他的确不会把瞿子冲的罪行也对范骁全盘托出，因为以范骁的脾气秉性，一旦知道了瞿子冲这个刑警队长是杀人犯，他一定会不顾一切地选择公开真相，这样一来，瞿子冲一定会想办法杀范骁灭口，两个人最后的结局很可能是鱼死网破。与其这样，还不如对范骁隐瞒瞿子冲的罪恶，把范骁这个一心想要当刑警的小警察托付给瞿子冲，瞿子冲碍于范铁芯遗留的他的罪证掌握在范骁手里，也不得不在范骁以后的升迁路上助他一臂之力。

　　"瞿队也知道我父亲的罪行吗？"范骁还在伸着脖子等待冉斯年的回答，"他是因为跟我父亲的交情所以才没有举报他吗？"

　　冉斯年无奈地摇头，干脆把瞿子冲跟范铁芯是共犯的种种和盘托出。

　　范骁双目圆瞪，一时间根本接受不了这样一场头脑风暴，没法接受他原本一直尊敬的顶头上司竟然是个道貌岸然的罪犯，是他父亲的共犯。

　　"斯年哥，我……"范骁嘴唇抽搐，好几次欲言又止。看得出，他心绪烦乱，根本无从说起。

　　"小范，我是一定要揭露你父亲跟瞿子冲的种种罪行的。到时候，你恐怕也没法再在刑侦队待下去了。毕竟当初把你从派出所破格提拔到刑侦大队的就是瞿子冲，恐怕他伏法之后，你还是要回派出所，凭借着你自己的努力，顶着父亲是杀人罪犯的压力，一步步往上爬。不过，这原本就是你该走的路。"

范骁狠狠抹了一把眼角的泪，信誓旦旦地说："斯年哥，我听你的。你放心，凭自己的努力，我也还是可以达成理想，重新回到刑侦队，成为像你一样的神探的。"

"好啦好啦，待会儿你们再畅想未来吧，已经开始了，快认真看好戏吧。"饶佩儿指了指面前的平板电脑。

"好戏？"范骁的思绪被饶佩儿的话给拉扯回来，他探着脖子，深呼吸一口气，好奇地问。

"是，开膛手自投罗网的好戏。"冉斯年自信一笑，胸有成竹，他这次孤注一掷的计划绝对会成功，就像以往他的好运气一样，"你别忘了，今天是什么日子，今天正是距离麻喻强死后的第十二天，开膛手应该出动的日子。我特意要求在今天参加脱口秀，为的就是用第十二天这个时间来引蛇出洞。"

平板的画面显示的是一条走廊，看装修风格，正是写字楼的楼上，刚刚演播厅的后面。走廊里，一个工作人员正带领着里欧走入其中一间房间。里欧进去后，工作人员退了出来。

又过了五分钟，走廊里空无一人。

范骁问："斯年哥，你刚刚说开膛手会自投罗网，可你不是说开膛手斯内克就是里欧吗？"

"里欧只是一个诱饵，他根本不是开膛手斯内克。"冉斯年的双眼一直紧紧盯着屏幕，解释说，"我刚刚之所以要在节目上指称里欧是开膛手，为的就是做足准备工作，给真正的开膛手下套，引他出来。"

"这么说，真正的开膛手斯内克真的也在节目现场喽？"范骁惊讶地问。

"是的，他就在现场，而且，我知道他是谁，也知道他一定会上钩，只是时间问题。"冉斯年笃定地说。

"啊？我越来越糊涂了，"范骁挠着后脑勺，小心翼翼地问，"能给我解释一下吗？"

冉斯年微微一笑，决定循循善诱地启发范骁："小范，我给你讲讲我前阵子做的梦，看看你能不能从这个梦里悟出我的计划，事实上，我今天所实施的计划，灵感就是我的那个梦。"

紧接着，冉斯年便把之前做过的袁孝生替换自己满分考卷的梦讲给了范骁。他着重地强调了袁孝生拿到满分试卷之后的骄傲神态，还有表现欲。

　　范骁懵懵懂懂地说："梦里的袁孝生很有表现欲，想要向所有人展示他的满分试卷。而开膛手斯内克也是一样，是个极有表现欲的人，所以你才认定开膛手一定会参与这次的节目，对吧？难道开膛手就是袁孝生？可是不对吧，我们之前调查过，袁孝生有不在场证明，三次命案，他都有不在场证明。"

　　"袁孝生当然不是开膛手斯内克，他只是个想要把罪名嫁祸给里欧的真凶的同伙而已，他是知道真正的开膛手斯内克是谁的，也知道开膛手杀人的动机。"反正监控的画面上仍旧是空无一人，冉斯年便耐心地把他之前调查推理的杀人动机讲给了范骁。简而言之，开膛手的杀人动机源于十六年前，这个开膛手就是幕后大BOSS，大毒枭庞礼仁手下的一个杀手，当年杀死三个老师是为了避免他们三个公开他是毒枭的身份，而今杀死三个老师的后代，那是因为这三个年轻人正在调查当年的真相，危及了他。

　　范骁听后唏嘘不已，恨得牙齿咬得咯咯作响："太可恶了，这个庞礼仁原来就是贩毒集团的头目啊！这一次可一定得把他们连锅端！"

　　冉斯年继续解释："袁孝生是庞礼仁新晋的左膀右臂，依我看，他是知道庞礼仁的杀人灭口计划的，也是知道真正的开膛手是谁的，这一点，刚刚在休息室里，他的表现再次印证了我的想法。小范，你再想想我刚刚的梦，梦的最后，我做了什么。"

　　范骁歪头思索片刻后说："满分试卷本来是你的，可是却被袁孝生拿去炫耀，你非常生气，想要毁掉那份试卷……"

　　冉斯年满意地点头，转回头用期待的眼光凝视范骁。

　　"啊！我知道了！原来里欧就是那份满分试卷！而梦里的你才是开膛手，你的成就被袁孝生抢走了，于是你就气愤到想要毁掉那份试卷！真正的开膛手本来就是个极富表现欲的人，结果他的身份却被里欧盗用，让里欧出尽了风头，他一定非常愤怒，愤怒到想要杀死里欧！而今天又恰好是第十二天，这又是一个增加开膛手现身杀人意愿的重要因素。这就是你的引蛇出洞的计划。哎呀，那么里欧可怎么办？他不会有危险吗？"

　　冉斯年波澜不惊地把画面切换到了室内。室内，里欧正坐在沙发上摆弄手机，但看得出，他还是比较紧张的。

冉斯年指了指房间一面的铁皮柜子："放心，我已经事先联系了警方，把我的计划跟警方全盘托出，现在两名训练有素的刑警就躲在柜子里，就等开膛手自投罗网，把他逮个正着。为了不引起开膛手的怀疑，两名刑警没有走正门，而是从窗子移动到里欧所在的房间的。"

"通知了警方？"范骁惊讶地问，"通知了瞿队吗？他提前离场就是为了配合你，在后面做准备工作？你还是打算跟瞿队合作？就像以前一样，明明知道他是杀人犯，却不露声色地跟他合作，取得他的帮助，直到有一天有证据揭露他的罪行？"

冉斯年冷笑一声："瞿子冲的确是在做准备工作，说什么提前回家都是幌子，只不过，他的这个准备工作是给他自己做的，并不是我。我通知的是市局的局长，通过我叔叔的关系。这件事，最不能找的，就是瞿子冲。"

范骁不太懂冉斯年的意思，不明白为什么这事儿不能找瞿子冲，可他更加好奇的是开膛手的身份，他小声嘀咕着："到底开膛手会是谁呢？斯年哥，再给个提示吧。"

冉斯年沉吟了一下，然后说："好，再给你一个提示。刚刚我和袁孝生以及洪彦和里欧在休息室，袁孝生认定里欧就是开膛手，而且以为洪彦也会跟他一样认定里欧是开膛手，可是洪彦却出乎了袁孝生的意料，称里欧不过是个愚蠢而又无知的孩子，真正的开膛手应该是个沉稳而心思缜密的中年男人。并且，洪彦说为了保护里欧的安全，他要派人把里欧从后门偷偷送出去。"

范骁惊愕得把嘴巴张成圆形："天啊，难道……难道……开膛手就是……就是……"

饶佩儿在一旁感叹："这哪还是提示啊，这是直接公布答案了好不好？"

范骁突然合上嘴巴，从惊愕转为抱歉似的笑容："不会的，开膛手不会是洪彦的，斯年哥，我之前跟你说袁孝生的不在场证明的时候说过，第三次命案，也就是麻喻强的命案，案发时间袁孝生就是跟洪彦在一起的，他们俩都有不在场证明。"

"这是自然，因为第三次命案，也就是麻喻强的死，根本不是开膛手所为，而是一个模仿犯的杰作。洪彦想要杀死的第三个人是尤倾，只不过12天的期限临近，可洪彦却找不到尤倾了。尤倾也不傻，自己的同伴死了两个，他当然知道接下来会是他，于是他便躲了起来。麻喻强遇害那天，洪彦跟袁孝生单独在一起，恐怕谈的不是什么节目的事情，是在商量怎么寻找尤倾吧。"

"啊？模仿犯？又冒出来一个模仿犯？天啊，这案子真是越来越复杂了，今天就算咱们逮到了开膛手，咱们又去哪里找那个模仿犯呢？"范骁对冉斯年的分析深信不疑，他又开始担心模仿犯的问题。

"别担心，"饶佩儿颇有深意地说，"斯年的计划是一箭双雕，那个模仿犯，如果不出预料的话，明天也会自投罗网。而且，他会主动跑到你面前自投罗网哦，如果你愿意的话，可以亲手给他戴上手铐。"

范骁彻底糊涂了，刚想问饶佩儿这话是什么意思，平板里终于出现了一个身影。三个人全神贯注地去仔细观察画面里的那个人，只见那人穿了一身黑衣，戴着一顶帽檐压得低低的鸭舌帽，鬼鬼祟祟地走到了里欧所在房间的门口，推门而入。

"哼，他终于来了。"冉斯年虽然一向自信，但刚刚也悬着一颗心，生怕洪彦不上钩。他的整个计划都是把赌注押在他对洪彦的心理分析之上，之前在舞台上说的那些什么主角不是开膛手啊，贬低开膛手的话都是在给洪彦增添心理压力，引导他的心理变化。

而后，里欧的表现也是可圈可点，嚣张的气焰再次激怒了真正的开膛手斯内克。最后就是时间的催促和诱惑，既然开膛手严格遵守着12天杀一个人的规律，那么今天他有了想要杀人的意思，又赶上今天正好是第十二天，他的杀人意愿就会更加强烈，最终导致他无法按捺自己的杀人欲望。

按照开膛手的心理特征，这一次他被里欧抢了风头，最好的还击就是以开膛手的招牌方式杀死里欧这个冒牌顶替的赝品，在又一个12天的轮回之后。这样一来，他又可以在松江市，哦，不，是通过网络在整个中国掀起一番轰动。

"是啊，洪彦是知道走廊有监控的，所以他干脆变装掩饰面容，走路动作也是故意弄得那么夸张，只可惜，他千算万算，也算不到房间里不止里欧一个人，等待他的是一副冰凉的手铐！"饶佩儿激昂地说。

大概过了三分钟，监控画面中房门打开，两名便衣刑警一边一个拷着双手被铐在后面的黑衣男子走出来。此时，男子的鸭舌帽已经被摘下，露出了真实面容，他就是洪彦无疑。一闪而过的画面中，冉斯年捕捉到了洪彦的表情，他竟然真的没有太多的失落和落魄，反而有那么一丁点儿得意。也对，按照洪彦的心理特征，公开他开膛手的身份对他这个变态来说，也是让他更加引人注目，更有成就感的一件事吧。

三个人离开了摄像范围后，里欧迈着欢快的步伐走到门口，他揉着自己像是吃痛的右肩膀，一边用右手冲着监控探头的位置做了个胜利的手势。

饶佩儿看到里欧安然无恙，刚刚洪彦只导致了里欧右肩的轻伤，总算是放下了一直悬着的心。计划总算是进行顺利，大获全胜，不然的话，要是里欧有个三长两短，自己恐怕永远无法原谅自己和冉斯年了，更加没有颜面去跟父亲重聚。当初跟冉斯年一起商量决定以里欧为诱饵的时候，饶佩儿也着实进行了一番激烈的心理斗争，要不是因为对冉斯年的坚定的信任，还有里欧坚持要参与其中，冒险去充当诱饵，帮助破案，饶佩儿也是不会答应的。

"斯年哥，你怎么会去怀疑洪彦的呢？我实在是搞不懂，洪彦哪里露出了马脚？"范骁虚心请教。

"小范，你有没有看上一次脱口秀节目？就是袁孝生声称有目击者看到凶手是外国人的那次节目？"冉斯年不答反问。

"看了啊。"

冉斯年笑笑，说："那么你回想一下，当时洪彦的表现。"

范骁歪头想了半分钟："没什么不对的啊，我印象最深刻的就是，他播放了一段开膛手斯内克的片子。片头是流着血的大字，写着一个有关开膛手的标题。"

"问题就出在这里，"冉斯年打了个响指，"我想，那段短片就是洪彦自己制作的，是变相地在给自己打广告，符合他极富表现欲、渴望大众关注的心理特点。他还给那段短片取了个标题：百余年后开膛手再现松江，嗜血狂魔身份成谜人心惶惶。这个标题其实仔细分析也是带着感情色彩的，它并没有体现人们对开膛手的憎恨，而是表现人们对他的恐惧，还有他的神秘感，更加把他自己跟百年前的开膛手杰克相提并论，满满的都是炫耀。开膛手斯内克这个名字，恐怕也是他自己给自己取的，为了在网上散播的时候更加方便，有个洋气又响亮，又能跟开膛手杰克相似的名字，也是给自己造势的捷径。"

饶佩儿调侃似的说："斯年跟我说起他怀疑洪彦就是开膛手的时候，我们仔细又看过那个宣传片，发现里面还有很多细节都能表现出洪彦对开膛手的个人情感色彩，斯年分析了一下洪彦的心态，只有两种可能，要么他的意识或者潜意识在崇拜开膛手斯内克，要么他就是开膛手斯内克。因为斯年看出了洪彦跟袁孝生关系密切，又知道袁孝生现在是为松江市的一个大毒枭工作，于是斯年便推断，洪彦和袁孝生都是那个大毒枭的左膀右臂，都是在为那个大毒枭做事的。鉴于袁孝生是最近才加入的，斯年就猜测，洪彦从十六年前就是大毒枭手下的杀手。我们又私下调查了一下这个洪彦的履历，发现十六年前果然是他人生的转折点，他从一个建筑工人摇身一变成了个自学成才的大学生，在夜大学习播音主持。可想而知，那个资助他的人就是要他去杀人灭口的大毒枭，而那个大毒枭，自然就是十六年前差点儿因为宝贝女儿吸毒而被三个老师揭露，现在又是松江市大商人，洪彦任职的开诚网的集团主席庞礼仁啦。"

范骁的大脑飞速运转，紧跟冉斯年和饶佩儿的思路，尽管这样，他也是反应了一会儿，这才听懂了这其中的因果关系，他恍然大悟地说："原来如此，所以斯年哥才认定洪彦就是十六年前庞礼仁派出杀死三位老师，并且制造三位老师如此丑陋死状的杀手。而今，三位老师的后代因为再次调查当年的案子又危及了他，于是他再次出动杀人，并且这一次，压抑已久的他决定不再做事不留名，他想要借此'一炮而红'，所以才搞出了开膛手的名堂啊。这个洪彦还真的是个变态！"

范骁刚刚感叹完毕，冉斯年便接到了马局长的电话。

"斯年啊，我们已经在洪彦身上搜出了凶器和贪吃蛇的印章，而且两名刑警也已经录下了洪彦面对里欧承认罪行的话，这次这个嚣张狠毒的变态开膛手是绝对跑不了啦。这还多亏了你的这场心理战术，之前做的准备工作，这才让凶手自投罗网啊。"

"不敢当，这是我应该做的。对了马局，袁孝生你们抓到了吗？他跟洪彦可是同伙。"冉斯年最关心的还是袁孝生的去向，因为袁孝生等同于冉斯年一生的耻辱。

马局在电话那头深深叹了口气："袁孝生这个家伙极为狡猾，趁乱变装，混在那群观众之中溜走了。我们的人光顾着对付洪彦，这一点上确实疏忽啦。"

冉斯年有些失落，但还是客气地跟马局道谢，感谢他对他的信任，愿意配合他实施这一次的计划，尽管当初在马局他们看来，冉斯年的计划是孤注一掷，并没有多少胜算。

"怎么样？看你的样子，袁孝生跑了？"饶佩儿焦急地问。

冉斯年点点头："袁孝生的确聪明，可能从在休息室里，洪彦突然转变立场，跟袁孝生唱反调，说里欧不是开膛手的时候，他就有所察觉了吧。可能那个时候，他就已经洞悉到了我的计划，可是他却没能阻止住洪彦，已经近乎疯狂不听劝的洪彦，又或者他根本不愿意去劝诫洪彦这种冲动型的变态杀人狂，自己就先溜之大吉了。"

"是啊，要知道，一开始他们俩的计划就是把罪名推给里欧这个创立戒除毒瘾的互助会的可疑人士，想要一箭双雕，一起解决两个麻烦的。"饶佩儿叹息着说，"唉，说到里欧创立互助会的目的，事情发展到这个地步，他也算是达成了目的，因为有他的冒险协助，瓦解了松江市的贩毒集团，拯救了许多潜在的受害者。"

冉斯年发动车子，准备离开今晚这个上演心理战的战场，他说道："是啊，毒品这东西真是害人不浅，吸食毒品当真就是掉入了人间炼狱，虽然有梦幻般的体验作为糖衣诱饵，但实质上，还是地狱。"

第三十八章

匡 扶 正 义

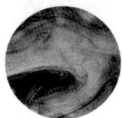

/ 1 /

周一清晨，分局刑侦队的办公室里像往常一样忙碌而肃静，大家分工明确，有的在专注于开膛手斯内克的案件资料，反复观看昨晚连夜的审讯视频；有的在专注于十六年前三位老师的命案，准备翻案重新调查，给三位老师洗脱臭名；有的则是在申请逮捕令正式逮捕由对所有罪行供认不讳的洪彦供出的幕后老板庞礼仁。

早上八点半，市局的马局长正在跟分局的罗局长以及市局缉毒大队的队长开会，为下一步工作做部署。三位领导都认定这次开膛手的案子是个契机，可以以幕后主谋的罪名正式逮捕庞礼仁这个松江市的大毒枭。擒贼先擒王，由此开始一举攻破盘踞松江已久的贩毒网络。当然，这并不是一朝一夕就能够达成的，但是此时却是最佳的时机，缉毒大队筹划已久的一窝端计划终于找到了最佳的实施契机。

缉毒大队的邢队长激动地说："二十多年前，我们缉毒大队的卧底同志曾经深入虎穴，他提供的消息和证据已经帮助我们铲除了贩毒集团的一个巨大支系。只可惜，当年落网的十几个罪犯没能供出更大的贩毒网络，导致我们的工作不得不半途而废。当年卧底的同志也因为卧底身份暴露陷入被追杀的危险之中，不得不隐姓埋名地移居到国外。这些年里，受创的贩毒网络又得以扩散壮大，有了新的头目，也就是这个庞礼仁。我们怀疑他也是由来已久，只可惜一直找不到证据指控他，他手下的无良律师团更是把他保护得滴水不漏。可这一次，有洪彦的指控，还有洪彦提供的物证，这个庞礼仁绝对难逃法网。"

马局笑着说："这次的行动是由冉斯年一手策划实施的，当初他找到我提出这个计划的时候，我也是半信半疑，没什么信心，没想到真的能够成功。逮捕洪彦之后，洪彦一开始并不愿意供述出他幕后的老板是谁，也是冉斯年出的主意，他抓住了洪彦渴望'成名'的心理，渴望臭名远扬、遗臭万年的变态心理，以此作为交换条件，洪彦这才愿意知无不言、言无不尽，并且愿意提供他手中能够证明庞礼仁就是贩毒集团头目的物证。"

分局的罗局长用力点头，由衷地说："的确，冉斯年是个不可多得的人才，帮助分局破获了不少疑难案件，这次更是立了大功。昨晚我问他，该怎么感谢他的时候，他只有一句话，说是希望能够让两年前黎文慈的死真相大白，让咨询中心的爆炸案真相大白，给枉死的黎文慈和贾若凡一个交代。"

马局叹息着说："这两起案件的确可疑，但是目前并没有能够推翻当初结论的证据啊。这件事，不太好办。"

罗局长带着自信轻松的笑意说："这个足以让警方重新彻查两个案子的证据，冉斯年说，他有办法找到。根据他的说法，有那么一个视频，可以指证两起案件的幕后真凶身份，而这个视频的所在，他已经有了想法。"

就在会议室里三个领导和几名骨干开会的时候，瞿子冲风风火火地走入刑侦大队的办公区。他的样子颇为狼狈，像是一整晚没睡，还穿着昨晚去看脱口秀节目的衣服，头发凌乱，灰头土脸，可是双眼却炯炯有神，整个人精神百倍。

"找到了！"瞿子冲站在办公室的门口突然大喝一声，"我找到了！"

邓磊首先抬起头，疑惑地问道："找到什么了？"

瞿子冲向前跨出一步，从口袋里掏出了一枚黑色的纽扣："我找到了黑色翅膀的纽扣，也就是开膛手斯内克在麻喻强尸体上留下的那枚纽扣！里欧果然就是开膛手斯内克！"

梁媛也狐疑地抬起头，蹙眉望着瞿子冲。

瞿子冲看到两个手下似乎是听不懂自己的话，有些不耐烦地问道："小范没跟你们说吗？里欧在节目中承认他就是开膛手斯内克，就是因为他吃准了我们没有找到他留下的黑色翅膀纽扣，所以才嚣张地说出了这一点。我之前因为体力不支，不是曾经摔倒在麻喻强的尸体上吗？这枚纽扣就是那个时候转移到我身上的！昨晚我听到里欧的挑衅，马上回到家里寻找那天我穿的衣服，结果在洗衣机的衣服口袋里找到了这枚纽扣！现在证据确凿，我们可以申请逮捕里欧啦！"

邓磊略带哀伤地问："瞿队，你确定这枚纽扣是从你的衣服口袋里找到的？"

瞿子冲愤然道："废话，我自己找到的，有什么不能确定的？"

梁媛放下了手中的活，说："这枚纽扣就是逮捕里欧，甚至给他定罪的铁证啊。"

瞿子冲对梁媛的说法还算满意："所以我现在马上就去申请逮捕令，以防这家伙逃跑回美国。"

邓磊从桌子上拿起了一张纸，说："不用了，逮捕令我已经申请到了，马局签字的。本来我以为马局提前就签字的行为很不妥，我们根本没有把握真凶会中了冉斯年的圈套，主动上钩的，可现在看来，冉斯年又一次不负众望，他的运气真是好，一切都在他的掌控之中。"

瞿子冲得意地笑笑，冲邓磊使了个眼色："既然马局有如此的先见之明，那你们还在等什么？还不去抓人？"

邓磊顿了一下，跟梁媛对视一眼，两人缓缓走到瞿子冲面前。

瞿子冲面对着两个手下，从他们的眼里看到了自己，透过两双眼睛的湿润看到了慌了神的自己。一瞬间，他明白了，他明白了自己这一次是真的沉船了，栽在了冉斯年的手上。

果然，邓磊从腰后掏出了银色的手铐，走到瞿子冲身后："瞿子冲，你因为涉嫌谋杀麻喻强，现在正式逮捕你。"

瞿子冲的双手被铐在了冰凉的手铐之中，一向是铐住别人的瞿子冲，如今第一次体会到了这副手铐的冰冷和分量。他手中的黑色纽扣应声落地，发出清脆的声响。

他在扪心自问，他怎么会走到今天这一步？一直以来，他都想要纠正年少时的错误，他想要当个好人，当个警察啊，为什么所有人都挡在他的这条路前面？从范铁芯开始，到后来发现端倪的黎文慈，到后来知道他底细的麻喻强，他是为了自己的前途不得已才扫平这些障碍的啊。果然是一步错，步步错。

但他最大的错误，就是冉斯年，他此生最大的错误，最不应该心软的，就是冉斯年。他应该在冉斯年从爆炸中侥幸逃生之后，再来一次暗杀的，他应该杀死冉斯年的，而不是对这样一个探案高手、释梦神探抱有侥幸心理，期望他能够帮助自己破案，期望自己能够从他身上学习到释梦探案的本领。

没错，瞿子冲太过自信了，他以为一切尽在自己的掌握之中，他以为冉斯年没有多少演技，饶佩儿也不过是个演技蹩脚的小演员，他以为这两个人从始至终都没怀疑过自己。走到今天这一步，是他太过自信，太过性急，所以才会中了冉斯年的圈套。

当里欧提到麻喻强的尸体上有什么黑色翅膀纽扣的时候，瞿子冲马上就想到了他如果想要彻底摆脱嫌疑，就必须趁机彻底嫁祸给里欧才行。正好，冉斯年这个神探认定了里欧是开膛手，里欧这个愚蠢狂妄的臭小子也为了出风头自己承认并且捏造出了一个什么纽扣，这是他将计就计的好机会，唯一的机会，绝佳的机会，因为之前他曾经摔倒在麻喻强的尸体上啊！

邓磊和梁媛一边一个押解着瞿子冲，穿过集体站立注视瞿子冲的、以往同事属下们那或愕然，或惋惜，或严厉的眼神，走出了办公区。

走廊的电梯间门口，一脸肃穆的范骁站在那里，面无表情地注视着瞿子冲。他并没有像饶佩儿说的那样，亲手给瞿子冲戴上手铐，因为他扪心自问，自己并没有那个资格，曾经的知情不报让他愧对于他警察的身份。今天一大早，范骁就已经对罗局坦白了一切，主动提出申请，回到之前的派出所做一名普通的片警。

范骁今天来这里，不单单是为了对罗局坦白，也是应了冉斯年的要求，冉斯年要他第一时间确认瞿子冲是否真的带着他连夜找到的黑色翅膀的纽扣前来自投罗网，然后打电话告诉他。

电梯间门口，范骁面无表情，甚至冷漠地与瞿子冲对视，待瞿子冲进入电梯后，他才开口："我会出庭做证，把我父亲的临终遗言公之于众。"

瞿子冲冷笑一声："大义灭亲啊，很好。老实说，我还真挺羡慕你的，至少，你还是个警察。"

瞿子冲自嘲的话音刚落，电梯门闭合，把他跟范骁隔绝在了两个全然不同的空间之中。

范骁掏出手机，打给冉斯年："斯年哥，果然如你所料，瞿子冲自投罗网了。而且刚刚我也已经跟罗局坦白一切，申请调回派出所。"

"好样的，小范，"冉斯年在电话里回应说，"以后咱们俩一定还有合作的机会，毕竟你可是我现在认识的警察中，交情最深的一个。"

　　范骁坦然地说："放心吧，虽然我只是个小片警，但也会争当最优秀的片警，从你那里学来的释梦本领，我也会运用于基层工作之中。要是工作上遇到什么难题，还得麻烦斯年哥援助呢。"

　　冉斯年欣慰地说："随时欢迎。"

　　/2/

　　挂上电话，冉斯年冲对面的饶佩儿使了个眼色，示意对方，他们可以开始行动了。

　　饶佩儿马上出门招呼外面车子里的、分局负责开锁的技术员："小李，可以开始了。"

　　小李是今早冉斯年驱车特意从家里接过来的警员，当然，冉斯年此举已经跟马局申请过的。在确定了瞿子冲已经拿着莫须有的证据纽扣自投罗网后，他要第一时间进入瞿子冲的家，彻底扫荡一番，寻找那段关键的视频证据。

　　就在冉斯年摩拳擦掌准备开始大破坏之前，饶佩儿阻止了他，说："斯年，马局真的是太惯着你了，居然让你在警察之前破坏瞿子冲这个嫌疑人的家，他就不怕你一无所获，还破坏了瞿子冲家里的其他证据吗？"

　　冉斯年笑嘻嘻地说："瞿子冲已经按照我的预想自投罗网了，马局昨晚答应过我，只要瞿子冲真的主动掉入圈套，带着纽扣回来，我就可以最先进入他家找证据。我之所以要抢在警方之前进来寻找，就是担心警方的一个细微动作就会破坏贾梓煜藏匿的证据。怎么，马局都如此信任我，我的未婚妻倒不信我了？佩儿，哪次我让你失望过？"

　　饶佩儿苦笑着说："哪次都没让我失望过，可是你仅凭梦里出现的一句'最危险的地方就是最安全的地方'这样一个根据就认定那段视频被贾梓煜藏到了瞿子冲的家里，这也实在有些不靠谱啊。你要知道，这可是瞿子冲的家，他可是个老刑警啊，他的家岂是能轻易被人藏东西的？"

　　冉斯年耸耸肩："那还不容易？贾梓煜只要冒充个什么水暖工，或者是物业人员之类的，很轻松就可以进入瞿子冲的家。如果我是贾梓煜，我就会把重要的视频证据拷贝好多份，分别藏在不同的地方，以避免日后证据被彻底毁掉。而其中一份证据，我一定要藏在罪犯的眼皮底下，这就是反其道而行之，罪犯就算得知了有这么个视频存在，满世界去找，也绝对想不到，他踏破铁鞋无觅处想要找的东西，其实就在他眼前，在他家里。退一万步讲，就算瞿子冲聪明绝顶，把自己家翻了个底儿朝天，找到了视频，他也只是找到了其中一份，毁掉这一份对他来说于事无补，还有很多份被藏在别处。这就是贾梓煜的高明之处。"

饶佩儿点头，进屋拉上了所有窗帘，以防外人透过窗子往里看还以为瞿子冲家里遭了贼。最后，饶佩儿又回到门口，做了个请的姿势。

瞿子冲的家并不大，也就60多平方米，而且他根本无心布置装饰，一看就是个单身汉工作狂的住所，根本没有家的温馨。这点也让饶佩儿颇有些感怀，果然就如同冉斯年说的一样，瞿子冲这个人也是有一点可取之处，他是真的想要当个好警察，真的是个一心只有工作的工作狂，只可惜，他的过去不肯放过他。

十分钟后，冉斯年的扫荡便结束，他拉着饶佩儿出了瞿子冲的家门，说了一句："走，回家睡觉。"

门口留下的准备锁门并且贴上封条的小李，听了这话目瞪口呆。

大白天，冉斯年躺在床上强迫自己入睡，他必须尽早找到那段视频证据，所以他根本等不到晚上，急于得到梦的启发。

梦中，冉斯年站在了瞿子冲家的阳台，狭小的阳台边上有一个破旧的矮柜，里面的东西被他翻出来，散落一地。其中有一些暗红色和黄色相间的物体显露出一角。

冉斯年弯腰拾起那团卷起的布质的物体，像白天一样一抖，五六面锦旗展开来。

其中第一面锦旗上面的标语是：匡扶正义，正义战士；忠于职守，敬业为民。

这是一幅指名道姓赠送给瞿子冲的锦旗，冉斯年心想，一定是瞿子冲破案后，被害者的家属赠予他的，后面的几面锦旗也都是这个性质的。匡扶正义，正义战士，这还真的是莫大的讽刺；忠于职守，敬业为民，这几个字大概会刺痛瞿子冲的良心吧。所以他才会把象征光荣的锦旗塞在家里阳台的矮柜里面，而不是挂在办公室，或者好好收藏在家里。

冉斯年心想，瞿子冲无法面对这样的东西，说明他还有点良心和羞耻心。正这么想着，他想要松开锦旗的手却无法动弹，像是粘在锦旗上一样，他的手紧紧握住了锦旗上面的圆柱形轴。

冉斯年陡然惊醒，他睁开双眼的同时从床上坐了起来，马上明白了他的梦，也就是他的潜意识给他的提示——视频证据就在锦旗的轴里，那里是锦旗唯一能够藏东西的地方。也就是说，贾梓煜当初很可能不是冒充什么水暖工或者是物业人员进入了瞿子冲的家，而是干脆冒充一个被害者的家属，来给瞿子冲赠送锦旗。

可贾梓煜为什么会想到把这么重要的证据藏在锦旗之中呢？他就不担心瞿子冲是个好大喜功的人，会背着人，晚上偷偷在家把玩他的锦旗吗？冉斯年心想，难道贾梓煜也曾对瞿子冲做过调查？知道瞿子冲的为人，也知道瞿子冲喜欢封存锦旗的习惯？或者是贾梓煜就是想要达到这种讽刺的效果？把瞿子冲的罪证藏在象征他丰功伟绩的锦旗之中？

来不及想太多，冉斯年换好衣服马上带着饶佩儿又赶往瞿子冲的家。

这一次，正好赶上马局亲自带着手下人来搜瞿子冲的家，一群人正在对着一片狼藉不知道如何下手呢，冉斯年突然出现，直冲阳台。

十分钟后，一共六面锦旗被冉斯年这个破坏狂拆分，果然在最新的一面锦旗的轴中找到了一小块被粘贴在轴内壁的内存盘。

在马局长的车里，冉斯年和马局长一起观看了视频的内容。视频是偷拍的，从房间的角落拍摄房间的正中央，可以看得出，这房间就是范铁芯简陋的家，视频里的两个人就是病入膏肓的范铁芯和刑警队长瞿子冲。

通过两个人的对话，可以清楚地得知，三十多年前的黎文慈亲生父母的命案，以及黎文慈的死、贾若凡的死，都是瞿子冲一手策划的。其中，黎文慈的跳楼自杀，的确是利用了清明梦，瞿子冲提到他找到了一个清明梦的高手，通过心理暗示的方法更改了黎文慈的知梦扳机，黎文慈跳楼自杀的时候，使用的知梦扳机并不是冉斯年教给她的通过观察周围环境是彩色还是黑白色这个扳机，而是另外一个知梦扳机，这才导致黎文慈并不知道自己身在梦中，跳楼身亡。

贾若凡的案子，瞿子冲也主动承认了按下遥控炸弹按钮的人是他，当时他就在对面写字楼的一个空房间里，用望远镜观察着冉斯年的办公室。他也是担心错过最佳时机，不得已才在贾若凡在场的情况下按下了按钮引爆炸弹。

最后，瞿子冲也的确对范铁芯提及麻喻强一直在以他不光彩的过去要挟他，瞿子冲的工资几乎都用来去封住麻喻强的嘴巴，他苦不堪言。这点也正好表明了瞿子冲对麻喻强的杀人动机。原来瞿子冲从前跟麻喻强有过合作关系，两人同为贩毒集团的成员，只不过后来，瞿子冲硬是脱离了那个邪恶的组织，想要重生为人。只可惜，出来混总是要还的，因为那些罪恶的过去，他失去了他妄想要拥有的未来。

马局长关上平板电脑，重重叹了口气，说："斯年，你放心吧，黎文慈和贾若凡的案子，我们会重新开启，有了这段视频作为证据，又有瞿子冲故意制造与麻喻强尸体的亲密接触，捏造证据嫁祸里欧等等，他是绝对会得到法律的严惩的。"

冉斯年仰头长叹一声："太好了，终于要到真相大白的一天了，等到瞿子冲的案子尘埃落定，我也可以真正摆脱我的心理负担和负罪感，对黎文慈和贾若凡，还有我自己有个交代了。"

马局拍拍冉斯年的肩膀说："是啊，瞿子冲一旦落网，你也可以摆脱'行业耻辱'的包袱，为你自己正名啦。斯年，听说你正在筹备你的工作室？而且好事将近？恭喜你啊！"

冉斯年露出舒心的笑容，对未来充满畅想地说："是啊，我要开启崭新的生活和职业生涯。但是马局，以后你们那里有用得到我的地方，我还是愿意无偿提供帮助，尽我所能去还原真相，匡扶正义。"

马局欣慰地说："太好了，斯年，我就等着你这句话呢。我就知道，你绝对是个富有正义感、淡泊名利、称职的侦探，释梦神探！"

冉斯年的笑容渐渐淡去，他突然想到了另一个让他头疼不已的问题，这个问题极为煞风景，眼下的局势一片大好，就只有这个问题始终是冉斯年心上的一根刺。他问马局长："对了，马局，袁孝生有消息了吗？你们还是没能找到他吗？"

马局长重重吐了口气，有些惭愧地点头："是啊，这个袁孝生狡猾得很。洪彦那边已经供述出袁孝生也是庞礼仁的心腹，他也是贩毒集团的重要人物之一，只可惜，这家伙警惕性极强，昨晚的节目中场休息期间他就已经趁我们不备混进了观众之中。从昨晚开始到现在，我们的人还是没能找到他的踪迹。"

冉斯年苦笑着点点头，心想，就算警方追捕不到袁孝生，这个袁孝生也一定会再次主动出现的，下一次，他恐怕会变换另一个身份，甚至是容貌，再来找他的麻烦。袁孝生，注定是冉斯年曾经的耻辱和未来的对手。

一个月后，捷报频频，不但瞿子冲被审判，判处死刑立即执行，缉毒大队那边也传来喜讯，他们在短时间内接连端了六个松江市的贩毒窝点，整个贩毒集团已经是溃不成军，不少中层打算逃之夭夭，也被警方在机场和火车站给拦截下来。缉毒大队的邢队长称，彻底瓦解整个组织，不留任何可以重燃的火苗，彻底把它们变成一堆死灰，只是时间的问题。而且多年前移居国外的那位前卧底警察，在听闻了松江市的形势，知道胜利在望之后，也提出要马上回国与家人团聚。

判处瞿子冲死刑的庭审结束后，冉斯年和饶佩儿如释重负一般从法院出来，两人接下来正准备跟饶佩儿的母亲陶翠芬和陶翠芬的男友薛叔叔，以及冉斯年的母亲和叔叔会面，大家一起吃一顿团圆饭，商议婚事的。就在这时候，饶佩儿接到了里欧的电话。

"喂，姐，我们现在在中国的Z市，正打算转机飞松江呢。"里欧在电话里兴奋不已地说。

饶佩儿整个人差点儿没站稳："你们？你是说……你们？"

"是呀，我和爸爸，还有我妈妈。"里欧稍显别扭地说，"爸爸本来是预定下周再回国的，但是他真的是一天都等不及了。我妈妈也想要陪伴爸爸，她说也很想见见你，跟你团聚呢。"

饶佩儿早就听说父亲要回国的事情，但是她一直都持着逃避面对的态度，这下可好，人家一家三口都已经不打招呼，身处距离松江市只有四个小时航程的Z市了，她也就不得不赶快调整状态面对这一切，她只有四个小时的时间准备。

"姐，我们都希望你能来接机，你会来的，对吧？"里欧小心翼翼地问。

饶佩儿一时语塞，鼻子一酸，更是一个字都说不出，她直接挂断了电话。

冉斯年环抱住饶佩儿，轻轻在她耳边温柔地说："佩儿，我知道你为难纠结是因为你的母亲，你怕她接受不了这个事实。"

"是的，我自己倒是没什么，能跟父亲团聚固然好，可是如果这样会伤害到我妈，我宁愿永远不见父亲。"饶佩儿说着，眼泪已经落到脸颊。

冉斯年扶住饶佩儿的双肩，凝视她的双眼，认真地说："佩儿，其实你母亲早就知道你父亲还活着了。她比你知道真相要早得多，你们母女都是因为担心这个真相会伤害到对方，所以都选择彼此隐瞒。"

"什么？"饶佩儿惊讶地叫，"你怎么知道？"

冉斯年笑着说："别忘了，陶阿姨现在正在热恋，恋人之间是无话不谈的。就在前天，我的准岳父曾经找我这个准女婿商议过，该不该把你父亲的事情真相告知给你，这也是你母亲在犹豫的事情。于是我便打算，待会儿的饭局上，咱们几个自己人就干脆挑明一切。"

饶佩儿抹了一把眼泪，惊喜地问："斯年，你没骗我吧？"

冉斯年郑重说道："以我的人格和好运气担保，绝对是实话。"

饶佩儿"扑哧"一声乐出来，如释重负一般地原地转了一圈，抬头望向天空，迎着阳光眯起眼睛，阳光烘干了她脸上的泪痕，笑容如阳光般灿烂。

"斯年，"饶佩儿笑得合不拢嘴，导致她说话都有些含糊不清，"我这辈子最幸运的事就是参演了那部我这辈子最失败的电影，是它让我遇见了你，你这个与众不同的释梦神探。"

——全书完——

图书在版编目（CIP）数据

神探弗洛伊德.大结局/时雪唯著.—成都：四
川文艺出版社，2019.8
ISBN 978-7-5411-5456-0

Ⅰ.①神… Ⅱ.①时… Ⅲ.①长篇小说—中国—当代
Ⅳ.① I247.5

中国版本图书馆CIP数据核字（2019）第142659号

SHEN TAN FU LUO YI DE DA JIE JU

神探弗洛伊德．大结局

时雪唯 著

责任编辑　余　岚
责任校对　汪　平

出版发行　四川文艺出版社（成都市槐树街2号）
网　　址　www.scwys.com
电　　话　028-86259287（发行部）　　028-86259303（编辑部）
传　　真　028-86259306

邮购地址　成都市槐树街2号四川文艺出版社邮购部　610031
印　　刷　三河市文通印刷包装有限公司
成品尺寸　166mm×235mm　　　开　本　16开
印　　张　21　　　　　　　　字　数　340千
版　　次　2019年8月第一版　　印　次　2019年8月第一次印刷
书　　号　ISBN 978-7-5411-5456-0
定　　价　42.00元